KB271482

심층생태주의의 유기론적 시학

김 동 명

국학자료원

세상에 존재하는 모든 대상은 사건의 중첩된 현현顯現이며, 그 사태는 끊임없이 변화하는 과정이자 생성을 의미한다. 심층생태주의를 처음 인지했던 그해 봄날, 뇌리를 파고들던 초록의 파장은 여전히 눈부신 사건으로 진행 중이다. 사건이 대상을 현현한다는 화이트헤드의 사유는 화엄으로 거슬러 오르다가 베르그송, 네스와 세션, 카프라를 거치고, 니체와 바슐라르, 들뢰즈와 가타리를 건너 여기에 이른 것이다.

학위논문을 수정 보완한 이 책의 주된 내용은 작금의 주요 화두인 생태주의 가운데서도 심층생태주의의 유기론적 사유로 초점을 좁혀 한국 현대시를 분석한 것이다. 심층생태주의 가운데서도 유기론적 국면에 초점을 두는 이유는 그러한 특성이야말로 생태주의의 고갱이로써, 생명현상을 관통하는 원리라고 판단하기 때문이다.

이 책에서는 우선 심층생태주의의 유기론적 시학을 도출하기 위해 심층생태주의의 정립 과정과 유기론적 양상에 대해 살펴보았다. 심층생태주의는 화엄사상 등 동양사상의 영향을 받은 스피노자와 화이트헤드 등의 사유가 네스에 이르러 현실적 가치로 정립되었다. 심층생태주의자들은 작금의 생태계 위기와 관련하여 'Deep심층 또는 근본'을 표방하며 생태 위기의 원인을 근본적으로 제거해야 한다고 주장한다. 이를 위해 그들은 생태계의 원리인 전체 장으로서의 상호 연관성, 생물권적 평등주의, 전일성, 다양성과 공생성, 반계급, 복잡성, 자원고갈에 대항한 투쟁, 지방의 자율성과 지방 분권화를 부르짖는다. 이 책 제2장에서는 이러한 강령으로부터 문학적 적용이 가능한 관계성, 복잡성, 순환성을 유기론적 특성의 대표 항목으로 추출했다.

제3장부터 제5장까지는 유기론적 관계성, 복잡성, 순환성의 잣대로 한국 현대시를 심층 분석했다. 논의의 범주는 한국현대문학사를 통시적 관점에서 볼 때 심층생태주의의 유기론적 특성을 두드러지게 보여주는 김지하, 이성선, 정현종의 작품을 대상으로 했다. 세 시인들의 시는 한국 현대시 가운데서도 생태주의의 경향이 두드러지며 심층생태주의의 관점에서 독자적인 성과를 보여준다. 그 가운데서도 유기론적 특성이 두드러지는 1980년대 이후 시를 세밀하게 분석, 이해, 검토함으로써 생태주의의 연장선에서 그 독자성을 조감할 수 있도록 한 것이다.

심층생태주의의 사유가 생태계 위기에 대응하여 주목할 만한 사상의 집적임에도 확대되지 못한 이유는 가시적으로 포착되는 논리의 불가해한 상징성 때문으로 보인다. 세상 만물이 하나의 그물코이기에 모든 존재가 평등하다면, 인간의 몸에 둥지를 튼 암세포와 인간은 각기 생명으로써 그 가치가 균등하다. 이러한 논리를 따른다면 병든 인간은 암세포와 함께 죽어야 할 운명에 놓이게 되는 것이다.

그러한 딜레마에도 불구하고 인간 또한 지구생태계이며, 지구생태계 자체가 몸이라는 심층생태주의의 은유는 문학의 영역에 놓일 때, 새로운 가치를 창출한다. 심층생태주의 문학은 각 개인으로 하여금 생명발현의 원리에 대한 깨달음을 통해 반성적 사유로 나아가게 하기 때문이다. 생명현상의 유기론적 양상에 대한 이해는 자연으로서의 자아정체성 회복으로 이어지는 것이다.

이 책이 나오기까지 많은 분들의 도움을 받았다. 심층생태주의의 점화와 숙성, 학위논문, 책으로 이어지는 과정에서 호된 채찍질과 따뜻한 격려를 아끼지 않으신 지도교수님께 먼저 마음을 다하여 감사드린다. 그리고 이곳에 이르기까지 학문의 디딤돌을 놓아주신 학교의 교수님, 은사님들, 논문 심사를 통해 깨우쳐 주신 교수님들께도 감사의 말씀을 전하고 싶다. 부족한 책의 출판을 위해 애써 주신 국학자료원 출판사 사장님과 직원들께 진심으로, 마음 깊이 감사드린다.

태어날 때 이미 안 계셨으나, 지금도 이곳에 생생하게 살아 계신 할아버지, 그리고 할머니, 부모님들, 형제들과 짝, 사랑하는 아이들, 지인들의 숨결이 내 공부의 밑바탕이었음을 새삼스레 느끼며, 이 책이 제 몫을 다하여, 심층생태주의의 문학적 논의가 활발해지기를 기도한다.

2013.12

김 동 명

———————목 차

＊ 제1장 ＊

연구를 위한 몇 전제

연구를 위한 몇 전제

1. 연구 목적

이 책은 한국 현대 생태주의 시 가운데서도 심층생태주의(Deep Ecology)[1]의 유기론적 특성이 내재된 시편을 대상으로 그 양상에 대해 연구하는 것을 목적으로 한다. 생태주의 시는 날로 심각해지는 지구 환경에 경종을 울리고 많은 사람들에게 생태환경의 중요성을 알리기 위한 문학의 산물로서 계몽적인 특징을 내장한 창작물이라 할 수 있다. 그 가

---

[1] 1973년 노르웨이의 철학자인 아르네 네스(Arne Naess)가 스피노자(Spinoza)와 간디(Gandhi), 불교의 영향을 받아 표방한 사상으로, 자연관의 근본적인 전환을 요구하는 이론적 및 실천적 지향을 의미한다. 전 단계에 진행된 환경생태주의를 '표층생태주의'라 비판하면서 등장한 심층생태주의는 관계적인 전체 장의 이미지를 위해 환경 내의 인간이라는 이미지를 거부한다. 심층생태주의의 초기 이론가들로는 네스(Naess), 드볼(Devall), 세션(Sessions) 등이 대표적이다.
와위크 폭스, 정인석 역, 「아네 네스와 디프 이콜러지의 의미」, 『트랜스퍼스널 생태학』, 대운출판, 2002, 107~163면.

운데서도 심층생태주의 문학의 유기론적 양상에 관한 논의는 현대 생태 위기에 대한 대안의 양식으로서 뿐 아니라, 이후의 생태계 위기에 대한 대응방식이 되기 때문에 문학의 양식으로서 현실적 가치는 물론 미래지향적 의의를 동시에 지니게 된다.

문학적 논의에 앞서 지구생태계 문제를 주목해볼 때, 오늘날만큼 생태 재난의 피해가 크고 그 위기의 심각성이 큰 때도 없을 것이다. 일반적으로 생태주의에서는[2] 생태계 파괴의 주된 원인이 서구적 근대의 패러다임에서 비롯되었다고 본다. 기독교적 세계관에 입각한 인간중심주의와 18세기 후반부터 영국에서 시작된 산업혁명의 여파가 19세기 중엽 서유럽 대부분의 국가로 퍼져 나갔다는 사실은 주지하는 바이다. 그 결과 인간은 자연을 볼 때 물질적 대상으로만 인식하고 지구생태계에 거주하는 동반자적 대상으로 여기지 않게 되었다. 인간이 자연의 주인이라는 의식 속에 인간 또한 자연에 속해 있다는 사실을 망각하고, 인간의 의지에 따라 세계를 만들어간다는 논리에 이르게 된 것이다.

이러한 현상을 비판적 관점으로 바라보는 생태철학자들은 기계적이고 인간중심적인 세계관으로부터 지구생태계의 전일적인 생명체계 인식

---

2) 생태주의의 발단이 된 '생태학(Ökologie)'이라는 용어는 다윈의 이론을 기점으로 1866년에 독일의 동물학자인 에른스트 헤켈(Haekel, Ernest)에 의하여 처음으로 사용되었다. 희랍어의 '집', 또는 '살기 위한 공간'을 의미하는 'Oikos'라는 단어에서 생태학이라는 용어가 유래하였다. 초기의 생태학은 "동식물의 성장 분포를 조사하기 위한 현장답사와 채집, 비교 관찰 및 통계 등의 실증적 방법"에 주로 치우침으로써 오랫동안 생물학에서도 변두리에 자리하는 순수 자연과학으로 머물러 있었다.
생태주의는 2차 세계대전 이후, 특히 1960년대 산업화 이후 거대한 발전을 보였다. '생태학(ecology)'이 복합적이고 학제적인 학문 분야로 이해되면서 사상의 조류가 된 것이다. 거의 모든 인문사회학 분야에서 생태와 관련된 분과학문이 생겨났으며, 생태학 자체의 범위도 전 사회과학 영역으로 확대되어, 생태주의는 더 이상 생물학의 일부에 한정되지 않고 자연과학 영역을 훨씬 넘어서 인문, 사회과학적인 생태학으로의 변화를 대표하는 분야가 되었다.
김용민, 「문학과 생태학」, 『생태문학』, 책세상, 2003, 15~137면 참조.

으로의 근본적인 전환을 역설하기에 이른다. 그러나 애초에 등장한 환경
생태주의는 기계적이고 분석적인 사고의 결과 인간의 삶을 위한 자연보
호를 주장하는 데 그친다. 환경생태주의는 인간중심적 사유이기 때문
에[3] 생태계 위기에 대한 근원적 방안이 되지 못하는 것이다.[4]

그런데 이에 대해 전면적 반성을 요구하는 생태주의의 새로운 흐름이
등장했다. 생태계 위기와 관련하여 동양사상에서 생태문제의 해결을 모
색하려는 움직임이 대두된 것이다. 그에 따르면 생태계 위기의 원인은
서구의 가치관이며, 이를 뒷받침하는 사상은 서구의 합리주의이고, 그것
이 극명하게 표출된 사회가 가부장적 사회이다. 이런 모든 것이 생태계
위기를 초래했다고 보는 것이다. 그 결과 이를 극복하는 대안의 차원에
서 서구에서도 불교나 노장사상 등 동양사상에 관심을 갖게 된다. 신과
학이나[5] 서구 철학에서 동양사상을 도입하고, 심층생태주의에서 이를

---

3) "인간은 자연을 지배해야 한다고 보는 현대 사회의 근본적인 사고방식에 대하여 이의를
   제기하기는커녕 오히려 지배에 의해서 발생하는 장애를 제거할 기술을 개발함으로써 그
   지배를 추진해 가려고 하는 것이다."
   Bookchin, Murray, *Toward an ecological society*(Montreal : Black Rose Books, 1980), p.59(와
   위크 폭스, 정인석 역, 「인간 중심으로부터의 청산」, 앞의 책, 43면에서 재인용).
4) '환경'이라는 개념은 '우리를 둘러싸고 있는 조건'이라는 뜻인 만큼 중심을 상정한 구심
   적 세계관, 원자적 · 단편적 세계 인식, 인간과 주변세계를 나누는 이원적 관점이 담겨 있
   으며 인간 외의 생명체는 배제한다.
   남송우, 「생태문학론 혹은 녹색문학론의 현황과 과제」, 『초록생명의 길』, 시와사람사,
   2001, 18면.
5) 신과학은 현대 과학이 데카르트와 뉴턴의 과학관에 바탕하고 있다고 보는 가운데 반성
   적 사고와 의식의 전환을 통해 새로운 과학관을 모색하려는 과학사상운동으로 시대적
   배경은 1960년대의 반문화(Anti-culture)에 기인한다. 제2차 세계대전 이후 더욱 첨예해
   진 핵전쟁의 공포와 자연환경의 오염을 비판하면서 생태계 위기가 과학기술에 있음을
   지적한다. 프리초프 카프라의 『물리학의 도(*The Tao of Physics*)』(1975), 프리고진의 『혼돈
   으로부터의 질서(*Order out of Chaos*)』(1984) 등이 출판되어 심층생태주의와 밀접한 연관성
   을 띠게 된다. 신과학의 이론적 기반은 상대성이론, 양자물리학, 비평형 열역학이론, 체
   계이론 등이다. 이 이론들은 더 이상 정통과학이 현대의 과학과 사회를 올바로 인도하기
   에는 한계가 있다고 보고 전체론적인 세계관으로 인식의 전환을 주장하는 데 중요한 이
   론적 근거를 마련했다.

수용한 것이다.

심층생태주의는 부정적 근대성에 대한 반성과 함께, 생명현상의 원리에 주목한다. 그 결과 심층생태주의는 'Deep심층 또는 근본'을 표방하며 생태 위기의 원인을 근본적으로 제거해야 한다고 주장한다. 이를 실천하기 위해 전체 장으로서의 상호 연관성, 생물권적 평등주의, 전일성, 다양성과 공생성, 반계급, 복잡성, 자원고갈에 대항한 투쟁, 지방의 자율성과 지방 분권화를 부르짖는다.6)

그 가운데 전일성, 복잡성, 다양성과 공생성은 유기론의 특성을 대표하는 관계성, 복잡성, 순환성의 개념과 상응한다. 이러한 특성으로 집약되는 유기론적 사유는 심층생태주의의 전 강령을 견인하고 증폭하며, 강력한 설득력을 확보하기에 이른다. 심층생태주의의 유기론적 사유는 작금의 생태계 위기와 관련하여 기존의 과학적 기술행위와는 다른 방식으로 관계 맺을 수 있다는 가능성을 보여주기 때문이다.7)

이러한 논의를 바탕으로 이 글에서는 향후 생태 위기를 극복할 수 있는 실천담론으로서 심층생태주의 문학 가운데서도 유기론적 양상에 초점을 두고자 한다. 논의의 대상은 한국현대문학사를 통시적 관점에서 볼 때 심층생태주의의 유기론적 양상이 두드러지는 김지하, 이성선, 정현종의 작품으로 한정한다. 이들의 작품을 대상으로 인간과 자연의 길항 관계를 조정하고 화해해 나갈 방법으로서 심층생태주의의 유기론적 양상이 어떻게 나타나고 있는지 탐색하고자 하는 것이다.

이를 위해 이 책에서는 김지하와 이성선, 정현종이 1985년부터 지금

---

6) Arne Naess, David Rothenberg Trans, & Ed, *Ecology, Community and Lifestyle*(Cambridge; Cambridge University Press, 1989), pp.196~209.
7) 네스는 성향으로부터 비롯되는 자발적인 행위가 강제적 도덕보다 효과가 더 크기 때문에, 자연 보호를 위해서도 이러한 자연적 성향을 개발해야 한다고 주장한다.
   Arne Naess, *ibid*., pp.128~129.

까지 발표한 작품들을 다룰 것이다. 이 시기에 한국 현대시 문단에 생태주의 시가 집중적으로 발표되었기 때문이기도 하지만 세 시인의 창작 경향도 이 시기부터 현재까지 발표된 시에서 생태계 위기에 대응하는 사유로서의 유기론적 특징이 두드러지기 때문이다.

연구할 대상으로서, 김지하(1941~)는 한국 시단에 가장 먼저 생태주의의 씨앗을 뿌린 시인일 뿐 아니라[8] 한국 생태주의 논의의 중심에 서는 인물이다.[9] 그는『黃土』를 기점으로 현재까지 40여 년에 걸쳐 서정시집과 담시집, 시선집을 간행했다. 뿐만 아니라 철학, 사회, 미학과 관련한 본인의 견해를 발표하고, 그 글들을 묶어『김지하 전집』을 발간하기도 했다. 김지하의 시세계를 생태주의로 논의하는 연구자들 대부분은 그의 시가 1980년대 출감 이후 변모했다는 점에 주목한다.[10] 1980년대 이전의 시에서는 동학과 관련한 생명사상이 저항과 혁명의 방식으로 형상화되었다고 보며, 출감 이후 간행된『애린』[11]을 기점으로 생명의 근원에 대한 탐구가 현재까지 이어진다고 보는 것이다.[12] 김지하 시인의 행보를

---

8) 김욱동,「녹색 시와 생태학적 상상력」,『문학 생태학을 위하여』, 민음사, 1998, 60면.

9) "현재 한국사회에서 통용되고 있는 생명이란 담론이 대중적인 인식을 갖게 된 것은 김지하로부터 비롯된다. 이는 사상의 차원이든 문학의 차원이든 마찬가지이다."
　　남송우,「김지하 시인의 생명사상과 생명시론」,『생명시학 터닦기』, 부경대학교출판부, 2010, 65면.

10) '그의 생태의식은 중기작품으로 분류되는 세 번째 시집『애린·1』에서 시작되어 점점 동양적 세계관으로 기울어 갔다고 본다.'
　　김욱동, 위의 책, 304~305면.
　　'초기시『황토』에서 죽음에 대한 대결 구조 혹은 반역적인 정신을 보여 주었다면『애린』에서는 화해적인 의미로의 전환이자 근원적인 생명의 모습을 보여준다.'
　　김재홍,「자유에의 길 또는 생명사상」,『작가세계』, 작가세계사, 1990.가을, 298면.
　　'김지하가 보인 투쟁과 이후의 생명탐구는 서로 관련되어 있으며 초기는 상대를 극복하고 나의 생명을 살리려는 소아적 생명의식이라면, 후자는 나와 더불어 상대를 살리고 공동체 전체를 살리는 대아적 생명의식으로 볼 수 있다.'
　　남송우, 위의 책, 66~72면.

11) 김지하,『애린 1·2』, 실천문학사, 1986.

12) 전반기(초기)-중반기(중기)-후반기(후기) 등으로 구분.

보거나 생태계 파괴와 생명 윤리 문제로 위기를 겪고 있는 작금의 현상을 감안할 때 생명사상, 생태주의라는 그의 화두는 지속될 것으로 보인다.

이성선(1941~2001)은 등단 초기부터 자연에 대한 탐색의 결과를 시로 형상화했다. 생을 마감하기까지 30여 년간 개인 시집을 비롯한 시선집, 공동시집을 출간하는 등 활발한 작품 활동을 했다.[13] 그가 일생을 통해 추구한 것은 자연에 대한 탐색과 더불어 자연과 인간의 소통에 대한 통찰이었으며, 그의 작품 연구도 주로 불교, 노장사상 등 초월적 주제와 관련하여 논의되었다. 특히,『나의 나무가 너의 나무에게』[14] 이후 작고하기까지 발표된 그의 시편에는 인간을 포함한 자연현상의 생성과 성장, 소멸에 관한 주제가 다양한 양상으로 형상화되어 있다. 또한 당시 환경가로서 환경운동에 관심을 가져 '양양 환경운동연합'을 결성하고 공동의 장을 맡아 활동한 사실은 알려진 바이다.[15] 이러한 점들은 주로 초월주의로 연구된 그의 작품에 생태주의의 의도가 내포되었음을 반증한다. 따라서 그의 작품에 나타나는 자연현상의 생성과 성장, 소멸의 주제는 근대 이후의 담론인 심층생태주의의 유기론으로 논의해볼 필요가 있는 것이다.

정현종(1939~　) 역시 시집, 시선집, 시전집, 산문집 등을 발간하며 활발하게 작품활동을 전개했다. 그 외에도 번역시와[16] 번역서를[17] 출간하

홍용희,「김지하 문학 연구」, 경희대학교 박사학위논문, 1998.
　"3단계로 구분하는 경우는 일반적으로『애린』1, 2의 연작과『검은산 하얀방』을 중반기(중기)로 본다."
　박애리,「김지하 시 연구─생명사상을 중심으로」, 한남대학교 박사학위논문, 2009, 17면.
13) 이희중 외 엮음,『이성선 전집1─서정시』, 서정시학, 2011.
　여태천 외 엮음,『이성선 전집2─산문시·기타』, 서정시학, 2011.
14) 이성선,『나의 나무가 너의 나무에게』, 5像사, 1985.
15) 여태천 외 엮음, 앞의 책, 728면.
16) 파블로 네루다, 정현종 역,『네루다 시선』, 민음사, 2007.

는가 하면 1999년에는 그동안 발표한 시편을 총괄하여『정현종 시 전집』 1, 2를 출간하기도 했다.[18] 다수의 문학상을 수상했으며,[19] 독특한 사유와 역동적인 상상력으로 "가장 대표적인 한국의 생태시인"으로 평가된 바 있다.[20] 그의 시는 초기와 후기, 또는 초 · 중 · 후기로 나누어 거론되며,[21]『사랑할 시간이 많지 않다』[22] 이후 지금까지 발표된 그의 시에 관한 논의에서도[23] 한국 현대시인 가운데 생태주의에 가장 깊은 관심을 보여주고 있다고 평가된다.[24] 또한, 그 시기 이후 발표된 작품 대부분이 자연지향의 주제라는 사실은 자연에 대한 그의 관심이 이후로도 지속될 것임을 시사한다.

지금까지 살펴 본 세 시인의 행보로 볼 때, 세 시인은 출생 시기가 비슷하며 작품 활동의 분량이나 자연과 인간의 관계를 탐구한 시세계도 공통점을 보인다. 또한 그들 모두 작품 활동이 마무리되었거나 마무리 단계에 있기 때문에 이후의 문학세계가 변할 가능성이 희박하며, 그들이 발표한 산문이나 외부활동에서도 생태계 위기에 대응하는 관점이 공통적으로 나타난다. 이러한 점을 감안하여 이 책에서는 김지하 · 이성선 · 정현종 시에 나타나는 심층생태주의의 유기론적 양상을 연구하고자 한다.

---

17) 카슨 매컬리스, 정현종 역,『슬픈 카페의 노래』, 문예출판사, 1996.
　　크리스나무르티, 정현종 역,『아는 것으로부터의 자유』, 정우사, 1996.
18) 정현종,『정현종 시전집 1 · 2』, 문학과지성사, 1999.
19) 한국문학작가상, 연암문학상, 현대문학상, 이산문학상, 대산문학상 등을 수상했다.
20) 김욱동,「시인은 숲을 지킨다」,『시인은 숲을 지킨다』, 58면.
21) 박혜경,「빈몸과 바람의 시」, 이광호 편,『정현종 깊이 읽기』, 문학과지성사, 1999, 318~319면.
22) 정현종,『사랑할 시간이 많지 않다』, 세계사, 1989.
23) 남진우,「정현종에 대한 두 편의 글」,『바벨탑의 언어』, 문학과지성사, 1989, 139면.
　　박혜경, 앞의 논문, 319면.
24) 김효중,「정현종의 생태시에 관한 고찰」,『세계문학비교연구』23, 2008.여름, 7면.

2. 연구사 검토

문학에서 심층생태주의의 담론은 생태문학의 정당성을 주장하는 최초의 논의부터 시작된다. 1990년대의 출발과 함께 '생태계 위기'를 언급한 것은 1990년 겨울호로 발간된 두 계간지의 특집 기획으로서『창작과 비평』에 실린「생태계의 위기와 민족민주운동의 사상」[25]과『외국문학』에 실린「생태학·미래학·문학」이다.[26] 두 논의 모두 당시 환경 문제가 사회의 중심 주제로 부각했음을 강조하면서 문학의 생태학적 대응을 제안했으나,『외국문학』에서 이동승은 독일의 생태시를 소개하면서, 목적성을 지닌 계몽문학 정도로 소개한다.[27] 김성곤 역시 생태문학의 필요성에 대해 강조하는 정도에 그쳤다.[28]

반면,「생태계의 위기와 민족민주운동의 사상」에서『녹색평론』발행인인 김종철을 비롯하여 백낙청, 김세균, 이미경, 김록호 등이 벌인 논의는 심층생태주의의 단초를 보이는 최초의 대담으로 주목된다. 그 대담에서 환경 위기의 원인으로 인류 문명 전반을 문제 삼는 입장과 자본주의경제 체제를 주 원인으로 보는 입장 사이의 대립이 두드러졌다. 녹색운동이 지닌 시민운동적 성격을 비판하는 입장도 있었지만 결국 연대의 정당성을 인정하는 쪽으로 결론이 지어졌다.

특히, 김종철이 말하는 '시적 인간'은 근본적으로 현재의 삶을 태초의 신화적 세계로 되돌리려는 심층생태주의적 인간을 의미하게 된다.[29] 환

---

25) 백낙청 외,「생태계의 위기와 민족민주운동의 사상」,『창작과 비평』, 창작과비평사, 1990. 겨울.
26) 김성곤 외,「생태학·미래학·문학」,『외국문학』, 1990.겨울.
27) 이동승,「독일의 생태시―그것의 이해를 위한 서론」,『외국문학』, 1990.겨울, 55면.
28) 김성곤,「문학생태학을 위하여」,『외국문학』, 1990.겨울, 80면.
29) "오늘날 가공할만한 환경 재난이나 생태학적 위기는 산업문화의 퇴폐성과 직결되어 있을 뿐만 아니라, 우리 자신의 개개인의 인간성이 극도로 피폐해진 것과 완전히 내면적

경 파괴에 대해 비판하고 스스로 사회생태주의자임을 자처하지만 개인
의 의식개혁을 강조하는 동시에 태초의 방식을 희구하는 그의 사상은 궁
극적으로 심층생태주의와 닿아 있다.[30] 특히, 그가 발간한 『녹색평론』
은 환경오염과 생태계 파괴의 현실을 공론화시키는 데 결정적으로 기여
하며, 이후로도 다른 저서를 통해 생태주의의 탐색을 지속적으로 담아내
고 있다.[31]

김지하는 1980년대 중반부터 생명 운동과 관련한 글을 쓰기 시작하
여, 생명시학을 논함에 있어, 그를 건너뛸 수 없다고 평가된다.[32] 그가 정
립한 생명사상의 토대에는 기독교사상을 비롯하여 다양한 사상이 포섭
되어 있지만 유·불·선을 통합한 동학사상에 치중되어 있다. 그의 사상
은 그의 산문에서 광범위하게 펼쳐지는 가운데 심층생태주의를 탐구하
여 그 단점에 대해 논하는가 하면, 사회제도의 개선을 제안하며 사회생
태주의자임을 자처하기도 한다. 그러나 그의 사유는 생태계 위기에 대한
뚜렷한 방향 제시보다 삶의 총체적 위기 문제를 다루는 가운데, 초점이
약해졌으며 기계문명에 대한 분석과 성찰이 부족한 점은 한계로 파악
된다.

남송우는 환경시학[33]을 논의한 데 이어, 1990년대 중반에는 생태환경

으로 일치하고 있다. 우리가 제일 중요하게 생각해야 할 문제는 환경파괴의 문화와 인
간성의 문화가 근본적으로 동일한 문제임을 인식할 때 철저히 변혁되어야 할 것은 사회
의 외면적인 구조가 아니라 '우리 자신의 내면의 구조, 즉 감수성과 욕망'이라는 점이다.
김종철, 「시의 마음과 생명공동체」, 『시적 인간과 생태적 인간』, 삼인, 2002, 131면.
30) "우리는 사회적인 존재일 뿐만 아니라 무엇보다 자연적 존재이며, 끊임없이 우주적 생
명활동이라는 거대한 움직임 속에 참여하고 있는 존재이기 때문이다."
김종철, 「인간, 흙, 상상력」, 『시적 인간과 생태적 인간』, 92면.
31) 김종철, 『녹색평론선집 1』, 녹색평론, 1998.
______, 『간디의 물레』, 녹색평론, 1999.
______, 『새들은 과외수업을 받지 않는다』, 샨티, 2003.
______, 『땅의 옹호』, 녹색평론사, 2008.
32) 남송우, 「김지하 시인의 생명사상과 생명시론」, 『생명시학 터닦기』, 65면.

시가 지향해야 할 방향성을 보여준다.[34] 또한 이 시대에 추구해야 할 비평의 길은 생명시학의 논의라고 전제하면서, 본격적인 생태주의 비평의 길을 제시했다.[35] 그는 1990년 중반에 '생명시학'의 명명命名에 대한 가능성을 보여주는 가운데, 이를 생명 자체를 다루는 시, 식물적 이미지를 통해 생명의식을 노래하는 시, 신생의 꿈을 통해 생명의식을 고양시키는 시들로 구분한다.[36] 나아가 생명사상의 이론을 재정리하면서, 인간의 영혼에 대한 각성과 함께 신성神性의 추구를 강조하고,[37] 죽음의 문제와 관련하여 본질적인 생명현상의 원리를 탐색한다.[38] 그의 사유는 심층생태주의와 닿아 있는 가운데 생명현상의 유기론적 특성에 관한 논의의 깊이를 보여주고 있으나, 작품 분석보다 이론의 전개에 치우치는 점은 아쉬움으로 남는다.

신덕룡은 생태문학론의 학술적 연구에 체계적으로 나서 시 분야를 중심으로 기존 논의들을 정리하는 성과를 보여준다. 자신의 글을 포함한 주요 생태문학론과 생태시 선집을 엮어 내놓았을 뿐 아니라,[39] 자신이

---

33) '지금까지 환경시의 범주로 논의된 시편들을 통해 확인된 삶의 환경은 한마디로 절망적이다. 죽음의 이미지에 압도되어 죽음을 넘어서는 생명의 길에 대한 모색은 말 그대로 암중모색의 지점에 머물고 있다. 그러므로 생명의 길을 어떻게 열어갈 것인가가 현재 환경시가 짊어진 우선적 과제인 것 같다.'
　　남송우, 「환경시의 현황과 과제」, 『현대시』, 1993.5, 57면.
34) 남송우, 『대화적 비평론의 모색』, 세종출판사, 2000, 327~366면.
35) "비로소 생태주의 비평이 길을 찾게 된 것은 남송우의 「생명시학을 위하여」(1996)가 발표되면서부터가 아닌가 한다. 이때부터 그것은 환경에 관한 여러 문제들을 까발려 고발하는 식의 경향을 지양해가면서 생명의 고양이란 한층 차원적인 실존의 문제로 눈을 돌리게 되었다. 남송우는 '생명시학'이란 명명(命名)의 가능성을 처음 열었던 것이다."
　　송희복, 「서정성과 생태주의」, 『초록생명의 길Ⅱ』, 시와사람사, 2001, 280면.
36) 남송우, 「생명시학을 위하여」, 『초록생명의 길』, 223면.
37) 남송우, 위의 책, 223면.
38) 남송우, 『비평의 자리 만들기』, 산지니, 2007.
　　______, 『이것저것 그리고 군더더기』, 해성, 2008.
　　______, 『생명시학 터닦기』, 부경대학교출판부, 2010.
39) 신덕룡 엮음, 『초록생명의 길』, 시와사람사, 1997.

분석한 생태시 연구서를 내놓기도 했다.[40] 그는 생태학적 위기에 대응하는 논의의 특징을 다섯 가지로 요약하고,[41] 발상의 전환으로서 생명시의 출현을 논의하는 가운데, 유형 분류, 시적 실천 등을 밀도 있게 전개했다. 그는 생태주의를 탈중심주의로 규정하며, 무기물까지 생명의 개념에 포함시키고 있어 심층생태주의의 유기론과 관련한 작품 분석을 일찍이 시도했다고 볼 수 있다. 다만 불교사상에 치우침으로써 생태계 위기에 대응하는 현세적 의미의 확장으로 나아가지 못한 점은 아쉬움으로 남는다.

정효구는 김지하의 이론을 수용하여 우주공동체적 세계관을 추구하는 가운데 무엇이든 중심이 된다는 세계관을 부정한다. 우주 전체는 서로 긴밀한 연관관계를 맺고 있기 때문에, 이들 중 어느 하나가 다른 하나를 무시하거나 종속시킬 수 없다고 보며, 인간은 인간이기 이전에 자연이라는 점을 강조한다.[42] 그러므로 우주적인 차원의 유기체가 균형과 조화를 회복하는 일에 동참하는 일이 필요하며, 특히 문학이 앞장서야 한다고 강조한다. 그의 논의는 동양사상과 관련한 유기론을 다양하게 작품 분석에 적용한다는 의의를 획득하지만, 방만한 이론의 제시에 치우쳐 초

　　　　　, 『초록생명의 길Ⅱ』, 시와사람사, 2001.
40) 신덕룡, 『환경위기와 생태학적 상상력』, 실천문학사, 1999.
　　　　　, 『생명시학의 전제』, 소명출판, 2002.
41) 첫째, 우리나라 생명시에 대한 논의는 정치적 변화와 밀접한 관련을 가지고 있다. 둘째, 생명문학에 대한 논의는 1990년을 계기로 1990년대의 중요한 담론으로 자리 잡게 되었다. 셋째, 생태시에 대한 분류에 있어서 시적 소재, 시인의 미래에 대한 전망, 시적 대응 등에 따르면 그 분류가 다르게 나타나고 있다. 넷째, 목적성을 띤 주제를 형상화함에 있어서 과거 정치지향의 시에서 경시되던 미학적 형상과 대상에 대한 보다 진지한 접근, 동시에 시인의 도덕적·윤리적 차원의 실천 역시 중요하다는 인식을 보여주고 있다. 다섯째, 환경오염과 생태계 파괴를 다루는 시에 대한 명칭이 논자에 따라 다르게 나타나고 있다.
　　신덕룡, 「생명시 논의의 흐름과 갈래」, 『초록생명의 길』, 26~27면.
42) 정효구, 『우주공동체와 문학의 길』, 시와시학사, 1994.
　　　　　, 『한국현대시와 문명의 전환』, 새미, 2002.

점이 애매해지는 점은 아쉬움으로 남는다.

홍용희는 지구를 생물체로 인식하는 유기체적 생태주의를 논의하면서 러브록의 가이아 이론과 장회익의 온생명 사상을 비교 분석한다. 이러한 논의의 과정에서 그는 지구상의 유기체가 끊임없이 시·공간적인 자기 조직화 과정과 활성의 파동을 통해 역동적인 생명 활동을 수행하고 있음을 강조한다. 그는 작금의 과학기술이 이러한 생명활동을 위협하는 원인이 된다고 전제한다. 또한 그는 동학사상을 중심으로 한 전통 사상을 창조적으로 계승할 때 이를 극복할 수 있다고 주장하며, 신과학에도 관심을 보인다.43) 그의 이러한 논의는 심층생태주의와 근접해 있으나 작품분석에서 지나치게 동학사상 또는 기氣 사상에 경사되는 점은 한계로 파악된다.

이남호는 녹색문학이라는 용어를 사용하면서, 녹색미학, 녹색이념, 녹색가치, 녹색비평의 개념으로 확대시킨 바 있다. 그는 자연을 외면한 인간의 삶이 불가능하다는 근거하에 근대 문명의 모순을 비판하고 그것이 지향하는 무한 성장과 무한 속도의 자멸성을 경고하여, 심층생태주의의 입장과 부합한다.44) 그러나 그는 심층생태주의가 지나치게 고결한 방향으로 치우쳐 있기 때문에 행동 지침이기보다 윤리적, 철학적 바탕으로 제한될 수밖에 없다고 주장한다.45) '약한 인간중심주의'를 강조하는 그

---

43) 홍용희, 「신생의 꿈과 언어」, 『시와 사상』 4호, 1995.겨울.
44) 이남호, 「문학은 녹색이다」, 『녹색을 위한 문학』, 민음사, 1998, 28면, 59~61면.
45) "약한 인간중심주의를 인정하는 것은 비인간중심주의를 무조건 주장하는 것보다 더 사려깊은 태도이며, 오히려 더 생태주의적이라고도 볼 수 있다. 생태계를 구성하는 존재들이 경쟁보다는 협동과 공생에 의해서 생태계를 유지한다는 생태주의자들의 주장을 인정한다고 하더라도 모든 존재들은 자기의 입장과 형편에 서서 생태계에 참여하는 것이지 다른 존재를 위해서 희생적으로 생태계에 참여하는 것은 아니다. 이런 점에서 완전한 비인간중심주의는 억지스럽다. 오히려 약한 인간중심주의가 비인간중심주의보다 공생이라는 자연의 질서에 더 순응하는 태도라고 할 수 있다."
이남호, 위의 책, 30~31면.

의 녹색 가치관은 결국 '모범', '진보', '바람직한 사회' 등으로 일반화되고 있음을 알 수 있다.

송희복은 '생태적 서정시'의 경향에 대해 일반적인 개념으로 '생명시' 혹은 '생명시학'이라는 용어를 사용하며, 불교사상을 토대로 작품 속의 생명의식을 탐구하고 체계화하는 변별성을 보인다.46) 그는 '생태적 상상력'이 문학·비문학권에서 보편화되어 가고 있다는 데 동의하고, 이를 전제로 생태적 상상력에 근거를 둔 시적 경향을 생태시라 명명한다.「생명력의 근원과 시적 감응」,「서정시의 화엄경적 생명원리」,「생명시의 향방과 의미」등의 논의는 심층생태주의와 통한다. 그러나 불교사상의 논의에 치중한 결과 생태계 문제에 대한 대응의식이 약화된 점은 문제로 파악된다.

이숭원은 생명과 환경의 유관성과 상의성을 탐색하는 것이 생태학이고, 그러한 인식에 바탕을 둔 상상력을 생태학적 상상력이라고 전제한 뒤, 그것에 의거해 쓰여진 시를 생태시라 명명한다. 그는 고현철의 '생태주의 시'에서 '주의'에 대해 문제를 제기하고 생태주의(eco-ism)는 당시 세계적으로 일반화되지 않았으며, 이념과 실천이 병립되어야 함에도 그렇지 못함에 대해 지적하는 한편, '생태시'를 제안한다.47) 그는 모든 시가 표현 방식과 의식의 수준에 차이는 있지만, 본질적으로 생명을 탐구하고 생명의 가치를 옹호한다고 본다. 이와 같은 그의 사유는 심층생태주의에 닿아 있으나, '생태주의 시'에서 '주의'에 대한 그의 지적은 현재의 '생태주의'가 일반화된 개념이라고 보았을 때, 타당성을 잃고 있다. 생태시에 모든 시를 포함함으로써 범주 설정이 애매해지는 점 역시 한계라 할 수 있다. 생태주의 시는 근대의 경험 이후, 파괴된 생태계에 대한 위기의식

---

46) 송희복,『생명문학과 존재의 심연』, 좋은날, 1998.
47) 이숭원,「생태시의 현황과 전망」,『초록생명의 길Ⅱ』, 127~142면.

을 근간으로 하기 때문이다.

고현철은 일찍이 생태주의의 문학적 적용에 관심을 기울이며,[48] 자신이 정의했던 '생태주의'의 유형 구분을 비판하는 이숭원의 지적에 대해 앤드루 돕슨의 발언을 들어 반박한다.[49] 그는 신덕룡의 주장에도 오류가 있음을 지적하고, '생태주의'는 근대적인 경험을 거친 가운데 근대의 모순을 극복하고자 하는 데에 토대한다는 점을 강조한다.[50] 그는 '생태주의 시'는 '생태시', '환경시', '생명시'로 범주화할 수 있으며, '생명시'는 생명파괴의 현실을 비판하는 가운데, '있어야 할 세계'로서의 본원적인 생명 세계 구현을 목표로 삼는다고 주장한다.[51] '생태시'는 인간중심주의를 비판하고 인간과 자연의 총체를 지향하는 시, '환경시'는 인간 중심주의의 관점을 견지하는 시로 정리한다.[52] 생태주의 시의 갈래 구분에 주목하는 한편, 생태계 위기에 대응한 대안 모색의 논의에 집중하고 있음을 알 수 있다. 그러나 그가 말하는 '생명시'와 '생태시'는 현실에 대한 비판의식을 토대로 생명이 구현된 세계를 추구한다는 공통점을 보이는 가운데, 그 경계가 모호한 아쉬움을 남긴다.

김경복은 한국 아나키즘 시에 관한 그의 박사학위논문에서[53] 다룬 생태아나키즘 논의를 시발점으로 사회생태주의에 천착하여, 한국 생태문

---

48) 고현철, 『현대시의 쟁점과 시각』, 전망, 1998, 17면.
　　　　, 『비평의 줏대와 잣대』, 새미, 2001.
49) '생태주의는 애초에 앤드루 돕슨의 저서 『녹색정치사상』에서 이미 일반화되었으며, 이숭원이 오해하는 'eco-ism'이 아니라 'ecologism'으로 널리 쓰이고 있는 말이다.'
　　고현철, 「현대시와 생태학」, 『탈식민주의와 생태시학』, 2001, 102~103면.
50) "생태주의는 근대의 부정적인 경험 속에서 인간과 자연의 관계를 새롭게 인식하여 그 진정한 관계를 추구하기 위해 모색하고 있는 사회사상입니다. 그래서 생태주의는 근대의 경험을 거친 가운데에서 근대의 모순을 극복하고자 하는 것입니다."
　　고현철, 위의 책, 203면.
51) 고현철, 「생태주의 시의 지형과 과제」, 『초록생명의 길 II』, 시와사람사, 2001, 208면.
52) 고현철, 「현대시와 생태학」, 『탈식민주의와 생태시학』, 104면.
53) 김경복, 「한국 아나키즘 시문학 연구」, 부산대학교 박사학위논문, 1998.

학의 논의를 한 차원 높은 단계로 올려놓았다고 평가할 수 있다.54) 한편, 평론집『생태시와 넋의 언어』55)에서는 생태학적 세계관과 관련하여 기술문명에 대한 반성, 근대적 주체의 반성과 서정주의, 여성성의 회복, 신성성의 회복과 생명의식 등으로 논의하는 가운데 심층생태주의에 대한 관심을 나타낸다. 그는 이러한 논의에서 전체적으로 생명의 포용과 상생의 세계관을 보여주며, 동일성에 대한 고찰과 함께 장자의 물화物化 개념을 토대로 본격적인 작품 분석을 시도한다. 동일성의 고찰에서 보여주는 섬세한 논의는 심층생태주의의 유기론에 근접하나 그러한 시를 모두 생태주의 시로 범주화했기 때문에 개념 구분이 모호해지는 아쉬움을 남긴다.

임도한의「한국 현대 생태시 연구」는 생태문학에 관한 최초의 박사학위논문이다.56) 그는 풍부한 자료 섭렵과 함께 초기의 계몽적 단계를 벗어난 작품이 좀 더 근원적인 생태의식의 배양을 추구하는 작품 성향으로 나타나다가, 점차 동양적 사유체계 또는 생태신학적 사유로 사상의 깊이를 더하며 심화되었다는 점을 밝혀낸다. 생태문학 연구 분야의 초기 연구자로서, 생태주의를 광범위하게 고찰하는 가운데 심층생태주의와 사회생태주의를 깊이 있게 탐색하기도 한다.57) 그러나 여러 시인들의 작품을 생태학이라는 방대한 이론의 틀에 일괄적으로 적용한 결과 피상적인 논의에 그친 아쉬움을 남긴다.

장정렬은 그의 박사학위논문58)과 그 논문이 책으로59) 이어지는 과정

---

54) 김경복,『한국 아나키즘 시와 생태학적 유토피아』, 다운샘, 1999.
_______,『시의 운명과 혼의 형식』, 천년의 시작, 2010.
55) 김경복,『생태시와 넋의 언어』, 새미, 2003.
56) 임도한,「한국 현대 생태시 연구」, 고려대학교 박사학위논문, 1999.
57) 임도한,「인문학과 생태주의」,『인문과학 연구』19집, 2000, 29면.
58) 장정렬,「한국 현대 생태주의 시 연구」, 한남대학교 박사학위논문, 1999.
59) 장정렬,『생태주의 시학』, 한국문화사, 2000.

에서 문명의 위기와 생태주의의 상상력, 자연과 인간의 총체성 회복과
전망 제시, 생태페미니즘의 양상 등 생태주의와 관련하여 전반적인 논의
의 성과를 보여준다. 특히, 초기임에도 불구하고 책의 표제에서 '생태주
의'를 뚜렷하게 부각시키고 있음은 주목할 만하다. 그러나 논의의 시기
가 초기인 만큼 전반적인 동시에 보편적인 내용을 다룸으로써 각 부분이
피상적이고 소략하게 끝나는 등 동어 반복적인 논의에 머무는 점은 아쉬
움을 남긴다.

　　김옥성은 그의 박사학위논문[60]과 평론집[61]에서 생태주의와 종교의
관련성을 두루 논의하는 가운데, 신과학의 상대성이론이나 양자 역학 등
현대 물리학의 성과와 관련한 심층생태주의의 통찰력을 보여준다. 그의
논의는 심층생태주의의 유기론적 사유에 닿고 있는 것이다. 그러나 그러
한 논의에서 그는 불교생태학을 심층생태주의의 하위 항목으로 규정짓
는 오류를 보인다.[62] 불교사상은 생태주의의 하위 갈래인 심층생태주의
의 정립에 본격적인 영향을 미친 사유로써 스피노자와 간디의 현세적 통
찰을 거치며, 생태주의와 습합하고 있기 때문이다. 따라서, 불교생태학
을 생태주의의 하위 항목으로 보는 방식은 적절하지 않다고 판단한다.

　　정연정의 논문은 고전 문학에 나타나는 생태주의가 현대시로 계승되
었다는 관점에서 논의하고 있어 나름의 독창성을 담보한다.[63] 하지만 그
의 논의에서도 심층생태주의가 불교사상의 영향을 받는 가운데, 간디의
현세적인 사유, 신물리학과 습합되었음을 상기할 필요가 있다. 심층생태
주의는 불교사상과 신물리학의 변증법적 결합으로 작금의 생태계 위기

---

60) 김옥성, 「한국현대시의 불교적 시학 연구」, 서울대학교 박사학위논문, 2005.
61) 김옥성, 『현대시의 신비주의와 종교적 미학』, 국학자료원, 2007.
　　　　　, 『한국 현대시와 종교생태학』, 박문사, 2012.
62) 김옥성, 「한국 현대시의 불교생태학적 상상력 연구」, 『한국문학이론과 비평』, 한국문학이
　　론과 비평학회, 2009, 247면
63) 정연정, 「한국시에 나타난 불교생태의식 연구」, 숭실대학교 박사학위논문, 2011.

에 대응한 창조적 방안으로서의 타당성을 획득한 것이다. 이를 전제할 때, 불교생태학이라는 개념 자체로 논의하는 방식은 논의를 위한 논의에 머물 뿐 현실적인 대응방안으로서의 타당성을 확보하지 못한다. 불교사상은 근대 경험 이전에 체계화된 사상이며, 근대 경험 이후 유발된 작금의 생태계 위기에 대응한 방안으로서의 직접적인 적합성을 확보할 수 없기 때문이다.[64]

장영희의 논문은 이성선과 고진하의 시편을 대상으로 영성적 관점에 초점을 둔 가운데 생태주의의 특성을 탐색한다. 그의 논문은 고진하 시를 대상으로 그동안 생태계 위기의 원인으로 지목되었던 기독교사상의 생태주의적 측면을 논의하는가 하면 이성선 시를 대상으로 불교사상과 관련한 생태주의 논의를 진행함으로써 종교적 담론이 생태주의의 중심에 놓일 수 있음을 입증하여 보여준다. 그러나 기본적으로 그의 논문은 영성적 측면에 치우친 나머지 생태주의의 본격적인 연구로 나아가지 못한 한계점을 보인다. 불교사상과 기독교사상에 나타난 생태주의의 비교 연구라는 지점에 머물고 만 것이다.[65]

박희병[66]은 한국의 고전문학을 대상으로 생태사상을 깊이 있게 연구했다. 그는 이규보와 김시습, 강백년, 홍대용 등의 작품에서 인간 본위를 탈피하여 사람과 만물이 일체임을 주장한다. 뿐만 아니라 사람과 동물, 사물의 차별성을 부정하고 근본적인 대등함을 설파한다. 이와 같은 논의는 한국 고전문학에 나타난 생태적 인식의 계보를 제공했다는 점에서 고무적이라 할 수 있다. 뿐만 아니라, 그들의 작품을 대상으로 한 논의의 과정에서 자연과 인간의 평등성과 유기체성을 강조하는 점 등으로 볼 때,

---

64) 고현철, 「시적 통합과 시적 감동」, 『탈식민주의와 생태시학』, 203면.
65) 장영희, 「한국현대생태시의 영성 연구」, 부산대학교 박사학위논문, 2008.
66) 박희병, 『한국의 생태사상』, 돌베개, 1999.

유기론적 양상을 포착했다고 볼 수 있다. 그러나 근대 경험 이전의 작가와 작품을 대상으로 했기 때문에 근대적 가치관을 비판하는 심층생태주의의 범주로 논의하기에는 적절하지 않다고 판단한다.[67]

김욱동[68]은 미국의 생태시인 게리 스나이더와 독일의 생태시인 루드비히 피엔홀트의 생태시를 비교 연구하면서, 게리 스나이더가 시에서 구약성서와 공자의 인간중심주의를 비판하고 있는 반면, 피엔홀트는 파괴된 현실을 구체적으로 묘사하고 있다는 점에 주목한다. 스나이더가 숲의 파괴 원인을 정신적인 문제에서 주로 찾는다면, 피엔홀트는 그 원인을 좀 더 구체적인 현실에서 찾는다고 본 것이다. 그는 이러한 논의의 과정에서 비인간중심주의와 순환론적 세계관에 집중한다. 그의 이러한 논의는 심층생태주의의 유기론에 근접한다는 점에서 의미가 있다. 그러나 '생태문학'과 '녹색문학'을 혼용하는 등 개념이 명확하지 않은 점은 문제로 파악된다.

도정일은 문명과 자연의 대립적 성질을 강조하면서 대립성이 적대성이 되어서는 안 된다는 점을 강조한다. 인간이 만든 문명과 자연을 명확하게 구분하지만 자연으로서의 인간을 간과하지 않는 것이다. 그러한 가운데서도 그는 문명을 전면적으로 부정하는 심층생태주의를 지목하여 실천 불가능한 상상력에 불과하다고 비판한다. 또 인간과 자연에 대한 생태학적 관계를 회복하기 위해서 문학교육 프로그램의 개발이 시급함을 강조한다.[69] 합리성을 추구하는 그의 논의는 사회생태주의의 측면에

---

67) "생태주의는 근대의 경험을 거친 가운데에서 근대의 모순을 극복하고자 하는 것입니다. 따라서, 근대적인 경험 이전의 세계를 그대로 갖고 오는 것은 맞지가 않습니다." 고현철, 「시적 통합과 시적 감동」, 앞의 책, 203면.
68) 김욱동, 『문학생태학을 위하여』, 민음사, 1999.
　　　　, 『시인은 숲을 지킨다』, 범우사, 2001.
　　　　, 『생태학적 상상력』, 나무를 심는 사람, 2003.
69) 도정일, 「시인은 숲으로 가지 못한다」, 『시인은 숲으로 가지 못한다』, 민음사, 1994.

서뿐 아니라 심층생태주의의 입장에서도 의미가 있다. 그러나 그의 논의
는 생태 위기에 대한 대안의 방법에 집중하지만 심층생태주의를 전면 부
정함으로써 인간중심주의에 기울어져 있다는 문제점을 남긴다.

이러한 논조는 최동호나 문덕수에서도 반복된다. 최동호는 심층생태
주의를 지지하는 가운데서도, 생태주의가 동양적 자연을 강조하다보니
지나치게 반인간 중심적으로 전개되었다는 점을 지적한다.[70] 결국 사회
생태주의로 기우는 가운데, 인간중심주의로 되돌아간다는 문제점이 포
착되는 것이다. 문덕수 역시『시문학』에 생태주의 특집을 마련하고 다
양한 생태주의 전문가들의 글을 연재하는 가운데 스스로도 많은 글을 발
표한다. 그러나 그의 논의 역시 인간중심주의로 기울어지는 문제점을 남
긴다.[71] 이러한 논의에서 유기론에 관한 중요성이 거듭 언급되었으나,
사회생태주의의 입장에 경사됨으로써 인간중심주의에서 벗어나지는 못
한다.

송용구 또한『녹색의 저항』을 통해 독일의 생태시와 생태이론을 소개
했다. 그가 소개한 독일의 생태시가 한국 현대생태시의 창작과 논의에
영향을 미친 것이다. 그는 독일의 생태주의 시와 한국 현대시에 나타난
논의를 통해 기술 문명의 폭력성을 강조하며, 그에 맞설 수 있는 저항의
힘은 생명을 향한 사랑임을 강조한다.[72] 이러한 논의의 과정에서 그는
사회생태주의의 입장과 심층생태주의의 측면을 동시에 보여주지만, 생
태주의의 개념 안에서 일반적인 특성을 두루 논의함으로써 유기론적 논
의로 나아가지는 못한다. 구자희의 생태주의 연구는 심층생태주의와 사
회생태주의 담론을 깊이 탐색하여 정리한다는 측면에서 의미가 있다.[73]

---

70) 구중서,「문학과 생명운동」,『문학과 리얼리즘』, 태학사, 1996.
71) 문덕수,「생태시와 에콜로지 II」,『시문학』, 시문학사, 1999.7.
72) 송용구,『녹색의 저항』, 들꽃, 2003.
　　　　　,『현대시와 생태주의』, 국학자료원, 2002.

그러나 생태주의 담론이 어느 정도 진행되었던 시기라는 점을 감안할 때, 더 나아간 논의가 없다는 점은 한계로 파악된다.

문순홍은 북친의 사회생태주의 이론을 번역하여 소개하고[74] 서구 생태이론을 묶어내기도 하는 등[75] 한국의 사회생태주의 도입에 크게 기여했다. 그의 생태담론은 심층생태주의와 사회생태주의 등 대안 모색의 생태주의로 요약할 수 있으며, 북친의 이론을 상세히 번역하여 소개한 점은 주목된다. 그 외, 태양을 포함한 지구생태계의 유기론적 생명현상을 탐구하여 '온생명'으로 이론화한 장회익,[76] 심층생태주의와 사회생태주의에 많은 노력을 할애하여 안내하는 송명규,[77] 심층생태주의에 대해 깊이 탐색하여 소개하는 박이문,[78]『책임의 원칙』을 번역하여 소개하고[79] 독일 철학자들의 사유를 비교 분석하는 가운데, 사회생태주의에 관한 사유를 펼치는 이진우[80]와 심층생태주의를 격렬하게 비판하며 사회생태주의의 논리를 지지하는 철학자 구승회[81] 등의 이론가들은 대부분 심층생태주의를 비판하고 사회생태주의를 지향한다. 이들이 토대로 삼은 유

---

73) 구자희,『한국 현대 생태담론과 이론 연구』, 새미, 2004.
74) 머레이 북친, 문순홍 역,『사회생태론의 철학』, 솔출판사, 1997.
75) 문순홍 편저,『생태학의 담론』, 솔출판사, 1999.
76) 장회익,『삶과 온생명』, 솔출판사, 1998.
77) 송명규,「근본생태론과 문화적 생태여성주의 간의 논쟁과 그 평행선」,『논문집』34, 단국대학교, 1999.
　　　　,「사회생태학 계열의 생태여성주의자들과 문화적 생태여성주의자들 사이의 논쟁」,『한국지역개발학회지』15집, 한국지역개발학회, 2003.
　　　　,「사회생태학과 심층생태학의 생태파시즘 논쟁과 그 교훈」,『한국지역개발학회지』18집, 한국지역개발학회, 2006.
78) 박이문,『문명의 미래와 생태학적 상상력』, 당대, 1997.
79) 한스 요나스, 이진우 역,『책임의 원칙 : 기술시대의 생태학적 윤리』, 서광사, 2005.
80) 이진우,『녹색 사유와 에코토피아』, 문예출판사, 1998.
81) 구승회,『에코필로소피』, 새길출판사, 1995.
　　　　,『철학의 변형을 향하여』, 철학과현실사, 1996.
　　　　,『생태철학과 환경윤리』, 동국대학교출판부, 2001.

기론적 생태관은 귀 기울일 만하나, 사회생태주의의 한계가 크다고 보았을 때,[82] 사회생태주의의 입장을 견지하며, 더 나아가지 않는 점은 한계라 할 수 있다.

그 외에 이혜원의 현대시와 에코페미니즘 연구[83]가 심층생태주의의 유기론적 특성과 관련하여 의의를 갖는다. 그는 '생명의 거미줄'이라는 표제가 '심층생태주의의 핵심 개념임을 밝히는가 하면, 다른 존재들과 유기적으로 얽혀있는 생명의 본성을 논의하고자 했음을 밝힌다. 그러나 그의 논의는 여성성에 초점을 두었기 때문에 심층생태주의의 유기론과 관련하여 본격적인 논의로 나아가지는 못했다.

또한, 철학자로서 『생명의 원리』를 번역하고[84] 자신이 탐색한 생명의 유기적 현상에 관한 사유를 저술한 한정선,[85] 심층생태주의와 사회생태주의의 접점을 조심스럽게 제안하는 박준건의 논의[86] 역시 심층생태주의의 유기론적 주제와 관련하여 주목할 만하다.

지금까지 심층생태주의의 징후가 포착되는 문학적 논의를 중심으로 명칭과 관련한 논쟁, 심층생태주의의 입장과 상응하는 연구, 사회생태주의의 입장, 생명사상, 동양사상, 문학 외 사회학, 자연과학의 논의 일부를

---

82) 북친이 제2의 자연이라 설정한 인간의 문화는 바로 자연과 인간을 이분법적으로 바라보는 발상에 입각해 있다. 자연을 대상으로 지구생태계를 둘러싼 일체의 것들로 보지 않고 제1자연으로 한정한 후, 제2자연을 설정한 자체가 그의 이러한 이분법적 사고의 결과인 것이다. 제2의 자연에 인간의 문화를 설정한 것은 인간의 우월성을 전제로 하고 있음을 드러냄으로써 북친이 사회생태주의를 전제로 내세웠던 자연과 인간에 대한 이원론적 사고에 대한 비판과는 모순되는 점을 보여준다. 결국 인간에게 진화의 주도권을 줌으로써 인간 자신의 목적대로 자연을 움직이는 것을 허용할 의도를 지녔다고 볼 수 있다.

83) 이혜원, 『생명의 거미줄』, 소명출판, 2007.

84) 한스 요나스, 한정선 역, 『생명의 원리』, 아카넷, 2001.

85) 한정선, 『생명에서 종교로』, 철학과현실사, 2003.

86) 박준건, 「생태적 세계관, 생명의 철학」, 조규익 외 엮음, 『한국생태문학 연구총서1』, 학고방, 2011, 39~61면.

개략적으로 살펴보았다. 이상의 검토를 통해서 알 수 있는 사실은 비판적 관점인 환경생태주의로부터 촉발되어 대안의 모색으로 방향 전환이 이루어졌으며, 심층생태주의와 사회생태주의의 관점이 내포된 생태주의, 생명사상, 동양사상과 관련한 생태주의의 연구 등으로 확산되었음을 알 수 있다. 그러나 문학 작품을 대상으로 심층생태주의의 핵심 담론인 유기론적 양상과 관련한 구체적 연구는 드문 실정이다.

이 논문에서 다루고자 하는 세 시인 가운데 김지하의 작품에 관한 연구사를 살피면 다음과 같다. 1986년 이후부터 지금까지 발표된 김지하 시에 대한 연구는 대부분 생태주의, 생명사상, 동양사상, 동학사상과의 연관성 속에서 논의되었다.[87] 그 가운데 김지하의 생명사상과 논리가 추상적이라고 비판하면서 당시 현실 변혁 운동과 괴리되어 있음을 지적한 논의들은 주목된다.[88] 하지만 1980년 이전 김지하의 문학이 사회주의 혁명론과 밀접한 연관성을 가졌다는 점과 관련하여, 그와 괴리되었다거나 1980년대 초반 김지하의 생명사상이 출발점에 있었기 때문에 구체성을 띄지 못했다는 지적은 편파적이라고 판단된다. 김지하의 생명에 관한 관심이 초기에는 사회제도의 개선과 관련하여 표현되었으며,『애린』[89]

---

87) 민경숙,「김지하의 율려 사상: 문학비평이론으로의 가능성 탐색」,『인문사회과학연구』
  4, 용인대학교 인문사회과학연구소, 2000.
  박현수,「김지하의 동이적 담론과 시의 공간」,『시와시학』, 시와시학사, 2002.여름.
  박준건,「김지하의 생명 사상과 율려 사상」,『신생』, 전망, 2003.가을.
  강찬모,「김지하 시에 나타난 동학 사상연구」, 청주대학교 박사학위논문, 2006.
  임동확,「생성의 사유와 '무'의 시학」, 서강대학교 박사학위논문, 2004.
  권순영,「김지하 시 연구」, 서강대학교 석사학위논문, 2003.
88) 박인성,「생명의 세계관」,『김지하—그의 문학과 사상』, 세계사, 1984.
  김종철,「'밥'을 통해 본 김지하의 생각」, 위의 책.
  홍정선,「죽임의 세계, 살림의 사상」,『이것 그리고 저것』, 동광출판사, 1991, 294면.
  김은석,「김지하 문학 연구」, 중앙대학교 석사학위논문, 1996, 13면.
  권혁범,「생명사상의 체계화」,『녹색평론』, 1996.11~12, 156면.
89) 김지하,『애린』, 실천문학사, 1986.

이후, 인간 내면의 의식 개혁을 강조하는 심층생태주의의 방향으로 기울었다고 보기 때문이다.[90] 그렇게 볼 때, 초기 사상과 『애린』 이후의 사상이 생태주의라는 범주 안에서 완전히 다르다고 볼 수 없으며, 이후에도 심층생태주의와 사회생태주의에 관한 각론을 펼치는 가운데, 창작활동에서 심층생태주의가 지속적으로 나타나고 있음을 알 수 있다.

남송우는 일찍이 김지하의 생명사상과 생명시론에 관심을 두었다.[91] 최근에는 그의 작품에 대한 시적 전개 과정과 범주에 관한 논의를 하는 가운데, 김재홍, 신철하, 이형권, 강찬모의 연구를 비교 검토하며 논의한다. 그들의 김지하 논의에서 그는 생명현상의 유기론적 특성에 주목한다.[92] 그러한 연구를 통해, 그는 김지하 시세계의 변화 양상을 동시적이고 상호적인 유기적 현상으로 인식하고 그 근원성과 운동성, 변화성을 입체적으로 규명했으나, 작품 분석으로 이어지지 못한 점은 아쉬움으로 남는다.

임도한은 김지하의 시를 한국 현대시에서 생태학적 의식이 철학적으로 발전한 대표적 예로 평가한다. 그가 볼 때, 김지하 시에서 두드러지는 점은 모든 존재를 관계망 속에서 본다는 것과 그 관계망의 차원이 우주적 차원으로 확대된다는 점이다. 그가 볼 때, 김지하 시에서 나타나는 사유의 가장 큰 가치는 생태 문제 해결을 위한 조건으로, 각 개인을 대상으로 한 자각과 자발적 노력을 촉구한다는 점이다.[93] 그러한 논의에서 그는 김지하 시편의 관계성에만 초점을 두어 유기론적 양상의 주요 특징인

---

90) 박애리, 앞의 논문, 101~141면 참조.
　　남송우, 「김지하 시인의 생명사상과 생명시론」, 『생명시학 터닦기』, 2010, 65~92면.
　　김동명, 「김지하의 후기시에 나타나는 심층생태주의적 양상 연구」, 『한국문학논총』, 한국문학회, 2011.8, 147면.
91) 남송우, 「생명시학을 위하여」, 『생명과 정신의 시학』, 전망, 1996, 89~92면.
92) 남송우, 「김지하 시인의 생명사상과 생명시론」, 『생명시학 터닦기』, 65~92면.
93) 임도한, 「한국 현대 생태시 연구」, 고려대학교 박사학위논문, 129~141면 참조.

복잡성, 순환성을 간과하는 아쉬움을 남긴다.

홍용희는 그의 박사학위논문에서 김지하 시를 음양오행론에 입각하여 논의하는 가운데 연속적인 근원성과 운동성에 주목했다.[94] 그는 김지하 시가 동양의 전통적인 세계관인 목木 → 화火 → 토土 → 금金 → 수水 → 목木의 음양오행론으로 우주변화 원리에 상응하는 시적 순환형을 보여준다고 논의한다.[95] 김지하의 시세계는 목木에서부터 시작하여 오행의 순환을 거쳐 다시 목木으로 순환한다는 것이다. 그러나 그의 논의는 김지하 시를 음양오행의 논리로 고착화시키고, 김지하의 시에 관한 논의보다 음양오행론을 강조함으로써 선택적 오류에 함몰되었다는 지적을 피할 수 없게 되었다.

임동확은 김지하 문학의 전반을 생태주의 가운데서도 유기론적 사유에 기반한다고 본다. 이러한 관점은 이 논문에서 다루는 김지하 연구와 가장 근접한다. 그가 보는 김지하 시의 사유는 문학의 형식적인 측면에서 '신명'으로 나타나며, 이것이 '활동하는 무無'와 밀접한 관계를 가지고 있다고 본다.[96] 여기서 '신명'의 박동성, '무無'의 통합성은 유기론 가운데서도 복잡성의 특징이며, 구체적인 분석이 이루어졌다는 점에서 일보 진전했다고 볼 수 있다. 그러나 그의 논의는 김지하의 전기적 사실을 지나치게 작품 분석에 적용한 결과. 시적 상상력에 대한 논의를 소홀히 한 문제점이 포착된다.

강찬모는 그의 박사학위논문에서 김지하 시에 동학의 삼경사상을 적용하여 논의했다. 그는 김지하 시인이 『애린』 이후, 생명에 대한 경외와 공경을 구체적으로 드러내고 있는데, 이는 해월의 경물사상을 체득하면

---

94) 홍용희, 「김지하 문학 연구」, 경희대학교 박사학위논문, 1998.
95) 홍용희, 위의 논문, 217면.
96) 임동확, 앞의 논문, 69~78면 참조.

서 비롯되었다고 본다. 그는 이러한 경물사상을 세 가지로 분석한다. 첫째, 천지는 생명을 포태하는 소중한 존재이며, 김지하는 이를 시 형상화의 바탕으로 삼고 있다고 본다. 둘째, 틈과 여백을 생명 진화의 공간으로 보고 있다는 점이다. 그는 작품에 나타나는 틈의 이미지를 빈 공간이 아니라 생성을 위한 창조 공간으로 해석하고 있다. 셋째는 천지의 아픔을 나의 아픔으로 느끼는 동귀일체이다. 그의 김지하 시에 관한 논의는 심층생태주의의 유기론과 맞닿아 있으나 삼경사상에 치중되어 있다는 점은 아쉬움으로 남는다.97)

박애리는 그의 박사학위논문에서 김지하의 우주적 생명에 관한 관심이 죽임의 세계를 극복하고 상생의 세계로 나아가는 변화 과정에 있음을 주목한다. 그는 이러한 논의 가운데서도, 내용의 측면과 형식의 측면이 어떻게 관련되고 있는지에 초점을 둔다. 또한 김지하 문학의 초기적 특징과 후기의 특징을 변별하여 보는 기존의 논의에 대해 문제를 제기하고 초기와 후기가 어떻게 연관성을 가지고 있는지 고찰한다.98) '무無'와 '틈'에 관한 그의 논의는 유기론과 관련하여 의미가 있으나 강찬모와 임동확의 '김지하 연구'에서 이미 다루어졌다고 볼 때, 크게 나아갔다고 보기는 어렵다.

이상의 검토를 통해, 1990년대 중반 이후부터 김지하 시에 대한 심층생태주의의 유기론과 관련한 연구는 다양한 측면에서 이루어졌음을 알 수 있다. 특히, 생명사상, 생태주의, 동학사상의 논의에서는 인간의 자연에 대한 윤리의식이 내장된 작품들을 통해 인간과 자연의 관계를 개선하고 문명의 위기를 극복할 수 있다는 보편적 방향으로 결론을 내리고 있다. 그러한 논의에서 유기론적 특성에 대한 관점이 다양하게 포착되고

---

97) 강찬모, 앞의 논문 참조.
98) 박애리, 앞의 논문 참조.

있으나, 김지하 시의 독자성인 유기론적 양상에 관해 구체적으로 논의하지는 못했다. 이러한 점으로 미루어볼 때, 심층생태주의의 유기론적 양상과 관련한 본격적인 연구가 필요함을 알 수 있다.

이성선 시에 대한 심층생태주의 관련 연구는 개별 시집에 대한 서평을 비롯하여 평론이 주를 이루고 있고[99] 학위논문은 드문 편이다.[100] 자연을 주제로 다루는 점과 관련하여 주로 전통 서정시의 계승이라는 측면[101]에서 논의되었으며, 노장사상,[102] 선사상[103] 우주적 원리에 입각한 인간과 우주의 본질 탐구라는 관점,[104] 관능성[105]과 관련하여 다양하게 연구되었다. 이러한 연구는 그의 작품에 나타나는 자연 지향에 대해 초월적 주제와 관련하여 적지 않은 성과를 남겼다. 그 가운데 1985년 이후부터 작고하기까지 발표된 그의 작품에 관한 생태주의 연구를 정리하면 다음과 같다.

---

99) 박호영,「깨어있는 영혼과의 만남」,『심상』, 1986.3.
　　이광호,「투영의 시학」,『현대시학』, 1990.4.
　　김기중,「길 없는 길의 시적 연주」,『현대시학』, 1991.12.
　　정효구,「자연과 우주와 인간」,『시와시학』, 1994.여름.
　　이경호,「이성선이 지은 자연의 집」,『시와시학』, 1994.여름.
　　전도현,「자연 친화적 상상력과 구도의 정신」,『시와사람』, 2000.봄.
100) 정　민,「이성선 시의 정신 세계」, 충북대학교 석사학위논문, 2003.
　　이병금,「이성선 시의 선적 사유 연구」, 경희대학교 석사학위논문, 2004.
　　이지영,「이성선 시에 나타난 노장사상의 형상화 양상 연구」, 경남대학교 석사학위논문, 2012.
101) 오탁번,「별과 외로움의 시적 진실」,『별까지 가면 된다』, 고려원, 1988.
　　권두환,「<숯>시인 이성선」,『빈산이 젖고 있다』, 미래사, 1991.
102) 장영수,「네 개의 시세계」,『문예중앙』, 1985.가을, 436면.
103) 송기한,「큰 노래의 아름다움」,『벌레 시인』, 고려원, 1994, 63면.
　　이병금, 앞의 논문.
104) 이혜원,「山이 되어버린 사나이」,『현대시학』, 현대시학사, 1994.12.
　　정효구,「구도의 길, 성자의 길」,『내 몸에 우주가 손을 얹었다』 해설, 세계사, 2000.
105) 김문수,「이성선 시의 관능성과 구도(求道)의 성격」,『어문논집』 제58호, 2008.
　　김영희,「이성선 시에 나타난 관능적 자연 이미지 연구」, 고려대학교 석사학위논문, 2012.

최동호는 1985년 한국시에 대한 총평에서 이성선의 시집『나의 나무가 너의 나무에게』를 논하는 가운데, 이성선의 시는 우주와 교감하는 정신의 신비감을 맛볼 수 있지만, 그것은 현실을 소거해 버림으로써 얻어지는 정신의 세계이므로 한계를 지닌다고 보았다.106) 그러나 최동호의 지적은, 오히려 생태계 위기에 대응하여 우주와의 유기론적 관계에 대해 탐색하는 이성선의 현실인식을 놓친 한계를 안게 되었다.

김강태는 이성선이 환경에 각별한 관심을 쏟은 이유를 '동양적 자연관'을 추구하기 때문이라고 보고,107) 정신주의에 기울어져 있음을 지적한다. 이러한 지적 역시 정신적인 측면에만 치중하여, 이성선의 시가 생태계 위기에 직면한 시대적 요구와 부합하고 있음을 놓친 평가라 할 수 있다. 이숭원은 "이성선 시인에게 자연은 영혼의 숙소"라고 규정짓고, 이성선 시의 독특한 자연지향성을 해석해 내었다.108) 이 역시 이성선의 자연 지향을 성격적 특징으로 파악함으로써, 유기론적 생태계에 대한 그의 관심을 개인적 취향으로 호도하고 있음이 문제로 파악된다. 김준오는 이성선 시의 주제를 선사상이나 노장사상의 서정화로 보고 있으며, 전통시, 자연시, 정신주의뿐 아니라 한국 현대시의 전범이라 평가한다.109) 이연구 역시 이성선 시인의 현실인식을 간과한 문제가 포착된다.

전도현은 이성선의 시가 인간과 자연 사이의 일체감을 노래하고 신성한 우주적 질서를 탐색하는 전통 서정시의 흐름을 잇고 있다고 주장한다.110) 자연과 우주, 자연과 인간이 소통하는 공간 안에서 독특한 시적 세계를 구축한 시인으로 보는 것이다. 유재천은 이성선의 시에서 범아일

---

106) 최동호,「시적 풍요와 우리시대의 나침판」,『한국문학』, 1985.12, 309~310면.
107) 김강태,「나무들도 생각이 많아요」,『현대시』, 1998.1, 185면.
108) 이숭원,「생명의 근원으로 가는 길」,『서정시의 힘과 아름다움』, 새미, 1997.
109) 김준오,『현대시의 환유성과 메타성』, 살림출판사, 1997, 35면.
110) 전도현, 앞의 논문, 174면.

여梵我一如의 사상과 불교적 세계관을 읽어내고, 자연과 우주, 자연과 생활이 서로 열려 소통하는 공간임을 발견한다.111) 이들과 유사한 관점을 보이는 정효구는 그의 시창작 행위를 구도의 길, 성자의 길로 규정짓는다. 그의 시에 나타나는 사유는 출가한 시인의 모습을 띠고 있으며, 수행을 거쳐 우주를 보는 시인이라는 것이다.112) 이러한 논의에서도 이성선의 우주적 관점에 치중한 결과, 현실에 대한 비판적 사유를 간과하고 있음이 포착된다.

그의 사후에도 그의 시에 대한 연구가 꾸준히 이어지고 있다. 김석환은 『내 몸에 우주가 손을 얹었다』에 주목하면서 지상적 존재가 소멸된 후에 만날 수 있는 초월과 구원의 세계, 우주의 질서에 이르기 위한 고행과 탐색이 일관적으로 담겨 있다고 보았다.113) 김인섭은 이성선 시인의 심상 체계는 자아와 세계가 분리되지 않는 유기체적 체계이며, 그의 상상력은 철저히 동양적 사유에 뿌리를 두고 있다고 본다.114) 박정선115)과 박남희116) 역시 이성선 시에 나타나는 노장사상에 주목하고, 조영숙은 이성선 시에 나타나는 불교, 노장사상을 추출해 낸다.117) 이러한 연구는 그의 시에 나타나는 유기론에 닿아 있으나, 동양사상에 초점을 두었기 때문에 현실의 생태계 위기와 관련한 대응 의식을 놓치고 있다는 점을 지적할 수 있다.

---

111) 유재천, 「산은 산 너머에서, 나는 나 너머에서 왔다」, 『현대시학』 381, 2000.12, 334면.
112) 정효구, 「구도의 길, 성자의 길」, 앞의 논문, 113~131면.
113) 김석환, 「이성선 시집 『내 몸에 우주가 손을 얹었다』 연구」, 『한국문예비평연구』 11호, 2002.
114) 김인섭, 「이성선의 산문시집 『꿈꾸는 아이』를 통해 본 시인의 시세계」, 『숭실어문』 19, 2003.12, 287면.
115) 박정선, 「비움의 시학―이성선의 시와 노장사상」, 『제3의 문학』 9, 2002.5, 170면.
116) 박남희, 「노장적 사유의 두 가지 모습」, 『한국시학연구』 7, 한국시학회, 2002, 141면.
117) 조영숙, 「절정의 시학―시집 『절정의 노래』를 중심으로」, 『가천길대논문집』 31, 2003.12, 287면.

김경복은 이성선의 시선에 우주적 자아가 투사되어 있다고 파악한다. 그는 이를 인간 전체에 대한 새로운 인식의 싹이라고 보았다. 인간도 나무와 같이 맑고 자연스러운 모습으로 지구생태계에 존재할 수 있다는 가능성의 확인이라는 것이다.[118] 남송우 또한 이성선의 우주적 세계 인식이 무한광대한 대우주에 시선이 닿아 있다는 점에 주목한다. 그는 이를 동과 정, 주객으로 양립하는 두 세계, 즉 인간인 소우주가 지구생태계인 대우주에 합일하는 순간의 경험이라고 강조한다.[119] 이러한 논의는 그의 시에 나타나는 유기론적 양상에 대한 본격적 논의라 할 수 있다. 하지만 이성선의 시에서 형상화된 비판적 사유를 놓치고 있는 점은 아쉬움으로 남는다.

최근에는 여태천을 비롯한 일군의 시인과 평론가, 교수들이 모여 『이성선 전집』 1, 2를 발간했다. 생전 이성선 시인이 발간한 시집 10권과 미수록시, 그의 산문, 그를 추모하는 추모시, 추모글, 추모 논문, 평론들을 묶어 놓은 책 2권은[120] 생태계 위기에 당면한 작금에 이성선의 시세계가 기여할 측면과 관련하여 시사하는 바가 크다. 특히, 미수록시, 산문, 절판됨으로써 소실 가능성이 있는 시들을 상세하게 정리하여 그 시기까지 정확하게 밝혀놓은 점은 고무적이다. 그러나 추모의식에 치중한 나머지, 논문까지 연고를 중심으로 소략하게 엮은 방식은 지속적으로 논의되어야 할 학술적 측면을 간과한 아쉬움을 남긴다.

이성선 시에 대한 유기론적 측면의 연구는 이상의 논의에서 알 수 있는 것처럼 동양사상, 노장사상 등 자연 지향과 관련하여 여러 각도에서 다루어져 비교적 진전을 이루어 왔다. 그러나 대부분의 논의에서 초월주

---

118) 김경복, 「천지의 마음을 노래하는 시」, 『생태시와 넋의 언어』, 127~141면.
119) 남송우, 「이성선 시인의 생명의식」, 『생명시학 터닦기』, 245~259면.
120) 이희중 외 엮음, 『이성선 전집1—서정시』, 서정시학, 2011.
　　 여태천 외 엮음, 『이성선 전집2—산문시·기타』, 서정시학, 2011.

의와 관련하여 논의되었음을 알 수 있다. 그가 환경 문제에 관심을 기울였던 사실을 전제한다면, 근대 경험 이후의 생태계 위기에 대한 대응의식을 조명할 필요가 있는 것이다.

정현종 시에 대한 연구는 단평, 비교논문, 학위논문[121]에서 지속적으로 다루어졌다. 심층생태주의와 관련한 연구로는 노장사상과 불교사상,[122] 평등사상,[123] 생태주의,[124] 여성성과 모성성[125]으로 논의되었다. 시기적 변모 양상에 관한 연구는 전체 시세계를 초기와 후기로 구분하여 논의하기도 하고[126] 초 · 중 · 후기로 구분하기도 한다.[127] 이러한 가운데 『사랑할 시간이 많지 않다』 이후 대상에 대한 점유욕을 버리고 스스로를 완전히 비웠다는[128] 논의와 함께 생태주의와 관련한 연구가 활발하게 이루어졌다.

그 가운데 김욱동과[129] 김효중[130]은 그의 생태주의에 특히 주목했다. 그는 등단한 이래, 끊임없이 자연의 소중함을 일깨워주는 작품을 창작하는 가운데, 흙 한줌, 풀 한 포기, 꽃 한 송이조차 예사롭지 않게 관찰하고,

---

121) 박정희, 「정현종 시 연구」, 연세대학교 박사학위논문, 2009.
122) 최동호, 「한국 현대 시사」, 유종호 외, 『한국현대문학 50년』, 민음사, 1995, 55~56면.
123) 이승하, 「산업화 시대의 시인들」, 『한국의 현대시와 풍자의 미학』, 문예출판사, 1997, 226~252면.
124) 김준오, 「순수 · 참여와 다극화시대」, 『한국현대문학사』, 현대문학사, 1989, 320면.
　　김욱동, 「현대시와 생태학적 상상력 − 정현종과 '초록 세계관'」, 『현대시학』, 1991.11.
　　임도한, 앞의 논문, 91~102면 참조.
　　신덕룡, 『생명시학의 전제』, 소명출판, 2002.
　　정과리, 「까닭 모를 은유는 "떨어지면 튀는 공"이다」, 『영원한 시작』, 2005.
　　남송우, 「생명시의 여러 양상」, 『생명시학 터닦기』, 부경대학교 출판부, 2010.
125) 정효구, 「우주공동체와 문학」, 『현대시학』, 1993.12.
126) 조동구, 「정현종의 시 연구」, 『비교한국학』 5, 국제비교한국학회, 1999, 131면.
127) 김인옥, 「정현종 시세계 연구」, 명지대학교 박사학위논문, 2005.
　　황치복, 「정현종 시 연구」, 고려대학교 석사학위논문, 1996.
128) 남진우, 「정현종에 대한 두 편의 글」, 『바벨탑의 언어』, 139면.
129) 김욱동, 「시인은 숲을 지킨다」, 『시인은 숲을 지킨다』, 58면.
130) 김효중, 「정현종의 생태시에 관한 고찰」, 『세계문학비교연구』 제23집, 2008.여름, 7면.

이를 형상화했다는 것이다. 그러나 이러한 논의에서 생태계 위기에 대한 대응의식으로서의 유기론적 측면을 놓치고 있는 점은 한계로 지적할 수 있다.

최동호는 정현종 시에 나타난 사상이 노장적 · 불교적 · 유심적 사고에서 연유한다고 본다. 그는 특히 정현종 시인의 정신세계가 동양 사상에 근거한다는 사실을 강조한다. 예술과 역사, 인간과 자연, 성과 속, 영혼과 육체를 하나로 연결하는 것이 시이며, 정현종은 이와 같은 사실을 인식하고 그의 작품에서 동양사상이 추구하는 궁극의 세계에 도달하고자 했다는 것이다.[131] 이러한 논의는 정현종 시에 나타나는 유기론적 사유의 근저에까지 도달했다고 볼 수 있으나 생태계 위기에 대응하는 정현종의 비판적 사유를 놓치고 있는 점은 아쉬움으로 남는다.

이희중은 정현종 시의 수사법 파괴에 집중하며, 비유나 상징을 의도적으로 배제한 원시 언어의 세계는 그의 생명성 회복을 지향하려는 형식이라고 논의하고 있다.[132] 임도한 역시 정현종을 '생태학적 시의식의 확장'을 보여주는 시인으로 평가한다.[133] 생명의 세계로 자신의 직관을 몰입시킨 다음 그 세계 속에서 자연스럽게 넘쳐나는 상상력을 통해 생명의 소중함과 활기를 작품에 반영하고 있다는 것이다. 박혜경은 정현종의 역동적인 시세계는 문명의 삶이 자연친화적 성격으로 변모해가는 특징이라고 논의하고 있다.[134] 이러한 연구는 시기적으로 볼 때, 심층생태주의 측면을 일찍이 포착하여 논의한 점에서 주목할 만하나, 그와 관련하여 구체적인 작품 분석이 동반되지는 못한 아쉬움을 남긴다.

---

131) 최동호, 「정현종 시와 노장적 불교적 사상」, 『작가세계』, 1990.가을.
132) 이희중, 「이성선 시에서 나비의 의미 연구─『장자』를 참조하여」, 『민족 문화 연구』 41, 1992.
133) 임도한, 앞의 논문, 90면.
134) 박혜경, 앞의 논문, 315면.

신덕룡은 1980년대 후반 이후부터 쓰여진 생명시의 유형 속에 특히 두드러지는 시로 정현종의 시를 지목한다. 그는 정현종의 시가 생명의 세계에 대한 관계 속에서 가치실현을 노래하고 있다고 논의하며, 이런 경향은 동양의 합일적 세계관에 근거한다고 본다. 특히, 인간을 포함한 생명들 사이의 관계를 통해 생명의 존재 의미에 대해 질문하고 있다는 점에 주목한다.[135] 이는 심층생태주의의 유기론적 특성에 관한 구체적 논의로 볼 수 있으나, 관계론의 논의에 치중함으로 인해 유기론적 특징의 전면적인 면모를 밝혀내지는 못했다.

김인옥은 정현종 시의 기법을 통해 나타나는 생명 현상을 살피는 가운데 유기론적 논의의 단초를 보인다. 그는 정현종 시의 기법은 문명비판 의식을 토대로 지구생태계를 인간의 몸으로 환치시킨다고 본다. 그러한 가운데 그의 기법은 죽어가는 지구생태계의 감각을 살려내는 생명현상의 촉매제로 기능한다고 주장한다.[136] 김규진 역시 정현종 시를 대상으로 몸의 감각을 노래하며 우주를 향해 열려 있는 지구생태계의 생태적인 특징에 주목한다. 과거와 현재 그리고 미래라는 계기적 시간을 다루는 그의 연구 역시 지구생태계를 몸으로 인식한다는 점에서 유기론과 관련된다.[137] 박정희는 정현종 시를 초 · 중 · 후기로 나누어 공기 이미지와 관련한 생태주의적 특성을 규명해 내는 가운데 유기론적 특성에 관한 논의의 단초를 보인다.[138] 이러한 논의 역시 정현종 시에 내장된 심층생태주의의 유기론적 특징에 닿아 있다. 그러나 생태계 위기에 대한 대응의식으로서의 논의로 이어지지는 못했다.

이와 같이, 정현종의 시편을 대상으로 동양사상의 친연성과 생명탐구

---

135) 신덕룡, 「생명시의 길트기」, 『생명시학의 전제』, 소명출판, 2002.
136) 김인옥, 앞의 논문 참조.
137) 김규진, 「정현종 시 연구」, 경원대학교 박사학위논문, 2008.
138) 박정희, 앞의 논문 참조.

의 특성에 대한 연구가 꾸준히 이루어졌음을 알 수 있다. 그러나 동양사
상이나 생명사상의 관점에서 논의했기 때문에 생태계 위기에 대응하는
정현종 시의 현실인식이 간과되었음을 지적할 수 있다. 왜냐하면, 1989
년 이후부터 현재까지 발표된 정현종의 시는 그의 산문이나 직설적 어
법의 시를 통해 추론할 때, 생태계 위기에 대한 비판의식이 내장된 심층
생태주의의 양상으로 파악되기 때문이다. 그럼에도 불구하고 현재까지
논의된 대부분의 연구는 공통적으로 생태계 위기에 대한 대응의식으로
서의 유기론적 특성에 대한 탐구가 간과되고 있는 것이다.

지금까지 김지하, 이성선, 정현종 시에 대한 연구사를 살펴보았다. 그
결과 1985년 이후부터 지금까지 발표된 그들의 시적 경향은 공통적으로
자연에 대한 관심과 함께, 인간과 자연의 합일을 지향함을 알 수 있다. 이
러한 특성에 초점을 맞춘 연구들은 주로 동학사상, 불교사상, 노장사상,
포괄적 생태주의, 생명사상, 정신주의, 초월주의 등으로 연구되었다. 이
들 연구의 공통적인 한계는 세 시인들의 생태계 위기에 대한 대응의 논
리를 놓치고 있다는 점이다. 이 글에서는 이러한 점을 염두에 두고 문학
작품에 나타나는 심층생태주의의 유기론적 양상에 대해 연구하고자 한다.

3. 연구방법 및 연구대상

심층생태주의(Deep Ecology)는 사회생태주의, 생태여성주의와 함께 생
태계 위기 문제에 대해 대안의 체계로 떠오른 생태주의의 한 갈래이다.
심층생태주의의 특징 가운데서도 가장 핵심적인 사유는 유기론적 양상
이며, 관계성, 복잡성, 순환성을 전제한다.[139] 심층생태주의의 유기론적
사유로 볼 때, 지구생태계는 생물과 무기물이 하나로 연결된 생명체이

며, 부분으로 환원할 수 없는 전체로서의 유기체적 시스템을 의미한다. 생태계 위기가 극심한 작금에 인간 스스로 자연의 일부임을 깨닫고, 인간을 포함한 지구생태계를 스스로 발전해가는 창조적 생명현상으로 보는 유기론적 사유는 생태계 위기에 대응하는 문학적 방식이 될 수 있다고 보는 것이다.

이 책에서 논의할 대상은, 한국현대시사에서 심층생태주의와 가장 근접해 있다고 판단되는 김지하, 이성선, 정현종의 작품으로 한정한다. 작품의 범주는 김지하의 경우, 1986년부터 현재까지, 이성선은 1985년부터 작고하기까지, 정현종의 경우는 1989년부터 현재까지 발표한 시편으로 한정한다. 세 시인들은 이 시기에 심층생태주의의 유기론적 양상에 관한 작품을 집중적으로 발표했기 때문이다.

작품 분석에 적용할 사상은 노장사상, 불교사상, 동학사상, 스피노자와 화이트헤드의 유기체론을 근간으로 한다. 심층생태주의 실천의 기본원리는 종교나 철학 안에 있을 뿐 아니라,140) 심층생태주의자들이 동양사상을 수용한 스피노자와 화이트헤드의 사상에 기대어 이론을 정립했기 때문이다. 그 외 이론 물리학자이면서 철학과 과학에 관심이 많았던 슈뢰딩거와 바슐라르의 생태계에 대한 통찰을 포섭하고, 가타리, 들뢰즈, 한스 요나스 등의 생태철학자, 카프라, 러브록, 로렌츠, 카우프만, 데이비드 보음, 게리 주커브, 장회익 같은 신과학자, 고생물학자인 테야르 드 샤르댕 등의 이론을 포괄한다.

심층생태주의의 유기론적 사유는 동양사상과 신물리학의 습합에서

---

139) 문학의 제원리를 설명하는 문학 유기론으로서 전체성, 역동성, 연속성으로 논의되기도 한다.
구모룡, 「미학의 전통과 문학 유기론」, 『한국문학과 열린 체계의 비평담론』, 열음사, 1992, 22면.
140) Bill Devall, George Sessions, *Deep Ecology*(Salt Lake City, 1985), p.225.

본격화된다. 앞선 시대에 논의되었던 서양의 주류적 세계관은 주객 이분법을 반영하고 있고, 전통 생물학 또한 이분법적 입장에서 생명체를 기술하였다. 이후 생명체를 그 물리적 환경과 연결해서 접근할 필요성이 제기됨으로써 생태학이란 새 학문이 출현한 것이다. 생태학은 초기에 자연의 경제 개념에 초점을 두었으나 중기 이후에는 생태계의 안정성에 비중을 두는 경향으로 변화했다. 최근에는 자연의 혼돈 상태에 주목하는 진화생태학이나 카오스 생태학이 부각하고 있다.[141] 이러한 사유는 철학이나 문학에서도 탐구의 대상이 되고 있다.

심층생태주의의 문학적 논의는 개별적 생존의 생물학적 조건을 더 나은 단계로 승화시키려는 자유 의지와 함께 지구생태계 전체의 존재 문제로부터 출발하기 때문에 생물학적 진리와 인문학적 진리를 같은 장에서 논의해야 할 필요성이 제기된다. 따라서 동양사상과 신물리학이 통섭하는 문학적 진리에 기댈 수밖에 없다. 이 책에서는 이러한 점을 감안하여 세 시인의 시편을 대상으로 화이트헤드가 수용한 동양사상을 중심에 두고 신물리학의 이론이 습합된 심층생태주의의 유기론적 양상으로 논의하고자 하는 것이다.

사실, 생태주의의 문학적 논의를 통시적인 관점에서 보았을 때, 1990년대 중반 여러 이론가들은 환경 비판을 넘어 문학과 생명의식과의 연계를 통해 생태계 위기에 대한 문학적 대안을 모색하려는 움직임을 보였다. 동양적 상상력과 관련한 생명현상의 원리에서 해법을 찾으려는 연구가 여기에 해당하는 것이다. 불교사상, 노장사상, 동학 등 동양사상만으로 생태계 위기에 대응한 문학적 논의가 이루어지기도 하고 포괄적 의미의 생태주의, 생명사상의 범주 안에서 연구되기도 했다. 그러나 동양사

---

141) 한면희, 「생태적 가치에 대한 동서양 철학의 인식과 평가」, 『동서철학연구』 50, 2008, 46면.

상 자체로 논의할 때, 근대 경험 이전에 발생한 동양사상과 근대 경험 이후의 생태계 위기 문제라는 점이 부합하지 않으며[142] 생태주의, 생명사상의 범주 안에서 포괄적으로 논의할 때 범주 안에 들지 않는 시가 없게 되는 문제가 발생한다. 삶의 가치와 세계의 본질을 다루는 것이 문학의 특징이라고 볼 때, 어떠한 작품이든 환경생태주의, 심층생태주의, 사회생태주의, 생태여성주의의 한 범주에 들 수밖에 없기 때문이다.

이러한 사실을 전제한 후, 생태주의자들이 주장하는 특성을 탐색하여 생태계 위기에 대응하는 사상적·인식적 대안의 근본적인 사유에 초점을 두면 생명현상의 원리를 강조하는 심층생태주의로 개념화된다. 심층생태주의는 생태중심주의를 표방한다. 자연의 존재 의의가 자연의 일부인 인간에 달려 있지 않다는 사실을 강조하며, 인간을 포함한 자연 스스로의 존재에 대한 완전성을 인정한다.[143] 이러한 논의를 통해, 그들은 자연과 인간 간의 관계가 지배와 착취가 아니라 조화와 겸양의 관계로 대체되어야 한다고 주장한다.[144]

특히, 심층생태주의자들이 주목하는 지구생태계 내 생명현상의 원리에 의하면, 유기론이라는 개념으로 수렴된다. 인간이 곧 자연임을 강조하는 동양사상의 관점이 물질과 정신의 유기적 특성을 강조하는 신과학과 습합하는 가운데, 심층생태주의의 유기론으로 정립된 것이다. 이와 같이, 심층생태주의의 유기론은 그동안 규명되지 못한 지구생태계 내 생

---

142) 심재룡,「동양철학의 관점에서 본 환경문제」,『동양의 지혜와 선』, 세계사, 1990 참조.
143) "아직 한번도 손을 대지 않은 자연을 지키는 일이 자기 자신을 지키는 일이라고 느낄 수가 있을 정도로 '자기'의 범위가 넓어지고 깊어진다면, 자연에 대한 보살핌은 자연스럽게 발로된다. …… 자기 파괴적 경향이나 자기 혐오감에 떨어져 있지 않은 한, 의무적으로 그렇게 하지 않으면 안 된다고 하는 도덕적 압력 같은 것을 느낄 필요도 없으며, 저절로 배려하고 보살피는 마음이 일어나게 되는 것이다."
   와위크 폭스, 정인석 역,「트랜스퍼스널 생태학을 위하여」, 앞의 책, 203면.
144) 이동희,「한국 성리학의 환경철학적 시사」,『동양철학』, 한국동양철학회 13집, 2000, 31면.

명현상의 원리를 정립하여 제시하는 가운데 생태계 위기에 대한 대안의 사유로 자리매김하고 있다.

한편, 심층생태주의의 강령 가운데서도 유기론적 사유는 과학이나 사회학, 철학에서 왕성하게 논의되는 데 비해, 문학에서 활성화되지는 못했다. 이는 심층생태주의 자체가 지닌 논리의 불합리성, 즉 인간과 미생물의 가치가 동등하다고 주장함으로써 인간의 존립을 불가능하게 하는 점, 인간 전체를 생태계 파괴의 원인으로 지목함으로써 보다 근본적인 인간 사회의 문제를 은폐한다는 논란의 영향으로 보인다. 물론 심층생태주의가 인간 사회의 전반적 문제까지 다루지는 못할 것이다. 그러나 그러한 약점이 있다 하더라도 생태계 내 생명 현상에 대한 근본적 원리에 천착함으로써 제시된 대안의 사유가 생태계 전체에 대한 개인의 가치관을 변화시킬 수 있다고 볼 때, 생태계 파괴에 대한 심층생태주의의 문학적 역할은 크다고 볼 수 있다. 따라서 문학의 영역에서도 심층생태주의의 유기론으로 그 개념을 좁혀 고찰할 필요가 있다는 것이다.

이러한 논의를 토대로 이 책에서는 한국현대시사의 통시적 관점에서 심층생태주의의 유기론적 특성을 뚜렷하게 보여주는 김지하, 이성선, 정현종의 작품 가운데 1985년 이후부터 현재까지 발표된 시편들을 대상으로 유기론적 양상이 어떻게 나타나는지 고찰할 것이다.

김지하의 경우, 1986년 『애린』 이후 현재까지, 이성선은 1985년 발행한 『나의 나무가 너의 나무에게』 이후 작고하기까지, 정현종은 1989년 『사랑할 시간이 많지 않다』 이후부터 현재까지 발표된 시편으로 한정하며, 그들의 산문은 보충 자료로 활용한다. 문학 작품이 현실을 반영한다고 볼 때, 이 시기는 한국에서 생태주의가 본격화되었던 시기이며 세 시인의 작품에서도 마찬가지 양상을 보이기 때문이다. 세 시인의 초기 작품에서 나타나는 시적 경향은 자연지향과 더불어 존재의 근원에 대한 탐구, 사회정치적 저항의식, 사회 역사적 고통에 대한 성찰, 삶과 죽음에 관한 사색, 관능성이 혼재하는 데 비해 1985년 이후 현재까지 발표된 그들의 시편에서는 자연에서 포착되는 생명현상의 원리 가운데서도 대안의 양상이 집중적으로 나타난다. 이런 특징이 이 시기의 작품에 내재된 심층생태주의의 유기론적 양상을 좀 더 타당성 있게 추출하는 근거로 작용할 것이다.

심층생태주의와 유기론적 양상

심층생태주의와 유기론적 양상

1. 심층생태주의의 전개

심층생태주의 혹은 근본생태주의(Deep Ecology)는 사회생태주의(Social Ecology),[1] 생태여성주의(Eco-feminism)[2]와 함께 대안을 제시하는 생태

---

[1] 사회생태주의는 모든 생태학적 문제는 사회의 문제에 뿌리를 두고 있다는 분명한 입장에서 시작해 생태학적 관점에서 기존의 사회 문제에 접근한다. 사회생태주의는 현대 사회의 문제, 즉 위계적이고 가부장적인 특징으로 야기된 불평등한 사회 구조의 문제가 생태계 문제와 어떤 관련이 있는지 탐구하고 그에 대한 대안을 모색하는 사상이다.
머레이 북친, 문순홍 역, 「자연철학을 향하여」, 『사회생태론』, 솔출판사, 1997, 59~69면.
[2] "가부장적 서구 이원론은 여성과 자연 지배를 정당화시키는 논리로서, 두 개의 대조되는 개념들의 차이로부터 위계를 만들고, 그것을 차별의 근거로 삼는다. 그 개념들의 쌍은 상호대립적이고 배타적이며 그 관계는 지배—종속적이다. 즉 세계는 남성/여성, 정신/육체, 주체/대상, 자아/타자, 주인/노예, 이성/감정, 문화/자연, 문명/미개, 생산/재생산, 공적/사적, 보편/특수 등 대조적으로 구성되어 있고, 좌측항이 우측항보다 우월하고 바람직하고 긍정적이며 정당한 것으로 본다. 이것은 단순한 차이나 구분이 아니고 좌항이 우항을 지배하고 정복하고 도구화하는 것이 정당화되는 세계관이다. 따라서 인간과 자연과의 관계, 남성과 여성과의 관계는 근본적으로 대립되는 것이고 '우월한' 남성이 결핍되고 열등한 여성과 자연을 지배하는 위치에 서게 된다."

주의의 한 조류이다. 심층생태주의의 본격적인 논의는 드볼과 세션에 의해 집필된 논문집 『심층생태론 : 자연을 중시하는 삶(Deep Ecology : Living As If Nature Mattered)』으로부터 시작되었다.[3] 이 책은 그들이 확립한 심층생태주의의 사유를 어떤 책보다도 잘 드러내고 있는 결정판이라 할 수 있다.

그들에 의하면 지구상에 있는 인간과 그 외 모든 생명체의 건강과 번영은 그 자체로 내재적 가치를 지닌다. 이 가치는 인간 이외의 세계가 인간의 목적에 유용한가 아닌가 하는 것과는 별개이다. 이러한 이데올로기의 변화는 생활 수준의 향상에 집착하기보다는 삶의 진가를 인정하는 데 중점을 둔다. 따라서 이에 동의하는 인간은 직접적이건 간접적이건 필요한 변화를 실행하기 위한 노력에 참여할 의무를 지닌다.[4]

생태계 위기 극복을 위해 내재적 가치를 강조하는 심층생태주의자들은 알도 레오폴드의 보존 생태학적 유산[5]과 레이첼 카슨의 『침묵의 봄』,

---

Warren, Karen J. *Ecological Feminism*. London: Routledge, 1994(정정호, 「에코페미니즘」, 『탈근대 인식론과 생태학적 상상력』, 한신문화사, 1997, 379면에서 재인용).

3) 네스의 동료이자 캘리포니아 출신의 학자인 세션과 드볼은 1972부터 1970년대 중반에 여러 학회와 세션의 회보 『에코필로소피(*Ecophilosophy*)』를 통해서, 새롭게 부상하는 환경 관련 교수 집단에 심층생태주의를 전파했다. 세션은 네스보다도 대체로 스피노자와 화이트헤드에 대한 관심에서 비롯되었다. 둘은 스피노자에 대한 관심을 공유하고 있었기 때문에 많은 생태철학자들을 설득하여 이제는 그들 스스로 심층생태주의자로 자처하고 남들로부터도 그렇게 인정받고 있는 것이다. "세션은 자주 '네스는 스피노자 사상의 이콜러지컬한 해석을 가장 소리 높이 주장해 온 사람으로서, 그의 저서로부터 나는 적지 않은 은혜를 받았다'고 말했다. 또한 '스피노자를 디프 이콜러지로서, 그리고 하나의 생의 방식으로써 가르쳐야 한다'는 의지를 구현하고 회합을 가지기도 했다."
와위크 폭스, 정인석 역, 「근원적 생태론이 영향을 주게 된 배경」, 앞의 책, 75~105면 참조.
4) Bill Devall and George Sessions, *op.cit.*, p.70.
5) 알도 레오폴드(Aldo Leopold)는 자연을 도구로 보지 않고 나름대로의 자립적 가치를 가지고 있다는 것을 인정한다. 그러한 인식의 바탕에서 생태의식을 강조하고 자연을 장기적 관점에서 이해하고, 도덕적 고려의 대상을 무생물에까지 확대한 대지윤리를 주장한다. 그가 보기에, 땅·산·강·대기 등 지구의 각 부분은 마치 신체의 허파나 간과 같다. 지구는 살아있는 생명체이며 지구가 죽은 물질이라는 착각은 지구의 생명 과정이 아주

폴 엘리히 같은 학자들의 생태학적 업적, 시에라 클럽Sierra Club의 지도자
였던 데이비드 브라워David Brower, 간디Gandhi 등 각종 생태 · 환경 보존
단체 지도자들의 선구적인 활동으로부터 많은 영향을 받았다.6)

심층생태주의의 성립을 근원적으로 따지면, 서구철학으로서는 기원
전 600년경에 활동한 철학자 아낙시만드로스Anaximandros의 우주론, 기원
전 500년경에 활동한 헤라클레이토스Heracleitos의 만유유전설과 기원전
300년경 정립된 아리스토텔레스Aristoteles의 유기체적 자연관, 근대 스피
노자의 일원론적 형이상학인 범신론, 그리고 화이트헤드A. N. Whitehead
의 과정철학, 베이트슨의 물질과 정신의 개념 등에 기대고 있다. 그 가운
데서도 17세기 철학자 스피노자(Benedictus de Spinoza, 1632~1677)는
최초로 데카르트의 이원론적 세계를 부정하고 심층생태주의의 토대가
된 일원론적 세계관을 체계적으로 세우는 기틀을 마련했다.

데카르트(Rene Descrates, 1596~1650)는 사유하는 자아의 존재를 세
계 인식을 위한 출발점으로 삼았다.7) 데카르트가 주목한 것은 물질적 세
계였으며, 이는 삶에 필요한 지식을 추구했던 근대적 입장으로 볼 때 유
용했다. 그는 인간만이 이성적 영혼을 지닌다고 보았으며, 정신과 육체
또한 선명하게 나누어 인식하고, 이성을 부각시켰다. 이와 같이, 심신 이

느리고 너무나도 복잡하기 때문이다.
J. R. 데자르뎅, 김명식 역,『환경윤리』, 자작나무, 1999, 299면.
6) 심층생태주의가 영감을 얻은 원천은 그 외에도 이탈리아의 아시지(Assisi), 기독교의 성 프
란치스코 이념, 하이데거(Heidegger)의 철학, 도교, 불교, 수렵 시대의 종교, 조지프 크러
치, 앨더스 헉슬리, 미국 인디언들의 문화, 서구의 낭만주의[괴테(Goethe), 루소(Rousseau),
블레이크(Blake), 워즈워드(Wordsworth), 콜리지(Colerdge), 쉘리(Shelley)], 미국의 초월
주의[에머슨(Emerson), 소로우(Thoreau), 화이트만(Whiteman), 무어(Muir)], '비트 철학'
[긴스베르크(Ginsberg)와 스나이더(Snyder)], 린 화이트, 카슨, 유덜, 폴 시어즈, 로데릭 네
쉬, 1960년대의 반문화[와트스(Watts), 라이히(Reich), 로작크(Roszak)], 사회 생태학(북
친) 그리고 생태 저항[버그(Berg), 다스만(Dassmann) 그리고 아비(Abbey)]을 지적한다.
Time Luke, 문순홍 편저,「근본 생태론의 꿈」,『생태학의 담론』, 82~83면 참조.
7) 르네 데카르트, 이현복 역,『방법서설』5부, 문예 출판사, 1997, 199면.

원론에 바탕을 둔 데카르트의 자연관은 생명의 심신 동일성을 부정함으로써 유기체적 생명 세계에 대한 이해를 원천적으로 봉쇄했지만, 이에 힘입어 근대의 자연과학은 발전을 거듭했다. 데카르트의 자연관으로 볼 때, 인간 이외의 사물들은 영혼이 없는 물질이기에 기계적인 분석이 가능했다. 그러나 기계적 수단으로 변질된 물질적 자연은 결국 인간에게 생태계 위기라는 결과를 되돌려준 것이다.

데카르트의 자연관은 스피노자B. D. Spinoza에 와서 급격하게 달라진다. 스피노자가 볼 때, 인간을 포함한 모든 개별적 사물들은 신의 속성을 표현하는 존재들이다. 이들은 모두 유한하고 특정한 현존을 갖고 있는 다른 원인에 의해 규정되지 않으면 현존할 수 없다. 관념이든 사물이든 각각의 인과적 계열을 형성하고 자연의 필연적인 질서를 구성하는 자연의 일부일 뿐이다.[8] 스피노자의 방식으로 본 자연은 어떤 대상, 사건, 경험이 고려되든지 그것들은 다른 사물, 사건, 경험들에 의존하고, 그것들은 또 다른 사건, 사물, 경험들에 의존하는 유기체이다. 세션이나 네스는 심층생태주의에 최초의 영향을 미친 철학자를 스피노자로 보고 있으며, '자연'에 대한 그의 사상을 추종하여 심층생태주의의 개념을 정립했다.[9]

스피노자의 자연 개념은 화이트헤드에 와서 다시 변화한다. 스피노자가 모든 개체는 상호 의존하는 가운데 유기체로 존재한다고 정리한 반면, 화이트헤드는 상호 의존할 때 비로소 대상이 출현하며, 이러한 현상은 지속적인 변화의 양상을 보인다고 주장한다.[10] 이는 존재에서 생성이라는 개념으로 나아간 사유체계이며, 이후 등장하는 현대물리학의 카오스Chaos 개념에 영향을 미치게 된다. 화이트헤드가 스피노자의 사유 속에

---

8) 스피노자, 강영계 역, 「신에 대하여, 정리 9-15」, 『에티카』, 서광사, 1990, 31~43면 참조.
9) 와위크 폭스, 정인석 역, 「근원적 생태론이 영향을 주게 된 배경」, 앞의 책, 86~88면 참조.
10) 화이트헤드, 오영환 역, 「유기체와 환경」, 『과정과 실재』, 민음사, 1991.

서 자신의 유기체 철학의 원리를 발견했지만, 그에게 스피노자는 실체론
자로 인식된다. 스피노자의 실체론에서는 현실적 계기가 실체의 하위 양
태로 규정되기 때문에 화이트헤드가 정립한 생성으로서의 유기체론과
구별되는 것이다.

한편, 철학적 개념인 심층생태주의는 비현실적인 특성으로 인해 사회
생태주의나 생태여성주의 등 이후 등장한 급진생태주의자들에 의해 비
판을 면하지 못한다. 인간과 자연을 이분법으로 나누어 인간 전체를 자
연 파괴의 주범으로 보는 점과 인간을 미생물이나 벌레와도 다를 바 없
다고 주장하는 평등성의 표방은 설득력을 얻지 못한다. 그 결과 현실적
인 타당성을 확보하지 못하고 비판의 여지를 남기게 된다. 그러나 심층
생태주의의 주창자 아르네 네스가 간디의 자아실현에 영향을 받았다는
점을 상정해볼 때,[11] 간디는 세상의 현실성을 수용함과 동시에 세상에
대한 봉사를 통해서 문제를 해결하려고 했던 사상가이자 실천가임이 환
기된다. 이러한 점으로 추론할 때, 심층생태주의 자체를 비현실적이라고
치부해버린다면 지엽적인 문제에 함몰되어 심층생태주의의 본질적인 가
치를 놓치는 결과가 초래될 것이다.

특히, 심층생태주의 가운데서도 유기론적 양상은 사회생태주의나 생
태여성주의에서조차 변용되고 반복되며 생태주의 가치관의 교집합으로
남아 있다. 심층생태주의에서 부각된 유기론적 사유가 그동안 신비의 영
역에 머물러 있던 생명현상의 원리를 지속적으로 제시하며, 설득력을 확
보했기 때문이다. 이러한 논의를 전제할 때, 심층생태주의의 유기론적
특성에 대한 이해야말로 개체의 생명현상뿐 아니라 지구생태계 자체에
대한 이해인 동시에 생태계 위기에 대응하는 하나의 방안이 됨을 알 수
있다.

---

11) 와위크 폭스, 정인석 역, 「아네 내스와 디프 이콜러지의 의미」, 위의 책, 153면.

2. 심층생태주의의 유기론적 양상

심층생태주의의 유기론적 관점은 지구생태계 전체를 생명체로 본다는 점을 전제하기 때문에 물활론적 사유와 함께 범신론적 사유의 가능성을 열어준다.[12] 이러한 점으로 인해 유기론적 특성을 내장한 문학 작품과 그에 대한 연구는 인류로 하여금 공감을 통해 지구생태계 내 생명현상의 원리에 대한 이해와 자연으로서의 자각을 추동한다. 심층생태주의의 유기론적 사유는 생명의 존엄성을 이해하기 위한 방안으로서의 감정 이입을 효과적으로 제안하기 때문이다. 특히, 심층생태주의의 유기론적 양상으로 접근하는 문학적 논의 방식은 동양사상의 정신적 측면과 함께 물질에 관한 사유로서의 신과학이 결합됨으로써 현실적 의의를 확보한다.

심층생태주의의 주창자 네스가 주목한 스피노자의 자연관에 토대할 때, 우선 데카르트의 이분법적 세계관과 배치되며, 자연과 인간, 정신과 물체의 이원론적 세계관을 부정한다는 사실이 주목된다. 스피노자가 볼 때, 근대 과학에서 인식하는 자연은 살아 있는 유기체적 자연이 아니라 하나의 거대한 기계와 같다. 그는 근대 과학적 방식인 이분법적 사유의 체계를 부정하고 일원론적 자연관을 전개한 것이다. 스피노자는 신, 이데아 같은 것이 위에 있음으로 아래에 있는 사물들을 규정하고 한정하는 것을 부정하는 가운데, 자연을 통일된 관계론적 실체로 본다.[13]

화이트헤드Alfred North Whitehead는 스피노자의 사유 속에서 유기체 철학의 도식을 발견했지만, 스피노자를 근대 실체론자로 인식한다.[14] 그가 볼 때, 스피노자의 일원론적 실체론에서는 현실적 계기가 하위 양태로

---

12) 한스 요나스, 이진우 역, 앞의 책, 66~67면 참조.
13) 박삼열, 『스피노자의 윤리학 연구』, 선학사, 2002, 17~38면 참조.
14) 화이트헤드, 오영환 역, 앞의 책, 54~55면 참조.

규정되기 때문이다. 화이트헤드는 스피노자의 일원론을 자신의 유기체 철학과 구별하고, 자신의 유기체 철학은 인도나 중국의 사상과 가깝다고 강조한다.15) 화이트헤드에게 유기체란 개념은 이해의 차원에서 분리될 수 있는 두 가지 의미, 즉 미시적微視的 의미와 거시적巨視的 의미를 동시에 갖는다. 미시적 의미는 경험의 개체적 통일성을 실현하는 과정으로서 현실적 계기의 형상적 구조와 관련된다. 거시적 의미는 이 현실적 계기를 위해 기회를 제공하는 동시에 제한하기도 하는 현상으로서 현실 세계의 소여성所與性과 관계된다.16)

　　화이트헤드의 유기체적 자연관은 존재보다 생성에 강조점을 두기 때문에 자연을 구성하고 있는 인간, 동물, 식물, 그리고 무기물, 상황에 이르기까지 모두를 정합적整合的 체계로 본다.17) 화이트헤드는 세계의 궁극적 요소, 혹은 직접적 경험의 내용을 사건 또는 사건적 계기, 생성이라고 보고, 이를 현실적 존재로 명명하는 것이다. 그에게 현실적 존재는 그 자신의 환경 속에 놓여 있으면서, 그것에 의해 한정되고 또 자신을 한정하는 과정 그 자체이다. 그리고 이 과정은 환경적 세계에 의해 한정되면서 그 즉시 스스로를 한정함으로 인해, 후속하는 현실적 존재의 여건으로 객체화된다. 과정이 실재가 되고 실재가 과정이 되는 것이다.18)

　　이와 같이, 전통 철학을 부정하는 화이트헤드의 유기체론은 이후, 양자물리학, 과정철학, 과정신학에 영향을 미친다. 이러한 영향은 현대 물리학의 변화된 세계관에서부터 나타난다. 1977년 노벨 화학상을 받은 프리고진의 산일 구조(dissipative structure) 이론이나19) 에리히 얀치의 자

---

15) 화이트헤드, 오영환 역, 위의 책, 56면.
16) 화이트헤드, 오영환 역, 「유기체와 환경」, 『과정과 실재』, 278~279면 참조.
17) 화이트헤드, 오영환 역, 『열린 사고와 철학』, 고려원, 1992, 42면 참조.
18) 화이트헤드, 오영환 역, 「유기체와 환경」, 『과정과 실재』, 740면 참조.
19) 에리히 얀치, 홍동선 역, 『자기 조직하는 우주』, 범양사, 1995.

기 조직하는 우주(the self-organizing universe),[20] 데이비드 보음의 드러난 질서와 숨은 질서,[21] 러브록의 가이아론은 현상과 본체로 나누는 우주론이 비과학적임을 증명함으로써 화이트헤드의 유기체론을 지지한다.

그 가운데 에리히 얀치Erich Jantsch의 '자기 조직화'하는 우주는 지구생태계의 생명현상과 관련한 특성과 능력을 요약해 보여준다. 그에 의하면 우주는 전일적이고 유기적이며, 그 작용 원리는 자기 조직적인 진화(self-organizing evolution)를 한다.[22] 만일 우주에 신이 존재한다면, 그것은 우주 밖에 존재하는 절대자가 아니고, 우주 안에서 작용하는 진화의 원리라는 것이다. 다시 말해, 우주, 지구생태계는 스스로 자유 의지를 가지며, 그 결과와 상황에 따라 스스로 재조직화된다. 이와 같은 현대 물리학의 이론은 세계를 분석 가능하다고 보는 플라톤, 그리고 데카르트−뉴턴의 세계관을 전복한다. 이런 의미에서 화이트헤드의 유기체론은 그가 만들어 철학에 임의로 씌운 원리가 아니라, 현대물리학에서 추상되어 철학에 응용된 원리임을 알 수 있다.

데이비드 보음은 그의 홀로그램hologram 우주론에서 생태계 내 생명현상의 다층적 현상에 대해 주목한다. 그의 논의에서 우주, 지구생태계는 수많은 겹으로 이루어져 끊임없이 반복되는 홀로그램 구조로 이루어져 있다. 작은 부분은 큰 부분에 속하고, 또 그 부분은 더 큰 부분에 속하는 가운데 모든 부분은 전체를 반영한다. 또한 그 전체는 고정적인 상태가 아니라 자기유사성으로 연결된 개체와 개체, 개체와 전체가 끊임없이 상호작용하는 홀로무브먼트holomovement의 상태이며, 그 상태는 전일성을

---

20) 일리야 프리고진 외, 신국조 역, 「복잡성의 과학」, 『혼돈으로부터의 질서』, 자유아카데미, 2011.
21) 데이비드 보음, 「양자역학에 있어서의 숨은 변수」, 『현대물리학의 철학적 테두리』, 민음사, 1991.
22) 에리히 얀치, 홍동선 역, 앞의 책 참조.

담지한다.[23)]

화이트헤드의 유기체론은 이와 같이, 현대 물리학자들의 유기론 연구에 영향을 미쳤지만, 그는 불교사상에서 영향을 받았다. 그의 유기체론은 동양 철학, 특히 화엄사상에서 이미 2500여 년 전에 터득한 진리인 것이다. 그러한 진리의 핵심은 한마디로 '모든 존재에는 불성이 있다'는 것이다. 모든 존재의 개념 속에는 인간, 동식물, 산이나 강, 토양, 나무 같은 것이 모두 포함된다. 화엄사상에서 말하는 불성은 생명을 있게 하는 궁극적 원인으로서 서구 전통철학에서 말하는 창조주, 이데아와 다르다. 인격적, 대상적 존재가 아니며, 모든 것에 불성이 내재하기 때문에 존재 이유를 따로 필요로 하지 않는다.[24)] 안과 밖이 통하고, 또한 서로 연결됨으로써 '하나[全一性]'의 불성으로 통한다는 사유는 결국 모든 것이 유기체임을 대변한다.

이러한 사유는 노장사상에서도 변주된다. 노장사상은 중국의 고유한 사상이지만 불교사상을 수용한 것이다. 노자에게 도道는 자연 전체를 의미하며, 자연을 떠나 존재하는 것은 없으므로 궁극의 자연은 일체를 포함한다. 노자에게 자연은 생성하고 유전하는 우주 활동의 근원이자, 스스로가 영원히 변화해 나가는 실재를 의미한다. 장자 역시 천지는 나와 함께 하나라는 명제로써 모든 개체와 자연이 유기체임을 강조한다.[25)] 도道는 땅강아지나 개미에게도 있다는 장자의 발언 역시 도道의 편재성으

---

23) 마이클 탤보트, 이균형 역, 『홀로그램 우주』, 정신세계사, 2007, 77면.
24) 불성과 만물의 관계를 화엄 불교에서는 이(理)와 사(事)의 관계로 설명한다. 이(理)는 개념적 보편성의 이치이고, 사(事)는 개다적(個多的) 특수성의 뜻이다. 사(事)는 이(理)와 같이 하여 이와 상통하고 간격이 없고 장애가 없이 통한다(理事皆如 理淨處 事能通達 事理通無碍). 여기서 이(理)와 사(事)가 통한다든지, 사(事)와 사(事)가 서로 상통한다는 것은 그 배후에 원인적 존재인 불성이 내재하기 때문이다.
25) 天地與我竝生, 而萬物與我爲一.
   장자, 최효선 역해, 「내편—제물론」, 『莊子』, 고려원, 1994, 57~58면.

로 인해, 생태계 전체가 유기체임을 뒷받침한다.26) 노장사상에서 지구생
태계는 모든 것의 근원이자 변화해 가는 흐름이며, 도道의 멈추지 않는
유동이므로 유기론적 체계인 것이다.

한편, 유가사상을 이어받은 성리학은 도가사상과 불교의 영향으로 자
연을 유기체로 보는 '형이상학적 우주론'을 세웠다. 성리학에서는 우주
론에 의해 인간과 자연을 통합적으로 설명한다. 그러므로 성리학의 유기
체적 자연관 속에는 인간을 만물과 동등하게 보려는 자연중심적 사유가
반영되어 있다.27) 인간과 만물이 동등하다는 것은 인간과 만물이 하나라
는 사유의 반증이며, 전체를 하나로 인식하여 무위자연을 강조하는 노장
사상과 상응한다. 그러나 성리학의 자연중심적 자연관에는 우주에 있어
서 인간의 위치에 대한 자각이 견지되고 있으므로, 노장사상과 비교할
때 인간중심주의에 치우쳐 있음을 알 수 있다.28) 그 외에 힌두교, 유교,
불교, 노장사상을 통합한 동학이 이와 유사한 양상을 띤다. 특히, 경천,
경인, 경물을 주장하는 시천주사상은 인간을 비롯한 모든 것을 자연으로
보고 있으며, 이 모두를 대상으로 한 '모심'의 가치관을 강조한다.

그러나 유기체론을 근간으로 하는 동양사상 자체는 전근대의 사상이
므로 근대의 경험 이후, 그 문명 때문에 야기된 생태계 위기에 대응하기
에는 한계가 있다.29) 생태계 위기는 서구의 근대 과학기술과 자본주의
경제체제 때문에 야기되었고, 그에 대한 해결은 과학기술에 의존하지 않
을 수 없기 때문이다. 이러한 인식의 토대 위에 정립된 심층생태주의의
유기론적 사유는 근대 경험에 대한 비판적 인식을 전제한 가운데 지구생

---

26) 東郭子問於莊子曰所謂道, 惡乎在? 莊子曰無所不在. 東郭子曰期而後可. 莊子曰在螻蟻.
   장자, 최효선 역, 「지북유」, 위의 책, 248~249면.
27) 이동희, 앞의 논문, 36면 참조.
28) 이동희, 앞의 논문, 34~35면 참조.
29) 심재룡, 「동양철학의 관점에서 본 환경문제」, 앞의 논문, 1990.

태계 전체 구성 요소가 하나의 전일적 체계 안에서 유기적으로 연결되어 있다는 점을 강조한다. 지구생태계는 유기체이기 때문에 그 부분들이 있어야 할 곳에 위치하여 하나라도 빠지든지 첨가되는 경우, 전체의 균형이 무너지게 된다. 따라서 인류에게 요구되는 것은 '자기' 속에 있는 자기로서의 자연을 알게 되는 인식의 전환이라고 할 수 있다.[30]

　이러한 논의를 토대로 체계화할 때, 심층생태주의의 유기론적 사유는 관계성, 복잡성, 순환성으로 요약할 수 있다. 먼저 지구생태계의 모든 구성원들은 거대하고 복잡한 관계들의 연결망 속에 있음을 알 수 있다. 그 구성원들은 자신들의 본질 자체를 다른 것과의 관계에서 획득한다.[31] 유기론적 관계성은 지구생태계 내 생명발현의 바탕이 되는 것이다. 이러한 관계론의 바탕 위에, 생태철학자, 신물리학자들에 의해 '관계되어진 합 이상'이자 현실적 존재 자체가 생성이라는 복잡성의 개념이 추가된다. 복잡성의 개념은 관계가 대상을 현현한다는 생성의 개념을 넘어 창발적 특성으로 인해, 새로운 생명현상의 단계로 나아가는 진화의 개념을 포함한다. 모순적 질서를 통한 평형 산출, 드러난 질서에 동반되는 숨은 질서의 유기론적 현상에 주목하는 것이다. 관계성을 바탕으로 하되, 복잡성의 창발현상으로 이루어지는 생명의 질서는 지구생태계의 시 · 공간을 순환하는 가운데 반복된다. '우주'라는 말이 시 · 공간의 연속 개념이고 '존재'라는 말이 시 · 공간의 연속체적 표현이듯이[32] 모든 존재는 전일

---

30) Bill Devall and George Sessions, *op.cit.*, p.67.

31) F. Capra, *Epilogue; Ecological Literacy, The Web of Life*(Anchor Books, a division of Random House, 1996), p.298.

32) "'우주'라는 말을 영어에서는 'cosmos'라는 말로 표현하고 있지만, 한자에서는 '宇'는 공간을 의미하고 '宙'는 시간을 의미한다. 그래서 '우주'는 공간과 시간을 의미하는 복합어이다. 중국인이 말하는 '宇宙'란 본래 공간과 시간을 지칭하는 말이다. '上下四方' 즉 공간 개념을 가리켜 '宇'라고 부르고, '往來古今' 즉 시간 개념을 가리켜 '宙'라고 불렀다. 우와 주를 합쳐 '우주'라고 하면 곧 시 · 공간 연속체가 된다.
　A. N. Whitehead, *Science and the modern World*(New York; The Free Press, 1925), p.81(김

적 개념으로서의 시·공간을 순환하는 가운데 생명현상을 발현하는 것이다.

이와 같이, 심층생태주의의 유기론적 양상은 불교의 영향을 받은 스피노자와 네스의 관계론적 사유에 기반을 둔 가운데, 화이트헤드, 신물리학자들의 복잡계 이론, 생태철학자들의 생태철학 등이 습합하며, 심층생태주의의 핵심 사유로 자리하게 되었다. 생명의 신비, 새로운 진화와 복원은 유기적으로 결합된 가운데 창발하는 생성으로 가능하다는 것이다. 이러한 사유체계의 토대로 볼 수 있는 유기론적 관계성에 대해 먼저 고찰하기로 한다.

1) 유기론적 관계성

네스는 스피노자가 지향하는 삶의 방식을 인류에게 가르치는 것[33]이 생태계 위기에 대응한 근원적 방안이 된다고 보았다. 스피노자의 방식이란 자기실현(Self-realization)으로 대표되는 유기론적 관계성을 의미한다. 네스는 스피노자가 강조하는 '개체의 본질: 코나투스Conatus'를[34] 자기실현에 적용할 경우, 인간은 세계와 그 속에 자리 잡고 있는 자기 위치를 이

상일, 「유기체 철학과 역(易)」, 『화이트헤드와 동양철학』, 서광사, 1993, 15면에서 재인용).

33) "산에서 만났던 노르웨이 최고재판소의 한 사람이 스피노자라고 하는 이름의 철학자의 사상이야말로 산에 잘 어울린다고 가르쳐 주었다. 나는 그 자리에서 스피노자 팬이 되었다. 대학 교수로서 전문직과 그 정신을 드높일 수 있게 된 것도 스피노자의 힘을 입어서였다."
와위크 폭스, 정인석 역, 「아네 네스와 디프 이콜로지의 의미」, 위의 책, 143면.

34) '코나투스(Conatus)'는 '~하고자 함'이라는 의미를 가지고 있으며 이는 각각의 사물이 특정한 경향성을 가지고 있음을 함의한다. 즉, 만물이 계속 그 자체의 존재를 유지해 가려고 하는 노력을 떠받쳐 주는 기본적 동기를 말한다.
스피노자, 강영계 역, 「3부 정리 9」, 앞의 책, 164~165면 참조.

해하고자 하는 욕구에 의해서 자기 위치를 이해할 수 있을 것이라고 보았다. 자기가 몸담고 있는 세계와의 더욱 큰 자기 동화로 인해, 더 확장된 자기실현이 이루어진다고 본 것이다.

네스가 볼 때, 간디의 사상적 체계 또한 스피노자와 동일하게 인식된다.[35] 간디는 힌두교로부터 '자기실현'의 의미를 발견했으나, 실천적이라는 점에서 불교사상에 가깝다. 간디는 자신을 구제하기 위해 세상으로부터의 도피를 사양하지 않는 힌두교적 소승불교보다 타인을 위해 헌신하기를 권유하는 대승불교에 경도되었으며, 대승불교를 통해 받은 영감은 세상에 대한 봉사를 통해 스스로를 구제하고자 하는 방식으로 표현되었다. 네스는 스피노자와 간디의 자기실현(Self-relization)을 심층생태주의의 근본 규범으로 삼은 것이다.[36]

주지하다시피, '자기실현(Self-relization)'으로 표상되는 심층생태주의의 규범은 '관계성의 자아'를 의미하며,[37] 이는 인간이 편협한 자기정체, 소자아에서 탈피하여 다른 대상과의 일체감을 터득한 후 자기 자신과 다

---

35) 간디는 영자 주간지 『젊은 인도(Young India)』에서 "인생이란 포부이다. 그 목적은 자기실현의 완성을 희구하는 데 있다. 또한 힌두교의 최고 성전인 바가바드 기타(*Bhagavad Gita*)의 주석에서는 "사람은 신을 닮지 않는 한 평안할 수가 없다. 그 상태를 달성하려고 하는 노력이야말로 마음속에 품기에 가치가 있는 유일한 야망이다. 그래서 그 상태를 자기실현이라고 부른다. (…중략…) 자기실현이란 먼데 있는 목표가 아니다."
와위크 폭스, 정인석 역,「아네 네스와 디프 이콜로지의 의미」, 위의 책, 146~157면 참조.
36) 와위크 폭스, 정인석 역,「아네 네스와 디프 이콜로지의 의미」, 위의 책, 153면 참조.
37) 심층생태주의에서 주창하는 관계론의 개념 속에서 가장 중요한 개념은 '자기실현'이다. 여기서 말하는 '자기실현'은 소크라테스를 비롯한 수많은 사상가들이 주장한 개인의 지적·영적 잠재력을 성취한다는 자기실현의 의미를 넘어서는 것이다. 네스가 스피노자와 간디의 영향을 받아, 정립한 '자기실현(Self-realization)'의 개념은 자기 감각을 현세적인 의미로 될 수 있는 한 확장하는 것을 말하며, 'self'의 's'를 대문자 'S'로 나타내어, 그 의미를 표시한다. 그리고 그러한 자기와 세계 안에 존재하고 있는 것들을 하나의 과정으로서 이해할 수 있는 것을 말한다.
와위크 폭스, 정인석 역,「아네 네스와 디프 이콜러지의 의미」, 위의 책, 같은 면.

른 생물들, 더 나아가 생태계 전체와 일체 의식을 경험하게 되는 것을 말한다. '자기실현'으로 표상되는 유기론적 관계성은 모든 존재와 존재, 실체와 본질, 존재와 현상들이 서로 연관되어 있음을 의미하며, 이러한 형태의 의존 관계는 무한히 계속된다.

스피노자, 간디, 네스에게 영향을 미친 불교사상에서는 그러한 과정 자체를 불성, 즉 생명의 드러남으로 인식한다. 불성이 반영된 관계성의 사유는 화엄사상의 법계연기설에 가장 잘 반영되어 있다. 법계연기의 사유에서 불성과 만물의 관계는 이理와 사事의 관계로 설명된다. 이理는 개념적 보편성의 이치이고, 사事는 개다적個多的 특수성의 뜻이다. '돈오 무생 반야송頓悟無生般若訟'에 의하면 "이理와 사事는 모두 같으며, 이는 깨끗한 곳으로부터 나아가 사의 다양성 가운데 도달한다. 사事는 이理와 같이 하는 가운데 상통하고, 그러한 가운데, 장애가 없이 통한다(理事皆如 理淨處 事能通達 事理通無碍).38) 이와 같이, 화엄사상에서 볼 때, 이理와 사事가 통한다든지, 사事와 사事가 서로 통한다는 것은 그 배후에 원인적 존재인 불성이 내재하기 때문이다. 불성이 심층생태주의에서 말하는 관계 속의 자기실현(Self-relization)에 영향을 끼친 것이다.

---

38) 사법계(事法界), 이법계(理法界), 이사무애계(理事無碍界), 사사무애계(事事無碍界)를 의미하며, 사사무애에 이르러 화엄이 완성되는 것으로 본다. 먼저 사법계란 오로지 현상 자체에 대하여만 본 것으로, 차별 있는 세계를 의미한다. 따라서 물질현상이나 정신현상을 막론하고 모든 현상적인 것은 사법계에 속하며, 개체와 개체가 공통성이 없는 차별을 특색으로 한다. 반면, 이법계란 현상이 의지하는 본질을 의미하며, 우주의 사물은 그 본질이 모두 진여로서 차별이 있으나 몸과 정신은 하나임을 강조한다. 이때 계(界)는 성(性)을 의미하는데, 이를 종합하자면 이법계란 우주의 본체로서 평등한 세계를 의미한다. 다음으로 이사무애법계란 현상과 본질이 다르지 않음을 의미하는 것으로, 이(理)는 사(事)를 통해 드러나고 사는 이를 얻음으로서 성립되는 것이므로 이(理)와 사(事)는 서로 융통하여 연기가 됨을 말한다. 또한 개체들과 전체의 법이 무애를 이루는 관계이다.
유흔우, 「화엄의 사사무애와 성리학의 천인합일 비교 연구」, 『불교학보』 49집, 불교문화연구원, 2008, 147~148면.

노자 역시 만물이 서로 관계 속에 있음을 강조한다. "있음과 없음은 서로 낳고(相生), 어려움과 쉬움은 서로 이루어주며, 길고 짧음은 서로 형성하고, 높고 낮음은 서로 기울며, 소리와 노래는 서로 어울리고 앞과 뒤는 서로 따른다"[39] 하여 관계 속에서 존재가 가능함을 보여준다. 마찬가지로 장자는 "저것은 이것 때문에 생겨나고, 이것은 저것 때문에 생겨난다. 이것이 곧 저것이요, 저것이 곧 이것이다. 저것과 이것을 갈라놓을 수 없는 것을 도추라 한다"[40]고 하여 만물이 상호 관계 속에서 존재하며, 그 어느 것도 독자적으로 존재할 수 없음을 설파한다.

유기론적 관계성은 동학의 경물사상에서 극단적으로 강조된다. 경물까지 포함한 모든 유기체는 상호 의존하고 있으며, 지속적으로 변화하는 가운데 낮은 차원의 유기체가 높은 차원의 유기체로 변화한다는 사실을 알 수 있다. 이러한 논의를 토대로 경물사상은 주체 내지 자기 부정과 자아 중심의 소멸로 인한 모든 개체의 관계적 평등성 구현에 목적을 둔다는 사실을 알 수 있다. 경물에까지 미치는 주체 해체 내지 자아의 소멸은 네스의 자기실현과 겹쳐진다. 자아의 소멸을 전제로 한 관계성은 지구생태계 내 모든 개체가 빠짐없이 평등하다는 생태적 자아와 맞닿는 것이다.

과학철학자 화이트헤드는 그의 학문 전반을 통해 유기체설을 강조하는 가운데, 관계성을 토대로 삼는다. 그는 이러한 논의의 근거로 존재론적 형이상학을 근원적으로 부정하는 가운데 모든 실재는 우주의 나머지 것들과 함께 짜여진 채 변화하는 과정적 관점에 의해서 이해될 수 있다고 주장한다. 그가 볼 때, 지구생태계의 모든 존재는 관계가 대상을 규정

---

39) 有無之相生也, 難易之相成也, 長短之相形也, 高下之相傾也, 音聲之相和也, 先後之 相隨也.
　　노자, 김경수 역, 「제2장」, 『노자역주』, 문사철, 2010, 33면.
40) 彼是 方生之說也. 雖然 方生 方死 方死 方生, 方可 方不可, 方不可 方可. 人是人比 人比人是 是以 聖人 不由 而照之於天 亦因是也.
　　장자, 최효선 역, 「내편－제물론」, 앞의 책, 47면.

할 뿐 아니라, 부분들의 상호작용에 의해서 대상이 현현되는 가운데 관계적 구조는 전형적인 자연계의 상태인 동시에 개별 생명체의 변화 양상이기도 하다.[41) '대상이 관계를 만든다'는 종래의 인식을 뒤엎고 '관계가 대상을 만든다'고 보는 화이트헤드의 유기체론 역시 관계성의 토대가 되는 것이다.

한국의 물리학자인 장회익 또한 생명을 가리켜 개체적 생명체들의 집합체로 이루어져 있다기보다 하나의 총체적 관계로 이해하며, 이를 온생명(global life)이라 부른다. 개별적 생명체를 개체생명이라 정의하며, 개체생명의 입장에서 자신을 제외한 나머지 부분을 보생명이라 부른다. 개체생명은 자신들의 보생명과 더불어 온생명으로서의 생존을 유지함과 동시에 독립성을 지닌 개체로서 자신의 생존을 유지하는 것이다.[42) 태양과 지구의 유기체적 관계를 특히 강조한다는 점에서 차이를 보이지만 각 개체는 모두 전체 생태계와 관계된 가운데 비로소 개체생명의 생명발현이 가능할 뿐 아니라 또 다른 개체의 보생명이 된다는 점에서 앞선 이론에서 보여주는 관계성과 다르지 않다.

과학적 통찰을 통해서 파악되는 물질적 현상에서도 유기론적 관계성의 사유는 근대과학을 전복한다. 신물리학에서, 한 소립자란 독립적으로 존재하는 분석 불능의 실체가 아니다. 원자, 양성자를 넘어 그것은 최소한의 미립자조차 더 미세한 분석이 가능하다. 이러한 현상은 한계가 없기에 궁극의 본질조차 다른 것들과 연결된 일련의 관계로 파악된다.[43) 가시적이든 비가시적이든 지구생태계 내에 존재하는 대상이나 현상은

---

41) 화이트헤드, 오영환 역, 「범주의 도식」, 『과정과 실재』, 77~100면 참조.
42) 장회익, 「생명 · 인간 · 문명」, 『삶과 온생명』, 167~295면 참조.
43) H. p. Stapp, "S-matrix Interpretation of Quantum Theory", '*Physical Review*, vol. D3(March 15th, 1971) p.1,310(F. 카프라, 김용정 외 역, 『현대물리학과 동양사상』, 185면에서 재인용).

모두 그 안에서 복합적으로 서로 다른 종류의 연결들과 겹쳐지고 종합되는 가운데 그 구조가 결정되는 것이다.[44] 신물리학으로부터 도출되는 관계망은 동양에서 널리 전파된 유기론적 관계성의 현실적 근거를 마련한다. 네스의 제1테제는 이러한 점을 겨냥하고 있으며, 그는 인류로 하여금, 이러한 근거를 바탕으로 원자론적 세계관에서 전일적 세계관으로 전환하기를 제안하는 것이다.[45]

2) 유기론적 복잡성

심층생태주의자 네스가 볼 때, 지구생태계의 생명진화는 복잡성을 더해 가면서도, 하나의 통합된 과정으로 지속되어 왔다.[46] 그는 물질이나 생명의 복잡화가 진행될수록 개체의 내면이나 전체의 감각이 깊어지고 넓어진다는 데 주목한 것이다. 유기론적 복잡성은 화이트헤드의 '합생' 이후,[47] 심층생태주의의 새로운 전환을 이룬 카프라Fritjof Capra의 이론에서 구체화된다. 카프라는 러브록, 일리야 프리고진, 그 외 수학자 랠프 에

---

44) W. Heisenberg, *physics and philosophy*(Allen & Unwin, London, 1963), p.96(F. 카프라, 김용정 외 역, 위의 책, 186면에서 재인용).

45) 박준건, 「생태적 세계관, 생명의 철학」, 조규익 외 엮음, 『한국생태문학연구총서 Ⅰ』, 43면.

46) Arne Naess, *op.cit.*, pp.165~166.

47) 과정은 크게 합생(concrescence)과 이행(transition)으로 나누며, 합생은 개별적 존재자의 구조에 내재하는 유동성이며, 이행은 개별적인 존재자의 완결에 따르는 과정의 소멸이 그 개별적 존재자를, 과정의 반복에 의해 생겨나게 되는 다른 개별적인 존재자들을 구성하는 시원적 요소로 만들어 가능 유동성이라고 한다. 다시 말해, 합생은 여럿이 하나로 모두 성장하는 것이다. 이 합생에 의해서 이행이 일어나 새로운 질서가 생겨난다. 이리하여 세계는 계층적 질서를 형성한다. 보다 높은 질서는 보다 낮은 질서의 모든 특징을 지니고, 보다 높은 질서 안에는 보다 낮은 질서에는 없는 새로운 특성이 덧붙여진다. 화이트헤드에게 있어 생명체나 비생명체나 모든 것은 결합체(nexus)이며 복잡성으로 구성되는 유기체이다.
화이트헤드, 오영환 역, 「파악의 이론」, 『과정과 실재』, 454~455면 참조.

이브러햄 등의 시스템적 사고, 비선형, 비평형, 자기 조직화 등을 통해 지구생태계의 생명현상과 관련한 복잡성의 영감을 받았음을 밝히는 가운데, 이를 정리하여 이론화한다.[48]

카프라가 볼 때, 생명의 기본 방식은 단순한 관계 양상의 결과가 아니라 끊임없이 확산되는 비선형 방식의 결과이다. 생명체가 생명체이기 위해서는 고정되어 존재하는 것이 아니라 끊임없는 외부와의 교류가 필요하기 때문에 생명체를 구성하고 있는 물질은 비록 개체의 경계를 이루고 있지만, 상호작용에 의해 증폭될 수도 있고, 그 과정에서 그렇게 된 이유의 원천이 무엇이었는지 모를 수도 있다.[49] 이러한 가운데 일부는 파괴적인 소화과정을 통하여 에너지원으로 사용하고, 또 일부는 지속적으로 생존하는 데 필요한 정보를 얻는 것으로 파악된다.[50]

이러한 논의를 토대로 할 때, 지구생태계에 대한 이해는 생태계 내 생명현상과 관련하여 간과할 수 없는 문제이다. 지구생태계는 유기체이므로 균형과 조화를 최고의 이상으로 삼지만 다양한 영향으로 인해, 균형과 조화가 항상적으로 유지되지 못함이 밝혀졌기 때문이다. 더욱 중요한 것은 지구생태계가 유기체적 특성을 지니고 있기 때문에 부조화와 갈등의 연속 속에서 오히려 균형을 추구할 수 있으며, 새로운 조화를 창출할 수 있다는 점이다. 지구생태계의 복잡성은 유기론적 양상 가운데서도 진화와 생성을 가능케 하는 작용으로서의 가치를 수반하는 것이다.

이와 같이, 심층생태주의의 복잡성 개념은 다양한 방식으로 설명되지만, 사유의 원천은 불교의 화엄사상이다. 화엄사상에서 복잡성은 두 갈래로 설명이 가능하다. 화엄사상의 '진공묘유眞空妙有'는 혼돈으로부터의

---

48) F. Capra, *Ecological Literacy, The Web of Life*, pp.1~221.
49) F. Capra, *Ecological Literacy, The Web of Life*, p.299.
50) 라이얼 왓슨, 박문재 역, 「초자연 · 우주와 물질 편」, 앞의 책, 34면 참조.

생성, 혼돈의 풍요성이라는 특성으로서 복잡성의 개념과 상응한다. 질서
와 무질서가 뒤섞여 있음으로써 분리 불가능한 생명현상의 근원적 상태
를 설명해줄 뿐 아니라, 이러한 가운데 공통의 성격을 서로 나누어 갖는
생명현상의 원리를 보여주는 것이다.[51]

화엄사상의 사사무애事事無碍 역시 심층생태주의에서 제시하는 유기
론적 복잡성의 원리로 변용 해석된다. 복잡성의 관점에서 볼 때, 모든 실
재는 유동적인 가운데 생성하는 국면을 의미한다. 존재는 생성하는 순간
의 궤적을 의미하는 것이다. 따라서 사사무애事事無碍의 사유로 볼 때, 일
체의 사물, 현상은 연기의 상태로 나타날 뿐, 실체성, 고정성을 갖지 않는
다. 모든 대상과 상황이 관련되어 있는 가운데 변화 생성한다는 사유가
유기론적 복잡성과 상응하는 것이다.

『노자』 6장의 대표적 개념인 현빈玄牝은 일반적으로 현묘한 암컷, 현
묘한 골짜기를 의미한다. 그러나 여기서 '암컷'은 해부학적 생식기 자체
가 아니라, 깊이를 가늠할 수 없는 검은 색의 수동적 특성으로서 생성의
의미를 창출한다. '현玄'의 개념은 생명현상과 관련하여 심원함, 심오함
으로써 복잡성을 의미하며, '빈牝' 역시 여성이라는 원래의 의미보다 남
성과 여성을 포월한 조화의 궁극으로 해석된다.[52] 6장의 논의를 토대로
할 때, 노자의 사유는 숨은 질서의 생명성, 비가시적이거나 불가역적인
상황에서도 끊임없이 생성하는 생명현상으로서 복잡성이라는 의미를 낳
는 것이다.

장자의 만물제동萬物諸同은 전체와 개체의 자기유사성(self-similarity)
이라는 특성으로써 생태계의 유기론적 복잡성에 대한 인식을 보여준다.

---

51) 김상일, 「과정 철학의 성격과 방법」, 『화이트헤드와 동양철학』, 40면.
52) "以其虛故曰谷, 以其因應無窮, 故稱神."
　　嚴復, 『老子道德經評點』, 藝文印書館, 1964.

장자는 제물론齊物論에서 "천지는 나와 함께 태어났고, 만물은 나와 함께 하나이다"라는 유명한 명제를 탄생시켰다. 심층생태주의의 유기론적 관점에서 만물제동의 의의는 지구생태계 내 모든 개체는 그 개체들의 관점에서는 전체로 인식되지만, 동시에 그보다 큰 전체에 대해서는 부분이 된다는 점이다.[53] 살아 있는 개체들은 다른 더 큰 살아 있는 개체의 내부에 깃든 가운데 생명현상을 발현하며, 이러한 양상은 끊임없이 이어지고 확장되는 프랙탈(multi-fractal) 현상[54]으로서 복잡성의 의미를 창출한다.

동양사상을 창조적으로 계승한 화이트헤드는 자족, 자존하는 독립적 실체 개념을 부정하고 실재 개념을 유기체적인 과정 철학의 문맥에서 이해할 것을 주장한다. 그는 이러한 사유의 결과 개체는 전체와 동시에 변화 생성하기 때문에 세계란 그 안에 질서와 무질서가 뒤섞일 수밖에 없으며, 어떠한 것도 생명 아닌 것은 없다고 주장한다. 화이트헤드는 이를 '합생'의 개념으로 제시하며,[55] 이후의 신물리학자, 생태철학자들에게도 지속적으로 영향을 미치게 된다. '합생'의 개념이야말로 신물리학과 생태철학의 영역을 가로지르는 복잡성 이론의 토대인 것이다.

생태 철학자 질 들뢰즈Gilles Deleuze 또한 차이와 반복의 개념으로 복잡성과 관련한 사유 세계를 보여준다. 들뢰즈는 '차이와 반복'에 의해 형성

---

53) 장자, 최효선 역, 「제물론」, 앞의 책, 36~37면 참조.
54) 프랙탈(multi-fractal)은 확대된 부분과 전체가 똑같은 모양을 하고 있는, 자기유사성을 갖는 기하학적 구조를 의미한다. 리아스식 해안선, 동물의 혈관분포 형태, 나뭇가지 모양, 창문에 성에가 낀 모습, 산맥의 모습 등이 프랙탈 구조를 갖고 있다.
　　윤영수, 채승범, 『복잡계 개론』, 삼성경제연구소, 2005, 539면.
55) 합생(concrescence)은 여럿이 하나로 모두 성장하는 것이다. 이 합생에 의해서 이행이 일어나 새로운 질서가 생겨난다. 이리하여 세계는 계층적 질서를 형성한다. 보다 높은 질서는 보다 낮은 질서의 모든 특징을 지니고, 보다 높은 질서 안에는 보다 낮은 질서에는 없는 새로운 특성이 덧붙여진다. 화이트헤드에게 있어 생명체나 비생명체나 모든 것은 결합체(nexus)이며 복잡성으로 구성되는 유기체이다.
　　화이트헤드, 오영환 역, 「파악의 이론」, 『과정과 실재』, 454~455면 참조.

되는 창발 체계에서 나타나는 복잡성으로서의 '내재성'에 주목한다. 그가 볼 때, 현재적 관점에서 매 순간 변화하는 모든 개체의 정체성은 외부와의 교섭으로 형성되기에 차이가 출현한다. 또한 그 차이는 매 순간 반복적으로 출현하는 가운데 기존의 내재성으로 포함되기에 개체의 정체성은 예측 불가능하며, 복잡성을 띨 수밖에 없다. 다시 말해, 생명현상은 이질적이며 다양한 현상들이 서로 연접하면서 끊임없이 상호작용하기 때문에 매 순간 차이가 출현하며, 그 차이로 인해 불명확성을 띨 수밖에 없지만, 그로 인해 새로운 생성 또한 가능하다는 것이다.[56)]

지구생태계의 복잡성을 설명하는 많은 이론가 가운데 테야르 드 샤르댕은 다음과 같이 발언한다.

> 우리 지구를 놓고 볼 때(생물학을 할 수 있는 곳은 아직 지구뿐이다) 복잡해짐과 의식 사이의 구조 관계는 의심할 수 없는 사실이다. 더 복잡해짐으로 생명을 더하려고 하는 특성은 지상의 모든 물체에 들어 있는 아주 보편적인 현상 가운데 하나이다. 이 책에서 밝힌 내 주장의 독창성은 거기에 있다. 과학에서는 우주 물질이 폭발로 전파처럼 퍼져나갈 뿐 아니라 전기자기 힘과 중력으로 아주 작게 응축되기도 하며 더 나아가 방사되어 물질로 된다는 점을 얘기했다. 과학에서 밝힌 그런 현상과 내가 말한 의식의 현상은 서로 단단히 연관된다. 그처럼 의식을 복잡한 조직활동(유기화)의 열매로 보면 우리 눈으로 머무는 시간은 너무 짧아 그걸 가려내기가 힘들다.[57)]

위 인용문에서 샤르댕은 "더 복잡해짐으로 생명을 더 하려고 하는 특성"은 지구생태계의 모든 물체에 들어 있는 보편적인 현상 가운데 하나라고 설명한다. 그는 이러한 인식이 신과학에서 주장하는 양자역학과 연

---

56) 질 들뢰즈, 김상환 역, 『차이와 반복』, 민음사, 2004, 182면.
57) 테야르 드 샤르댕, 양명수 역, 「요약과 후기」, 『인간 현상』, 한길사, 1997, 276면.

관련된다고 본다. 그가 볼 때, 그러한 현상들은 "폭발로 전파처럼 퍼져나갈 뿐 아니라" "응축되"고 "방사되"기도 하는 가운데 진화하는 생성의 과정을 의미한다. 모든 존재는 복잡성의 혼돈으로부터 스스로 자동 분류하여 가장 유용한 정보를 채택하는 가운데,58) 무질서로부터 스스로의 질서를 창출하는 것이다.

프리고진은 『혼돈으로부터의 질서』에서 이와 유사한 논리를 펼친다. 그는 흩어지는 구조의 여러 가지 특성들이 그 부분들의 특성에서 유래할 수 없으며, 초분자적인 조직(supramolecular organization)의 결과라는 사실을 강조한다.59) 평형 상태에서 비평형 상태로 전이하는 국면에서 장기적인 상호관계가 나타나며, 그 상호관계는 시스템의 그 지점에서부터 전체적으로 움직인다. 그 시스템의 과정에서 복수의 피드백 루프들을 통해 상호 연결되며, 그에 상응하는 계산의 결과는 비선형적이다. 비선형성이 높아질수록 흩어지는 숫자는 많아지므로 풍부함과 다양성의 집적 상태인 복잡성의 단계로 나아갈 수 있는 것이다.

동학사상의 시천주에서는 복잡성과 관련하여 개인이 실천해야 할 방법적 사유가 발견된다. 시천주사상은 수운 최제우가 정립한 『동경대전』의 「논학문」에서 '내유신령 외유기화 일세지인 각지불이자야內有神靈 外有氣化 一世之人 各知不移者也'로 개념화된다. 이를 김지하는 안으로 신령이 있고 밖으로 기화가 있으므로, 세상 사람은 모두 제 안에 숨겨진 전체 우주 유출을 나름으로 깨달아 다양하게 실현해야 함으로 해석한다.60) 개체의 정체성은 우주 전체의 변화를 따르기 때문에 매 순간 새로이 조직화됨을 알고 이를 따라야 한다는 것이다.

---

58) 라이얼 왓슨, 박문재, 「우주의 법칙과 질서」, 『초자연』, 인간사, 1991, 35면 참조.
59) Prigogine, Ilya, and Isabelle Stenger, *Order out of Chaos*(Bantam, New York, 1984), pp.143~144.
60) 김지하, 『흰 그늘의 미학을 찾아서』, 실천문학, 2005, 512면.

시천주사상의 하위 갈래로서 내유신령內有神靈은 개체 고유성을 의미
한다. 각 생명체는 자기 안에 '한울님'을 모신 존재로서 외면의 복잡화와
자기 조직화, 자기 조절, 자기 갱신을 가능케 하는 창조적 진화의 중심이
라는 것이다. 이는 인간뿐만 아니라 모든 생명체와 무기물, 최초의 입자
에도 마찬가지로 적용된다. 모든 생명은 스스로를 형성하는 물질 안에
외부와 소통하는 특성으로서의 개체 고유성을 지니고 있다는 것이다.

창발적 현상을 함의하는 외유기화外有氣化는 유기화, 자기 조직화, 진
화 등 모든 개념을 포괄하며, 우주적 외연을 가진 기氣의 활동, 생성, 진화
의 전 영역을 가리킨다. 기氣의 변화 활동, 기의 수렴과 확산 등 일체 음양
의 진화 활동, 흐름을 '기화氣化'라 칭한다. 따라서 단순히 물질적 외관으
로부터 관찰된 복잡화, 자기 조직화를 포함할 뿐 아니라, 보이는 듯 보이
지 않는 영적 활동과 물리적 활동, 그 모두를 동반하는 오묘한 기氣의 변
화 전체를 창발적 생성의 과정에 포함시킨다. 개체 고유성으로서의 한
개체가 외부와 습합하여 복잡화하는 과정을 의미하는 것이다.

'각성覺醒으로서의 합일의식'을 의미하는 '각지불이各知不移'는 개체 고
유성으로서의 한 개체가 창발적으로 생성하기 위한 전제를 의미한다. 생
명은 고정된 개체가 아니라 한울님을 모신 가운데 생성하기 때문에 따로
떨어져 각립各立할 개연성은 있으되, 우주 생명 전체와 떨어져 분립할 수
없다. 그러한 가운데 생성하는 전체적 유출 활동이기 때문에 복잡성을
띨 수밖에 없다는 것이다. 따라서 각 개체는 우주 기운의 총 유출로부터
떨어질 수 없는 통일성을 스스로 깨닫고 부분과 전체가 다르지 않은 세
계 속의 자신을 깨닫고 살아가야 한다.61)

이와 같이, 심층생태주의의 유기론적 복잡성은 멀게는 불교의 화엄사
상, 노장사상, 화이트헤드로부터 영향을 받았다. 이후, 신물리학자를 비

---

61) 김지하, 『사이버 시대와 시의 운명』, 북하우스, 2003, 73면.

롯한 생태철학자, 각 분야의 심층생태주의자들에게 지속적으로 전파되었으며, 동학의 시천주사상 역시 그러한 사유와 같은 맥락에 놓인다. 모든 존재는 관계된 상태를 넘어 지속적으로 변화하는 지구생태계의 다양한 상황을 수용하여 채택하고 반응한다. 그러한 개체적 존재의 생명현상뿐 아니라, 지구생태계 전체의 생명발현, 진화가 가능해진다는 것이다.

3) 유기론적 순환성

지구생태계의 생명현상이 지속되기 위해서는 재생되는 경로로서의 순환성(circulation)이 전제되어야 한다. 지구생태계는 열린 시스템이며, 생태계 속의 모든 생물은 폐기물을 생산하기 때문이다. 다행히, 한 종으로서의 지구생태계는 거의 아무런 폐기물도 남기지 않고 유지된다.62) 생물과 무생물로 이루어진 지구생태계는 수십억 년 동안 끊임없이 광물, 물, 공기의 동일한 분자들을 사용하고 재활용하는 방식으로 순환한다. 밤낮의 주기적 교차, 사계절의 주기적 반복으로서 시간뿐 아니라, 극미의 원자 세계나 극대의 전체 운동으로서 공간 역시 직선적으로 끝나지 않고 되돌아옴으로써 순환을 담보한다.

심층생태주의를 정립한 네스는 이와 같은 지구생태계의 순환성을 주목한다. 순환성이야말로 심층생태주의에서 강조하는 지구생태계의 항상성에 관한 문제와 닿아 있기 때문이다. 순환성으로서의 유기체론 역시 근원적으로는 불교의 화엄사상에 닿아 있다. 불교는 힌두교를 극복하는 가운데 정립되었지만 윤회와 관련한 사유는 불교의 화엄사상으로 이어진 것이다.

불교사상의 모태라고 볼 수 있는 힌두교에서 '브라흐만'과 '아트만'은

---

62) F. Capra, *Ecological Literacy, The Web of Life*, p.299.

순환성의 의미를 담지한다. 브라흐만은 힌두교 초기에 성스러운 말을 가리켰지만 우파니샤드 시기에 와서 존재의 절대적 근원이라는 의미로 정착되었다.[63] 어떤 것이든 생겨나는 대로 브라흐만으로서의 근원적 힘에 의해 살아가며, 브라흐만으로서의 근원적 힘으로 돌아간다[64]고 본다.

힌두교의 윤회설은 불교의 연기설(緣起說, pratitya-samutpada)에 잔존하는 가운데 순환성을 담지한다. '연기는 사건이 연이어 일어나는 현상을 의미하며, 이것이 있으므로 저것이 있으며, 이것이 없어지므로 저것 또한 사라진다'고 설명된다.[65] 이것은 하나의 원인으로 모든 것을 설명하는 일원론적 세계관이나 세상의 모든 것이 결정되어 있다고 보는 예정론을 거부하고, 모든 사태에는 일정한 원인과 조건이 반드시 있다는 사실을 강조한다. 연기설로 볼 때, 생태계 내에서 일어나는 생명현상은 헤아릴 수 없는 조건들의 무한한 연쇄를 의미하며, 자신의 고유한 존재성을 지닐 수 없으므로 전체적인 순환을 넘어 존재 자체가 끊임없는 순환성을 담지한다.

노자의 사유에서는 음과 양의 움직임이 반복적인 순환성의 양상으로 논의된다. 양이 차면 음을 위해 자리를 내어주고 음이 극에 도달하면 다시 양을 위해 물러나는 음양이론에서 전체는 두 개로 양분되지만, 음양의 역동적인 현상이 생명현상의 원리로 작용한다. 이는『장자』의「지락(至樂)」에서도 마찬가지 양상을 보인다. 그에 의하면 모든 생물의 종이 기氣에서 나와 그것이 물때나 이끼, 혹은 질경이가 되었다가, 질경이가 똥을 만나면 범부채가 되고 범부채가 나무굼뱅이가 되고 나무굼뱅이는 나비, 나비는 벌레, 벌레는 수리부엉이밥, 다시 새로, 사마충으로, 말로,

---

사람으로 변화하다가 다시 기氣로 들어간다. 기氣는 무기물에서 미물로 미물에서 식물로, 식물에서 곤충으로 곤충에서 동물로, 동물에서 인간으로, 다시 기氣로 순환한다는 것이다.

이러한 논의를 통해, 장자가 말하고자 하는 요점은 "만물은 기氣에서 나오고 다시 기氣로 들어간다"는 사실이다. 장자에게 기氣는 정신의 상승된 경지를 의미하며, 기氣에 초점을 둘 때 순환성의 강조로 이어진다. 장자의 사유에서는 지구생태계 내 모든 개체는 지구생태계 전체와 기氣로써 순환할 때 완전해진다.[66] 그가 볼 때, 지구생태계의 개체와 전체는 기氣로써 상호 침투하면서 생겨나고 서로 의지하다가 사라지는 순환의 반복이라는 것이다.

철학자 니체Friedrich Wilhelm Nietzsche가 강조하는 '권력에의 의지'는 우주 내지 자연 혹은 존재 일반의 속성을 표현하기 위한 은유이다.[67] 그가 볼 때, 지구생태계 내 각 개체와 개체들은 서로 구별할 수 없는 하나의 사건, 흐름, 긴장된 관계로서 '권력에의 의지'로 비유된 역동적 에너지를 의미한다. 이어서 그는 에너지 보존의 원리는 '영원회귀'를 요청한다고 주장한다. 여기서 '영원회귀'는 모든 현상, 사건, 그리고 존재들이 사라지지 않고 영원히 반복되어 나타남을 뜻한다. "세계는 그 자신을 무한히 반복했고, 자신의 놀이를 영원히 계속하는 순환이다"라는 발언은 니체가 지구생태계 자체의 현상을 영원회귀적으로 본다는 사실을 반증함으로써 노장사상과 상응한다.[68] 니체의 영원회귀는 생성의 해가 직선적인 종말

---

66) 이성희, 「노장시학을 위한 시론」, 최승호 편, 『21세기 문학의 유기론적 대안』, 새미, 2000, 79~99면 참조.

67) 박이문, 「니체의 철학과 동양철학 : 초인의 동양적 조명」, 『동서문화』 33, 2000, 47면 참조.

68) "모든 것이 가고 모든 것이 되돌아온다. 존재의 수레바퀴는 영원히 회전하는 것이다. 모든 것이 죽고 모든 것이 새롭게 태어난다. 존재의 세월은 영원히 계속되는 것이다." 프리드리히 니체, 정동호 역, 『짜라투스트라는 이렇게 말했다』, 책세상, 2002, 368면.

을 향해 가지 않고 되돌려짐으로써 반복하는 것을 의미하기에 지구생태계의 순환성이라는 의미를 낳는 것이다.

물리학자 슈뢰딩거Erwin Schrodinger는 유전자의 분자 구조에 대해 설득력 있는 가설을 제시함으로써 신과학의 영역에서 순환성을 고찰할 수 있는 계기를 마련했다. 그는 한 개체가 자신에게로 '질서의 흐름'을 집중시키고, 이를 통해 원자적인 카오스로의 파멸을 피하는 순환성에 대해 주목한다. 그가 볼 때, 지구생태계 내 모든 개체는 음의 엔트로피 흐름을 자신에게로 끌어들여 자신이 살면서 발생시킨 엔트로피 증가를 상쇄하기 때문에 일정한 엔트로피 수준이 유지된다고 본다. 즉, 적절한 환경으로부터 '질서를 빨아들이는' 능력은 '비주기적 고체들' 중에서 질서 있는 원자 연합체인 염색체 분자들의 존재와 관련한다.[69] 한 개체가 숨은 질서와의 통합을 거쳐 새로운 평형에 이르는 엔트로피적 순환성을 의미하는 것이다.

이론 물리학자 데이비드 보음Bohm, David은 '숨은 변수이론'에서 드러난 질서는 내포 질서가 물리적 세계로 드러난 것으로 파악한다.[70] 카오스 이론에서 '카오스의 가장자리에 있는 생명(life at the edge of chaos)' 역시 복잡성의 특징과 함께 순환성의 의미를 동반한다. 카오스의 가장자리에서 창발하는 생명의 구성 요소들이 상호작용을 통해 자기 조직화한다고 보기 때문이다. 자기 조직화란 불안정한 카오스 상태에서 저절로 질서의 창발 현상이 일어나는 상태를 말하며,[71] 이러한 현상이 순환성의 논의로 이어지는 것이다. 이와 같이, 비평형의 열린 시스템에서 자기 강

---

69) 에르빈 슈뢰딩거, 전대호 역, 「생명은 물리학 법칙들에 기반을 두는가」, 『생명이란 무엇인가』, 궁리, 2007, 130~131면.
70) 데이비드 보음, 「양자역학에 있어서의 숨은 변수」, 『현대물리학의 철학적 테두리』, 민음사, 1991.
71) 스튜어트 카우프만, 국형태 역, 「고산지대의 모험」, 『혼돈의 가장자리』, 사이언스북스, 2002, 328면.

화적인 비선형 피드백 과정에 의해 일어나는 역동성은 진화 생성하는 순환성으로서의 의미를 창출한다.

지구를 하나의 생명체로 보는 과학자 제임스 러브록James Lovelock은 가이아론에서 먹이 사슬의 순환성에 대한 사유를 펼친다. 그의 유기론에 의해 지구생태계의 먹이 그물망에 대한 순환론적 지식은 괄목할 정도로 늘어났다.[72] 러브록은 지구생태계를 가이아로 명명하고 모든 지상의 생물들에게 적합하도록 주변 환경 조건을 끊임없이 변화시키는 생물조직체와 같다고 본다.[73] 생물과 마찬가지인 지구생태계는 인간의 오장육부와 사지에 해당하는 기관을 지니며, 그 역할을 달리 한다. 단순한 순환성이 아니라 상황에 따라 지구생태계 스스로 소멸과 생성을 조절하는 가운데 변화한다는 것이다.[74] 이러한 논의를 수용할 때, 지구생태계를 구성하는 물질이나 비물질은 전체적인 국면 속에서 발현되는 순환의 과정일 뿐이다.[75]

생태철학자 한스 요나스Hans Jonas는 물질과 정신의 순환성에 대해 탐구한다. 그는 유기체적인 것은 가장 낮은 단계의 조직 속에서도 이미 정신적인 것을 형성하며, 정신 또한 아무리 높은 단계에 이르러도 역시 유기체적인 상태로서 물질의 한 부분으로 남는다는 사실을 강조한다.[76] 물

---

72) F. Capra, *Dissipative Structures, The Web of Life*, p.179.
73) 가이아는 고대 그리스인들이 대지의 여신을 부른 이름으로 1960년대 후반 친구인 소설가 W. Golding의 영감 어린 제안으로 이렇게 부르게 되었다. '가이아 가설'의 첫 표현은 환경이 생명을 좌우하는 것이 아닌, 생명이 환경을 결정하는 관계를 지적한 것이었다. "생명 또는 생물권은 자신의 생명에 적합한 범위에서 기후와 대기성분을 조절하거나 유지한다." 그러나 '가이아'에 대한 이해가 깊어짐에 따라 우리는 그 조절의 주체가 생명 또는 생물권이 아니라 전체 체계라는 것을 깨닫게 된다.
   James E. Lovelock, 홍욱희 역, 『가이아(Gaia)』, 범양사, 1990, 202~223면.
74) James E. Lovelock, 홍욱희 역, 위의 책, 202~223면.
75) Gregory Batesen, 앞의 책, 269면.
76) 한스 요나스, 김종국 외 역, 『물질 · 정신 · 창조』, 철학과 현실사, 2007, 86~87면 참조.

질을 단순한 물질로 보지 않고 생명으로 진화할 수 있는 잠재적 능력을 지닌 것으로 본 것이다.

프리초프 카프라Fritjof Capra 역시 심층생태주의의 유기론적 순환성과 관련하여 새로운 논의의 지평을 열었다.[77] 그는 초기에 생명현상과 관련하여 신물리학과 동양사상의 유사성을 보여주는 정도에 그쳤으나, 이후 정신이라는 것이 고등생명에만 머무르는 것이 아니라는 사실을 깨달으면서 정신과 물질의 순환성을 증명해내었다.[78] 그가 볼 때, 지구생태계 내 개체적 존재는 모두 먹이 사슬로서 순환의 그물에 걸려 있으며[79] 창조와 소멸의 율동이 계절의 순환과 모든 생명체의 탄생과 죽음에서 나타난다.[80] 정신과 물질이 상호 순환한다는 그의 이론은 세상 만물이 역동적으로 자리를 바꾸며 생성하는 순환성의 사유를 과학적으로 뒷받침하는 것이다.

이와 같이, 심층생태주의의 유기론적 순환성은 각 개체나 지구생태계가 스스로 순환함으로써 자기 조절할 뿐 아니라 새로이 생성, 진화하는 생명현상 그 자체를 의미한다. 생명현상이란 호흡을 통해 개체와 개체끼리 순환할 뿐 아니라, 전체 지구생태계와 순환하는 것이다. 심층생태주의에서 지구생태계의 순환성은 통시적인 순환, 공시적인 순환 뿐 아니라 물질과 정신의 순환, 생성과 사멸의 순환, 스스로 조절하고 강화하는 역동성에까지 이른다. 삼라만상은 시시각각 변화하고 있으며, 이러한 변화야말로 생명현상의 본질을 의미하는 것이다. 인간을 비롯한 모든 개체는 자연의 변화에 따라 끊임없이 순환할 때 자신의 정체성을 찾을 수 있기 때문이다.

---

77) 신동춘, 「디프 에콜로지의 이해」, 『시문학』, 시문학사, 1999.8, 88~91면.
78) Gregory Batesen, 박대식 역, 『마음의 생태학』, 책세상, 2000.
79) F. Capra, *Dissipative Structures, The Web of Life*, pp.177~180.
80) F. 카프라, 김용정 외 역, 「대비」, 『현대물리학과 동양사상』, 313~314면.

지금까지의 논의를 토대로 할 때, 심층생태주의의 유기론적 양상은 지구생태계의 특성과 관련하여, 관계성, 복잡성, 순환성이 삼투되어 있는 가운데 유기체적 특성으로 귀결함을 알 수 있다. 힌두교의 브라흐마니즘, 불교의 화엄사상, 노장사상 등 기존의 동양사상에서 강조하는 관계성이 스피노자에서 네스에 이르러 '자연 속의 자기실현'이라는 개념으로 정립되었으며, 화이트헤드를 비롯한 물리학자, 화학자, 기상학자 등 신과학자, 생태철학자들의 사유가 가세하면서 복잡성, 순환성의 특성 또한 현대 생태계 위기에 대응하는 실천적 의미를 갖게 된 것이다. 결국, 심층생태주의의 유기론적 특성이 현대의 인류에게 던지는 메시지는 오래전 힌두교, 불교, 노장사상 등의 사상가들이 던진 메시지와 궤를 같이 함을 알 수 있다. 네스와 세션, 카프라 등 심층생태주의자들은 근대의 과학기술과 문명 비판의식에 토대를 두고 동양사상과 철학자들의 사유를 포섭하여, 현대 생태계 위기에 대응한 대안으로서의 철학적 기초를 새로이 정립한 것이다.

문학 작품에서도 심층생태주의의 유기론적 특징이 관계성, 복잡성, 순환성의 양상으로 나타난다. 문학 작품으로 형상화된 관계성은 모두가 관련된 가운데 생명발현된다는 공통점과 함께 인간과 생물, 인간과 무기물의 관계를 강조하는가 하면 인간과 식물, 인간과 동물과의 관계가 형상화된다. 또한, 개체와 개체의 관계, 개체와 전체의 관계가 형상화되기도 한다. 유기론적 복잡성 역시 지구생태계 내 모든 개체나 상황이 복잡하게 관련된 가운데, 예측 불가능하고 불가역적인 상황까지 생명발현에 관련된다는 양상이 표현된다. 문학 작품을 통해 불교의 화엄사상, 노장의 곡신과 현빈, 자기유사성으로서의 합일의식과 창발적 양상의 특성이 문학 작품에서 추출되는 것이다. 유기론적 순환성의 문학적 표현 또한 과

거와 미래로 연결된다는 시간의 순환성, 가깝게 또는 멀리 상호 소통하
는 공간적 순환성, 평형을 유지하기 위한 자기 조절력 등으로 다양하게
나타난다.

김지하 시에 나타난
심층생태주의의 유기론적 양상

김지하 시에 나타난
심층생태주의의 유기론적 양상

김지하의 생태관은 유·불·선이 통합된 동학사상을 바탕으로 기독교, 서구 생태철학, 신물리학의 섭렵을 통해 발전했으며, 감옥 체험을 통해 변화 발전하는 변증법적 과정을 겪는다. 그러한 발전 과정을 통해 정립된 김지하 문학의 중심에는 지구생태계의 질서가 어떤 원리에 의해 움직이는가를 파악하고 그 질서의 원리를 현실 속에 적용시키고자 하는 의도가 자리하고 있다.[1] 그와 같은 사유는 그의 산문에서뿐 아니라, 작품 창작에서도 마찬가지의 경향을 보여 사유 세계와 작품 활동이 일치한다고 볼 수 있다.

---

1) "문제는 마음보가 변해야 합니다. 그것은 미적 교육에 있습니다. 그것은 '접화군생'이라는 경지의 미적이고 윤리적인 패러다임과 윤리가 통용되는 교육을 말합니다. (…중략…) 유럽의 어느 나라의 한 호수 속에 중금속을 먹고 등뼈가 휜 고기가 있다고 할 때, 그 뼈의 등뼈가 휜 고통을 한국의 여기에 앉아 있는 내 등뼈가 아픈 고통과 함께 연결시킬 수 있는 문학과 시가 나타나야 합니다. 아프리카 밀림의 어둠 속에서 피었다가 지는 한송이 하얀 꽃의 운명이 바로 내 생명의 운명이라는 정도의 느낌을 상식으로 가질 수 있도록 문화가 변해야 합니다."
김지하, 「접화군생 : 인문학과 생태학」, 『인문학과 생태학』, 백의, 2001, 38면.

김지하는 이 시대를 분열, 약육강식, 소유, 과학 맹신, 이기주의, 소외, 단절, 소비 등이 극단화된 세상으로 규정한다. 생태계 문제와 관련해볼 때, 생태계 파괴가 극심하게 진행된 시기라고 보는 것이다. 그러나 그는 이를 비극적 징후로 해석하지 않고 현재보다 나은 단계로 상승하기 위한 개벽의 조짐으로 파악한다. 지구생태계는 원래 불완전한 체계이고, 불완전하므로 극복의 과정을 통해 생성한다고 보는 것이다. 그는 동학의 후천개벽사상을 자기 조직화 이론과 접목하여 사유하는 가운데, 생태계 위기를 천지개벽 전의 어둠, 진화하기 위한 생성의 과정으로 파악한다.

이러한 사유는 인간의 인식 전환을 전제함으로써, 인간과 인간 아닌 존재와의 관계성과 복잡성, 순환성을 강조하고 심화시키는 데 강점이 있다.[2] 그가 볼 때, 생명현상은 개체 고유성을 규정하는 자족적인 발생 체계가 아니라, 외부와의 연기적 관계에 의거해서 개체마다 매 순간 새롭게 생성되는 유기성으로서의 창발 체계를 의미한다. 그는 이와 관련한 과학적 이론에도 관심을 가지며,[3] 다음과 같이 발언한다.

> 참된 시간은 지금 여기서 전 방위적으로 확장, 반복하고 또한 수렴하며 거듭되는 차원변화를 통해서 순환하면서 진화하는 무궁무궁한 생명 생성 과정과 끝없는 '지금 여기'에서의 그 자각적 실현에서 찾아야 할 것이며, 그러한 생명시간의 창조, 재창조 과정이 곧 끊임없는 공간의 창조와 재창조, 생성 변화 과정인 것입니다.[4]

---

2) 임도한, 「생태문학론의 전개와 한국 현대 생태시」, 『초록생명의 길 II』, 203면.
3) "모든 동식물 무기물까지도 선천시대의 겉보기에라도 그리고 부분적이라 하더라도 그 참혹한 상극 일방적 지배의 멍에로부터 끄집어내 주어야 합니다. 인간의 우주윤리적 책임, 그 탁월한 영성을 실천해야 합니다. 멍에로부터 끄집어내려고 한다면 멍에 밑에서 움직이는 생명의 근원적인, 미묘한 질서에 대한 과학적 인식이 있어야 합니다."
  김지하, 「장바닥에 비단 깔릴 때」, 『틈』, 솔출판사, 1995, 193면.
4) 김지하, 『생명과 자치』, 솔출판사, 1996, 44면.

위 인용문에서 보듯, 생명의 생성 과정을 창발하는 체계로 파악한 김지하는 생태계 위기와 관련하여 유기론적 양상에 관심을 가지며, 창작에도 적용한다. 그의 작품에서 동학사상이 중심이 된 심층생태주의의 유기론적 특징이 발견되는 것이다. 동학사상은 유교, 불교, 노장사상이 통합된 동양사상의 집적 체계이므로, 심층생태주의에서 수용한 동양사상과 같은 맥락에 놓이지만, 유 · 불 · 선 가운데, 유교의 자연관은 인간 우위의 자연중심주의라고 할 수 있다. 두 시인의 시에 비해 김지하 시의 심층생태주의가 인간의 인식 변화에 치중되는 점도 이와 관련된다고 볼 수 있다.

이러한 점을 염두에 두고 여기서는 주로 동학의 시천주사상으로 김지하 시에 나타나는 심층생태주의의 유기론적 양상을 해명해보고자 한다. '안에 신기로운 영이 있고(內有神靈)', '밖에 기운의 변화가 있으며(外有氣化)', '온 세상 사람들은 여기에서 각각 옮기지 못하는 것임을 깨닫는다(一世之人 各知不移者也)'는5) 세 가지 전제야말로 김지하의 사상에 나타나는 유기론적 양상의 주요 근거가 되는 것이다. 시천주사상에 의하면, 신령을 모신 인간은 자신 밖의 모든 기운과 소통하며, 부정적 상황과 모순적 질서까지도 자신에게 집중시키고, 이를 통해 새로이 창발하는 생명 발현으로 나아갈 수 있다고 본다. 김지하의 사유에 나타나는 이러한 점은 모든 개체가 평등하다는 사실을 함의한다.

따라서, 모든 개체의 평등을 추구하며, 모든 개체를 공경함으로써 지구생태계의 생명발현에 부응하는 인간형을 창조하는 데 목적을 두는 시

---

5) "'시(侍)' 한 글자는 곧 인간생명의 주체인 영성의 유기적 표현입니다. 인간과 우주의 자연적 통일 (…중략…) '시(侍)' 안에는 최수운 선생의 인간과 우주의 자연적 통일로서의 시천(侍天)사상뿐만 아니라 (…중략…) 생명의 사상이며, 민중의 삶 속에 살아 있는 생명의 활동, 생명운동 그 자체인 것입니다.
김지하, 『김지하 전집1』, 실천문학사, 2002, 61면.

천주사상과 모든 개체가 유기적으로 연결되어 생명발현하기에 모든 개체는 평등한 관계로서 존중되어야 한다고 주장하는 심층생태주의의 유기론은 주장하는 바가 같다. 김지하는 이러한 사유의 토대 위에 경물사상과 평등적 관계성, 시천주적 복잡성, 후천개벽으로서의 순환성 등을 형상화했다.

먼저 그의 시에 나타나는 경물사상과 평등적 관계성에 대해 보기로 한다.

1. 경물사상(敬物思想)과 평등적 관계성

김지하 시에서 평등적 관계성을 강조하는 경물사상敬物思想은 동학의 삼경사상 가운데 한 갈래이다. 동학에서는 경천敬天, 경인敬人, 경물敬物의 삼경사상三敬思想으로 세분화하여 일상생활과 관련한 실천원리로 삼고자 했다. 경천敬天은 우주 중심이며 존재의 본질인 영성 본위의 생활을 말한다. 마음의 주인이자 근원인 한울님을 공경함으로써 생명현상이 발현된다는 것이다. 경인敬人은 인간을 한울님으로 보는 새로운 휴머니즘이다. 경물敬物은 생태계 존중의 사상으로서 인간 외의 모든 대상 또한 한울님으로 본다. 특히, 경물사상은 자연중심적 사유로서 심층생태주의의 유기론에서 강조하는 관계성 가운데서도 각 개체 간의 평등을 강조한다. 이와 관련하여 다음 인용문은 주목된다.

인간은, 조상을 서로 나누어 갖는 하등 영장류, 그보다도 더욱 인연이 먼 동식물과 더불어, 생물권의 일부가 되어있다는 사실에서 도망칠 수가 없다. 인간은 생물권의 높은 데 서 있기는 하지만, 생물권보다 한 단계 높은 데 있는 것은 아니다. (…중략…) 생물권은 150만종이라는

기록된 종 이외에, 그와 동수이거나 또는 두배 정도의 아직 기록되지
않은 종으로 이루어져 있으며, 개개의 생물은 각각 특징적이고 한정된
장소와 방법—이것을 '생태적 지위'라고 한다—으로 살고 있다.[6]

다카기 진자부로는 p. 클라우드의 말을 빌려 생물권과 인간을 어떻게
볼 것인가에 대해 위와 같이 정리한다. 그가 볼 때, "인간은 조상을 서로
나누어 갖는 하등 영장류"로서 다른 생물권의 종들보다 더 나을 것이 없
다. 인간과 다른 종들과의 생태적 지위는 서로 겹쳐져서, 모두가 연결되
며 전부를 포괄하여 상호작용하기 때문에 평등하다는 것이다. 김지하는
이러한 인식을 수용하는 동시에 동학의 경물사상을 포섭하여, 그의 경물
사상으로 재정립했다.

그의 경물사상에서 "모심"의 대상이 되는 타자는 인간을 비롯하여 무
생물까지 포함한다. 모든 개체에 대해 자기 초월의 공간을 열어 놓음으
로서 자기중심적 자아의 이기적 삶을, 윤리적이고 이타주의적 삶의 차원
으로 전환하려는 것이 그가 강조한 경물사상의 핵심이다. 이는 레비나스의
'환대(hospitality)'로서의 주체성, 타자를 향한 초월을 통해 외재성(alterity)
으로서 타자와의 관계 안에 들어가며, 타자를 위해 헌신하는 이타적 존
재의 주체성과도 관련된다.[7] 인간끼리뿐 아니라 동 · 식물, 무생물에까
지 낯선 타자를 향한 자기 초월의 공간을 열어 놓음으로 자기중심적 자
아의 이기적 삶을, 윤리적이고 이타주의적 삶의 차원으로 열어가는 것이
그가 말하는 '경물윤리'이고 '모심'의 문제라고 할 수 있는 것이다.[8]

김지하는 길짐승, 날짐승뿐 아니라 기계까지도 공경의 대상으로 간주

---

6) 다카기 진자부로, 김원식 역, 「에콜로지적 지구상(地球像)」, 『지금 자연을 어떻게 볼 것
   인가』, 녹색평론사, 2006, 153면.
7) 김연숙, 『레비나스 타자 윤리학』, 인간사랑, 2002, 69~93면.
8) 임동확, 앞의 논문, 20면.

한다. 무기물까지 평등한 관계 안에서 생명현상의 매개체로 수용할 때, 인간은 생태계 인류 전체에게 보내는 위험신호를 들을 수 있으며, 이에 대한 처방과 해결방법까지도 모색할 수 있는 영성을 수립하게 된다는 것이다. 김지하 시의 평등적 관계성은 각 생물과 생물, 또는 생물과 무기물과의 관계를 주목하는 다른 시인들의 시에 비해 인간과 생물, 인간과 무생물과의 관계에 집중하는 특성을 보인다. 먼저 인간과 생물의 평등에 대해 보기로 한다.

1) 인간과 생물의 평등

주지하다시피, 김지하가 주목한 경물사상은 타자와의 평등성을 추구한다. 생물과 무생물까지 평등하다고 인식함으로써 심층생태주의의 유기론적 양상, 즉 생물중심적 사유로 이어지는 것이다. 김지하 시에 나타나는 인간과 생물의 평등은 자각의 양상을 띠고 형상화된다.

다음 시 「나 한때」에서 화자는 자신이 "한때" "잎새"였을 뿐 아니라, 지금도 "잎새"임을 환기하고, 상호 전일적 관계로서의 양상을 형상화한다.

나 한때
잎새였다

지금은
가끔은 잎새

해 스치는 세포마다
말들 태어나
온 우주가 노래 노래부르고

잎새는 새들 속에
또 물방울 속에
가없는 시간의 무늬 그리며
나 태어난다고
끊임없이 노래부르고 노래부른다

지금도
신실하고 웅숭스런
무궁한 나의 삶

내 귓속에
내 핏줄 속에 울리는
우주의 시간

나 한때
잎새였다

지금도
가끔은 잎새

잊었는가
잎새가 나를 먹이고
물방울이 나를 키우고
새들이 나를 기르는 것

잊었는가
나
오늘도
잎새 속에서

뚫어져라 뚫어져라
나를
쳐다보는 것.

─「나 한때」 전문(『중심의 괴로움』)

　위 시에서 화자인 "나"는 "잎새"와 서로 연속하며, '우주의 시간' 속에 존재한다. 여기서 '나'와 '잎새'는 평등한 관계에 놓여 있다. "잎새"로 대표된 식물과 "나"의 유기적인 관계에서 발현하는 생명현상을 형상화한 것이다. 위 시에서 "잎새는 새들 속에/또 물방울 속에/가없는 시간의 무늬 그리"는 과정을 거쳐 "나를 키"우는 존재이다. 또한 동물을 표상하는 "새들이 나를 기"른다. 화자는 "나"이면서 "잎새"이고 동시에 "새"라는 것이다. 나와 "잎새"와 "새들"은 모두 상호 간의 교호작용을 통해 관련되기에 한 몸이자 다른 몸이다.

　이러한 생명현상의 관련성은 "물방울"까지 포함한다. 생태계의 생명현상은 식물인 "잎새가" "나"를 키우고 "새"를 키울 뿐 아니라, "물방울이 나를 키우고/새가 나를 기르"며, 이들 모두는 한 범주 안에 있다. 그러하기에 서로가 한 몸이며, "신실하고 웅숭스런" 삶일 수밖에 없는 것이다. 이렇게 서로의 목숨이 서로에게서 비롯된다는 인식은 서로가 서로 안에서 자기실현을 할 수 있게 하는 근본 동력이 된다.

　여기서 네스의 '자기실현(Self-realization)'에 대해서 환기해볼 필요가 있다. 주지하다시피, 네스는 대문자 '자기실현'과 소문자 자기실현(self-relazation)을 구별하며, 인간과 인간 이외의 세계를 포함한 유기적 전체인 자기(Self) 속에서 나의 작은 자기(self)를 성숙시켜야 한다고 강조한다. 각 개인에게 동·식물을 포함하는 보다 큰 자기 감각(expansive a sense of self)의 확장이 가능할 때, 유기론적 생태계의 구현이 가능해진다고 보기 때문이다.[9]

　심층생태주의에서 '자기실현'은 세상에 존재하는 모든 개체가 서로의 존재를 인정할 때 우주의 생명현상, 즉 상대방의 생명력이 자기 안에서 생성될 뿐 아니라 자신의 생명력 또한 타인 안에서 생성됨을 이해하는 것을 말한다. 지구생태계 내 모든 타자와의 관계론적 평등성에 대한 이해야말로 자기실현의 길이며, 지구생태계의 생명현상에 동참하는 첫 걸음이 된다는 것이다. 그래서 시인은 "잎새 속에서 뚫어져라 뚫어져라/나를 처다보는" 존재를 인식하고(「나 한때」, 『중심의 괴로움』), "창밖의 마른 나무에/공손히 절"(「무슨」, 『중심의 괴로움』)을 한다. 서로에게 내재한 생명의 이치를 깨닫고 실천하면서 시인은 이제 "외로움이란 없다고" 자각하는 것이다.

　시 「다 가고」에서는 근대적 인간의 무책임으로 와해된 지구생태계의 평등적 관계성을 포착할 수 있다.

　　　　다 가고
　　　　나만 남으리

　　　　솔잎 누렇게 변해
　　　　새들 떠나고

　　　　길짐승도 물고기도
　　　　벌레 모두 떠나고

　　　　주위의 친구들
　　　　하나둘씩 병으로 죽어 없어지고

　　　　나만 남으리

---

9) 와위크 폭스, 정인석 역, 앞의 책, 143~150면 참조.

지구 위에 홀로

지구마저 흙도 돌도
물도 공기도 마저 다 죽어

나라 이름 붙인
허깨비만 남으리

끝내는
오도 가도 못할 천벌처럼
나만 오똑 남으리
—「다 가고」 전문(『중심의 괴로움』)

위 시 「다 가고」에서 화자는 모두가 "다 가고" 없어지는 세계가 도래함을 예감한다. 자연생태계, 즉 관계성의 와해로 인한 생명파괴의 극단적인 양상을 인식한 것이다. 화자의 상상 속에 와해된 지구생태계는 생물의 근원적 대상인 식물로서 "솔잎"이 "누렇게 변"하니 날짐승인 "새들"이 덩달아 떠나는 양상을 보인다. 이어 "길짐승도 물고기도/벌레"까지도 "모두 떠"나고 이웃인 "친구들"마저 "하나 둘씩 병으로 죽어 없어"진다. 관계성의 체계 안에서 생성되는 생명발현이기에 다른 생물이 가버리는 상황에서 새로운 생성은 불가능한 것이다.

결국, "지구" 안에 존재하는 무기물, "흙도 돌도/물도 공기도 마저 다 죽어" 인간만이 "지구 위에 홀로" 남게 된다. "흙도 돌도/물도 공기도 마저 다 죽"는다는 인식은 이들을 공경의 대상으로 수용할 때 가능한 경물사상의 드러남으로 볼 수 있다. 물질문명으로 위기 상황에 닥친 이 땅의 현실에 대한 인식은 지구생태계의 파멸을 예견하기에 이른 것이다. 인간의 생존을 위해 다른 존재를 파괴한 결과는 생명발현의 근원지인 관계의 와해로 이어지고 결국 인간마저 "오도 가도 못할 천벌"의 도래到來에 직면하게 한다.

이와 같이, 지구생태계의 모든 존재가 관계함으로써 생명발현이 가능하다는 사실을 망각한 인간에게 도래하는 세계는 결국 자멸이자 공멸이다. 떠남과 죽음의 이미지로 드러나는 생명파괴의 상황은 "다 가" 버리는 데까지 나아가는 것이다. 이러한 점을 볼 때, 인간과 생물은 평등한 관계일 수밖에 없게 된다. 위 시에서 강조하는 바는 인간과 동·식물의 평등성에 대한 통찰인 것이다.

다음 시「기다렸으나」에서도 생명발현과 관련한 관계의 중요성과 그러한 상황을 인지하는 화자의 상태가 형상화된다.

기다렸으나
먼지 낀 밤하늘에
별은 뜨지 않고
남면으로 가는
비행기 불빛만 지나간다

기다렸으나
꿈꾸는 나무 그림자
자동차 불빛 끝에 사라지고

기다렸으나
장마가 오는데도
맹꽁이 울음소리
들리지 않고

기다렸으나

　　기다렸으나

　　밤 산책길에 흰머리 노인
　　오늘은 웬일로 오질 않는다

　　여름날 밤 아홉시
　　목동아파트
　　홀로 서서
　　내내 기다리고 또 기다렸으나.

―「기다렸으나」 전문(『花開』)

위 시 「기다렸으나」에서 화자는 1연과 2연, 3연, 4연, 끝연에서 2번, 총 6번이나 "기다렸으나"를 반복하는 가운데 절박한 기다림의 분위기를 창출한다. 화자가 기다리는 대상은 "꿈꾸는"과 "않고"라는 맥락을 통해 볼 때, "나무"와 "노인"과 "맹꽁이 울음"의 병치는 생명체를 표상한다. "꿈꾸는 나무 그림자"에서 "나무"는 끝없는 생명을 구현하며, 풍요, 부유, 행운, 건강이라는 의미를 창출한다.[10] 또한 죽은 자를 부활시키고 병자를 고치고 젊음을 회복시키는 등 기적의 힘을 지닌 초목의 원형으로 해석된다.[11]

　"노인"은 지식, 인식, 숙고, 지혜, 영리함과 직관을 가리킨다.[12] 어떤 길이 목적지인지 알 뿐 아니라, 그 길을 인도하는 방법을 알고 있는 지혜로 상징되는 것이다. "별"은 또한 어둠 속에서 빛난다는 점을 환기할 때, 희망을 상징한다. 따라서 빛으로 간주되는 별과 노인의 병치는 '지혜로

---

10) 엘리아데, 이은봉 역, 「풍요와 재생」, 『종교형태론』, 한길사, 1996, 410면.
11) 엘리아데, 이은봉 역, 「식물 : 재생의 상징과 의례」, 위의 책, 387면.
12) C. G. 융, 한국융연구원 C. G. 융 저작 번역위원회 역, 「민담에 나타난 정신 현상에 관하여」, 『원형과 무의식』, 솔출판사, 2002, 292~293면 참조.

운 자'라는 의미를 창출한다. 또한 맹꽁이가 개구리과에 속한다는 사실을 전제한다면, 위 시의 '맹꽁이'는 생물로서의 동물을 표상한다. 위 시에서 화자는 식물과 동물, 지혜로운 인간이 유기적으로 조화된 심층생태주의의 세계를 갈구하는 것이다.

그러나 위 시의 화자는 그가 갈망하는 대상들과 소통하지 못한다. 하나의 뿌리로 연결되어 있어야 할 그들은 "뜨지 않고", "사라지고", "들리지 않고", "오질 않"음으로써 관계 맺고 있지 못함을 알 수 있다. 생명현상이 이루어지지 못함으로써 생태계 위기가 초래되는 것이다. 관계를 맺음으로써 이루어지는 존재발현이 관계성의 특징이라고 볼 때, 위 시에서 '비행기, 자동차'는 화자가 기다리는 대상들의 생명발현을 단절하는 대상들로 간주된다. "비행기 불빛만 지나"가고, "자동차 불빛 끝에 사라지고"라는 문맥에서, 과학과 기술의 과도한 발달에 동반하는 부작용이 암시되는 것이다.

이와 같이, 위 시에는 식물로 확대 해석이 가능한 "나무", 인간의 지혜로 표상된 "노인", 동물로 표상된 "맹꽁이"의 소통으로 생명발현이 가능하다는 주제가 암시되어 있다. 그러하기에 지구생태계 내 생물의 가치는 평등하다는 의미로 이어질 수밖에 없다. 만물은 서로 관계되어 생명발현이 가능하기에 대등하며, 서로 주종 관계도 아니고 타자화될 대상들도 아닌 것이다.

다음 시 「산」에서 화자는 다른 대상의 훼손을 인식함으로써 서로 관계성의 생명권 속에 있음을 깨닫는 양상이 형상화된다.

산에 못가네
꽃피는 산에
이제 더는 못가네

가까이 가면
헐벗은 산 가슴 아파

솔 누렇게 시들고
새들 떠나고
적막한 산
빈산

봄이 와
겨우겨우 피어나는 꽃 한무리를

차마 가여워
못가네
이제 더는 못가네
아파트 사이
아스팔트길을
점토록 걷는다네

뉘우친다네.

―「산」 전문(『중심의 괴로움』)

　위 시 「산」 에서의 화자는 '산'으로 표상된 자연의 아픔을 인식하는 태도를 보여준다. 이러한 현상은 자연과 '나'가 동등한 입장임과 동시에 떨어질 수 없는 하나임을 인식할 때 가능하다. 이러한 상태에 도달하기 위해서는 각 개체가 고유한 생명체라는 자각이 전제되어야 한다. 다시 말해, 나 자신을 비롯한 모든 개체는 구분과 차별, 대립의 관계를 넘어 타자와 나를 동등하게 받아들여 형성된 유기론적 관계성의 자아의식이 우선되어야 생명발현이 가능한 것이다.

위 시에서 화자는 인간 외의 생명을 인간과 다름없이 인식하는 데 이 른다. 그러하기에 "꽃"이 제대로 피지 못하고 "새들"조차 떠나버린 산에 "이제 더"는 "못 가"겠다고 "아스팔트길을/점토록" 걸으며 뉘우치는 것이 다. 맥락을 통해 파악되는 "아스팔트길"은 부정적인 근대 문명을 상징하며, "아스팔트길"은 "아스팔트"의 문제만으로 끝나지 않는다. 모든 생명체가 관계성으로 연결된 생명권이기에 아스팔트 즉, 부정적인 근대 문명과 관련한 생태계 파괴의 문제는 모든 생명체에까지 미치는 것이다.

따라서 위 시에서 "이제 더"는 "못가겠"다고 반성하는 화자는 모든 생명권의 평등성을 깨달은 자로 해석된다. 이 구절에서 김지하 시인이 일찍이 생명의 비전을 열기 위해서 영성적 인간, 우주적 무의식을 가진 인간을 제안했던 바가 부합한다.[13] 화자가 이제 "산에 못" 가겠다고, "꽃 피는 산에/이제 더는 못가"겠기에 "점토록" 걸으며 "뉘우"치고 반성하는 이유는 관계성을 바탕으로 한 대자아로서의 영성을 실현해 가고자 하는 무의식적 욕망 때문인 것이다. 특히, 위 시의 1연에서 "못 가네", "더는 못 가네", 5연에서 다시 "못 가네", "더는 못 가네", "점토록 걷는다네"에 이어 6연에서 "뉘우친다네"로 이어지는 "네"의 반복은 시 「기다렸으나」에 서 잠재된 형태를 보이던 반성의 강도를 증폭시키는 효과를 창출한다.

이와 같이, 김지하 시에서 포착되는 경물사상과 평등적 관계성에서 인간과 생물의 평등은 그러한 관계가 와해됨으로 인해 일어나는 현상이 주로 묘사되어 있다. 그의 이러한 사유는 인간과 무기물의 평등에서 좀 더 극단적인 양상을 보인다.

---

13) 김지하, 「율려란 무엇인가」, 『김지하 전집 – 철학사상』 1권, 실천문학사, 2002, 445~ 452면 참조.

2) 인간과 무기물의 평등

김지하는 생명사상과 관련한 이론을 섭렵하는 가운데, 특히 물질과 정신의 상호소통성에 관심을 두었다.[14] 뿐만 아니라, 시천주의 경물사상에 심취했으며, 이는 심층생태주의의 유기론적 관계성과 관련하여 중요한 의미를 갖는다.[15] 경물사상이야말로 타자를 향한 초월을 통해, 타자를 위해 헌신하는 타자 중심적 사유의 극단적 표현이며,[16] 네스가 말하는 자기실현의 범주에 지구생태계의 모든 대상이 포함된다는 관계성과 같은 맥락이기 때문이다.

인간과 무기물의 평등적 관계성은 일리야 프리고진의 무기물도 통신한다는 사실을 통해 과학적인 실마리를 포착할 수 있다.[17] 그러한 맥락은 그레고리 베이트슨의 물질과 정신의 소통에서도 같은 양상을 보인다.[18] 한스 요나스 또한 물질이 생명을 향해서 "자기 조직화함"으로써, 물질에서 생명으로의 이행이 일어났다는 가설을 제시하며, 인간과 자연의 관계를 유기체적 관점에서 인식할 것을 요구한다. 그들은 물질을 생

---

14) "모든 물질과 생명의 마음, 모든 사물, 사태를 물질의 생명, 마음으로 볼 수 있습니다. 우주의 진화 과정은 물질에서 생명, 생명에서 마음으로 진화합니다."
  김지하, 「예감에 가득 찬 숲」, 『김지하전집 3』, 실천문학사, 2002, 390면.
15) 동학사상에서는 경천(敬天), 경인(敬人), 경물(敬物)의 삼경(三敬)사상으로 세분하여 일상생활과 관련한 실천원리로 삼고자 하였으며, 특히, 경물사상은 생태계 존중의 사상으로써 자연생태계 또한 한울님으로 존중하고자 한 사유이다.
16) 앙리 레비나스는 '환대' 또는 '외재성'의 주체와 반대로 '향유' 혹은 '내재성'으로서의 주체성을 내세운다. (…중략…) 인간은 각각의 분리된 개인들로서는 독립적이고 자기 충족적 내재성이며 자아 중심적이지만 타자를 향한 초월을 통하여, 절대적 초월 또는 외재성으로서의 타자와의 관계에 들어가며, 타자를 위해 헌신하는 타자 중심적 이타적 존재가 된다.
  김연숙, 『레비나스 타자윤리학』, 인간사랑, 2002, 69~93면.
17) 일리야 프리고진 외, 신국조 역, 「복잡성의 과학」, 『혼돈으로부터의 질서』, 자유아카데미, 2011.
18) G. Batesen, 박대식 역, 『마음의 생태학』, 책세상, 2000.

명으로 진화할 수 있는 잠재적 능력을 지닌 대상으로 파악하며,[19] 이는
인간과 무기물을 평등적 관계성으로 볼 수 있는 전제가 된다.

이러한 논의들은 정신의 소유자인 인간 주체가 물질로 구성되어 있는
자연을 대상으로 인간의 목적 달성을 위한 도구로 삼아온 데 대한 반성
을 추동한다. 물질적 특성을 지닌 인간의 자연성과, 정신의 특성을 지닌
자연의 신성을 동시에 인정한다는 점에서 인간과 자연의 유기론적 관계
성에 관한 평등의 인식을 보여주는 것이다. 결국 이러한 사유의 핵심은
물질과 정신의 상호소통성이며, 무기물과 인간의 관계성에 관한 논의로
구체화된다.

시「한울」에서 화자는 다른 대상을 '한울님', '스승'으로 인식하며, 경
물사상을 드러낸다.

　　　병으로
　　　오래 외롭다 보니
　　　사람이 사람에게
　　　한울님인 걸 알겠다

　　　메마른 겨울 나무
　　　한 오리 바람에도 마저
　　　반가움이 앞서는데

　　　전화벨 소리에 가슴 뛰는 소리
　　　손님 맞는 마음에
　　　비단 깔리는 소리

　　　기이할 것 없다
　　　본디 세상은 한울이었던 것

19) 남송우, 「생명시학 터닦기를 위한 생명론」, 『생명시학 터닦기』, 15면.

　　이제껏 내가 잊고 있었던 것

　　외롭다 보니
　　외롭다 보니
　　병이 스승인 걸
　　이제야 알겠구나

―「한울」 전문(『화개』)

위 시 「한울」에서 화자는 병들고 외로운 처지에 놓이자 생명을 있게 한 근원이 무엇인지 깨닫게 된다. 화자는 병든 후에야 "사람이 사람에게/한울님인 걸 알"게 되었을 뿐 아니라, "메마른 겨울 나무/한 오리 바람", "전화벨 소리"까지 공경해야 할 대상으로 인식한다. 여기서 "병"은 "외로"움을 느끼게 함으로써, 화자에게 "사람"이 "사람"인 줄 알게 하는 균형추로서의 의미를 갖는다. 병든 상태에서 외로움을 느끼게 된 화자는 '한 오리 바람'이나 '전화벨 소리'에도 공경하는 마음이 저절로 우러난다. '한 오리 바람'이나 '전화벨 소리'는 상호 소통, 생명현상을 가능케 하는 매개체로서의 의미를 갖기 때문이다. 이러한 논의를 전제할 때, 위 시에서 병든 화자는 생태계 위기를 겪고 있는 인류를 표상함과 동시에, 공경의 대상이 되는 사람, 바람, 심지어 기계조차도 "한울" 안에 포섭되어 있음을 깨닫는 심층생태주의자를 의미한다.

김지하는 기계조차 경물의 대상에 포함시킴으로써 다른 심층생태주의자와 변별되며, 이러한 사유는 그의 산문에서도 종종 발견된다.

　　21세기는 인간과 기계의 공생의 시대가 될 것이다. 컴퓨터나 멀티미디어 등 모든 인간의 인공적 제조물, 즉 기계 안에도 신령한 생명이 생성하고 있음을 인정하고 공경하는 대물윤리(對物倫理)가 창조되어야 한다. (…중략…) 인간의 새로운 도덕은 경물(敬物)에까지 이르러야 완

숙한 것이 될 것이며 경물이야말로 정보화·창조화 시대의 X세대에
게 있어 중차대한 생활윤리가 될 것이다.[20]

위 인용문에서 나타난 경물의 대상은 사물까지 포함된다. 인간뿐만 아
니라, 사물 또한 "신령한 생명이 생성하고 있"는 생명체로 보는 것이다.
그러하기에 인간과 기계 간에도 평등이 가능하다. 김지하에게 경물의 대
상은 "풀잎, 새, 짐승, 하늘, 돌, 물, 공기, 기계와 과거에 죽은 모든 사람들
과 생명체들, 미래에 태어날 모든 생명체들"[21]까지도 포함된다. 그에게
지구생태계, 우주 전체는 '한울'로써 한 몸 안에 있는 다른 몸인 것이다.
이러한 사유는 「새봄·3」에서도 마찬가지 양상을 보인다.

겨우내
외로웠지요
새봄이 와
풀과 말하고
새순과 얘기하며
외로움이란 없다고
그래
흙도 물도 공기도 바람도
모두 다 형제라고
형제보다 더 높은
어른이라고
그리 생각하게 되었지요
마음 편해졌어요

축복처럼

20) 김지하, 「21세기에 관한 몇 가지 생각」, 『틈』, 솔출판사, 1995, 100면.
21) 김지하, 「현대문명의 위기와 전환기의 세계관」, 『김지하 전집2』, 실천문학사, 2002, 206면.

　　새가 머리 위에서 노래합니다

－「새봄 · 3」 전문(『중심의 괴로움』)

　위 시에서 화자는 사물들을 "어른이라"고까지 "생각하게" 된다. 유기론적 관계성의 원리에 따르면 모든 생명체는 서로 연결된 생명권 속에서 각각 생명현상을 발현한다. 인간뿐 아니라 가축, 야생동물, 열대우림의 생태계, 산과 강, 흙 속의 작은 미생물 등 명확히 고정시켜 정의할 수 없지만 복제 능력이 없다 하더라도 진동, 순환, 팽창, 생성하는 모든 것은 생명이다.22) 따라서 각 개체는 모두 대등하며 각자에게 모두는 관계성으로서 귀속되는 것이다.

　화자는 위 시 「새봄 · 3」의 1연에서 겨울 동안의 외로움을 토로한다. 그러나 다시 "새봄이 와/풀과 말하고/새순과 얘기하"는 가운데, 자신이 그동안 느낀 외로움은 인간만을 관계의 대상으로 잘못 인식한 결과였음을 깨닫게 된다. 인간 아닌 자연현상과 소통하게 되면서 "외로움이란 없다"는 인식의 전환을 하게 된 것이다. 나아가 화자는 자연현상인 '흙, 물, 공기, 바람'을 감각하면서 그들과 좀 더 가까운 관계를 맺고자 노력한다. 결국에는 그들을 "형제라고/형제보다 더 높은/어른이라고" 여기게 된다. 무기물조차 "형제"라 호칭하는 경물사상의 실현인 셈이다.

　이러한 사유는 러브록의 가이아에서 특히 강조된다. 러브록은 지구생태계의 신진대사는 무기물이 유기물로, 생물로, 그리고 다시 흙, 해양, 공기로 변화하는 가운데 이루어진다고 보았다. 생물 시스템과 무생물 시스템이 하나의 단일한 그물을 이루며 짜여져 있다고 본 것이다. 암석의 주기는 수억 년 이상에 걸치는 반면, 그것과 연관된 유기체들은 아주 짧은 길이의 생명을 갖는 가운데 연관되는 차이가 있을 뿐이다.23) 유기물과

---

22) 박영신, 「김지하 생명사상에 있어 인간의 지위」, 『哲學硏究』 第119輯, 2011.8, 81면.

무기물은 하나의 시스템 안에서 존재하는 형제와 다를 바 없다는 것이다.

이와 같이, 지구생태계 안에 무기물까지 포함한 모든 개체가 다 함께 들어와 관계함으로써 각자의 '자기실현'이 가능하기 때문에 결국 모두가 '형제'로 인식된다. 호칭에서 대상에 대한 존중의 정도가 나타난다고 본다면, 다른 동물이나 곤충까지도 "형제"요 "어른"이라고 인식하는 사유는 심층생태주의자들이 주창하는 평등의 개념에 도달한 것으로 보아도 무방할 것이다.

그러한 원리에 대한 실천은 모든 존재를 지구생태계 내 생명으로 모시고 공경하는 적극성으로 나타난다. 이러한 사유는 이 사물들을 "님"으로 올려놓기에 이른다.

가랑잎 한 잎
마루 끝에 굴러들어도
님 오신다 하소서

개미 한 마리
마루 밑에 기어와도
님 오신다 하소서

넓은 세상 드넓은 우주
사람 짐승 풀 벌레
흙 물 공기 바람 태양과 달과 별이
다 함께 지어놓은 밥

아침저녁
밥그릇 앞에

---

23) F. Capra, *Ecological Literacy, The Web of Life*, p.215.

모든 님 내게 오신다 하소서

손님 오시거든
마루 끝에서 문간까지
마음에 능라 비단도
널찍이 펼치소서.

—「님」 전문(『花開』)

　농사는 인간이 독자적으로 지을 수 없다. 메뚜기, 지렁이의 도움이 필
요하며, 물과 흙과 바람과 태양 등의 작용이 있어야 한다. 또한 조수의 변
동과 달의 변화가 생명현상의 과정에 유기적으로 관여할 때, 농사가 이
루어진다. 천지 삼라만상의 협동적인 움직임에 의해서 쌀 한 톨, 밥 한 그
릇이 만들어지는 것이다. 이러한 특성으로 볼 때, 농사의 결과물인 "밥"
은 그 자체로써 관계성의 결과물이자, 생명의 상징물을 의미한다.

　위 시「님」에서 화자는 "밥" 한 그릇이 만들어지기까지를 탐색하며,
그와 관련한 사유를 형상화한다. 화자가 볼 때, 밥 한 그릇 속에는 삼라만
상의 협동적인 노동이 들어간다. '밥 한 그릇'이 되기까지 '흙, 물, 공기,
바람, 태양'까지 모든 사물과 현상이 관여하는 것이다. 따라서 화자는
"가랑잎 한 잎/마루 끝에 굴러도" "님"으로 인식하며, "개미 한 마리/마
루 밑에 기어와도" "님"으로 인식할 뿐 아니라, "흙 물 공기 바람 태양"과
"달과 별" 또한 님으로 인식한다. 내 앞에 놓여 있는 "밥" 한 그릇은 그들
이 "지어 놓은 밥" 한 그릇이므로 내 "앞에" 놓고 "모든 님 내게 오신다"
는 사유에 도달하는 것이다.

　화자는 그들을 대상으로 한 어휘의 사용에서도 그러한 사유를 드러낸
다. "하소서"와 "펼치소서"의 극존칭어를 사용하는 것이다. 이러한 어휘
의 사용은 경물사상의 실천을 표상하며, 이러한 실천이 경물에 대한 자

신의 인식을 성숙시키는 가운데 경물과의 평등적 관계가 펼쳐지게 된다. 이러한 과정을 통해 나타나는 관계의 변용 능력은 관계에 의해서 변화될 수 있는 존재의 내포적 특성을 의미한다. 내포적 특성은 잉여로서의 의미를 가지며, 관계들의 잉여는 반성적 사유로 나아가게 함으로써 생명현상의 원동력이 되는 것이다.24)

다음 시 「축복」에서 화자는 삼라만상을 '신의 몸'으로 인식하며, 미물까지도 '신의 몸'에 포함한다.

우주는 신의 몸

네 죄는
삼라만상을
사랑하지 않은 죄

사랑을 넘어 차라리
이젠 미물조차 공경하므로

용서 받으라
또한
축복을!

—「축복」 전문(『花開』)

위 시 「축복」에서 화자는 "우주", "삼라만상", 전체 지구생태계를 "신의 몸"으로서 평등한 대상으로 인식한다. "이젠"이라는 접속사를 통해 추론할 때, 지금까지 화자는 무상성의 의미로 규정된 "미물微物"을 공경하지 않았음을 알 수 있다. 그러나 이제 화자는 그러한 미망을 "죄"라고

---

24) 스라보예 지젝, 김지훈 외 역, 「결과들」, 『신체 없는 기관』, 도서출판 b, 2006, 215면.

인식하며 반성적 태도를 견지한다. 보생명과 개체생명의 상보적 역할로써 생명발현이 가능하다는 온생명적 사유에 바탕할 때,[25] 미물 또한 관계성의 대상이자 '신의 몸'이 되는 것이다. 화자는 지구생태계 전체, "삼라만상"이 "신의 몸"이라는 사실을 망각하고 도구로 인식한 "죄"의 결과 생태계 위기가 도래했다는 사실을 자각하게 된 것이다.

그러한 깨달음이 있기에 화자는 이제 미물까지도 "사랑을 넘어" "공경"할 수 있게 된다. 뿐만 아니라, 화자는 자신 또한 "미물"과 관련된 "신의 몸"으로서 자신의 일부인 "미물"을 구성하는 한 부분이며, 지구생태계 역시 화자나 미물을 포함하는 전체로서 생명현상을 발현하는 "신의 몸"으로 인식한다. 지구생태계의 생명발현은 미물까지도 관련되어야 한다고 보기 때문이다.

이러한 사유의 프리즘을 통해 볼 때, 사물이나 현상, 즉 미물까지도 결국 관계성의 원리 안에서 각 개체와 관계되므로 생명체와 다름없다. 어떠한 개체도 자연 본래의, 생명의 본성에 따른 생명 전환의 테두리 안에 있는 것이다. 결국 무기물까지도 생명발현의 체계 자체이기에, 지구생태계 내 모든 개체나 현상은 평등하다는 논리에 이르게 된다. 김지하 시에서 형상화된 만물은 모두 한울님을 모신 존재로서 살아 있기에 평등한 것이다.[26]

이와 같이, 김지하 시에서 경물사상과 평등성은 인간과 생물의 평등, 인간과 무기물의 평등으로 나타난다. 인간과 생물의 평등에서 심층생태주의의 유기론적 양상은 자각적 양상을 띠고 있으며, 이러한 사유는 인간과 동·식물뿐 아니라, 미물을 공경하는 데까지 나아간다. 무기물과 미물까지 관계성에 귀속시키는 것이다. 그러함에도 김지하 시에서 형상

---

25) 장회익, 앞의 책, 167~295면 참조.
26) 김춘성, 『해월 최시형과 동학사상』, 예문서원, 1999, 99면.

화된 경물사상과 평등성은 인간의 주도적인 인식 전환에 치중함으로써 다른 두 시인들의 시에 비해 인간이 중심에 자리하고 있음을 알 수 있다. 김지하는 인간의 인식 전환을 통해 후천개벽할 때, 심층생태주의의 유기론적 실현이 가능하다는 사실을 강조하는 것이다.

2. 시천주(侍天主)적 복잡성

우주의 진화는 미분화된 질서 또는 복잡성이 전개되는 역사다. 진화는 거시 및 미시 세계의 동시적이고 상호 의존적인 상태에서 진행된다.[27] 이러한 사유는 동학사상 가운데서도 시천주侍天主 사상에서 발견된다. 시천주에서 시侍, 곧 '모심'은 '안으로 신령이 있고 밖으로 기화가 있기 때문에 한 세상 사람은 서로 분할할 수 없는 전체 우주로서, 이를 각자가 나름대로 깨달아 실현해야 한다'는 미시적 의미를 갖는다. 이는 우주진화의 삼법칙인 '내면의 의식 증대, 외면의 복잡화, 자기 조직화, 그리고 개별화를 통해 질적인 전체를 실현한다'에 대응한다. 이 삼법칙이 생명 운동의 실천과정이며, 보편적인 생명 공경의 과학적 근거가 된다고 보기 때문이다.[28]

김지하는 동학사상을 포섭한 그의 생명사상을 통해, "우주진화의 삼법칙"으로서 "내면의 의식 증대, 외면의 복잡화, 자기 조직화, 그리고 개별화를 통해 질적인 전체를 실현한다"[29]는 사실을 강조한다. 이러한 사유를 통해 도달한 그의 생명에 대한 인식은 연속성과 상호관련성을 가지

---

27) 에리히 얀치, 홍동선 역, 「거시와 미시 우주의 공진화」: 대칭성 파괴와 실재의 역사, 115면.
28) 김지하, 「님」, 솔출판사, 1995, 50면.
29) 김지하, 「현대문명의 위기와 전환기의 세계관」, 『김지하 전집 2』, 200면.

고 있을 뿐만 아니라, 개별적인 창발성을 지님으로써 생성하는 복잡성을 의미한다. 김지하는 시천주사상에서 이러한 사유를 포착했을 뿐 아니라, 그러한 사유의 물리적 근거를 신물리학자들의 복잡성에서 발견하여 변증법적으로 수용한 것이다.

신물리학에서 강조하는 '전체론적 세계관'이라든가 '심층생태학적 관점' 등으로 대변되는 복잡성 패러다임은 개방체계적 사고의 연장 선상에 위치하는 것으로서 일차적으로는 개방성, 성장성, 가형성, 부(不)의 엔트로피, 적극적 환류, 자기규제성, 자기목적성, 등종착성과 같은 개방체계적 속성을 함의한다. 복잡성은 자연 질서나 세계를 하나의 "조화롭고 통합된 전체"로 바라보고자 하는 특성이며, 지구를 생물, 기후, 지각이 공진화하는 전체로 간주한다.[30]

이러한 생명체계에 관한 원리는 불변하는 존재(Sein, Being)의 개념보다는 생성되어감(Werden, Becomming)의 과정을 중시한다. 폐쇄되고 예정된 조화의 개념보다는 자생적인 평형과 조절의 개념을, 안정성의 개념보다는 유동성의 개념을, 존재의 불변하는 "구조"의 개념보다는 진화하는 "과정"의 개념을 도입함으로써 복잡성으로서 생명현상의 원리를 보여주는 것이다.[31]

김지하는 시천주사상에서 이러한 사유를 포착했으며, 1989년 이후부터 발표한 그의 시에서 이러한 가치관을 바탕으로 한 생명현상을 집중적으로 형상화했다. 복잡성으로서의 유기론적 생명현상을 개체 고유성으로서의 내유신령內有神靈과 창발적 생성으로서의 외유기화外有氣化, 각성과 합일의식으로서의 각지불이各知不移를 통해 발견한 것이다. 여기서는

---

30) 김문조, 「복잡계 패러다임의 특성과 전망」, 『과학기술학연구』 제3권 2호, 한국과학기술학회, 2003, 1~3면.
31) 한정선, 앞의 책, 164~165면.

이러한 논의를 토대로 개체 고유성과 창발적 생성, 각성覺醒으로서의 합일의식으로 논의한다.

1) 개체 고유성과 창발적 생성

화이트헤드에 의하면 사실적 존재의 '무엇'인가는 그 존재의 '됨됨'에 의하여 결정된다. 이는 유기체적 원리이자 과정과 진화의 원리를 뜻한다. 그렇게 볼 때, 김지하가 주목했던 시천주사상의 내유신령內有神靈과 외유기화外有氣化는 유기론적 사유로서의 개체 고유성과 창발적 생성을 의미한다. 개체 고유성과 창발적 생성은 모든 생명체의 유기적 소통성과 관계성을 통해 창발하는 가운데 생명 활동을 지속해 나가는 과정의 원리에 토대하고 있기 때문이다. 개체 고유성을 확보하는 가운데 창발하는 각 개체의 에너지는 결국 스스로의 깨달음이 전체적 파장과 관련되는 가운데 새로운 에너지를 생성하는 진화의 과정을 의미한다. 심층생태주의의 유기론적 복잡성은 이러한 원리에 토대하는 것이다. 그와 관련한 다음 인용문을 보기로 한다.

> 신령하다는 것은 자기 안에 모든 우주진화의 기억, 모든 생물들의 진화의 기억, 의식의 기억을 가지고 있기 때문입니다. 따라서 그 의식을 고차적으로 자각한다면, 영성이 꽃핀다면 오히려 모든 생물들을 이해하고 생물들과 교감하고 연대할 수 있는 가능성이 인간 안에 있다라는 얘깁니다. 하니까 인간의 영성을 자각하는 것은 바로 환경문제를 해결하는 첩경입니다.[32]

> 외면에 있어서 생명은 복잡화한다. 복잡화한다는 것은 기화(氣化)한

---

32) 김지하, 「현대문명의 위기와 전환기의 세계관」, 『김지하 전집 2』, 실천문학사, 2002, 202면.

다는 뜻입니다. 창조적으로 진화한다는 뜻이며 불교에서 얘기하듯 연
기적으로 진화한다는 뜻입니다. 또 군집화, 사회화를 뜻합니다. 동귀일
체합니다. 모든 것이 하나로 통일되는 것을 뜻합니다. (…중략…) 모두
를 살리는, 삼라만상을 살리는 생태적 평화의 공동체는 단순한 우정이
아니라 공경의 공동체입니다.[33]

위 인용문에서 보듯 모든 생명, 지구생태계 내 모든 개체, 무기물은
"자기 안에 모든 우주진화의 기억"이 깃들어 있다. 각 개인이 이를 자각
한다면 "모든 생물들을 이해하고 생물들과 교감하고 연대할 수 있는 가
능성이" 자신 안에 있게 된다. 인간 외의 다른 생물, 무기물도 마찬가지
이다. 지구생태계 내 모든 개체는 진화의 기억까지 복잡성으로 얽혀 있
는 가운데 상호간 에너지를 교환하고, 각자의 에너지를 생성하며 새로이
진화해 나가는 것이다.

다음 시「저 먼 우주의」에서는 세상에 존재하는 대상끼리의 관계가
전제된 가운데, 시 · 공간적인 창발적 생명발현의 양상이 형상화된다.

저 먼 우주의 어느 곳엔가
나의 병을 앓고 있는 별이 있다
하룻밤 거친 꿈을 두고 온
오대산 서대 어딘가 이름 모를
꽃잎이 나의 병을 앓고 있다

시정에 숨어 숨 고르고 있을
기이한 나의 친구
밤마다 병든 나를 꿈꾸고

---

33) 김지하, 위의 책, 203면.

옛날에 옷깃 스친 어느 떠돌이가
내 안에서 굿을 한다

여인 하나
내 이름 쓴 등롱에 불 밝히고 있다

나는 혼자인 것이냐
홀로 앓는 것이냐

창틈으로 웬 바람이 기어들어
내 살갗을 간지른다
―「저 먼 우주의」 전문(『중심의 괴로움』)

위 시에서 화자의 의식은 가시적 현상을 넘어 보이지 않는 곳, 먼 곳의 비가시적인 존재들, 미래의 존재들에게까지 미친다. 화자에게 창발적 생명발현의 대상은 공간적으로 확대되어 "오대산 서대 어딘가 이름 모를 꽃잎"이 되기도 하고 "저 먼 우주의 어느 곳인가/나의 병을 앓고 있는 별이" 되기도 한다. 이는 보이지 않는 곳, 저 멀리 다른 존재와도 창발적 생명발현의 소통이 이루어지고 있음을 의미한다. 화자인 나는 지구생태계에 단독으로 존재하는 것이 아니라, 보이지 않는 곳에 있는 다른 존재와도 연관되어 생명발현하며 진화하고 있는 것이다.

화자는 시간적으로 거슬러 올라 "옛날에 옷깃 스"쳤던 "어느 떠돌이" 가 자신의 속에서 "굿을 하"기도 하고, 한 "여인"이 자신의 "이름 쓴 등롱에 불 밝히"기도 함을 인식한다. 이는 "나"라는 존재의 생명발현을 위해 오랜 시간부터, 멀리에서도 타자들이 관계되어 "나"의 기운을 팽창하고 수축하고 다시 확산시킴을 의미한다. 화자는 이후로도 마찬가지일 것으로 예감한다. 그렇다면 언제 어디에서든 "나는 혼자"가 아니며, 어떤 존재도 혼자가 아니다. 모든 개체적 존재는 각자 창발하는 유기론적 복잡성의 실재로써 지구생태계의 한 부분이자, 한 몸인 것이다. 그러한 이유 때문에 유기론적 복잡성은 시간과 공간을 초월하고 통합하며 진화하는 우주적 전체성을 의미하게 된다.

이러한 주제는 1989년『애린』이후 발표된 김지하 시에서 지속적으로 나타난다. "흙도 물도 공기도 바람도/모두 다 형제「새봄 · 3」(『중심의 괴로움』)"이며 내 나이는 "지구에 생명 생긴 뒤 삼십오억살/그전 그후 꿰뚫어 무궁살"로서 '이곳'이 '그곳'이며 '그때'가 '지금'이다. "오대산 서대" 어느 산자락에는 갸날픈 "꽃잎"이 하늘거리며 화자인 "나" 대신 "나의 병을 앓고", "창틈으로 웬 바람이" 불어와 "내 살갗을 간지"르기도 하는 가운데 "나"를 살게 한다. 화자도 인식하지 못하는 가운데 유기적으로 연결된 "오대산"의 "꽃잎"과 "창틈"으로 부는 "바람"이 생명발현으로 이어지게 하는 것이다.

모든 개체적 생명체는 이와 같이 독립적으로 생명현상을 발현하는 가운데, 서로 관련된 하나로서 생성하고 확산하며 전 우주의 생명활동에 참여한다.34) 인간과 사물 그리고 천지자연의 관계는 상호간 창발하는 복잡성 안에 포섭되어 있는 것이다. 시 · 공간을 넘어 생태계 내 모든 존재와 창발하고 있다는 인식을 하는 시인은 다른 존재의 생명발현과 상황 또한 '나'와 '여기로부터' 비롯됨을 강조한다. 김지하는 이러한 사유를 일찍이 산문을 통해 다음과 같이 발표했다.

자연은 우리에게 먹을 것, 입을 것을 주고 숨쉴 공기와 마실 물과 아름다움과 어머니의 포근함을 준다. 우리는 천지 안에 양육되는 존재인 것이다. 천지에 보은해야 하며 되먹여드려야 한다. '되먹임'이 바로 '되만듦'이며 새로운 생명의 문명의 창조이다. 자연생태계의 단순한 회복

---

34) 홍용희, 「생명주의와 한국문학」, 『초록생명의 길Ⅱ』, 104면.

만으로는 부족하다. 천지에 대한 적극적 공경을 통해서 자연물의 대해
탈, 물질의 영화(靈化), 온갖 생명의 성화까지도 목표로 삼아야 한다.
천지에 대한 공경과 보은과 되먹임은 인간의 성숙한 우주적 윤리와 책
임을 실천하는 것이다.[35]

위 인용문에서 김지하는 생명현상이란 각 개체 간에 일어나는 되먹임
현상임을 설파한다. 지구생태계, "우주"가 "날 이끌고 있어/튕기고 이끌
고 또 튕기"며, "우리에게 먹을 것, 입을 것을 주고 숨쉴 공기와 마실 물
과 아름다움과 어머니의 포근함"을 준다는 사실을 강조한다. 나를 생성
케 하는 데 필요한 모든 것을 갖춘 복잡성의 체계로 인식하는 것이다. 따
라서 우리 역시 "천지에 보은해야 하며 되먹여드려야 한다"고 주장한다.
뿐만 아니라, "자연생태계의 단순한 회복만으로는 부족"하며, "천지에
대한 적극적 공경을 통해서 자연물의 대해탈"을 목표로 삼아야 한다고
강조한다. 이러한 사유는 시「되먹임」에서도 마찬가지 양상을 보인다.
　다음 시「되먹임」에서는 이러한 자각 이후의 다짐이 동·식물, 무기
물, 천체까지로 확대된다.

　　　　내 목숨은
　　　　아득타
　　　　별로부터 오셨으니

　　　　내 목숨은
　　　　가까이
　　　　흙으로부터 풀 나무 벌레와 새들 물고기들
　　　　내 이웃들로부터 오셨으니

---

35) 김지하, 「21세기에 관한 몇 가지 생각」, 『틈』, 솔출판사, 1995, 100면.

죽고 싶어도
죽기 어려운 것

우주가 날 이끌고 있어
튕기고 이끌고 또 튕기고

살고 또 살아
갚아야 하리니
이 은혜를 갚아야
쪼그려 앉아 흙 위에 돌팍으로 쓴다
가슴팍에 깊이깊이 새기며 쓴다.

'되먹임!'

―「되먹임」 전문(『花開』)

위 시 「되먹임」에서 화자는 살아 있는 것, 즉 생명은 시·공간적 생성을 그 본성으로 한다고 인식한다. 화자는 생명의 시간을 중심 없는 그물망 또는 미로처럼 전방위적인 것이라고 파악한다. 하나의 개체 생명에는 과거에서 현재에 이르는 공존의 시간들이 스며있다고 보기 때문이다.[36] 모든 개체 생명이 제각기 고유한 생명의 시간을 유지한다는 것은 모두가 우주의 중심일 수밖에 없다는 복잡성의 생명현상을 의미한다. 따라서 화자에게 숭배의 대상인 "님"은 멀리 있는 존재인 동시에 내 속에 살아있는 '님'이기도 하다. 그것은 일자一者로서의 전체와 부분으로서의 다자多者가 되먹임(feedback)하는 가운데 진화하는 생명현상 자체를 의미한다.[37] 사물의 실제는 불변적이고 규정적인 형태가 아니라 끊임없는 생성의 움직

---

36) 김진석, 『초월에서 포월로』, 솔출판사, 1994, 54면.
37) 김상일, 『수운과 화이트헤드』, 지식산업사, 2002, 29면.

임 속에서 발현되는 존재인 것이다.

이러한 사유를 표현하기 위해, 화자는 첫 연에서 "내 목숨은/아득타/별로부터 오셨으니"라고 발화한다. 저 먼 "별로부터" 스스로의 목숨이 연유했다는 인식은 수직적 체계로 발현되는 생명현상을 의미한다. 한편, 2연에서 다시 "가까이 흙으로부터 풀 나무 벌레와 새들 물고기들/내 이웃들로부터 오"신 수평적 체계로 발현되는 생명현상을 의미한다. 그러한 가운데 "날 이끌"어 "튕기고 이끌고 또 튕기는" 복잡성의 범주에 속하기에 스스로는 "죽고 싶어도/죽기 어려운" 존재임을 자각한다.

화자는 자신의 "목숨"을 멀리는 "별"로, "가까이"로는 "흙"과 "풀"로 인해 생성되는 복잡성의 체계로 인식한다. 다시 말해, "내 목숨"은 "별"과 "흙"으로 대변되는 "우주"적인 것들과 분리되어 있는 것이 아니라 끊임없이 이들과 함께 "이끌고" 따르고 관여하는 복잡성의 체계 속에서 창발하는 주체이자 대상이다. 한 순간도 머무르지 않고 복잡성의 관계 속에서 변화하며 진화하는 '생성의 과정'으로서, "별"이고 "흙"이며, "나무"이고 "벌레"이며, "새들"이고 "물고기들"인 것이다.

따라서 "우주"와 "내 몸"은 구별해 파악할 수 없는 복잡성 속에 놓여 있음을 알 수 있다. 지구생태계의 각 개체는 전체와 맞물려 서로 "되먹임"하면서 생명현상을 발현하는 과정인 것이다. "되먹임"에 대한 복잡성의 사유는 다음 시 「제사」에서 조상을 인식하며, 통시적 양상으로 형상화된다.

> 흰 무명옷 갈아입고 앉아
> 대낮 해맑은 빛 속
> 내 안에 시방 살아 계신 옛 할매께
> 제사 드린다

드소서
요즘은 강연도 하고
글도 좀 쓰고
밥은 어찌 먹습니다

드소서

막걸리 한 잔
명태 한 마리 드시니
물속 깊은 어딘가 빈 곳
새벽별 넷 차례로 떠오르고
소슬바람 떨리고 시린 물 흘러
잊었던 어메 아배
곰보할매 옛 물레 속에 함께 돈다

돌고 돌아라

아이들아
너희도 함께 돌아

창호지 문에 푸른 새벽 빛
빨간 등잔불 꽃봉오리 보이느냐
원앙 수놓은 이불보에
기린이 봉황이 푸닥인다 보이느냐

굶어 돌아가신 고할매
너흐 안에 살아 계시니
아이들아
밥 정히 모시거라
드소서

눈물 거두고
이제 많이 드소서.

―「제사」 전문(『花開』)

위 시의 화자는 음식물 섭취를 제의적 행위로 인식하는 가운데 복잡성 속에 발현되는 생명현상을 감지한다. 위 시의 1연에서 화자는 "흰 무명 옷 갈아입고" "대낮 해맑은 빛 속"에서 "내 안에 시방 살아계신 옛 할매께/제사 드린다" 흰 빛은 음, 양의 조화를 이룬 색깔로서 물질과 에너지가 조화를 이룬 상태를 의미한다. 화자가 드리는 제의는 이러한 상황을 전제하고 있는 것이다.

화자는 "막걸리 한 잔/명태 한 마리"를 먹으며, 자신 안에 살아 있는 "어매 아베/곰보할매"를 인식한다. 자신 안에 내재해 있다고 생각되는 조상의 혼, '내유신령'을 자각하는 것이다. 시의 앞뒤 맥락으로 추론할 때, 화자에게 모든 대상들은 음식과 관련되고, 모든 음식은 내유신령한 개체 고유성으로서의 대상이 창발적으로 생성할 수 있게끔 유도하는 사물이다. 이를 동학에서는 한울님의 '지극한 기운'으로 표현하며, 이 지극한 기운은 혼돈의 질서로서 창조적인 진화를 수행하는 생명현상의 본질로 해석된다.

위 시의 6연, "고할매/너흐 안에 살아 계시니"에서 "고할매"는 나의 조상인 동시에 생명을 유지하기 위한 음식 속에도 내재한다. 모든 음식물은 지극한 기운, 자연의 힘과 생명체, 그리고 이웃의 노동력으로 끊임없이 순환하며 발현되는 생명현상의 집적물이자 조상인 것이다. 따라서 이를 먹는 행위 또한 "한울로써 한울을 먹"는 창발적 생성의 과정으로서 생명발현을 의미하게 된다. 결국 나와 고할매는 내유신령을 지닌 존재로 각자 다른 시간대에 창발적으로 생성되어 나타난 존재이지만 우주적 전일성의 관점에서 보자면 동일한 에너지이기 때문에 내가 먹는 것은 '고할매'를 먹이는 것과 같아진다. 내 안의 신령을 모시는 것은 시간·공간이 다른 모든 존재를 섬기는 것과 같은 것이다.

이러한 인식은 화자 자신을 넘어 아이들에게까지 확대된다. 아이들 안에는 죽은 조상인 "할매"가 살아 있으며, 아이들이 매 끼니 섭취하는 음식물 역시 "고할매"이다. 이를 통해 결국 지구생태계 내 모든 존재의 숨쉬고 살아 있는 행위 자체가 조상께 "밥 정히 모시"고 "제사 드"리는 행위임을 알 수 있다. 복잡성이 종합적이며, 전체론적인 특징을 강조한다고 본다면 먹고 먹히는 모든 개체 또한 조상이고, 먹고 먹히는 모든 행위는 복잡성을 띤 창발적 활동이라는 것이다. 종합적이고 전체론적인 복잡성의 특징은 통시적 측면에서도 마찬가지 양상을 보인다.

> 고대 생물학에 있어서처럼 상상력의 영역에서도 새들은 파충류들에서 나온 것이며 새들이 비상하는 많은 모습은 뱀이 꿈틀거리며 기어가는 움직임을 연장한다. (한편) 인간들은 공중을 나는 꿈을 꿈으로써 기어가는 살덩이로서의 존재를 극복한다. 그와 반대로 우리 인간이 꾸는 꿈의 어떤 비틀림[굴절]에 의해 인간은 자기 척추가 한 마리 뱀이었던 것을 때로 기억해 내게 되는 경우도 있다.[38]

위 인용문에서 보듯 새들의 기원은 "파충류"이며, "새들이 비상하는" 모습은 "뱀이 꿈틀거리며 기어가는 움직임"의 연장이다. 이는 지구생태계 내 모든 개체들이 모습을 바꾸면서 진화한다는 사유를 반영한다. 한편, "인간은 자기 척추가 한 마리 뱀이었던 것을 때로 기억해 내게 되는 경우도 있다." 인간은 인간이기 전에 "파충류"이기도 하고 "새"이기도 한 적이 있었으며, 그러한 현상은 현재에까지 영향을 미치는 것이다. 진화

---

38) 가스통 바슐라르, 정영란 역, 「날개의 시학」, 『공기와 꿈』, 이학사, 2001, 155면.

에 초점을 두는 이러한 사유는 김지하의 사유에서도 마찬가지 양상으로 나타난다.

> 생명의 내면에는 의식이 중대한다, 의식이 발전한다, 의식이 진보한다. 그러면 인간을 중심으로 해서 볼 때 무기물에서 유기물로 넘어올 때의 감각, 그리고 그것이 보다 더 고등생물로 발전할 때의 의식 (…중략…) 인간의 뇌 속에는 우주 진화의 모든 의식의 기억들이 저장되어 있습니다. 포유류의 기억, 파충류의 기억, 모든 동식물의 기억, 무기물의 기억까지도 내장되어 있습니다.[39]

김지하는 모든 개체 속에 진화하는 과정의 기억이 내장되어 있다고 본다. 그에 의하면, "생명의 내면에는 의식이" 내장되어 있을 뿐 아니라 그 기억은 계속 "중대"하고, "발전"하고 "진보한다." '우주 진화의 모든 과정과 기억들이 저장되어' 있는 그 기억의 범주는 "포유류의 기억, 파충류의 기억, 모든 동식물의 기억, 무기물의 기억까지도" 포함한다. 갖가지 종으로서의 기억이 복잡하게 얽혀 "내장"된 채 오늘에 이르렀다는 것이다.

이러한 사유는 「재진화(再進化)」에서 더 먼 미래의 시간으로 확대된다.

> 천지부모를 모신
> 나 또한 천지의 한 부모.
>
> 나로부터
> 사람들이 아직은
> 자유자연 지향이라 어설피 알고 있는
>
> 새,

---

39) 김지하, 「현대문명의 위기와 전환기의 세계관」, 『김지하 전집 2』, 실천문학사, 2002, 201~202면.

풀잎과 나무,
구름과 물과 다람쥐들이

이제 새로이
태어나리라

아
푸르른 창조의 새벽
나 또한
다시 태어나리라

한 작가로,
꼭 자유자연만이 아닌
활동하는 무(無),
흰 그늘로

저 새벽녘
눈빛 가느다란
어두운 여명

검은 등걸은 괴상하고
흰 꽃은 기이한

다섯 가지
매화(梅花)의 이념(理念)으로
다시 진화하리라
새 오만년의 한
새,

또는

한 물방울

그리고
한 풀잎으로 나무줄기로

한 구름으로
또 몇 마리의
새 다람쥐로.

―「재진화(再進化)」부분(『유목과 은둔』)

모든 개체의 창발적 생성은 미분화된 질서 또는 복잡성이 전개되는 역사다. 진화는 결코 전면적인 적응이 아니다. 그것은 언제나 불안정화, 밖으로 나가 닿음, 모든 개혁에 뒤따르는 위험 부담이라고 할 새로운 공생적 관계들을 제시하는 자기 연출을 요구한다. 또한 활동의 자유를 내포하고 상호 의존성을 요구한다.[40] 이러한 가운데 카오스가 규칙성으로부터 나타나거나 주기적 상태에서 카오스로, 심지어는 현재의 카오스적 상태보다 더 복잡한 카오스로 갑자기 변화할 수도 있다.[41]

위 시의 화자가 볼 때, "천지"에 존재하는 모든 대상과 현상은 창발적으로 생성하는 과정을 거쳐 지금에 이른 존재들이다. 그러하기에 그들은 모두 "부모"이며, "천지"에 존재하는 모든 대상과 공시적으로 창발하는 가운데 통시적인 순환의 과정을 거쳐 온 존재들이다. 그러한 인식이 전제되기에, "새,/풀잎과 나무/구름과 물과 다람쥐들"은 거듭 "새로" "태어나며", "나 또한/다시 진화하"여 "새,//또는/한 물방울", "한 풀잎으로 나무 줄기로" 혹은 "구름으로", "다람쥐로" 태어날 것임을 인식한다.

---

40) 에리히 얀치, 홍동선 역, 「생물의 순환 과정들」, 앞의 책, 272면.
41) 에드워드 로렌츠, 박배식 역, 「카오스의 안과 밖」, 『카오스의 본질』, 파라북스, 2006, 116면.

화자는 3연에서 다시 자신에게로 시선을 돌린다. 다시 자신이 "새로이/태어"날 것임을 예감하는 것이다. "자유자연"으로서 "한 작가"가 아니더라도 모든 존재, 즉 "새,/풀잎과 나무,/구름과 물과 다람쥐들" 뿐 아니라 자신까지 "활동하는 무(無),/흰 그늘로//저 새벽녘/눈빛 가느다란/어두운 여명"으로서의 현상까지 개체 고유성을 확보한 가운데 과거와 미래, 개체와 현상을 불문하고, 창발적으로 생성하며 생명의 발현에 동참하고 있음을 예감한다. 인간은 홀로 존재하는 것이 아니라 자연생태계와 상호 조응 하는 복잡성의 체계 가운데 진화하는 창발적 상태에 있는 것이다.

여기서 "무(無),/흰 그늘", "어두운 여명"은 '존재하지 않음'의 반대되는 의미로써 생성의 의미를 낳고 있다. 일반적으로 비존재로서 무無는 존재자의 전적인 타자로서 비어 있음 그 자체로 인식된다. 그러나 이 무無는 존재자를 그 자체로서, 그리고 전체로서 드러나게 하는 역할을 담당한다는 사실을 상기할 필요가 있다. 이러한 사실을 볼 때, 무無는 존재와 동시에 주어지기에 '아무 것도 아닌 것'이 아니라 현존재에게 '존재자의 개시'를 가능하게 함으로써 존재의 일어남 또는 생기를 의미한다고 할 수 있다.42) 위 시에서 "무(無),/흰 그늘", "어두운 여명"은 이러한 사유로 파악되는 것이다. 이러한 복잡성의 체계 속에서 "한/새", "한 풀잎", "한 구름"으로 "한"을 강조하는 의도는 존재자의 드러남을 가능하게 하는 비존재의 역할을 강조하기 위함으로 해석이 가능하다. 따라서 위 시의 무無는 생명활동을 넘어 진화의 의미를 창출하는 것이다.

또한, 위 시는 행과 행, 연과 연 사이의 틈을 통해서도 여백의 의미를 생성한다. 길지 않은 시를 총 7연으로 나누어 압축된 구조를 만들고 있는 가운데 서술어의 생략을 통해 여백의 효과를 창출한다. 사유의 측면만이 아니라 형식적 측면에서도 여백의 미학을 보여주는 것이다. 연과 연 사

---

42) 하이데거, 신상철 역, 『동일성과 차이』, 민음사, 2001, 30면 참조.

이 혹은 행간의 여백은 드러나지 않음으로써 상상력을 통한 의미를 생성한다. 위 시에서 형상화된 형식의 여백 역시 "활동하는 무(無)", "흰 그늘", "여명"이 내장한 복잡성의 의미를 증폭시키는 것이다.

이와 같이, 위 시의 화자가 인식하는 모든 생명체는 단순한 직선적 관계에서 생성되는 생명현상이라기보다 창발하는 과정 그 자체를 의미한다.43) 생명현상의 주요한 특징인 개체 고유성은 주위와의 관계 속에서 창발적으로 형성되는 과정 자체로 파악되어야 하기 때문에 자체 충족적인 개념이 아니며, 시시각각 새로운 생성으로서 진화의 의미를 낳는 것이다.44) 이와 같이, 창발 현상을 가능하게 하는 것은 다른 생명체와 주위에 대한 열려있음을 바탕으로 하기에 각 개체에게 각성覺醒으로서의 합일의식이 요구된다.

2) 각성(覺醒)으로서의 합일의식

각성覺醒으로서의 합일의식이란 각 개인이 인간과 인간 이외의 세계를 포함한 관계 속에서 개체 고유성으로서의 나를 자각하며 나를 성숙시켜 갈 때,45) 이러한 관계로부터 떨어질 수 없다는 절대적 사실을 인식함을 의미한다. 모든 생명체는 서로 복잡성으로 연결된 생명권 속에서라야 각각 자기실현이 가능하기에, 이를 인식하고 실천해야 한다는 것이다. 여기에는 모든 인간을 비롯하여 가축, 야생동물, 열대우림의 생태계, 산과 강, 흙 속의 작은 미생물 등도 해당된다. 개체 고유성을 지닌 한 존재로서 "포유류의 기억, 파충류의 기억, 모든 동식물의 기억, 무기물의 기억까지

---

43) 바라바시, 김병남 외 역, 『링크』, 동아시아, 2002, 297~322면.
44) 질 들뢰즈 외, 김재인 역, 『천개의 고원』, 새물결, 2001, 482면.
45) 김지하, 「생명과 환경」, 『타는 목마름에서 생명의 바다로』, 동광출판사, 1991, 113면.

도" 내장하며 창발적으로 생성한다는 사실을 각자 깨달아야 한다는 것이다. 김지하 시인은 이러한 사유에 대해 다음과 같이 발언한다.

이 우주에 끊임없이 생성하는 생생화화(生生化化), 낳고 낳고 변화하고 소멸해서 다시 낳는 이 엄청난 질서로부터 이탈할 수 있는 자는 아무도 없습니다. 그런데 이 질서를 관통하는 것은 전체성입니다. 따로 떨어질 수 없는 것이 운명입니다. 도저히 따로 떨어질 수 없는, 우주적 전체적 유출.46)

다시 말해, 모든 생명체는 관계로부터 빚어지는 수많은 변화 속에서 외부 환경에 대하여 반응하고 기억하며, 그러한 경험의 총체적 누적으로서 진화하는 독자적 존재들이다. 여기서 각 개체의 생성, 성장은 제 각각 다르다. 각각 다른 관계 속에서 창발적으로 생성하는 가운데 따로 떨어질 수도 없다. 복잡성으로 분류되는 김지하의 생명체계는 이와 같이 개체의 차이를 인정하는 가운데 따로 떨어질 수 없다는 사실을 중시한다.

다음 시「동짓날」에서 "첫봄"이라는 의미를 놓고 볼 때, '동짓날'과 대응되어 극과 극의 계절로서 복잡성의 원리에 따르는 양상으로 묘사된다. 시를 분석하기 전 성장과 복잡성의 관련성에 대한 테야르 드 샤르댕의 글을 보기로 한다.

내가 말하는 '성장의 집중'이란, 기회가 주어졌는데 복잡하게 얽히는 것이 가장 두려운 바로 거기서 '단순한 유형'이 번져나간다는 새롭고 예기치 못한 사실을 가리킨다. 땅에 떨어진 물방울은 곧 골을 이루어 작은 내가 되었다가 큰 강이 된다. 마찬가지로 이런저런 까닭으로 해서 (정향진화가 기본적으로 비슷하게 진행되거나 혈통끼리 서로 끌

---

46) 김지하, 『김지하 전집』 제1권, 실천문학사, 2000, 643면.

어당기거나 환경의 선택으로) 생명체 집단의 섬유들은 여러 갈래로 갈
라지는 과정에 어떤 방향들을 따라 서로 가까워지고 뭉친다.[47)

위 인용문에서 보듯, 각 개체는 성장의 과정을 맞이하여 "복잡하게 얽"
히는 가운데, 이를 "두려"워 한다. 그러나 모든 개체는 이 지점에서 생명
현상이 일어나며, 그 두려움이 "가장" 극에 달할 때, "단순한 유형"을 선
택해야 한다. 이를 볼 때, 각 개체들은 성장 과정 중에 "어떤 방향을 따라
서로 가까워지고 뭉"치는가 하면, "선택"적인 "갈라"짐이 결정될 때, 진
화를 향한 집중이 이루어짐을 알 수 있다. 이러한 사태가 각 개체로 하여
금 각성覺醒의 상태를 요구하는 것이다.

다음 시 「동짓날」에서 화자는 생명의 생성과 진화의 과정에서 거쳐야
할 얽힘과 선택, 집중에 대한 사유를 찾을 수 있다.

첫봄 잉태하는 동짓날 자시
거칠게 흩어지는 육신 속에서
샘물 소리 들려라
귀 기울여도
들리지 않는 샘물 소리 들려라

한 가지 희망에
팔만사천 가지 괴로움 걸고

지금도 밤이 되면 자고
해가 뜨면 일어날 뿐

아무것도 없고

---

47) 테야르 드 샤르댕, 앞의 책, 114~115면 참조.

샘물 흐르는 소리만
귀기울여 귀기울여 들려라.

−「동짓날」 전문(『별밭을 우러르며』)

위 시 「동짓날」에서 화자는 "밤 되면 자고" "해 뜨면 일어나"는 가운데 자연의 복잡성에 적응하는 양상을 보여준다. 화자 자신의 "거칠게 흩어지는 육신"은 복잡성으로서 "가장 두려운" 단계의 비유로 해석이 가능하다. 이러한 과정을 거쳐 화자는 "샘물 흐르는 소리"에만 집중하며 "귀"를 "기울"인다. 화자는 지구생태계와 교통하며 진화하는 성장의 원리에 따르는 각성覺醒의 태도를 취하는 것이다. 이는 모두가 연결된 가운데 다시 "단순한 유형"으로 구분되어 "성장의 집중"이 이루어지는 순응이자 깨어 있음을 의미한다.

생명의 성장이 가장 힘든 시기는 '동짓날 자시'이다. "동짓날"은 생명이 얼어붙은 계절을 의미하며, 그 가운데 "자시"는 밤 열한 시에서 새벽 한 시 사이의 엄혹한 시간을 의미한다. "팔만 사천 가지 괴로움" 역시 "자시"와 등가 관계에 놓인다. 그러한 가운데 "한 가지 희망"은 진화하기 위한 조건으로 선택된 "단순한 유형"으로 해석이 가능하다. 화자는 "첫봄 잉태하는 동짓날 자시/거칠게 흩어지는 육신 속으로/샘물 소리 들려라"고 기원하며, 복잡성의 체계 속에서도 지구생태계 전체와 관련되는 원리를 인식하고 순응해야 하는 것이다.

다음 시 「소를 찾아 나서다」에서 각지불이各知不移, 깨어있음의 각성覺醒은 생명 자체에 대한 절박한 인식의 양상으로 나타난다.

네 얼굴이
애린
네 목소리가 생각 안난다

어디 있느냐 지금 어디
기인 그림자 끌며 노을진 낯선 도시
거리 거리 찾아 헤맨다
어디 있느냐 지금 어디
캄캄한 지하실 시멘트벽에 피로 그린
네 미소가
애린
네 속삭임 소리가 기억 안난다
지쳐 엎드린 포장마차 좌판 위로
카오르는 카바이트 불꽃 홀로
가녀리게 애잔하게
가투 나선 젊은이들 노래 소리에 흔들린다.
―「소를 찾아 나서다」 전문(『애린 1 · 2』)

위 시에서 주체는 화자이고 대상은 "애린"이다. 화자는 "애린"을 기억하려고 하지만 기억하지 못함을 자각한다. "목소리"를 떠올리려 하지만 "생각"이 나지 않고, 그 "속삭임" 또한 "기억"이 나지 않는다. 이러한 사실에서 부각되고 있는 것은 '애린'을 찾아 나선 화자의 고통과 번민이다. "캄캄한 지하실 시멘트벽에 피로 그"릴 만큼 절실한 대상이자 구원이었음에도 그를 기억조차 할 수 없는 것이다. 위 시의 문맥을 통해서 나타나는 '애린'은 구체화된 대상이 아니라 기억의 일부일 뿐이다.

그의 연작인 '애린'의 다른 작품에서 "애린"은 "창백한 형광등/불빛에 아슴프레 푸른 술병 속에 빛나는 듯"(「간힘」, 『애린 · 1』), "흔들리며 거기 그대로 갇혀 있는 애린"(「간힘」, 『애린 · 1』)으로 묘사된다. 이를 통해, 애린의 존재 양상은 연민의 대상으로 추론할 수 있다. 그러나 어디에도 구체화된 모습은 보이지 않고, "빛나는 듯 빛나는 듯 미소 짓는 듯/유리조각들 속에 흔들리는 애린/수없이 많은 저/애린의/모습."(「간힘」, 『애린·1』)으로 그려진다.

이렇게 된 이유를 그는 "검은 지프 한 대 불빛 깜박임/판장문 너머 둘 혹은 셋씩 그림자들 밤새/몰켜섰다 흩어졌다 두새거리는 소리"(「한밤」, 『애린·1)』에서 서로가 서로를 죽이는 생명파괴의 문제로 인식함을 알 수 있다. 여기서 멈추지 않고 "노을은/흰 벽 위에서 더는 붉게 타지 않고/하늘은/흰 손수건에 이젠 푸르게 물들지 않는다/정이월 뜨락에 /하우스에서 옮겨온/활짝 핀 튤립꽃을 보다/소름끼쳐 너무 무서워"에서 전체 생채계 위기 문제에 대한 인식으로 나아간다(「그소, 애린 2」, 『애린·2』).

그러나 "내 사랑하는 애린/한 떨기 들꽃으로 시뻘건 흙으로/살아나라/다시 다시 살아나라"(「살림」)에서 인식의 전환으로 나아간다. "이내 작은 한 덩이 검은 돌에 빛나는/한 오리 햇빛/애린/나."(「50」)로 형상화되기도 한다. 이와 같이, 그의 시에서 '애린' 찾기는 연작을 통해 계속되지만 단일한 실체나 개념으로 고정되지 않고 선명하게 정의되지도 않는 생성의 과정 그 자체로 파악된다.48) 결국 '애린'은 누구에게나 어디에나 존재하는 '생명이'었던 것이다. 생명을 갈구하는 시인의 마음이 간절한 그리움과 결핍을 생성하며, 이와 같은 존재로 대상화된 것이다.

이와 같은 인식은 인간만이 아닌 동식물 전체와 무기물까지도 포괄한다.49) 심층생태주의의 자아실현은 결국 이러한 사실에 대한 각성覺醒으로서의 합일의식임을 알 수 있다.

이러한 인식은 다음 시 「겨울 거울·6」에서 실천의 양상으로 형상화된다.

　　아침에

---

48) 권순영, 앞의 논문, 84면.
49) 박애리, 앞의 논문, 86면.

저녁을 배운다
대낮에는
밤을 배우고
겨울이면 여름을 배운다

배운다
겨울보리 여름에 먹고
여름쌀 겨울에 먹는 것
천지 이치를 배운다

새벽 샘물 길러 가는 날마다
아침학교에서 배운다
이차저차하는 모든 삶
줏대를 배운다
요즈막 내 공부다.
-「겨울 거울 · 6」 전문(『별밭을 우러르며』)

지구생태계의 모든 생명체는 긴 시간의 흐름과 주어진 환경적 조건 속에서 생명현상을 발현하며 도태하는 가운데서도 다시 진화의 과정을 반복한다. 그러나 현대의 산업기술은 주어진 환경적 조건인 지구생태계를 발전과 극복이라는 명분으로 개발하고 어느 경우에나 쓰레기를 양산한다. 산업 쓰레기는 소멸되지 않는 까닭에 지구생태계의 시 · 공간적 순환에 계속적으로 부작용을 초래할 수밖에 없는 것이다.

더욱 심각한 것은 산업문명이 발달할수록 시 · 공간의 획일화가 뒤따르고, 복잡성의 생명체계는 리듬을 잃게 된다. 지구생태계 내 생명현상의 복잡성에 대한 몰이해는 획일화에 따른 파괴를 동반하고, 이러한 현상이 가속화될수록 생태계의 질서는 와해되는 것이다. 따라서 인간의 생

활과 인식의 체계를 유기론적 복잡성의 체계에 맞게 전환시켜야 할 당위
가 성립된다.

위 시「겨울 거울 · 6」에서는 복잡성의 체계에 순응하는 화자를 발견
할 수 있다. 화자는 밤을 지나 새벽에 아침을 맞이하는 생활방식을 넘어
"아침에" "저녁을" 기다리고 "대낮"에 "밤을" 기다리고 "겨울"에는 "여
름"을 기다리는 자연과의 합일의식을 보여준다. 이는 겨울에 여름이 태
동하는 복잡성의 체계를 깨닫고 실천하는 자기실현의 의미로 해석이 가
능하다. 여기서 자기실현이란 사실 속의 궁극적 사실을 말하며, 자기를
실현하고 있는 것은 무엇이든지 현실태50)라는 사실을 자각하고 있어야
함을 의미한다. 일반적인 생명현상의 진행과정으로 볼 때, 봄에 싹이 트
고 여름에 성장하고 가을에 열매 맺는 과정이 단순하게 이루어지는 것
같지만, 사실은 더운 기운과 찬 기운이 복잡하게 얽혀 시시각각 새로이
변화하는 가운데, 생성하고 진화한다. 위 시의 화자는 이러한 상황의 현
실태로서 깨어 있는 것이다.

화자가 "새벽"에 "샘물"을 길러 가 "아침 학교"로 비유된 시원의 자연
을 통해 배우는 "삶"의 "줏대" 역시 현상적으로 드러나듯 단선적이고 선
형적인 원리가 아니라, "천지 이치"를 포괄하는 복잡성의 원리를 습득하
고 적응한다는 해석을 가능하게 한다. 복잡성으로서 발현되는 지구생태
계의 생명현상은 자연인 자기 속에서 복잡하게 얽혔을 때 완전해질 것이
기 때문이다.51) 화자는 이러한 원리를 깨닫고 "겨울보리" 여름에 먹고
"여름쌀" 겨울에 먹는 가운데 자연의 생명현상에 순응하는 존재로 형상
화된다. 화자의 태도는 각성으로서의 합일의식에 대한 실천을 의미하는
것이다.

---

50) 화이트헤드, 오영환 역, 「파악의 이론」, 『과정과 실재』, 444면.
51) 피에르 프랑수아 모로, 「완전함과 목적성」, 『스피노자』, 다른세상, 2008, 176면.

이러한 화자의 행위는 "배운다"는 어휘가 7번 반복되면서 강조된다. 이런 기법적 특징은 지구생태계 내 복잡성의 생명체계에 대한 각성을 통해 합일하고자 하는 화자의 의지로 해석이 가능하다. 유기론적 복잡성의 가운데 각지불이 하는 매 순간 생명발현한다고 본다면, "요즈막 내 공부"가 된 생명체계로의 순응은 지구생태계 내 존재들이 복잡성 안에서 생명발현한다는 화자의 인식과 실천을 의미한다. 복잡성의 체계 속에서 서로 떨어질 수 없는 자신에 대해 인식하고 실천하는 각성으로서의 합일의식이 형상화된 것이다.

다음 시 「새봄 · 8」에서는 화자 스스로 역순환적 사고로 시간을 거슬러 오르는 기화적 현상이 형상화된다.

내 나이
몇인가 헤아려보니

지구에 생명 생긴 뒤 삼십오억살
우주가 폭발한 뒤 백오십억살
그전 그후 꿰뚫어 무궁살

아 무궁

나는 끝없이 죽으며
죽지 않는 삶

두려움 없어라

오늘
풀 한 포기 사랑하리라

　　　나를 사랑하리.

─「새봄 · 8」 전문(『중심의 괴로움』)

　위 시 「새봄 · 8」에서 화자는 자신의 "나이"를 "헤아려 보"다가 현재의
몸으로 태어나기 전의 시간을 거슬러 올라 태초의 자신에 대해 자각하기
시작한다. 자각의 과정은 복잡성의 생태계에 관한 사유를 바탕으로 하고
있다. 화자는 "내 나이/몇인가 헤아려보니", "지구에 생명 생긴 뒤 삼십오
억살/우주가 폭발한 뒤 백오십억살/그전 그후 꿰뚫어 무궁살"까지 거슬
러 오른다. 이를 김욱동은 보통 상식으로 이해가 가지 않는 과장법으로
단정하지만,52) 경탄의 가장 훌륭한 표징이 과장이라면,53) 이는 복잡성의
의미를 강조하기 위한 기법으로서의 타당성을 확보한다. "무궁", 즉 계산
불가능하고 환원 불가능한 시간의 복잡성을 자각한 것이다.

　홍용희는 화자의 몸을 구성하는 유전자에 전 우주의 유전 정보가 수렴
되어 있으며, 심층 의식 안에 전진화의 기억이 축적되어 있다는 홀로그
래피의 통찰을 포착한다.54) 정효구는 시인이 자각하는 생명은 과거사 전
체를 그의 몸속에 품고 있을 뿐만 아니라 미래사와도 연결되어 있다고
해석하여 복잡성을 반영한다.55) 형태를 바꾸며, "죽지 않는" "나", 조상
이면서 자손이기도 한 "나", 영속하는 "나"에 대한 각성과 그에 따르는
합일의식을 의미하는 것이다.

　삶과 죽음이 생명현상의 과정으로서 구분될 뿐 따로 분리되지 않음을
인식한 화자는 모든 사물과 공간 또한 생명현상의 과정임을 깨닫는다.
각 개체적 생명체, "풀 한 포기조차" 전체로서 하나인 동시에 화자 자신

---

52) 김욱동, 「시적 상상력과 생태학적 상상력」, 『생태학적 상상력』, 55면.
53) 가스통 바슐라르, 곽광수 역, 「조개껍질」, 『공간의 시학』, 동문선, 2003, 217면.
54) 홍용희, 「생명주의와 한국문학」, 앞의 책, 103면.
55) 정효구, 「개벽사상과 생명 공동체 : 김지하」, 『우주공동체와 문학의 길』, 190면.

이기에 "사랑"해야 할 대상이라는 것이다. 이와 같이 인간과 인간, 인간과 지구생태계 속의 모든 존재들이 하나로서, 서로 충돌하고 통합하여 새 차원으로 진화할 수 있다는 각성은 생명의 생성 원리로서 복잡성에 대한 합일의식을 의미한다. 생물과 무생물의 순환으로 상호 공존하는 지구생태계 내 모든 개체의 생명현상을 뜻하는 것이다.

한편, 풀을 사랑하고 나를 사랑하면서 화자가 그 시간을 굳이 "오늘"이라고 규정짓는 이유 역시 매 순간 생성하는 복잡성의 특성을 자각한 때문으로 볼 수 있다. 우주의 각 존재는 시작도 없고 끝도 없는 복잡성의 변화무쌍한 체계 속에서 "오늘"을 살고 있는 것이다. 그렇다면 "나"의 생명 역시 시작과 끝이 있는 일회적 존재가 아니며, 무한히 생성 진화하는 복잡성으로서의 존재이다. 이와 같이, 모든 것은 복잡성의 변수 속에서 무한히 변화 생성하며 그 속에 저마다의 무한을 담고 있는 가운데 생명현상을 발현한다. 화자는 인간과 자연, 삶과 죽음을 모두 하나로서 서로 충돌하고 통합하는 가운데 새로운 차원으로 생성, 진화하는 복잡성의 체계로 파악한 것이다.

다음 시 「태고」에서는 '지금 여기'에 대한 각성覺醒으로서의 합일의식을 포착할 수 있다.

하늘 흐린 날
태고를 생각한다

흙속에 묻힌
한 돌속에
태고의 어느 하늘 흐린 날
새겨져 있다

내 손바닥에
태고의 삶이
고여 있다

하늘 흐린 날
비좁은 방에 누워
태고의 천지를 생각한다

무궁한 나를 생각한다.

−「태고」 전문(『중심의 괴로움』)

위 시에서 화자는 "비좁은 방에 누워" 있으나 이 방이 "태고의 천지"이며, 자신을 "무궁한" 존재라고 인식한다. 나아가 화자는 순환하며 연기하는 "내 손바닥에/태고의 삶이/고여 있"음을 깨닫는다. 이를 손바닥의 금이 지닌 유일성으로 한정하는 동시에 무궁한 역사를 통해 나타나는 한 존재의 유일성이라고 보기도 한다. 과거에도 미래에도 존재하지 않을 현재의 자신이라는 것이다.[56]

그러나 손바닥에 새겨진 흔적 또한 변화한다. 복잡성으로 볼 때, 손바닥의 금 역시 확산하고 수축하는 가운데 순환하고 합일하는 진화의 과정 속에 놓여 있는 것이다. 위 시의 화자가 볼 때, 모두가 과정 속의 생성이므로 완전한 생성도 완전한 소멸도 없다. 모든 사물은 비실체성으로 간주되며, 공시적이고 통시적인 생성의 과정일 뿐인 것이다.

이러한 사유를 김지하는 미귀未歸의 사상으로 개념화하며, 다음과 같이 설명한다.

---

56) 임도한, 「한국 현대 생태시 연구」, 고려대학교 박사학위논문, 138면에서 참조.

돌아가되 쉽사리 평형의 몽환에 빠지지 않고 현실의 비평형적 요동 속에 깊이 들어가 그 요동을 새 질서 창조로 바꾸면서 돌아가되 동시에 돌아가지 않는 사상이다. 미귀는 그러나 미와 귀의 변증법적 종합이 아니다. 그것은 역설이다. 미귀의 시간은 직선적 시간, 과거에서 미래를 향해 상승주의적으로 진행하는 화살과 같은 시간이 아니다. 미귀의 시간은 '지금 여기'이다. (…중략…) 미귀의 시간 안에는 과거와 미래가, 삼라만상 억조창생이 다 함께 살아 들끓는다. 미귀의 시간은 끊임없이 '지금 여기'로부터 출발하여 '지금 여기'로 돌아온다. 아니 그것은 '지금 여기'의 끝없는 차원변화이며 무궁한 질적 확산이다. 그것은 순환하면서 진화하는 확충(amplification)이다.[57]

일반적인 시간관으로 볼 때, 현재는 가능성으로 가득 찬 미래와 이미 일어난 사건들로 가득 찬 미래의 가운데에 있다. 시간은 완벽하게 균일한 리듬을 유지한 채 과거로 흘러간다. 그러나 김지하의 시간관념은 보편적이고 절대적인 시간관념을 뒤엎는다. 그가 몰두했던 미귀의 사상은 시간을 인식할 때, "과거와 미래가 삼라만상 억조창생이 다 함께 살아 들끓는"다고 보는 복잡성의 사상으로 파악된다. 모든 존재들이 평형의 몽환에 빠지지 않고 비평형적 요동 속에 깊이 들어가 그 요동을 새 질서 창조로 바꾸면서 진화한다고 보는 것이다.

이러한 사실을 전제할 때, 시「태고」의 화자는 시간과 관련하여 생명 가치의 본체가 현재의 저편, 아득한 미지의 '그날'에 있는 것이 아니라 '지금 여기'에 있다고 인식함을 알 수 있다. 따라서 화자는 모든 행복, 가치의 척도를 미래에 두고 끊임없이 현재를 유예하고 훼손시켜왔던 세계관을 전복한다. 복잡계적 생명체계의 현상으로 볼 때 '지금'이 중요한 것이다. 지구생태계 내 복잡성의 특징이 매 순간의 얽힘에서 생성되는 창

---

57) 김지하, 「미귀(未歸)의 사상」, 『틈』, 솔출판사, 1995, 29면.

발성으로 이루어진다고 본다면 매 순간이 '지금 여기'이며, 매 순간은 새로운 진화의 과정이기 때문이다.

직선적인 시간관으로 볼 때, 시간의 진행에는 끝이 있는 반면, '지금 여기'를 강조하는 미귀의 시간관은 삶을 중심으로 하여 무질서에서 질서로 다시 가역적인 과정을 밟는 시간관이다. 화엄적 시간관이라고 불러야 할 만큼 복잡한 이 시간관은 이쪽에서 어떤 사태가 시작되면 반대 방향에서 그와는 다른 사태가 시작되는 가운데 서로 연결되며 사건이 생성된다.58) 원인과 결과라는 결정론 대신에, 어떤 순간이든 새로운 순간으로 체험될 수 있으며, 현재의 순간으로부터 항상 시간이 자유롭게 창조될 수 있음을 뜻한다.59)

이를 전제할 때, 모든 생명체는 각자 환경에 대하여 반응하고 스스로의 체계에 따라 매 순간 새로이 자기 조직화한다는 사실을 알 수 있다. 따라서 생명현상의 근본적인 특징인 창발현상을 위해 모든 개체는 철저히 주위에 열려 있어야 한다. 모든 개체는 '지금 여기'를 중심으로 주변의 모든 대상과 상황에 경계로 머물며, 그 가운데 자율적인 고유성을 지닌다. 그러한 가운데 서로 열려 있어 상호 교통하고 감응하는 가운데 새로운 진화가 가능해진다. 모든 개체는 '지금 여기'에서 전체이면서 부분이고 부분이면서 전체성을 지닐 뿐 아니라, 그 가운데 생성 진화하는 것이다. 이 점은 생명현상의 특징이라고 할 수 있기 때문에 시 · 공간에 있어서 생명체는 비록 개체로서 부분이지만 그 자체로 변화하는 시 · 공간 전체일 수밖에 없게 된다.60)

한편, "하늘 흐린 날"이라는 구절이 1연, 2연, 4연에 반복적으로 등장

---

58) 김지하, 「생명과 연기」, 『김지하 전집 2』, 실천문학사, 2002, 309면.
59) 김지하, 「생명과 자치」, 91면 참조.
60) 우희종, 앞의 논문, 73면.

하는 데 대해 주목할 필요가 있다. 일반적으로 '흐린' 상태는 선명하게 단선적인 상태가 아닌, 다중적인 복잡성을 의미하며, 화자는 하필 '하늘 흐린 날' 태고로부터 진행되어 온 자신의 삶에 대해 "생각"하고 또 "생각"하는 것이다. 위 시에서 '흐리다'는 어휘 또한 복잡성 속에서 발현하는 생명현상을 드러내기 위한 전략으로 해석이 가능하다.

결국 시「태고」에서 드러나는 주제는 모든 존재가 그 속에 자기 창조와 생성의 원리로서 영靈을 내재하고 있으며, 개개의 생명은 자기 생명활동과 유지를 위해서 전체 생태계와의 끊임없는 기氣적 교감과 소통을 진행하고 있음을 알고, 그 생명의 원리와 실상에서 옮길 수 없음을 의미한다. 전체 생태계에서 옮기게 되면 생명의 지속이 불가능해지므로 복잡성의 경계에서 이탈하지 않아야 함을 의미하는 것이다. 복잡성의 체계는 살아 있는 우주가 보다 고등한 상태로 진화해 간다고 인식한 다윈의 단선적 입장과 상반된다. 모든 개체는 개방 체계의 관점에 의해 통합적으로 인식하는 속성이 있다고 보는 것이다.61)

이러한 점을 감안할 때, 깨어 있음을 의미하는 각성覺醒으로서 '각지불이各知不移'는 전체의 균형을 중시하지만 개체個體 하나하나에 더 많은 중요성을 두는 복잡성의 전제임을 알 수 있다. 생명발현의 과정에서 조직보다도 개체 스스로의 창발성이, 수직적 명령이 아니라 수평적 마당이, 외재적이 아니라 내부적 자발성이 중요한 것은 그 때문인 것이다.62) 따라서 모든 개체가 깨어 있을 때 유기론적 지구생태계로서 매 순간 새로운 생성으로서 자기 조직화하는 가운데 후천개벽으로 나아갈 수 있게 된다.

---

61) 김문조, 앞의 논문, 5면.
62) 김춘성,「동학 · 천도교 수련과 생명사상 연구」, 한양대학교 박사학위논문, 2009, 95면.

3. 후천개벽(後天開闢)으로서의 순환성

후천개벽사상은 선천이 가고 후천이 도래하는 현실변혁 사상이며 인간의 자각적 노력에 의한 후천사회 형성을 이상으로 한다. 김지하 시인이 직관적으로 판단한 후천개벽사상의 현실 적합성은 지금 여기, 우주자연에서 인간이 저지르는 생태계 위기에 대한 개벽적 변화가 긴급하게 요청된다는 데에 있다.[63] 결국 심층생태주의의 유기론적 관점에서 요구되는 후천개벽은 생태계 위기에 대응한 순환성의 추동으로서 그 의미를 찾을 수 있다.

> 동학의 후천개벽사상은 일종의 우주진화사상이다. 그것은 시ㆍ공간적—질적—확산—진화의 실천에 의해 달성되는 '화엄적 진화론'이다. 김지하는 이를 서구적 시각에서 테야르 드 샤르댕에 의해 최근 주창된 서양인 중심의 진화론인 우주와 세계진화법칙의 한계를 극복할 수 있는 탁월한 사상으로 보고 서구의 이성 중심, 인간중심의 사유틀을 깨는 탁월한 사상임을 강조하였다. 서구의 유토피아가 시간적—양적—진보진화론에 근거한다면 동학의 후천개벽은 시ㆍ공간적—질적 진화론에 자리해 있다는 것이다.[64]

위 인용문에서 보듯, 김지하는 "후천개벽"을 믿었으며, "후천개벽사상"을 "우주진화사상"으로 인식했다. 그의 생태관을 감안할 때, "우주진화"는 생태계 위기에 대한 극복을 함의하며, 그가 제시하는 후천개벽은 선천에 대한 부정과 역설을 전제한다. 일직선적인 개선이나 진보로서 달성될 수 없는 일대 변혁을 요구하는 것이다. 이 부정과 역설의 사유는 모

---

63) 김지하, 「후천개벽」, 『동학 이야기』, 솔출판사, 1994, 284면.
64) 윤구병, 「김지하의 생명사상」, 김지하, 『생명, 이 찬란한 총체』, 동광, 1991, 413면 참조.

든 생명체와 사물과 현상이 변화하고 생성한다는 사고로부터 기인한다. 김지하는 특히 역설과 모순을 통한 후천개벽으로서의 순환성에 주목했던 것이다. 다음 글에는 후천개벽으로서 모순과 역설의 에너지를 강조하는 그의 사유가 담겨 있다.

> 모순과 역설이 우주적인 에네르기입니다. 사람도 그것을 체현해야 돼요. 이제까지 자연을 자꾸 변증법적으로, 자기 동일화 과정으로만 봤지, 모순을 용납 안 하고 통일, 결합시키려고만 했어요. 그게 아니라 모순은 모순대로 인정하고 그 밑바닥에 있는 상보적 관계를 봐야 합니다.[65]

위 글에서 나타나듯 그는 "모순과 역설"을 "에네르기"의 근원으로 본다. 그는 작금의 시대를 생명파괴가 극단적으로 진행된 시대라 진단하는 가운데, 이러한 모순과 혼란을 종말의 징후가 아니라 창조적 진화, 후천개벽을 위한 조짐으로 파악한다. 그는 생태계의 체계가 교란될 때, 이를 감소시키는 되먹임의 순환으로 자신의 안정성을 유지하는 지구생태계의 특징에 주목한 것이다.

주지하다시피, 지구생태계의 생리적 체계는 환경 변화에 반응하는 순환성을 통해 강화된다. 살아 있는 체계의 안정성은 지속적으로 체계의 요동들에 의해 검증받는 것을 넘어 새로운 순환으로 확장되는 것이다. 이러한 과정에서 원래의 모든 체계는 재구조화되는 가운데 순환하며 진화한다.

김지하는 숨은 질서인 카오스에도 주목했다. 카오스, 혼돈은 신화에서 태초의 탄생과 관련하여 언급되지만, 최근에는 모든 생명현상과 관련하

---

65) 김지하, 「그물망, 틈, 그늘, 공경, 그리고 생명」, 『틈』, 솔출판사, 1995, 143면.

여 신물리학에서 부각되었다. 신물리학자들이 볼 때, 생명현상의 어떠한 과정에서나 혼돈의 가장자리에서 돌연한 질서가 출현한다. 후속하는 질서는 혼돈 이전의 질서와는 다르다. 혼돈의 질서로부터 창조적 진화가 일어나는 것이다. 그들이 볼 때, 혼돈으로부터 출현하지 않는 이상 창조적 진화는 불가능하다. 그들은 오히려 이러한 혼돈 상태에서 각 개체는 혼돈을 끌어들여 평형을 산출하는 순환의 과정을 통해 새로운 생명체계를 재정립한다고 보는 것이다.

이런 과정은 개방체계를 전제로 하며, 개방되어 있는 생명체계는 생명체 안에서도 역동적인 체계로서 유동적인 평형을 산출해낸다. 가령, 동물의 경우에는 신경계, 순환계, 소화계, 감각계, 뇌 등이 협력하여 그 몸을 가장 적합한 생리적 평형 상태로 유지해나간다. 모든 생명체는 시행착오의 통제과정을 통하여 자신의 목표를 달성하는 체계를 개발하고, 피드백feed back으로 통제의 수준을 높이며, 유동적인 평형을 산출하는 수준을 높여간다. 살아남기 위해서 생명체는 시련과 실패도 기회로 삼아 평형을 산출하는 능력을 쇄신하며, 이러한 과정을 통해 계속 순환하는 것이다.[66]

김지하는 이러한 모순적 질서와 숨은 질서에 주목했으며, 따라서 현실의 모순을 '후천개벽'의 계기로 인식한다. 그가 볼 때, 혼돈, 가이아, 카오스는 모두 진화를 유발하는 질서의 다른 이름이며, 지구생태계의 가이아적이며 카오스적인 심층 무의식의 질서를 의미한다.[67] 이러한 상태에서 머물지 않고 역동적이고 합리적인 질서로 나아가기에 '후천개벽'이 이루어지는 것이다.

또한, 그가 강조하는 사실은 풀 · 벌레 · 동식물과 토양과 이 우주에 실

---

66) 한정선, 「한스 요나스의 현상학적 생명 이해」, 앞의 책, 167면.
67) 김지하, 「율려와 신인간」, 『김지하 전집1』, 실천문학, 2002, 501~561면.

재하는 모든 것이 서로 유기적인 한 생명의 움직임이라는 깨달음이다.[68] 우주 삼라만상이 모두 끊임없이 변화하며 순환하는 총체로서 인간, 생물, 유기물만이 아니라 흙과 공기와 돌과 같은 무기물과 온 지구가 다 영성을 가진 생명체인 것이다.[69] 이들 모두 생명활동을 이끌어가는 숨은 질서로서의 영성을 지니고 있으며, '후천개벽'의 생명발현으로 나아가는 근원으로 작용한다.

1) 모순적 질서에서 합리적 질서로의 지향

후천개벽의 개념과 관련하여 화이트헤드의 유기체론은 특히 주목된다. 유기체 철학에 있어 현실적 존재는 완결될 때 소멸한다. 따라서 그 정태적인 생존을 구성하는 현실적 존재의 실용적인 용도는 미래에 있다. 피조물은 사라지지만 또한 불멸한다. 이 피조물 다음에 오는 현실적 존재들이 피조물을 소유하기 때문이다. 그러나 현실적 존재 또한 피조물에의 순응이 요구된다.[70] 지구생태계 스스로의 조절기능에 의하여 생명체가 평형을 지향하기 때문이다.

이러한 평형의 의미는 힘들의 물리적인 관계를 넘어서서 특정한 것을 지향하는 태도(Einstellung)와 정보의 내용 사이에 발생하는 긴장이 그 생명체계의 역동성을 활발하게 하고 다시 긴장 해소로 이어지는 가운데 재조직화하는 순환성을 의미한다. 현실의 모순적 질서는 합리적 질서로 포섭되고, 새로이 생성되는 질서는 모순적 질서에 순응하는 가운데, 평형을 산출하며, 순환하는 것이다.

다음 시 「빗소리」에서는 모순적 질서에서 합리적 질서로의 지향을 보

---

68) 김지하, 『생명』, 실천문학, 1992, 73면, 115면.
69) 김지하, 위의 책, 160면.
70) 화이트헤드, 오영환 역, 「논의와 적용」, 『과정과 실재』, 196면.

이는 순환성의 주제를 발견할 수 있다.

눈 감고
빗소리 듣네

하늘에서 내려와
땅을 돌아 다시 하늘로
비 솟는 소리
듣네

귀 열리어
삼라만상
숨쉬는 소리 듣네

추위를 끌고 오는
초겨울의 저 비
산성비에 시드는
먼 숲속 나무들 저 한숨소리

내 마음속 파초잎에
귀 열리어
모든 생명들
신음소리 듣네
신음소리들 모여
하늘로 비 솟는 소리
굿치는 소리 영산 소리 듣네

사람아
사람아
외쳐 부르는 소리

들네.

- 「빗소리」 전문(『중심의 괴로움』)

  위 시 「빗소리」에서 화자는 자연현상에 집중하여 "빗소리"를 듣고 있다. "빗소리"는 모순적 질서의 상징으로서 부정적인 이미지로 형상화된다. 그 비는 "추위를 끌고 오는/초겨울"의 찬 "비"일 뿐 아니라, "먼 숲속 나무들"을 시들게 하는 "산성비"이다. 산성비를 맞은 "먼 숲속의 나무들"이 내는 소리가 "한숨소리"로 들리며, 화자에게 생태계 위기의 유발에 대한 경고로 느껴진다. 이러한 "빗소리"의 의미를 고전적 기계론으로 인식한다면, 생명의 반대 개념인 죽음의 의미를 나타낼 뿐이다.

  그러나 화자는 이를 모순적 질서로부터 생성으로 전환되는 순환의 과정으로 인식한다. 나무가 "사람아/사람아/외쳐부르는 소리"를 듣는다는 사실에 주목한 것이다. 이런 과정을 통해 모순적 질서에서 합리적 질서로 나아가는 징후를 포착한다. 그 징후는 사람의 인식이며, 생태계 위기의 후천개벽은 "사람"의 인식이 전제되어야만 한다는 것이다. 또한 이 시에서 주목할 부분은 빗소리가 "하늘에서 내려와/땅을 돌아 다시 하늘로" "솟는 소리"로 표현됨에 있다. '빗소리'로 비유된 모순적 질서는 오름이 전제되어 있기 때문에 산성비조차 새로운 평형을 유발하는 순환의 계기가 되는 것이다. 이와 같이, 위 시에서는 만물에서 나타나는 단순한 순환성을 넘어 모순을 통한 후천개벽적 순환성에 주목하는 것이다.

  전 지구적 생명의 위기감이 '모든 생명들'의 '한숨소리'와 '신음소리'라는 탄식으로 표현되고 있지만, 중요한 사실은 이러한 상황을 수용하고, 극복하는 화자의 태도이다. 화자, 즉 인간의 "마음속" "귀 열리"자 인간은 "모든 생명들/신음 소리"를 들으며 모순적 질서에서 합리적 질서로 이행하고 있기 때문이다. 따라서 "사람아/사람아/외쳐 부르는 소리"가 들린

다는 사실은 모순적 질서가 통합되기 전의 단계로써 후천개벽으로서의
순환성을 의미한다. "비 솟는 소리"에서 "숨 쉬는 소리"로, "굿 치는 소
리"로, "영산 소리"의 과정을 거치는 가운데 합리적 질서가 창출된다는
것이다.

이와 같이, 지구생태계의 생명현상은 전 단계에 존재들을 끌어들여 응
집한 가운데 새로이 평형을 산출하는 순환성의 과정을 의미한다. 이러한
방식의 순환성은 주기적으로 되풀이되며, 이 과정에서 지구생태계의 왜
곡된 양상들은 때때로 무화되며 정상으로 회복된다. 모든 개체적 생명체
역시 세계의 무화에 상징적으로 참여함으로써 재창조된다.[71) 혼돈에서
다시 창조되는 생명현상은 모순적 질서를 극복하는 가운데 새로이 창발
하는 후천개벽으로서의 순환성을 의미하는 것이다.

이러한 인식은 시「변환」에서 마찬가지 양상을 보인다.

눈부시게 꽃 피는
라일락 밑에는
시체가 있다
시체 썩는 소리 들린다
내 고통
긴 기다림이 있다

기다림이
꽃으로 바뀌는 소리
들린다

71) 엘리아데는 원시 부족들의 우주 창조의 재현 의식을 인간의 죄에 대한 정화와 새로운 창
조를 의미한다고 본다. 특히 새해에 치르는 의식은 우주 창조를 재현하는 것이므로 시간
은 태초에서 다시 시작된다고 본다.
엘리아데, 이동하 역,『성과 속』, 학민사, 1983, 60~61면.

벌이 오고
나비가 날아들고
하늘에 구름 빛나는
오월 잔치 밑에
변환이 있다

무서운 무서운
생명의 변환이 있다

-「변환」 전문(『花開』)

프리고진은 분기점의 기로에서 초래되는 변화의 방식을 파악하기 위하여 체계를 평형 상태, 평형에 가까운 상태, 평형에서 먼 상태, 비평형 상태로 구분해 조직화 현상을 관찰하였다. 그 결과, 체계 내에서의 작은 동요가 체계를 평형에서 멀리 유도하면서 체계의 구조를 위협하게 되면 체계가 분기점에 도달해, 다음 상태의 예측이 불가능해지게 되는 변화나 혁신의 조건이 됨을 밝혔다.[72] 생명의 역설은 근본적으로 일자로서의 전체와 부분으로서 다자가 되먹임하는 데서 발생하기 때문에 필연적 현상이라는 것이다.[73] 위 시에서는 그러한 상태의 양상이 형상화된다. 비평형 상태의 역동적 체계를 거쳐 보다 창조적인 평형 상태가 되는 양상을 묘사한 것이다.

시「변환」에서 화자는 "눈부시게" 피어 있는 "라일락" 꽃을 보고 있다. 그런데 화자는 이러한 눈부심이 있기까지 "무서운 무서운" 변화의 과정이 있었음을 인식한다. "라일락 밑에/시체가 있"고, 2연에서는 "시체 썩는 소리"가 들린다는 인식으로 나아가는 것이다. 이는 "꽃"으로 피어나기 위해 거쳐야 할 "내 고통/긴 기다림"을 의미한다. 이 과정에서도 비평

---

72) 김문조, 앞의 논문, 6~7면.
73) 김상일, 『수운과 화이트헤드』, 29면 참조.

형 상태의 모순적 상황을 거쳐 생명발현하는 후천개벽으로서의 생성 과정이 드러난다.

위 시에서 "시체"와 "꽃"은 이질적 상황을 대변한다. 시체는 죽음과 몰락을, 꽃은 생명과 개화를 표상함으로써 비평형 상태의 모순적 질서를 통과하여 합리적 질서로 이행하는 순환성의 의미가 창출된다. 위 시에서 "시체"는 썩어서 흙과 하나가 되고, "라일락"은 흙 속에 뿌리를 내려 영양을 공급받는다. 결국 사람이 죽어서 흙의 과정을 거친 뒤 "라일락 꽃"이 되는 셈이다. 이러한 현상은 "라일락 꽃", 즉 식물에 그치지 않는다. 흙은 사람의 생명 뿐 아니라 모든 생명체의 죽음이 변환한 물질로 볼 수 있다. 따라서 위 시에 등장하는 "시체 썩는 소리"는 다른 형태로 변환하려는 "영성"의 순환과정, 에너지의 변환에 대한 비유를 의미하며, 프리고진의 평형이론에서 말하는 분기점으로 해석이 가능하다.

다시 말해, 비평형 상태의 역동적 과정을 거쳐 4연에서 "벌이 오고/나비가 날아 들고/하늘에 구름 빛나는/오월 잔치"의 생명현상이 생성, 발현된다. 모순적 질서에서 이행하는 합리적 질서는 시체 위, "라일락 꽃"에 "나비" 날아들고 "하늘에 구름 빛나는/오월 잔치"로 형상화된 것이다. 이와 같이, 생명의 비밀은 예외적인 상황에서 새로운 생성을 연출하는 가운데, 후천개벽으로서의 생명 현상을 발현한다.

여기서 다시 물질에도 정신이 내재한다는 사실을 환기할 수 있다. 물질이라는 의미로 해석이 가능한 죽음은 다시 생명으로 진화하는 생성의 가능성으로서 모순적 질서를 내장한다. 이러한 사실을 전제할 때, 한스 요나스를 비롯하여 많은 철학자들이 사유한 죽음의 생명성은 후천개벽으로서의 과정이라는 의미를 갖는다. 죽음은 순환의 과정인 것이다.

다음 시 「줄탁」에서도 모순적 질서 가운데 펼쳐지는 순환성의 과정을 발견할 수 있다.

내 타죽은
나무가 내 속에 자란다
나는 죽어서
나무 위에
조각달로 뜬다

사랑이여
탄생의 미묘한 때를
알려다오

껍질 깨고 나가리
박차고 나가
우주가 되리
부활하리.

―「줄탁」 부분(『중심의 괴로움』)

위 시에서 '줄탁'이란 안에서 병아리가 껍질을 깨는 것과 동시에 밖에서 어미닭이 병아리가 뚫는 그 부위를 쪼아 생명 탄생을 돕는 현상을 말한다. 이러한 역설적 세계인식은 세계가 역설적인 장이라는 사실에 바탕을 두고 있다.[74] 세계는 만물을 포함하며, 동시에 세계는 만물 가운데 포함되는 역설적 사실과 깊은 관련을 맺고 있는 것이다.[75] 따라서 생명의 새로운 탄생은 안이든지 밖이든지 하나의 작용으로 불가능하며, 안과 밖이라는 상황의 역동성으로 순환할 때 가능하게 된다. 이러한 인식의 논리는 모순적 질서와 합리적 질서의 창조적 통일이면서 "껍질 깨고 나가"는 후천개벽의 순환성이라는 의미를 창출한다.

위 시의 첫 연에서, "내 타죽은/나무가 내 속에 자란다"는 구절 역시 모

---

74) 임동확, 앞의 논문, 117면.
75) 고이즈미 요시유키, 이정우 역, 『들뢰즈의 생명철학』, 동녘, 2003, 48면.

순적 질서에서 창출되는 새 질서를 의미한다. 자신이 "타죽은 나무"가 되어버렸다는 인식은 지금까지 자신을 구성하던 모든 것을 부정한다는 것이요, 그렇기에 새로운 존재로 살아갈 수 있는 전기를 마련했음을 의미한다.76) 그 모순적 상황이 "탄생의 미묘한 때"라는 상보성을 통해 생명 탄생의 새 공간을 생성하게 되는 것이다. 모순적 상황은 육체에서 불로, 다시 재로, 나무로, 달로, 다시 육체로 이행하는 순환성으로 이어진다. 결국 "내 타죽은/나무가 내 속에 자라" 다시 "조각달로 뜬다" "타죽은/나무"의 모순적 질서에서 "탄생의 미묘한 때를" "알"고 "껍질 깨고 나가" "부활하"는 합리적 질서의 비유적 표현인 것이다.

결국, 위 시는 '협동적 생존의 우주적 확장'77)으로 파악되는 전망을 보여 주면서 생명 운동과 그 지향으로서 후천개벽사상을 드러내고 있다. 위 시에서 "내 타죽은/나무가 내 속에"서 자람은 후천개벽의 시간대인 '탄생의 미묘한 때'에 이르기 위한 내재적 활동으로 해석이 가능하다. 위 시의 화자는 생태계 위기의 상황에서 요구되는 인식과 실천의 노력으로 "껍질"을 깨고 "나가" 개벽에 이르는 순환으로서 '우주가 될' 것임을 예감하는 것이다.

이처럼 진화하려는 생명운동은 주관적이면서도 모순적 상황이 동시적으로 작용하는 가운데 후천개벽으로서의 순환성으로 이어진다. 이를 양립 불가능한 것들의 자연스런 동거同居 형태로 보기도 한다.78) 그러나 김지하 시에서 형상화된 생명 탄생의 신비와 조화의 섭리는 모순적 질서를 통합하는 가운데 합리적 질서로 나아가는 후천개벽의 표현인 것이다.

---

76) 신덕룡, 「눈부신, 새살처럼 돋아오는 아픔」, 『생명시학의 전제』, 161~162면 참조.
77) 김지하, 「인간의 사회적 성화–水雲思想 묵상」, 『남녘땅 뱃노래』, 두레, 1985, 144면.
78) 임동확, 앞의 논문, 113면.

2) 숨은 질서에서 드러난 질서로의 이행

한스 요나스는 새로운 생명이 생성할 때, 그 생성은 기존의 불평형이 가지고 있는 역동성에서 비롯되며, "이 역동성이 마침내 도달할 평형의 시점에 이르면 없어지게 되는 점을 주목한다."[79] 체계가 생성되었다가 다시 사라지는 곳에, 형성과 소멸의 과정으로서만 존재하는 것이지, 체계 자체는 이것이 활성화되고 있는 한 역사를 갖지 않음을 의미하는 것이다. 카오스 이론 역시 마찬가지의 의미를 갖는다.

카오스 이론은[80] 지구생태계에서 유기적 활동이 기계적, 결정적 과정을 압도한다는 관점을 강하게 지지한다. 김지하는 카오스 이론에 지대한 관심을 가졌으며, 새로운 질서를 재조직화할 때, 숨은 질서인 카오스를 통해 그것이 가능하다고 보았다. 숨은 질서야말로 삶의 체득 과정을 통해 생명이 순환하는 활성의 과정이라고 본 것이다. 데이비드 보음 역시 숨은 질서는 비어 있다기보다는 오히려 가득 찬 에너지로 보았다.[81] 숨

---

79) 생성에 관한 한 우리는 다음의 사실을 주목해야 할 것이다. 새로움을 향한 기회가 너무 많이 주어져 있기 때문에, 기회는 마치 불평형처럼 거기에 존재하고 이런 기회를 사용한다는 것, 즉 새로운 것이 생성된다는 것은 오로지 기존의 불평형이 가지고 있는 역동성에서 비롯되는 것이다. 물론 이 역동성이 마침내 도달할 평형의 시점에 이르면 '기회'는 없어진다. 말하자면 평형은 역동적인 평형이고 체계는 기능하고 운동하는 체계이지만, 운동은 동일한 상태가 반복적으로 되풀이되는 주기적인 운동이고 주기(Periode)는 그 체계에 고유한 시간이다.
한스 요나스, 한정선 역, 「조화, 평형 그리고 생성」, 앞의 책, 145면.
80) 로렌츠의 카오스 이론은 숨은 질서의 체계로서 널리 알려져 있다. 로렌츠는 기상예보에 있어서 적합한 선형 예측식을 찾을 수 있는 가능성에 의문을 제기하며, 비선형 방정식에 근거한 모델을 발전시켰다. 그는 불규칙성이 대기의 근본 속성이며, 외부 요인들이 미치는 영향들에서부터 급속하게 오류가 배가되기 때문에 기상예보의 정확도가 떨어진다고 주장한다. 변화하는 날씨, 소음, 비주기적인 심장 박동과 같은 대부분의 환경 및 생물계들이 카오스에 의해 지배된다는 이 이론은 유기론적 복잡성과 함께 유기론적 사유의 순환성을 뒷받침하는 체계로 볼 수 있다.
에드워드 로렌츠, 박배식 역, 앞의 책 참조.

은 질서는 드러난 질서에서 볼 때, 빈 공간처럼 보이지만, 끝없이 변화하며 충돌하는 가운데 발현되는 후천개벽의 근본 바탕이라는 것이다.

이와 관련하여, 인간을 포함하여 살아 있는 모든 유기체는 자신보다 상위 위계 구조에서 본다면 '부분'이고, 하위 위계 구조에서 본다면 '전체'가 됨이 환기된다. 따라서 모든 유기체는 두 가지 상반되는 경향, 즉 더 큰 전체의 부분으로 통합하려는 경향과 개체로서의 자율성을 유지하려는 경향을 갖는다. 이 두 경향은 상반되지만 서로 보완적이며 건강한 생태계는 통합성과 자율성 사이에서 역동적 평형을 유지한다. 상호 간에 숨은 질서가 되기도 하고 되어 주기도 하는 가운데 순환하는 것이다.

다음 시 「이 나라엔」에서는 숨은 질서로서 복원력에 관한 주제가 형상화된다.

이 나라엔
오지(奧地)가 없다

우리들 마음 안에
심층이 없듯이
너와 나 사이에
깊은 우정 없듯이
사랑 없듯이.

오래된 일이다.

그 옛날
한 중앙정보부장님 왈
"우리는 전국토를 도시로 만들 겁니다."

---

81) 데이비드 보음, 전일동 역, 「싸인 우주, 펴진 우주와 의식」, 앞의 책, 261쪽.

단 한 마디에
등골 소름이 끼쳤듯
그때 이미

우리들 마음엔 아예
오지가 없었다

만족하는가?

－「이 나라엔」 부분(『새벽강』)

러브록에 의하면 지구생태계는 모든 지상의 생물들에게 적합하도록
주변 환경 조건을 끊임없이 변화시키는 생물조직체와 같다.[82] 여러 기관
을 지닐 뿐 아니라, 이러한 기관들은 필요에 따라서 신축과 생성·소멸
이 가능하며, 장소에 따라 역할을 달리 한다. 주변 환경이 바람직하지 않
은 방향으로 변화될 때는 스스로 조절하여 항상성을 유지한다. 성적 결
합 없이도 자식을 낳을 수 있을 뿐만 아니라 성적 결합을 통해서도 자식
을 낳는다는 신화는[83] 가이아로서 지구생태계의 자기 조절력을 상징하
는 것이다.

이와 같이, 지구생태계의 조절력이 정당화되는 까닭은 흙과 바위, 해
양에 살고 있는 무수한 미생물뿐 아니라 식물, 동물 그리고 인간들 속에
서 살고 있는 미생물까지 지속적으로 지상의 생태환경을 조절한다고 보
기 때문이다. 우리가 살고 있는 생물권을 조절하는 물리화학적 시스템은
미생물의 성장, 신진대사, 그리고 가스교환이라는 특성을 의미하는 것이

---

82) James E. Lovelock, 홍욱희 역, 앞의 책, 248~249면.

83) Arthur W. H. Adkins, "Cosmogony and Ordet in Ancient Greece", *From Cosmogony and Ethical
Order*, edited by Rovin and Frank E. Reynolds, The University of Chicago Press, 1988,
p.41(장영란, 「그리스 신화의 우주생성론」, 『인문과학논집』 13, 강남대학교 인문과학연
구소, 2004, 335면에서 재인용).

다.[84] 따라서 인간이 과학기술이라는 명분으로 지구생태계에 인위를 가하며 획일적으로 개발할 때, 지구생태계가 본래부터 지니고 있는 후천개벽으로서의 복원력은 약화될 수밖에 없게 된다.

위 시 「이 나라엔」에서는 스스로 조절하여 항상성을 유지하는 지구생태계의 생물학적 특징이 형상화된다. 이러한 상태는 '오지'와 같이 드러나지 않는 대상, 상황들이 존재하기 때문이다. 위 시의 화자는 복잡성의 상징인 "오지奧地"가 사라지는 현상을 두고 탄식한다. 지구생태계를 상징하는 "이 나라"에서 오지가 없어지는 현상을 신축과 생성, 소멸이 가능한 기관이 없어지거나 "우리들 마음 안에/심층이 없"고 "너와 나 사이에/깊은 우정"이 없는 것과 동일한 양상으로 인식한다. 지구생태계의 특성인 복잡성은 비가시적인 "마음"이나 "우정"과 같아 생명의 질서로 후천개벽해 가는 지구생태계의 내적 질서를 의미하는 것이다.

이를 전제할 때, 지구상의 모든 "오지奧地"가 사라지고 "도시"가 대신하는 현상은 '우정', '사랑'과 같은 내적 질서로서의 숨은 질서가 사라지는 현상과 같게 된다. 따라서 화자는 현대인의 마음에 "아예/오지가 없었다/만족하는가?"라고 물으며 숨은 질서를 파괴하는 개발에 대해 의문을 제기한다. "오지"는 스스로 조절하는 지구생태계의 내적 질서로서[85] 드러난 질서로 나아가기 위한 후천개벽의 토대라는 것이다.

다음 시 「나는 지금」에서도 순환성으로서 숨은 질서의 생성에 대한 사유가 형상화된다.

    외치고 싶다
    창밖에

---

84) F. Capra, *Self-Making, The Web of Life*, p.216.
85) 데이비드 보음, 전일동 역, 「싸인 우주, 퍼진 우주와 의식」, 앞의 책, 237~289면.

까치 우짖는다

흐르고 싶다
먼곳에
강물 흐른다

우울의 밑바닥에서
파괴된 산
오염된 공기
흩어진
삶
이 한복판에서

새싹 돋는다
놀랍다

잊혀진
옛 사랑노래 한 구절
멀리서 들린다
놀랍다
나는
지금
살아 있는 것인가.

― 「나는 지금」 전문(『중심의 괴로움』)

지구생태계 내의 모든 개체적 생명체는 다른 장소에서 제각기 존재하는 듯하지만 서로 연결되어 있다. 서로 연결되어 있기에 한 부분이 훼손되거나 더럽혀지더라도 남아 있는 부분은 주기적인 변화 상태를 지속한다. 숨은 질서가 계속적으로 변화 생성하고 있기에 드러난 질서로 이행하는 후천개벽이 이루어지는 것이다.

위 시 「나는 지금」에서는 유기체로서의 지구가 스스로 자정하여 회복하는 현상을 포착할 수 있다. 위 시에서 "썩"었던 "물"이 "깨끗"하게 "돌아오"거나 "파괴된 산/오염된 공기" 속에서도 "새싹"이 "돋"아나는 현상은 아직 인간의 손길이 닿지 않아, 도구화되지 않은 자연이 있다는 함의와 함께 지구생태계에 내재된 다양성, 자기복잡성의 원리를 제시하기 위한 표현으로 볼 수 있다. 후천개벽의 생명발현이 이루어지기 위해서 숨은 질서의 도움이 필요하다는 것이다.

다시 말해, 끊임없이 자신의 엔트로피를 증가시키던 유기체는 최대 엔트로피의 상태인 죽음을 향해 나아가는 경향을 가지지만, 다시 평형으로 돌아올 수 있는 이유는 부정적 환경으로부터 끊임없이 '음의 엔트로피', 즉 숨은 질서로서의 에너지를 끌어들이기 때문이다. 유기체 속에는 비물리적이고 초자연적인 힘이 작동하고 있다는 것이다.[86] 이러한 주장이 암시하고 있는 것은 일반적으로 인식하는 빈 공간이 사실은 에너지의 거대한 배경임을 의미한다.[87]

이를 전제할 때, 숨은 질서에 해당하는 다른 개체의 범주는 넓어야 하고, 그 종류는 다양할수록 긍정적이다. 다양성이 확보될 때 온생명인 지구생태계의 자기 생성력이나 복원력은 그만큼 신속하고 정교하며 완전해질 수 있기 때문이다. 더 많은 생명체를 확충하여 생태계 내 '존재의 사슬' 속에 연계시킬 때 "파괴된 산/오염된 공기" 속에서도 다시 "새싹 돋"는 후천개벽의 생명현상이 가능한 것이다.[88]

김지하는 지구생태계 전체를 전일적으로 보는 가운데 귀신의 존재 또

---

86) 에르빈 슈뢰딩거, 전대호 역, 「질서, 무질서 그리고 엔트로피」, 앞의 책, 119~120면.
87) 데이비드 보음, 전일동 역, 「싸인 우주, 펴진 우주와 의식」, 앞의 책, 261면.
88) 김동명, 앞의 논문, 163면.

한 숨은 질서로 인식한다. 인간의 생명은 죽어서 숨은 질서로서 계속되
며, 이는 물질과 연관된다고 본다. 귀신은 물질과의 교통을 통해 전 우주
의 생명 속에서 순환한다는 것이다.

> 귀신은 산이나 들 뿐만 아니라 그 후손의 영성 속에 서식하며 그 후
> 손만이 아닌 사회적 생명의 모든 영성 속에 공공적 정신으로 영생한다
> 고 믿는다. 인간 생명은 죽어서 우주 생명의 보이지 않는 근원적인 숨
> 겨진 질서로 돌아가는 것이다. 숨겨진 질서의 전 우주적 유출, 생성으
> 로 돌아간 인간의 영성적 생명은, 또다시 드러난 질서의 생명이나 물질
> 속의 영성적 기의 활동으로 드러나거나 활동하는 것이다. 우주 생명은
> 소멸하는 것이 아니며 무궁무궁한 끝없는 생성, 유출의 길을 가는 것이
> 라고 보아야 한다.[89]

위 인용문에서 보듯, 김지하는 귀신의 존재를 믿으며, 귀신을 우주생
명으로 이해한다. 또한 그 귀신들은 숨은 질서로서 각 개체의 생명현상
에 관련된다고 본다. "귀신은 산이나 들", "그 후손의 영성 속에 존재하
며, 그 후손만이 아닌 사회적 생명의 모든 영성 속에" 내재한다. 따라서,
지구생태계 그 자체는 귀신, 즉 영성이 깃들어 살아있는 것들과 어울려
생성하고 소멸하는 생명체이다. 산 생명체는 귀신의 "영성" 즉, "기의 활
동으로" "드러나거나 활동하는 것이다."

이와 같이, 김지하는 귀신 역시 현실 속에 내재한다고 믿으며, 지구생
태계를 구성하는 생명체로 인정한다. 시체가 화장을 통해서 물질 입자와
유기질로 분산되더라도 세포들은 흙과 섞이며 새로운 생명을 생성한다
는 것이다. 또 세포 그 자체로 토지가 되고 수맥에 흘러들고 모든 증발하
는 공기 속에서 살게 된다고 본다.[90] 그것은 흩어지되 흩어짐의 최대치

---

89) 김지하, 『생명과 자치』, 205~207면.

상태를 뜻하는 것일 뿐, 그 안에는 최소치로서의 수렴된 정신이 잔존하
며, 이의 드러남을 귀신현상으로 보는 것이다. 김지하가 볼 때, 그 귀신은
산이나 들 뿐 아니라, 후손의 영성 속에도 숨은 질서로 순환한다.

다음 시 「숨은 사랑」에는 이와 같은 주제가 형상화된다.

> 살풋
> 숨은 사랑
>
> 가을 아침
> 흰 햇살에
> 댓잎 이슬
>
> 내가 널더러 가라 하고
> 떠난 뒤엔 하늘 우러러
> 눈물 한 방울
>
> 방울 속에
> 살풋
> 숨은 사랑
>
> 우주적인 것
> 작은 사랑
>
> 죽음 후에도
> 무궁무궁
>
> 앓는 아내 머리맡

---

90) 김지하, 위의 책, 205~207면.

댓잎 이슬
숨은 사랑.

―「숨은 사랑」 전문(『花開』)

위 시에서 화자는 "가을 아침/흰 햇살에" 빛나는 "댓잎 이슬"을 주시한다. 화자는 "댓잎 이슬"을 "널더러 가라"고 한 뒤, "떠난 뒤엔 하늘 우러러" 눈에 맺히는 "눈물 한 방울"로 인식한다. 5연의 "죽음 후에도/무궁무궁"은 표층적으로 읽을 때 "앓는 아내"를 간병하는 남편의 현재적 "사랑"으로 해석이 가능하다. 그러나 위 시를 후천개벽하는 지구생태계의 상징으로 해석할 때, 그 사랑은 지구생태계 내에 존재하는 숨은 질서의 순환성으로 읽을 수 있다. 이를 전제할 때, "눈물 한 방울" 속에 "살풋/숨은 사랑"은 "우주적인 것"으로써 위기에 처한 지구생태계를 "무궁"하게 지키는 숨은 질서를 의미한다. "숨은 사랑"은 후천개벽적 특징이자 순환성의 숨은 질서로 작동하고 있다는 것이다.

생명현상을 가능케 하는 모든 현상이 숨은 질서로서 순환성과 관련한다는 인식은 보이지 않는 모든 대상까지도 완전한 유기체적 존재, 즉 부분과 전체가 상호 침투되어 있다는 사실과 연관된다. 모든 생명체 또는 유기체는 전체와 부분이 서로 별개로 존재하는 것이 아니라, 모든 대상, 미물, 공기까지도 곧 전체 그 자체가 되는 유기적 전체성을 의미하는 것이다. 그러한 상상력이 가능한 것은 기본적으로 인간 밖의 삼라만상을 인간과 동등한 인격적 존재거나, 그 이상의 영적 존재로 파악하는 심성이 자리해 있기 때문이다.[91]

따라서, 위 시에서 '숨은 사랑'은 드러난 질서로 이행하기 위한 에너지로 해석이 가능하다. 숨은 질서의 전 우주적 유출의 의미이자 물질 속 기

---

91) 이은봉, 「시와 생태적 상상력」, 『21세기 문학의 유기론적 대안』, 33면.

氣의 활동을 뜻하는 것이다. 생태계 내 모든 개체는 죽은 뒤에도 "소멸"하는 것이 아니라, 숨은 질서로서 순환함으로 결국 드러난 질서를 추동하는 후천개벽의 에너지가 된다. 숨은 질서로부터의 생성은 숨은 질서의 순환성으로 작용하는 생명발현의 과정인 것이다.

김지하 시인은 생태계 위기와 관련하여 후천개벽에 주목했으며, 후천개벽은 모순적 질서와 숨은 질서를 통한 순환성을 통해 가능하다고 본다. 이를 구현하기 위해 그의 시에서는 썩거나 오염된 자연현상, 죽음 가운데 생성하는 생명현상을 주목한다. 지구생태계의 자기 조직화, 자기 조절력을 중심으로 오지나 오염된 생태계, 죽음 뒤의 생태계 회귀와 관련한 주제가 형상화되어 있는 것이다.

이성선 시에 나타난
심층생태주의의 유기론적 양상

이성선 시에 나타난
심층생태주의의 유기론적 양상

이성선 시에 관한 논의는 대체로 노장사상, 불교사상 등 동양사상과 관련하여 다양하게 전개되었다. 때로 '노장적 색채가 가미된 불교적 세계'[1]로 연구되기도 했다. 이러한 논의는 그의 시세계를 정신주의나 초월주의로 규정짓는 가운데, 설득력을 확보하고 있지만 완전히 수긍하기는 어렵다. 다음 인용문을 통해 확인할 때, 그는 오히려 현실적 문제인 생태계 위기를 정확하게 인식했으며, 그에 대한 대안 모색의 관점에서 사유하고 생활하고 창작했다고 볼 수 있기 때문이다.

> 그간 자연이란 인간과는 아주 다른 삶을 영위하는 세계, 만물의 영장 입장에서는 인간의 삶을 위하여 얼마든지 이용하고 파괴하여도 되는 그런 하등의 세계 그러면서 늘 저쪽에 있어서 우리가 괴로울 때 도피처로 삼는 세계쯤으로 여겨 왔다.[2]

---

1) 홍기삼, 「불교적 세계관과 정신주의」, 『동악어문논집』 33집, 동악어문학회, 1998, 256면.
2) 이성선, 「시, 우주, 삶이 하나로 가는 길」, 『시와시학』 15호, 1994.가을, 188면.

　　나는 개발이라는 손이 꼭 닿지 말기를 바라고 바라는 곳이 나의 고장 고성군 중에서 화진포와 이 청간정이다. 화진포는 해수욕장으로 이미 그 일부가 더럽혀졌지만 아직 호수는 잘 간직되어 있어 다행이다. 가장 훌륭한 개발은 자연 그 모습을 그대로 보존하는 것이다.[3]

　　자연은 파괴되고 삶은 급변하여 어제의 가치가 오늘 완전히 다른 것으로 변할 때, 그래서 너도 나도 세속적인 것에 의존하려 하고 분별력을 상실할 때, 거기다 많은 이론가들이 그것에 의존하려 하고 (…중략…) 모두가 승용차 없이는 살아가지 못하는 이 땅에서도 버스를 타고 지하철을 타거나 의젓이 걸어야 한다.[4]

　　위의 글에서 확인되듯, 그에게 지구생태계, 즉 자연은 "얼마든지 이용하고 파괴하여도 되는 그런 하등의 세계"가 아니다. 구체적으로 고향의 '청간정'이 개발되지 않기를 소망하는 그에게 "가장 훌륭한 개발은 자연 그 모습을 그대로 보존하는 것이다." 뿐만 아니라, 그는 지구생태계의 위기 해결에 동참하기 위해 모두들 "승용차 없이" 버스를 타고 지하철을 타거나 걸어야 한다고 강조한다.

　　이러한 발언과 '속초·고성·양양' 지역의 환경운동연합을 결성하며, 공동의장으로 활동하는 등의 경력으로 보더라도,[5] 그가 생태계 위기 문제에 누구보다 많은 관심을 기울였음을 알 수 있다. 이러한 사실을 바탕으로 추론할 때, 그의 자연지향성은 현실의 문제를 도외시 하지 않는 데 있음을 알 수 있다. 따라서 그의 시편에 나타나는 자연에 대한 관심은 이 시대의 화두인 생태주의의 관점에서 보는 것이 타당할 것이다. 다음 발언을 통해 추론해 볼 때, 생태주의와 관련하여 그 의미는 좀 더 구체성을

---

3) 이성선, 「청간정」, 『강원문학』 12집, 1985, 240~242면.
4) 이성선, 「단순한 삶은 크다」, 『시와시학』 2000년 여름호, 144~146면.
5) 여태천 외 엮음, 「연보」, 『이성선 전집2』, 서정시학, 2011, 728면.

띠게 된다.

> 그러나 자연, 즉 우주는 그것이 아니다. 나이면서 내가 모르는 나, 내가 뿌리를 내리고 있으면서도 찾지 못하고 있는 본래의 나, 나의 존재이거나 나와 분리된 어떤 것이 아니라 내 어머니로 존재하는 것, 근원적인 고향 그것이다.[6]

> 풀이나 나무가 유기물이듯이 제 몸도 유기물이며 이 유기물이 타거나 썩으면 1.5%만 땅에 남을 뿐 98.5%는 보이지 않는 것으로 사라져 하늘로 돌아간다는 그것입니다. 물론 동물과 식물이 조금은 다르겠지만 큰 차이는 없을 것입니다.[7]

위 인용문에서 보여주는 "나이면서 내가 모르는 나, 내가 뿌리를 내리고 있으면서도 찾지 못하고 있는 본래의 나, 나의 존재이거나 나와 분리된 어떤 것이 아니라 내 어머니로 존재하는 것, 근원적인 고향"을 찾는 그의 사유를 근거로 초점을 좁히면 심층생태주의로 갈래지을 수 있다. 특히, "풀이나 나무가 유기물이듯이 제 몸도 유기물"이라는 그의 발언에서 인간과 자연을 이질적으로 인식하지 않음을 알 수 있다. 그가 형상화한 유기론적 양상은 현실의 문제를 벗어나지 않은 지점에 있을 뿐 아니라, 미래지향의 측면에서 유기론적 비전을 공유하는 것이다.

이러한 논의를 토대로 할 때 이성선 시에 나타나는 유기론적 양상은 생물 중심의 호혜적 관계성, 화엄경적 복잡성, 시공적 초월로서의 순환성으로 나누어 살필 수 있다. 먼저 생물 중심의 호혜적 관계성을 살펴보기로 한다.

---

6) 이성선, 「시, 우주, 삶이 하나로 가는 길」, 앞의 책, 188면.
7) 이성선, 「동양적 자연관 속에」, 『시와시학』 1994년 여름호, 56~58면.

1. 생물 중심의 호혜적 관계성

이성선이 가진 생물들끼리의 호혜적 관계성에 대한 관심은 "자연이라는 이름 속에 살고 있는 동·식물은 모두 하나로 꿰어진 구슬과 같은 존재"[8]라고 했던 그의 발언에서 포착할 수 있다. 그의 유기론적 비전의 첫 번째 관심은 관계성이며, 그의 시적 지향 역시 관계성에서 두드러진다. 이러한 특징은 화엄사상에 대한 그의 관심에서도 엿볼 수 있다. 화엄사상으로 볼 때, 인간 또한 자연이기 때문에, 인간의 역할은 자연의 상태를 향상하거나 개선시키는 데 있는 것이 아니라, 자연에 순응하는 데 있다. 스스로 그렇게 했을 때, 인간은 자연에 의해 파괴되지 않고 자신 또한 자연을 훼손하지 않게 된다는 심층생태주의의 사유는 화엄사상에 토대를 두고 있는 것이다.

그러나 근대의 경험 이후, 이러한 인식은 전복된다. 발전을 표방하는 과학기술과 문명의 발달은 자연에 대한 인간의 인식 전환을 요구한다. 인간의 풍요로운 생활을 위해 자연은 자원으로 인식되고, 자원 확보를 위해 인간은 자연에 인위를 가하게 되는 것이다. 이러한 사고방식의 전환을 추동하는 심층생태주의자들은 인간중심주의적 사고방식으로부터 벗어나야 한다고 주장한다. 아래 언급되는 『사분율』은 그런 관점에서 심층생태주의의 유기론과 상응한다. 불교사상의 유기론적 특성은 심층생태주의의 전반적인 사유를 지배하는 것이다.

> 생물이 있는 물임을 알면서도 진흙에 붓거나, 풀에 붓거나, 남에게 붓게 하면 계를 범하게 된다.[9]

---

8) 이성선, 「시·우주·삶이 하나로 가는 길」, 『시와시학』, 1994.가을, 56~58면.
9) 『四分律』 권2) 「九十單提法」 之2(『大正藏』 제22책, 646. 하), "若比丘知水有虫, 若(自)澆

발우를 씻은 물을 집안에 함부로 버려서는 아니된다. (…중략…) 풀
이나 나물 위에 침을 뱉거나 대·소변을 보아서는 아니된다.[10] (…중
략…) 물 속에 대소변을 보거나 침을 뱉아서는 아니된다.[11] 뼈·상아·
소뿔 같은 것으로 바늘통을 만들게 하지 말며,[12] 병이 없으면서도 굽
기 위해 밖에서 불을 피우거나 남에게 불을 피우게 하면 계를 범하게
된다.[13]

위에 제시된 첫 인용문에는 고의적으로 생물이 살고 있는 물을 물이
없는 곳에 부어서는 안 된다는 점이 강조되어 있다. 불교사상의 관점에
서 볼 때, 물은 단지 물이 아니라 여러 생명체들이 생명발현을 하고 있는
생명체이다. 따라서 "발우를 씻은 물"을 버리지 말아야 한다든지 "대소
변을 보거나 침을 뱉아서" 안 되는 이유는 물에 존재하는 생명체를 죽이
지 않기 위해서라는 의도가 내포되었음을 짐작할 수 있다. 이러한 생명
현상의 원리는 심층생태주의의 수용 과정에서 관계성과 평등이라는 개
념을 동반하게 된다. 어디에나 생명이 존재한다는 것이다.

특히 이성선 시에서는 생물 중심의 사유가 두드러진다. 그의 시에서
인간은 거의 등장하지 않는다. 유난히 식물에 집중되어 있으며 종종 동
물이 형상화된다. 동·식물은 인간보다 전경화된 가운데 호혜적 양상을
보인다. 그의 시에 나타나는 생물 중심의 호혜적 사유는 식물과의 상호
의존 관계를 통한 평화와 동물과의 연대 관계를 통한 조화로 형상화되어
있다. 먼저 식물에 대한 사유를 보기로 한다.

泥, 若草, 若教人澆者波逸提."
10) 『四分律』 권2) 「百衆學法」 之2(『大正藏』 제22책, 709. 중), "不得生草葉土大小便掕睡."
11) 『四分律』 권2) 「百衆學法」 之3(『大正藏』 제22책, 709. 하), "不得水中大小便掕睡."
12) 『四分律』 권19) 「九十單提法」 之9(『大正藏』 제22책, 693. 하), "使波工師作骨牙角針筒, 發
　　家事業, 財物竭盡."
13) 『四分律』 권16) 「九十單提法」 之6(『大正藏』 제22책, 675. 하), "無病爲自火故露地然火敎
　　人然者波逸提."

1) 식물과의 상호 의존 관계를 통한 평화

일반적으로 식물의 유기론적 특성은 관계를 통한 평화의 시발점이 된다. 지구 위에 존재하는 생물들의 생명발현이나 먹이사슬을 거슬러 올라가면 최초의 실마리는 녹색식물이다. 식물이야말로 모든 개체와 상호 의존 관계를 통한 평화로 이끄는 호혜적 매개체인 것이다. 이성선 또한 유기론적 관계성의 형상화 대상으로 식물을 집중적으로 다룬다. 다음 인용문에서 식물에 대한 그의 남다른 인식을 엿볼 수 있다.

> 식물도 인간과 조금도 다름이 없는 생명체라는 것입니다. 그리고 이런 생각의 문을 열고 바라보면 존재 모두는 광대한 우주로 열려 있으며 식물은 말할 것도 없고 우리가 죽었다고 믿는 무생물까지도 모두 살아서 존귀한 우주 일원으로 연결된 생명임을 알게 됩니다. (…중략…) 보리가 제 앞에 우주 전체로 돌아와 바람에 흔들리고 있다면 그것을 보고 황홀감에 젖은 저 또한 우주입니다. 우주가 우주를 보고 있는 것입니다.[14]

이성선은 "식물도 인간과 조금도 다름이 없는 생명체"라고 인식한다. 이러한 사유는 농촌진흥청에서 근무했던 시절에 진행했던 콩에 대한 그의 실험을 통해서도 포착할 수 있다. 그는 실제로 식물에 대한 정서적 반응을 실험하기도 하고 그러한 실험을 한 학자들의 경험에 관심을 가지며, 산문을 쓰기도 했다. 그는 자신이 받아 들였던 정보와 체험을 통해, 식물도 흥분하고 기뻐하며 슬퍼하는 생명체로 인식했던 것이다. 그는 스스로 식물과의 대화가 가능하다고 확신하며,[15] 이러한 사유가 작품 창작

---

14) 이성선, 「생명·우주율·시」, 『시인과 환경』, 토지문화재단, 2000.4, 5~13면.
15) 이성선, 「내 문학의 오늘과 내일」, 『시와 시학』, 1996.봄, 134~140면.

에서도 마찬가지 양상으로 나타난다.

다음 시 「아름다운 사람」에서는 식물 가운데서도 나무를 대상으로 한 호혜적 관계성의 사유를 살필 수 있다.

바라보면 지상에서 나무처럼
아름다운 사람은 없다.

늘 하늘빛에 젖어서 허공에 팔을 들고
촛불인 듯 지상을 밝혀준다.
땅 속 깊이 발을 묻고 하늘 구석을 쓸고 있다.
머리엔 바람을 이고 별을 이고
악기가 되어온다.

내가 저 나무를 바라보듯
나무도 나를 바라보고 아름다워할까
나이 먹을수록 가슴에
깊은 영혼의 강물이 빛나
머리 숙여질까

나무처럼 아름다운 사람으로 살고 싶다.
나무처럼 외로운 사람으로 살고 싶다.

혼자 있어도 놀이 찾아와 빛내주고
새들이 품속을 드나들며 집을 짓고
영원의 길을 놓는다.
바람이 와서 별이 와서 함께 밤을 지샌다.
　　　　　　　　　　－「아름다운 사람」 전문(『별이 비치는 지붕』)

위 시의 표제에서 시인은 '나무'를 '사람'이라 지칭한다. 이는 다른 생물들과 인간이 유기적으로 관련되어 있다는 인식이 바탕에 깔림으로써 가능한 표현이다. 서로 유기적으로 관련되어야만 각자의 생명발현이 가능하기에 상호 의존할 수밖에 없으며, 나무 없이 사람의 생명발현이 불가능하다고 본다면 나무 또한 사람과 다를 바 없다는 것이다.

나아가 화자는 나무를 '지상에서 가장 아름다운' 존재라고 인식한다. "늘 하늘빛에 젖어서" "지상을 밝혀" 주는 평화적 존재로 인식되기 때문이다. 생태계에 존재하는 생명체의 각각은 모두 "하나로 꿰어진 구슬과 같은 존재"라는 유기론적 사유를 환기해 볼 때, 다른 존재의 생명발현에 관여하는 가운데, 자신의 존재 이유를 확보하는 나무, 즉 식물계야말로 존재 자체가 바로 평화적 관계에 기여하는 심층생태주의의 실천이라고 볼 수 있는 것이다.

나무와 관련된 신화와 전설은 종종 땅, 하늘, 지하를 연결하는 우주의 중심에 나무가 있다는 사실을 강조한다.[16] 위 시 2연에서 이러한 사유를 찾을 수 있다. 화자는 지상의 낮이 밝고, 하늘이 맑고 바람이 불어오고 별이 빛나는 이유도 아름다운 사람인 나무가 "땅 속 깊이 발을 묻고 하늘"을 쓸기 때문이라고 인식한다. 날이 밝아오고 해가 지고 밤이 오는 자연의 운행, 즉 생태계의 살림은 나무로 표상되는 식물계의 평화적 생명활동과 관련되기에 비로소 가능하다는 것이다.

위 시의 3연에서 "내가 저 나무를 바라보듯/나무도 나를 바라보고 아름다워 할까"는 식물계가 이끄는 인간과의 평화적 관계에 대한 구체적 현상을 환기한다. 녹색 식물은 광합성에 의하여 이산화탄소를 흡수하고 산소를 발산하며, 동물과 사람은 산소를 흡수하고 이산화탄소를 내뱉는다는 사실의 비유에서도 알 수 있다. 사람과 동물과 식물이 유기체로서

---

16) 엘리아데, 이은봉 역, 「풍요와 재생」, 앞의 책, 396~397면.

동시에 호흡할 때 각 개체의 생명활동뿐 아니라 전체 생태계의 생명현상
이 가능하다는 것이다. 5연에서도 화자는 "놀이 찾아와 빛내주고/새들이
품속을 드나들며 집을 짓고/영원의 길을 놓"자 "바람이 와서 별이 와서
함께 밤을 지"새듯 우주현상 전체가 평화적으로 관계되어야 유기적인 생
명발현이 가능하다는 사실을 깊이 통찰한다.

　이러한 양상은 다음 시「전율」에서 자기 희생이 가능한 고도의 인식
적 존재로 묘사된다.

하늘을 만지는 나무의 손가락에서
피아노 소리가 울린다
달 지나가는 발자국이 하늘에는 없지만
물 속을 사람 하나 춤추며 간다.
내면의 이는 두레박을 내리고
우물 곁에 전율로 섰다.
그림자 위에 영혼을 깨쳐 춤추는 사람
구름 사이로 두 팔 벌리고 사는 이 신비를
아는 이 누구인가.
물 긷는 나무 하나 달을 길으며
저녁마다 밤의 빈 손에
꽃을 던진다.

―「전율」 전문(『나의 나무가 너의 나무에게』)

　심층생태주의의 관점에서 볼 때, 나무줄기는 사유기능이고 내부의 공
동空洞은 감각으로의 통로이며, 가지는 우주의 기본 요소이다. 또한, 잎은
감각의 대상이고 꽃은 선과 악이고 열매는 쾌락과 고통이다.[17] 이는 나
무의 인식적 요소를 함의한 표현이며, 나무의 평화적 관계성은 인식이 가

---

17) 엘리아데, 이은봉 역, 「풍요와 재생」, 『종교형태론』, 365면.

능한 나무의 희생을 통해 발현된다는 의미로 해석이 가능하다. 위 시에서 화자는 땅에 뿌리를 내린 나무가 하늘을 향해 호흡한다는 사실을 희생으로 인식하며, 평화적 관계성의 사유를 펼쳐간다.

화자는 하늘과 땅을 하나로 연결하는 나무의 유기적인 이미지에 주목한다. 첫 행에서 나무가 "하늘을 만지"니 나무의 "손가락에서/피아노 소리가 울린다"고 인식한다. 바람이 불 때, 마찰로 인해 일어나는 나무의 흔들림, 물을 흡수하여 대기와 상호 교호하는 나무의 호흡을 타자를 배려하는 희생의 특징으로 비유한 것이다. 화자에게 나무는 하늘과 땅, 정신과 육체를 비롯한 지구생태계 내 모든 존재와 상호 의존하는 가운데 스스로를 희생하며, 생명발현을 진행하는 존재이다.

이러한 사유는 위 시 7행에서 "그림자 위에 영혼을 깨쳐 춤추는 사람"으로 표현된다. 뿐만 아니라, "저녁마다 밤의 빈 손에/꽃을 던"지는 나무는 자신의 희생을 바탕으로 지구생태계 내 다양한 개체들과 평화적 관계를 맺는 존재이자 그들을 하늘로 연결시키는 매개적 존재이다. 이와 같이, 위 시에서 나무는 비가시적인 영성의 측면에서도 인간을 비롯한 다른 존재들을 연결시키는 존재로 묘사되어 있다. 심층생태주의에서 간과할 수 없는 사실은 식물의 희생을 통해 모든 존재의 자아실현이 가능하다는 것이다.

다음 시 「산국화」에서는 식물과의 상호 의존 관계를 통한 평화가 미적 체험의 양상을 띠고 드러난다.

하얀 산국화 몇 송이 피어
산을 다 받쳐들고 웃고
서 있기에
산에 오르던 길을 멈추고
그의 앞에 주저앉아

하루를 가만히 얼굴만 들여다보며
귀를 모으고 보내고 있네.
산 밖에선 전혀 볼 수 없는
무심한 고요한 얼굴
그의 향기
산의 뿌리까지 스미어 들어
이제 내게 줄 분량은
별로 남지 않았지만
나는 그것의
미량으로도 종일 취해
해 떨어져도 일어날 줄 몰라라.

─「산국화」전문(『새벽 꽃향기』)

시에서 자아와 세계의 만남은 동일성으로서의 만남이며, 이를 듀이 John Dewey는 미적 체험이라고 정의한다. 유기체와 환경의 각각이 소멸되어 통전되는 체험이 이루어질 때, 이 양자가 융합하는 상황을 말한다.[18] 즉, 자아와 세계가 각기 특수한 성격을 상실하고 하나의 새로운 차원에서 승화되었을 때 미적 체험으로 나아간다는 것이다.[19] 이러한 상황은 인간과 자연의 조화적 관계가 전제되어야 한다는 점에서 심층생태주의의 유기론적 현상으로 볼 수 있다.

위 시에서 주체는 시적 화자이고 대상은 "산국화 몇 송이"이다. 화자는 "산에 오르던 길을 멈추고" "산을 다 받쳐들고 웃고/서 있"는 "산국화 몇 송이"의 "얼굴만 들여다보며/귀를 모"은다. 뿐만 아니라, "산의 뿌리까지 스미어 들어" 있는 "무심하고" "고요한 얼굴/그의 향기"에 "종일 취해/해

---

18) John Dewey, *Art as Experience*(G. P. Putham's Sons, 1958), p.249(김준오, 「시의 정의」, 『詩論』, 삼지원, 1982, 35면에서 재인용).

19) 김준오, 「서정시의 장르적 특징」, 위의 책, 35면.

떨어져도 일어날 줄” 모른다. 화자는 산국화에서 퍼져 나오는 평화적 아우라에 통전되는 체험을 하는 것이다.

화자는 “산국화”를 그저 지나치지 않고 호혜적으로 응답하며, “산국화”를 바라본다. “그의 향기/산의 뿌리까지 스미어들어” “내게 줄” 것이라는 기대가 가능한 것은 “산국화”와 “산”과 “화자”의 상호 의존적이고 평화적인 관계성으로서의 교감을 의미한다. 식물은 심미적 아름다움으로 인간과 통전함으로써 호혜적 관계의 소통이 가능한 것이다. 현대 생태계 위기에 당면한 보다 근본적인 원인은 인간이 자연을 대할 때, 자연의 본질적 가치인 미적 측면을 간과하고 도구나 자원으로 보는 데 기인한다. 그러한 점을 감안할 때, 위 시는 식물의 본성인 미적 영향으로서 호혜적 관계성을 되살리는 역할을 하는 것이다.

식물과의 호혜적 관계성에 대한 형상화는 다음 시「풀꽃」에서 좀 더 깊은 호혜적 관계, 조화로운 결합의 양상으로 나아간다.

맑은 마음을 풀꽃에 기대면
향기가 트여 올 것 같아
외로운 생각을 그대에게 기대면
이슬이 엉킬 것 같아
마주 앉아 그냥 바라만 본다.
눈 맑은 사람아
마음 맑은 사람아
여기 풀꽃밭에 앉아
한나절이라도 아무 말 말고
풀꽃을 들여다보자.
우리 사랑스런 땅의 숨소리 듣고
애인같이 작고 부드러운
저 풀꽃의 얼굴 표정

고운 눈시울을 들여다보자.
우리 가슴을 저 영혼의 눈썹에
밟히어 보자.
기뻐서 너무 기뻐
눈물이 날 것이네.
풀꽃아
너의 곁에 오래 맨발로 살련다.
너의 맑은 얼굴에 볼 비비며
바람에 흔들리며
이 들을 지키련다.

ㅡ「풀꽃」전문(『새벽 꽃향기』)

위 시「풀꽃」의 화자는 "풀꽃"을 만나 호혜적 관계로서, "풀꽃"과의 만남에 집중한다. 화자는 풀꽃을 대상으로 사람과 조금도 다름없는 존재감을 느끼며 감정을 토로한다. 영혼의 능력을 지녀야 생물의 조건을 지닌다고 할 때, 식물의 영양섭취능력은 영혼의 능력을 전제하며, 그러한 능력을 가짐으로써 생물로 분류된다.[20] 위 시에서 화자는 그러한 단계를 넘어 "풀꽃"을 욕구능력이나 사고능력을 가진 사람이나 다를 바 없다고 본다. "풀꽃"을 "마음 맑은 사람"으로 인식하는가 하면, "풀꽃밭에 앉아/한나절이라도 아무 말 말고" "애인같이 작고 부드러운" "풀꽃의 얼굴 표정/고운 눈시울을/들여다보"고자 한다. 이성선은 그가 말한 인간의 극적이자 만물과의 대화가 가능한 초월의 땅, 미분화의 원만성 안에 들고자 하는 것이다.[21]

드디어 "풀꽃"과 화자인 인간 사이에 형성된 호혜적 아우라는 평화의

---

20) 아리스토텔레스, 유원기 역, 「영혼의 능력들」, 『영혼에 관하여』, 궁리출판, 2001, 138~
139면 참조.
21) 이성선, 「내 문학의 오늘과 내일」, 앞의 책, 134~140면.

장을 형성한다. 신화에서 인간은 대지를 비롯한 자연에 닿았을 때, 여러 가지 이로움이 생긴다고 본다. 그리스 신화에서 레토는 목초지에 무릎을 꿇고 한 손으로 종려나무를 만지자마자 아폴론과 아르테미스를 낳았고, 불교설화에서 마하마야 왕비는 사라沙羅 나무 아래서 그 가지를 잡고 붇 타를 낳았다.[22] 이러한 신화가 인류 전체의 본질적인 문제들을 상징적으 로 이야기한다고 본다면, 위 시에서 "우리 사랑스런 땅의 숨소리", "우리 가금"은 대지와 식물, 가축과 야생동물과 인간 모두의 상호 의존 관계를 통한 평화를 의미한다. 위 시에서 "풀꽃"은 아름다움의 대상일 뿐 아니라 생태계 내 모든 존재들을 소통시키는 영적 힘을 행사하는 것이다.[23]

"기뻐서 너무 기뻐/눈물이 날 것" 같은 화자는 풀꽃에게 "풀꽃아/너의 곁에 오래 맨발로 살련다/너의 맑은 얼굴에 볼 비비며/바람에 흔들리며/ 이 들을 지키련다."고 다짐한다. 위 시의 화자는 식물과 인간 간에 형성 된 호혜적 감정의 가치를 인식하는 심층생태주의자를 표상하며, 위 시의 풍경은 화자인 인간과 "풀꽃"으로 표상된 자연이 호혜적으로 결합하는 장면을 의미하는 것이다.

이와 같이 이성선 시에 형상화된 식물 이미지 분석을 통해 호혜적 관 계성을 이끄는 특성을 발견할 수 있다. 식물로 인해 어떠한 존재도 배제 하지 않는 호혜적 관계성 안에서 생명발현의 장이 펼쳐지는 것이다.

2) 동물과의 연대 관계를 통한 조화

이성선 시에서 형상화된 유기론적 관계성의 이미지에 대한 성찰은 동 물과의 연대 관계를 통한 조화에서도 잘 나타난다. 일반적인 관점으로

---

22) 엘리아데, 이은봉 역, 「재생의 상징과 의례」, 『종교형태론』, 407면
23) 데이비드 페퍼, 이명우 역, 『현대환경론』, 1989, 129~130면.

볼 때, 동물과 인간 사이는 생물학적 관점이나 인식적 관점에서 질적인 차이와 건널 수 없는 경계가 존재한다. 동물은 도덕성으로서 세계를 인식한다고 볼 수 없으며, 문화 또한 갖지 않는다고 파악되기 때문이다. 이러한 점을 전제할 때, 인간과 동물은 서로에 대하여 도덕적 주장을 할 수 없는 사이로 간주된다.

그러나 심층생태주의의 발생에 영향을 끼친 불교에서는 무경계적 동물 배려의 윤리를 강조한다. 불교는 연기 · 공 · 무아와 업에 따른 윤회 개념에 의해서 존재론적 · 도덕적 무경계를 주장한다. 따라서 불교는 인간뿐만 아니라 동물의 고통에 대한 인식을 인정한다.[24] 이러한 인식에 근거하여 무경계적 심해탈과 무경계적 불살생 · 자비의 윤리를 주장하는 것이다. 그 외에 동물해방론자들이 동일한 주장을 하며, 주창자 싱어 Singer는 동물의 고통감수력에 근거하여 인간과 동물간 경계를 해체하고, 동등한 고려를 제안한다.[25] 이러한 입장이 모여, 동물과 관련해서도 심층생태주의의 기본 바탕인 생태중심적 사유가 형성된 것이다.[26]

한편, 심층생태주의의 발생에 영향을 끼친 북미 인디언이 짐승을 존중하는 관습은 널리 알려져 있다. 그 예로 그들은 짐승을 잡아먹을 때, 모든 부분을 취하고 버리지 않는다. 이렇게 하는 이유는 하나의 생명체가 다른 생명체에게 먹혀도 다른 형태로 다시 환원된다고 보기 때문이다.

인디언들은 사냥한 짐승의 머리를 동쪽으로 향하게 하고 제의를 지내기도 한다. 필요에 의해 죽이긴 하지만 죽은 동물의 주검에 예의를 표하는 것이다. 동물에 대한 존중은 동물을 대상으로 이름을 붙인 데서도 잘

---

24) 안옥선, 「인간과 동물간 무경계적 인식과 실천」, 『범한철학』 31집, 범한철학회, 2003, 234면.

25) Singer, Peter, *"Equal Consideration for Animals," Animal Rights and Human Rights, Regan,* Tom & Singer, Peter ed, New Jersey: Prentice-Hall, 1989(서향숙, 『심층생태주의 철학에 기초한 환경교육에 대한 연구』, 중앙대학교 박사학위논문, 2012, 24면에서 재인용).

26) 와위크 폭스, 정인석 역, 「생태철학을 위한 일반적 어프로치」, 앞의 책, 226면.

드러난다. 그들은 새를 두고 나는 인간, 물고기는 헤엄치는 인간, 벌레를 두고 기는 인간으로 불렀다.[27] 심층생태주의자이자 심층생태주의의 대표적 시인인 게리 스나이더G. Snyder는 인디언들의 사유에 공감하여, 그의 시「어머니 대지: 그녀의 고래들(Mother Earth: Her Whales)」에서 '새'를 두고 '나는 인간', '물고기'는 '헤엄치는 인간'으로[28] 형상화한다. 인간과 동물을 대등한 가치를 지닌 존재로 인식한 것이다.

그러나 근대 산업사회의 등장 이후 이러한 가치관이 무너졌음은 주지하는 바이다. 동·식물과의 동일성을 상실함으로써 인간 또한 불행해진다는 점을 보여주는 다음 글은 시사하는 바가 크다.

> 인간은 그 자신이 우주에서 고립되었다고 느끼고 있다. 왜냐하면 그는 더 이상 자연에 관여하고 있지 않으며, 자연현상들과의 그의 정동적 "무의식적 동일성"을 상실해 버렸기 때문이다. 이들은 서서히 그것에 내포된 상징적 의미를 상실해 왔다.[29]

위 인용문에서 C. G. 융은 "인간이 우주에서 고립되었다고 느끼"는 이유를 "더 이상 자연과 관련되고 있지 않"는 까닭에 인간과 자연의 "동일성을 상실해 버렸기 때문"이라고 발언한다. 인간이 자연과의 관계 속에서 세계의 아우라를 공유하지 못했기 때문에 발생한 소외현상이라는 것이다. 인위적인 일상의 반복은 "대상에 대한 직접적 체험 양식을 위축"시키고, 문명의 이기를 통해 인간이 느끼는 공감 또한 자연과의 관계에서 형성되는 전일적 일체감과 다른 것이다. 이성선은 동물과의 일체감에 관심을 두고, 이를 형상화한 드문 시인이다.

---

27) 양옥석, 「게리스나이더의 자연시」, 고려대학교 박사학위논문, 2003, 19면.
28) Snyder, G, *Trutle Island*(New York: New Directions Book, 1974), pp.47~48(신정경, 「게리스나이더 시의 이상적 공동체」, 부산대학교 석사학위논문, 1999, 45면에서 재인용).
29) C. G. Jung 편, 이부영 외 역, 『인간과 무의식의 상징』, 집문당, 1990, 95면.

다음 시「티벳의 어느 스님을 생각하며」에서는 동물이 지구생태계 내에서 존재하는 생존의 방식에 대한 사유를 발견할 수 있다.

> 새는 세상을 날며
> 그 날개가 세상에 닿지 않는다
>
> 나비는 푸른 바다에서 일어나는 해처럼 맑은
> 얼굴로
> 아침 정원을 산책하며
> 작은 날개로 시간을 접었다 폈다 한다
>
> (…중략…)
>
> 우리가 진정으로 산다는 것은
> 새처럼 가난하고
> 나비처럼 신성할 것
>
> —「티벳의 어느 스님을 생각하며」 부분
> (『내 몸에 우주가 손을 얹었다』)

네스가 간디Gandhi의 영향을 받아 '자기실현(Self-realization)'의 개념을 정립시켰음은 주지하는 바이다. 간디는 '현세'에 기반을 두고, 이 세상의 현실성을 수용함과 동시에 이 세상에서 봉사를 통해, 자기실현의 개념을 실천하고자 했으며, 무소유의 철학을 생활에서 실천했다.[30] 이러한 맥락에서 볼 때, 위 시「티벳의 어느 스님을 생각하며」에서의 화자는 새와 나비의 생존법에서 필요한 만큼만 취하는 삶의 방식을 환기한다. 지구생태계를 형성하는 유기론적 관계성을 훼손하지 않고 삶을 영위하는 새와 나

---

30) 와위크 폭스, 정인석 역,「아네 네스와 디프 이콜로지의 의미」, 앞의 책, 140~157면 참조.

비를 통해, 인간의 소유지향적 삶을 비판하는 것이다. 이 대목에서 북미 인디언들의 자연에 대한 사유방식을 다시 환기해볼 필요가 있다.

북미 인디언들은 네 발로 땅을 기는 짐승을 가장 저급하게 인식하고, 그 다음으로 두 발로 걷는 인간을 보통으로 인식하며, 날개로 하늘을 나는 새를 가장 고급하고 신성한 존재로 생각했다. 이를 지상에 닿는 면과 관련하여 의미를 부여해본다면, 새가 살아가는 방식이 지구생태계를 덜 훼손한다는 상징적 의미를 추출해낼 수 있다.

위 시에서 화자는 "새"가 "날개"를 "세상에 닿지 않"게 난다는 사실과 나비가 "푸른 바다에서 일어나는 해처럼 맑은/얼굴로/아침 정원을 산책하며" "작은 날개"로 "시간을 접었다 폈다" 하는 가운데 생을 영위한다는 사실에 주목한다. 위 시에서 동물을 표상하는 새와 나비의 생은 지구생태계 내 다른 존재들의 영역을 침해하지 않고도 영위가 가능하다는 점이 강조되어 있는 것이다.

화자는 "새처럼 가난"하고 "사랑으로 침묵"하며 "서로를 들을 것"을 제안한다. 화자는 이러한 발화 속에 인간이 만물의 척도라는 관념을 벗어나는 동물 되기의 상상력을 독자에게 권하는 것이다. 위 시에서 '나비와 새'의 동물적 특징은 같은 공간 안에서 다른 존재들의 영역을 최대한 침범하지 않는 방식으로 생을 영위하는 존재라는 점에 초점이 맞추어져 있다. 결국 "티벳의 어느 스님"이 추구하는 삶의 방식은 날짐승과 같이 되기의 존재방식과 같은 것이다. 이러한 삶의 방식을 실천할 때, 지구생태계의 유기론적 상태가 온전하게 지속되고 생성될 것이라고 보기 때문이다.

다음 시「얼굴」에서는 이러한 인식이 좀 더 현실적 양상으로 펼쳐진다.

흙길 위에 난 우차 바퀴 자국

길게 마을로 향한
두 줄기 길

그 사이 더욱 깊이 파인
발자국 소 발자국

그 속에 나의 얼굴이
소의 얼굴과 나란히
떠오르는 날이 있다.

비 온 다음날이다.
가장 맑은 날이다.

시멘트 포장하다 남은 길
땅바닥에 가끔 비치는

나의 얼굴과 소.

−「얼굴」 전문(『벌레 시인』)

위 시 「얼굴」에서는 동물 가운데 가축인 소를 대상으로 인간과 동물의 연대를 통한 조화적 관계성이 형상화된다. 주지하다시피, 소는 농사를 환기하며, 농사는 씨앗, 인간의 노동, 햇살, 공기, 토양 등을 포함함으로써 유기론적 관계성이라는 의미를 창출한다. 농사는 유기론적 현상인 관계성, 복잡성, 순환성을 필수 전제로 하는 삶의 대표적 양식인 것이다.

위 시에서 "길게 마을로 향한/두 줄기 길//그 사이 더욱 깊이 파인/발자국 소 발자국"은 소와 더불어 살아가는 농부의 삶을 통해 지구생태계 내 인간과 동물과의 연대 관계를 상징한다. 농부 홀로 농사가 불가능하며, 농사가 식량의 근원을 환기한다고 본다면 화자와 소가 묘사된 위 시는 동물과 인간의 연대를 의미하며, 유기론적 관계성으로 확대 해석이 가능한 것이다.

6연에서 묘사된 "시멘트 포장"이 과학기술의 영향으로 위기에 직면한 생태계를 표상한다면 "시멘트 포장하다/남은 길"은 도구적 이성이 미치지 않은 자연, 원시와 야성의 흔적이 남아 있는 생태계라는 의미가 추출된다. 이어서 "나의 얼굴이/소의 얼굴과 나란히/떠오르는 날"이 "가장 맑은 날"이라는 표현에는 인간이 과학기술과 문명으로 표상되는 근대적 삶의 방식을 지양하고 "소"로 상징된 동물과 아우라를 공유할 때, 유기론적 관계성이 조화된 세계로 되돌아갈 수 있다는 의미가 담겨 있음을 알 수 있다. 다시 말해, 위 시는 농부와 소의 연대를 통해 인간과 동물의 유기론적 관계성이 실현된 삶의 양태가 "가장 맑은 날", 즉 조화로운 세계임을 보여준다.

다음 시 「소와 나의 신화」에서는 근대적 경험 이후의 인간이 다시 유기론적 관계성의 질서로 귀환하는 양상을 엿볼 수 있다.

> 소와 한 지붕 아래 살았습니다.
> 부엌을 가운데 두고
> 서로 마주 바라보는 북방식 가옥.
>
> 소는 매일 나를 들여다보았습니다.
> 나무 아래 먼 산 보고 서 있는
> 그의 발 아래 나는 땅을 뒤져
> 쇠똥구리를 잡았습니다.

개천에서 미역 감을 때면
그는 저만치서 참선하듯
물에 그림자 던지고 있었습니다.
구유 너머 얼굴을 내밀고
부엌 가마의 여물 끓이는 향기에
눈을 껌벅일 때면 어머니는
아궁이에 불을 넣으며 그릇을 씻었습니다.

밖에 저녁 눈이 푸실푸실 내리고
뜨거운 여물이 구유에 부어져
김이 오르면 그와 나는
그 속에 함께 얼굴을 묻고
꿈꾸듯 먹이를 찾았습니다.

그는 나를 태우고 산으로 갔습니다.
들로 가 일을 했습니다.
가끔은 저녁산에서 그를 잃고
오래도록 찾아 헤매기도 했습니다.

그에게는 길이 없습니다.
길이 산이고 산이 길입니다.
그의 발에 밟힌 것은 향기가 났습니다.
길도 산도 별이 되었습니다.

그러나 어느 날
나는 그를 두고 산골 마을에서 나왔습니다.
그를 떠나고
그를 잃었습니다.

이 지천명에 와서
그를 다시 찾고 있습니다.
어디서 나를 보고 있을 그를 찾고 있습니다.

가끔 산에서 소 울음소리가 들립니다.
들의 구름 그림자에 그의 모습을 봅니다.
황혼녘 하늘 위에
뿔을 세우고 걸어오는 그를 봅니다.
―「소와 나의 신화」 전문(『절정의 노래』)

소는 인간의 농경 생활에 중심적인 역할을 함으로써 풍요와 번영의 상징인 반면, 생명력의 구속을 받는 동물이기도 하다. 이와 같은 점으로 인해 불교에서 소는 불성의 진면목을 의미하는 동물로 널리 알려져 있다. 불교에서 추구하는 불성은 타자와의 관계에 초점을 두는 가운데 관계된 대상에 대한 절제와 배려를 중시한다. 소와 인간의 관계를 놓고 볼 때, 인간을 위한 배려가 중심이 된 가축의 생존방식이 심층생태주의에서 지향하는 유기론적 관계성과 같은 지점에 놓이는 것이다.

불교의 화엄사상은 심층생태주의의 유기론적 사유에 대한 비전을 제시했으며, 농경사회의 해석에 좀 더 의미를 둔다. 그러나 현대사회에서도 전적으로 무의미해진 것은 아니다. 그 의미가 다만 간접화되었을 뿐, 유기론적 관계성의 질서는 여전히 '삶의 전체적 환경'을 규정하고 지배한다. 근대적 사회가 산출한 현대문명의 가장 심각한 문제는, 유기론적 관계성의 특성이 생산의 직접적 조건이 아니라는 이유로 그것을 무시하는 데 있다는 것이다.31)

위 시에서 이러한 논의를 전제할 때, 화자와 소의 관계는 인간과 동물

---

31) 도정일, 「풀잎 · 갱생 · 역사」, 신덕룡 엮음, 『초록생명의 길』, 129면.

의 연대 관계로 해석이 가능하다. 1연에서 화자는 "소"와 "한 지붕 아래" 거주함을 강조한다. 이는 인간과 동물이 지구생태계의 한 공동체임을 알레고리화함과 동시에 자연과 인간의 관계에 대한 비유로 파악된다. "부엌을 가운데" 둔다는 표현 역시 지구생태계 내에서 살아가는 인간과 동물을 하나의 유기적 전체로 인식함의 비유로 파악된다.

2연에서 이러한 양상은 좀 더 구체적으로 묘사된다. "소는 매일 나를 들여다" 본다. 이는 생명발현의 과정에서 이루어지는 인간과 동물의 공생 관계를 의미함과 동시에 유기적인 관계를 나타내기 위한 비유로 파악된다. 소는 "개천에서 미역 감을 때면" "저만치서 참선하듯" 화자를 지키고, "뜨거운 여물이 구유에 부어져/김이 오르면 그와 나는/그 속에 함께 얼굴을 묻고/꿈꾸듯 먹이를 찾"는다. 이 구절에 내재된 주제 역시 유기적 전체로서 서로가 연대한 가운데 발현되는 생명현상의 비유로 볼 수 있다.

이러한 논의에 동의할 때, 소에게 "길"은 따로 "없"게 된다. 모든 동물들에게 "길"은 "산이고 산이 길"인가 하면 "그의 발에 밟힌" 모든 것에서는 향기가 난다. 지구생태계 내 개체 전체는 하나로서 따로 구별될 필요가 없는 유기적 관계에 있다는 것이다. 이와 같이, 시인이 추구하는 세계는 제목이 암시하는 바와 같이 자연현상과 동물과 인간이 연대한 가운데 온전한 생명현상이 가능한 생태계를 의미한다.

그러나 8연에 이르러 "나는 그를 두고 산골 마을에서 나"오고 "그를 떠나고 그를 잃"는다. 위 시의 화자인 인간이 인류 전체를 표상한다고 전제할 때, "산골 마을"은 인간과 자연이 유기체적 자연으로서 살아가던 근대적 경험 이전의 세계라는 해석을 가능하게 한다. 이러한 해석을 수용할 때, "그를 잃"는다는 것은 근대 이후 인간이 신화적 세계에서 벗어나 자연, 즉 동물을 도구적 대상으로 인식하며, 구분하게 된 관계의 와해로 해석이 가능하다.

그러나 "지천명에 와서/나는 그를 다시 찾"게 된다. 지천명이라는 의미를 되새긴다면 "지천명에 와서" "그를 다시 찾"는다는 사실은 결국 인간과 자연의 유기론적 관계성으로 생명발현이 이루어진다는 원리를 이해하고 인간이 스스로 자연임을 자각하게 됨과 동시에 동물과의 연대감을 회복한다는 해석을 가능하게 한다. 인간과 지구생태계는 분리된 것이 아니라 인간이 지구생태계이고, 지구생태계 속에 인간이 있는, 유기체적 가치관에 도달한 것이다.

시의 마지막 행에서 화자는 비로소 "뿔을 세우고 걸어오는 그를 보"게 된다. 소의 뿔이 초생달이나 그믐달과 같은 모양을 하고 있다는 사실을 토대로, 달의 이미지와 관련하여 소를 "달동물(Lunar animal)"이라 호칭하며, 소의 뿔은 "부활과 재생"의 상징으로 해석된다.[32] 또한 베다에서 인드라는 소와 비교되며, 굽힐 줄 모르는 정력의 상징이다. 인드라는 수액이나 혈액을 순환시키고 씨앗에 생명을 불어 넣고, 바다와 강물을 유동시키고 구름을 일으킨다. 또한 인드라는 비를 내리는 습기에 관한 모든 것을 지배하며, 풍요신이자 생명을 주는 힘의 원형이다.[33] 위 시에서 소는 인드라의 특성을 함의한 것이다.

이러한 의미와 관련할 때, "뿔을 세"운다는 것은, 인간과 동물, 인간과 자연의 유기론적 관계성의 복원이라는 해석을 가능하게 한다. 유기론적 관점으로 볼 때, 인간과 동물의 관계회복은 스스로 자연임을 인식하는 인간을 의미하며, 동시에 지구생태계의 복원이라는 확대 해석을 가능하게 하는 것이다.

다음 시 「염소에게 길을 묻다」에서는 자연으로서의 인간이 동물과 연대함으로 소외가 극복되는 양상을 보여준다.

---

32) 한국문화상징사전 편찬위원회, 『한국문화상징사전』, 동아출판사, 1992, 410면.
33) 엘리아데, 이은봉 역, 「천공신과 태양」, 『종교형태론』, 154~155면.

산 밑 갈랫길에서
점봉산을 물었다.

오두막에 사람 대답은 없고
염소가 구름 향해 울며
길을 가리킨다.
여기에 너를 내려놓고 가면
길은 어디로 가든
점봉산이다.

—「염소에게 길을 묻다」 전문(『절정의 노래』)

근대의 사유방식 가운데 도구적 이성은 인간이 자연을 도구나 수단으로 삼는 방식을 말한다. 이러한 방식에서 기준은 언어 사용의 가능성이다. 일반적으로 동물은 언어 사용이 불가능함으로써 도구적 대상으로 인식된다. 그러나 심층생태주의자 가타리는 동물의 기호작용이 인간의 언어활동보다 열등하다는 증거는 어디에도 없다고 주장한다. 그는 춤, 후각, 무리짓기, 반복동작, 울음소리 등을 동물의 소통 양식으로 이해하며, 욕망하는 존재로서 동물의 존엄에 대한 영역을 발견해 낸다.[34] 이와 관련하여, 수많은 전승에서 동물과의 친교, 동물의 언어 해득이 낙원 지향적 증후를 의미한다는 사실 또한 주목된다.[35] 태초의 인간은 동물과 평화롭게 공존하며 동물의 언어를 이해했다는 것이다.

이러한 사실을 전제할 때, 위 시에서 화자가 염소에게 길을 묻는 장면은 인간이 상실한 낙원의 재현이자 심층생태주의가 구현된 세계로 해석이 가능하다. "점봉산"이 설악산의 중심이라는 점을 주목한다면, 위 시에서 재현된 "점봉산"은 신화가 보존된 유토피아로 간주된다. 하늘과 땅이

---

34) 가타리, 『기계적 무의식』, 푸른숲, 2003, 140면.
35) 엘리아데, 이윤기 역, 「무력의 획득」, 『샤마니즘』, 1992, 108면.

만나는 성스러운 장소로서 세계의 중심이라는 것이다.36) 염소는 고대 그리스에서 제우스에게 바쳐지는 공물이었으며, 힌두교 전통에서는 우월함과 보다 높은 자아를 상징한다.37)

위 시에서 화자가 염소에게 길을 묻는 장면이나 "염소가 구름을 향해" 길을 가리키는 장면은 신화의 재현으로서 동물과 인간 간의 연대 관계를 통한 조화를 상징한다. 인간과 동물의 연대가 가능한 유기론적 생태계가 재현된 것이다. 이어서 화자는 "여기에 너를 내려 놓고 가면/길은 어디로 가든/점봉산"이라고 노래한다. "여기", 즉 점봉산은 어디든 유기체적 관계성이 현현된 신화적 장소를 의미하며, 화자와 염소, 즉 인간과 동물은 유기적으로 소통 가능한 관계를 의미하는 것이다. 신화적 세계는 이상적인 유기론적 생태계로 변용 해석되며, 이와 같은 세계는 서로 관련되지 않은 상태의 생명발현이 불가능하므로 호혜적인 동시에 조화적일 수밖에 없는 것이다.

이와 같이 심층생태주의의 유기론적 관계성 안에서 동물의 생명발현이 지구생태계 내 다른 존재와 관련되는 점은 연대로서의 의미를 갖는다. 따라서 동물을 대상으로 유기론적 관계성의 관점에서 볼 때도 인간중심적 입장의 잣대로 가치를 변별하여 따질 수 없음을 알 수 있다. 모든 개체는 유기적 관계성 속에서 생명발현을 하는 가운데 제 위치에서 서로 호혜적으로 개입하며 연대하는 생명체인 것이다. 이러한 논의를 통해, 특히 이성선의 사유가 극단적인 생물중심주의를 지향하고 있음을 알 수 있다.38) 그는 인간보다 자연생태계, 생물군의 가치를 중시하는 심층생태주의자인 것이다.

---

36) 엘리아데, 이은봉 역, 「성스러운 공간과 시간」, 『종교형태론』, 480면.
37) 데이비드 폰테너, 최승자 역, 『상징의 비밀』, 문학동네, 1998, 106면.
38) 한면희, 『환경윤리—자연의 가치와 인간의 의무』, 123면.

2. 화엄경(華嚴經)적 복잡성

현대 과학의 전환으로 복잡성(complexity)이라는 개념이 대두되었고 대표적 이론인 카오스Chaos가 물리학이나 사회과학의 분야에까지 영향을 미치고 있다. 예전에는 카오스가 '형상이나 체계가 전혀 없는 배열'을 의미했으나, 지금은 종종 '있어야 할 어떤 질서가 없음'을 의미한다.[39] 한편, 과거에는 무질서한 자연현상의 변화를 측량할 수 없고, 계산하거나 개량할 수도 없었지만, 작금에는 컴퓨터의 발달로 비선형의 방정식과 관계되는 문제도 해명되고 있다.[40]

그럼에도 불구하고, 그 사유의 근원을 거슬러 오르면, 이러한 현대사회의 문제, 특히 심층생태주의의 유기론과 관련하여 해답을 제시해준 바탕은 불교의 화엄사상이다.[41] 특히, 화엄사상은 복잡성의 선구적 의미를 갖는다. 화엄사상은 연기에서 출발하며, 모든 존재자는 상관적으로 존재한다. 따라서 모든 존재자는 실체성을 가지지 않으며 사상事象으로만 존재한다. 화엄에서는 사상들이 서로 거듭하여 끝없이 연관되는 세계를 사

---

39) 에드워드 로렌츠, 박배식 역, 「무작위처럼 보인다」, 앞의 책, 15면.
40) 김용정, 「힌두이즘의 우주관과 자연관」, 『동양사상과 환경문제』, 모색, 1996, 152면.
41) 사법계(事法界), 이법계(理法界), 이사무애계(理事無碍界), 사사무애계(事事無碍界)를 의미하며, 사사무애에 이르러 화엄이 완성되는 것으로 본다. 먼저 사법계란 오로지 현상 자체에 대하여만 본 것으로, 차별 있는 세계를 의미한다. 따라서 물질현상이나 정신현상을 막론하고 모든 현상적인 것은 사법계에 속하며, 개체와 개체가 공통성이 없는 차별을 특색으로 한다. 반면, 이법계란 현상이 의지하는 본질을 의미하며, 우주의 사물은 그 본질이 모두 진여로서 차별이 있으나 몸과 정신은 하나임을 강조한다. 이때 계(界)는 성(性)을 의미하는데, 이를 종합하자면 이법계란 우주의 본체로서 평등한 세계를 의미한다. 다음으로 이사무애법계란 현상과 본질이 다르지 않음을 의미하는 것으로, 이(理)는 사(事)를 통해 드러나고 사는 이를 얻음으로서 성립되는 것이므로 이(理)와 사(事)는 서로 융통하여 연기가 됨을 말한다. 또한 개체들과 전체의 법이 무애를 이루는 관계이다. 유흔우, 「화엄의 사사무애와 성리학의 천인합일 비교 연구」, 『불교학보』 49집, 불교문화연구원, 2008, 147~148면.

사무애事事無碍라고 한다. 사사무애법은 사상事象과 사상이 서로 막힘없이 작용하는 장소이자, 사상으로부터 사상이 생겨나는 세계로, 모든 사상은 다른 사상과의 연관에 의해서만 동적으로 계속 변화하는 운동 그 자체를 의미하는 것이다.

이러한 유기체의 복잡성은 배치들의 탈영토화된 운동을 통해서 정교화되며, 자기 조직적 행위자의 방향으로 새롭게 정향된다. 유기체는 스스로를 조직해 나가며, 형태발생의 과정을 통해서 창발한다. 또한 서로 관계 맺음으로써 이어짐을 포함한다. 이러한 복잡성의 과정을 전제할 때, 생명은 고정된 실체가 아니며, 예정된 현상도 아니다. 따라서 '복잡성'이라는 말은 '탈영토화'로 대체될 수 있다. 하나의 유기체가 그것의 자율성을 보장한 채 일련의 우발적 관계들로 나아갈 때, 보다 많은 내적 환경들을 가질수록, 그것은 보다 더 탈영토화되기 때문이다.42) 그렇다고 본다면 화엄사상에서 가능성으로서의 무無인 진공묘유는 복잡성의 극단적 개념으로 간주된다.

그에 근거할 때, 지구생태계는 그 자체로 다양성을 갖춘 풍요로운 생명체이다. 진공眞空, 즉 애초의 지구생태계는 아무 것도 없는 듯이 인식되나, 복잡하게 얽혀 있기에 다양하고 강한 생명력을 지닌다. 무한한 생명력을 갖춘 상태에서 생성·성장·소멸하기 때문에 훼손한 부분은 다시 재조직화되고 새로운 진화의 단계로 나아갈 수 있는 것이다. 유기론적 관계로써 각 개체와 전체 지구생태계의 생명현상이 발현된다고 볼 때, 복잡성의 전제는 필수적이다.

가령, 살충제로 인해 흙속의 지렁이나 미생물이 죽게 되면 흙속에 신선한 공기가 제공되지 않고 미생물들이 활동하지 못하므로 흙에 뿌리를

---

42) 키스 안셀 피어슨, 이정우 역, 「한 베르그송주의자의 회상」, 『싹트는 생명』, 산해, 2005, 283면.

내리고 자라던 식물들이 죽을 것이고, 식물을 먹고 사는 동물들 또한 사라지고 인간들 역시 사라지게 될 것이다. 이는 생명현상의 과정이 분석되고 환원되지 않으며, 복잡하게 얽혀 있는 가운데 예측 또한 불가능하다는 사실을 함의한다. 이러한 사실을 보더라도 지구생태계의 유기적인 관계를 유지하기 위해서 복잡성은 필수 전제가 된다.

그러나 산업혁명 이후, 현대인의 눈에 비친 지구생태계는 정반대의 이미지로 출현한다. 근대의 경험 이후, 인간이 자연에 대해 가지고 있는 이미지는 '맹목적', '말이 없음', '잔인함', '경쟁적임', '인색함'이다. 즉, 자유를 추구하는 인간적 속성과는 반대되는 악마적 이미지이다.43) 그 결과 현대인의 지구생태계에 대한 대접은 착취와 파괴로 이어진다. 착취와 파괴는 인간 중심적 사유로 인한 획일화를 동반한다. 생태계가 파괴되어가는 작금의 문제는 지구생태계의 복잡성에 대한 인식부족으로 야기된 불안과 불신 때문인 것이다.

이러한 논의를 통해 볼 때, 현대인의 눈에 비친 지구생태계는 근대 산업을 위해 대기하는 도구이고 자원의 다른 이름이다. 따라서 지구생태계, 자궁으로서의 가이아는 획일적인 방식에 따라 재료로 도구화되고, 배제된 부분은 산업폐기물이 버려지는 장소로 전락한다. 지구생태계의 복잡성은 훼손되고, 그로 인한 생태계 위기는 심각한 지경에 이른 것이다.

지구생태계 파괴에 대한 치유와 교정은 결국 지구생태계의 본질인 복잡성에 대한 이해와, 그에 따르는 반성을 통해서 가능해진다. 이성선 시에서는 유기론적 복잡성의 특성으로서 사사무애事事無碍의 생성과 진공묘유眞空妙有의 풍요성이 주목되고 이러한 특성이 빈번하게 형상화된다. 이성선은 지구생태계의 이러한 특성에 대한 이해를 목표로 하는 것이다.

---

43) 머레이 북친, 「사회생태론」, 문순홍 편저, 『생태학의 담론』, 솔출판사, 1999, 111면.

1) 사사무애(事事無碍)의 생성

사사무애事事無碍는 이理와 사事가 무애無礙하여 막힘이 없음을 의미한다. 개체 상호 간에 막힘이 없이 연결될 뿐 아니라, 겉과 속이 막힘없이 통한다는 것이다.[44] 이와 같은 사유에 의하면 은하계 속의 지구생태계, 지구생태계 속의 자연, 자연 속의 인간, 인간 속의 인간은 각 개체나 현상이 서로 연결될 뿐 아니라, 안과 밖, 즉 현상이나 본질이 서로 막힘이 없다. 그러한 가운데 각 개체가 관계되는 대상의 환경이 되는 동시에 스스로 새로운 생성을 반복한다. 상호관계성 속의 연속성을 의미하는 것이다.

이렇게 복잡성 속에서 생성되는 생명발현의 원리를 전제할 때, 획일성을 지향하는 근대 문명은 반생태적일 수밖에 없다. 상호 관계한 가운데 끊임없이 연속하는 사사무애는 창발하는 생명현상의 화엄적 해석이며, 심층생태주의에서 강조하는 복잡성의 다른 이름인 것이다. 사사무애事事無碍의 사유는 근대문명이 지향하는 세계관이 지구생태계의 화엄적 질서를 파괴하고 있기에, 심층생태주의에서 강조하는 유기론적 복잡성으로 변용되어 그 가치를 획득하는 것이다.

이성선은 자연생태계에서 사사무애事事無碍의 세계를 찾아 탐색하며, 그러한 사유를 작품으로 형상화했다. 다음 인용문은 그와 관련하여 시사하는 바가 크다.

> 비존재가 존재로 되어가는 과정이 생성인 것이다. '있다'고 말할 수 있는 모든 것의 총체 그 총화가 존재라고 할 수 있다. 말하자면 분열하고 파편화한 낱낱의 존재들이 총화적 전존재로 환원하는 과정, 이런 생성적 시각이 정신주의 시관이다. 이것은 분화에서 종합을 부정에서 긍

---

44) 유혼우, 앞의 논문, 147~148면.

정을, 불화에서 화합을, 그래서 해체까지도 그 안에 통어해내는 새로운
지평의 시학이다.[45]

　　이렇게 나와 너를 넘어선 곳, 우리가 요즈음 와서야 겨우 알아차리
고 생각하는, 동물과 식물 그리고 광물 같은 무생물까지도 의식과 감각
속에 깨어 있으며 서로가 하나로 내통하여 대화하고 눈짓하면서 살아
가는 자리, 우주와의 공개적인 대화에 참여하여 자신을 표현하는 차원
이 분명히 있다는 것. 그래서 우리가 시인이라 할 때 바로 이들과의 깨
어 있는 일원으로서 하나의 위대한 하모니가 되어야 한다는 것이다.[46]

위 인용문에서 보듯, 이성선은 비존재가 존재로 되어가는 과정을 생성
으로 인식했다. 그가 볼 때 생성의 과정은 "분화에서 종합을, 부정에서
긍정을, 불화에서 화합을, 그래서 해체까지" "통어해내는" 복잡성을 포
괄한다. 지구생태계의 생명현상은 비밀의 체계인 복잡성 속에서 발현되
는 것이다. 복잡성에 대한 관념은 현실 세계에 대한 탐색으로 이어진다.

그는 "동물과 식물, 광물 같은 무생물까지도 의식과 감각"이 "깨어" 있
다고 인식했으며, "서로가 하나로 내통하여 대화하고 눈짓하"는 가운데
각자 생명발현을 한다고 보았다. 이는 사사무애의 실제적 드러남으로 해
석이 가능하다. 그는 이러한 사사무애로서의 현상인 자연의 "대화에 참
여하여 자신을 표현하는 차원이 분명히 있다"고 믿었으며, 스스로 참여
하고자 했다. 이러한 태도는 인간과 자연이 서로 대화가 가능하다는 유
기론적 사유의 반영을 의미한다. 그는 그러한 세계를 경험하고 이를 표
현하는 것이 시인의 의무라고 생각했던 것이다.

다음 시 「나무 안의 절」에서는 나무로 표상된 식물과 다른 존재와의

---

45) 이성선, 「정신주의의 서정성과 우주적 생명관 확보」, 『문학사상』, 녹색평론사, 1996.12,
　　40~57면
46) 이성선, 「우주와의 대화」, 『녹색평론』, 녹색평론사, 1999.11~12월호, 16~26면.

상호 의존성, 즉 유기론적 관계를 통해 발현되는 사사무애의 복잡성을
보여준다.

> 나무야
> 너는 하나의 절이다.
> 네 안에서 목탁소리가 난다.
> 비 갠 후
> 물 속 네 그림자를 바라보면
> 거꾸로 서서 또 한 세계를 열어놓고
> 가고 있는 너에게서
> 꽃 피는 소리 들린다.
> 새 알 낳는 고통이 비친다.
> 네 가지에 피어난 구름꽃
> 별꽃 뜯어먹으며 노니는
> 물고기들
> 떨리는 우주의 속삭임
> 네 안에서 나는 듣는다.
> 산이 걸어가는 소리
> 너를 보며 나는 또 본다.
> 물 속을 거꾸로
> 염불 외고 가는 한 스님 모습
>   −「나무 안의 절」 전문(『나의 나무가 너의 나무에게』)

　　보편적 사유로 접근할 때, "거꾸로"와 "그림자"는 아무 것도 없거나 할
수 없는 표지로서의 의미를 갖는다. 그러나 위 시에서 오히려 이러한 이
미지가 생성의 의미를 낳고 있다. 위 시에서 이러한 특성은 "새 알 낳는
고통"의 비유로 극대화된다. 화엄적 사유로 볼 때, 이는 사상事象의 겹침
으로 해석된다. 사상과 사상은 서로 연결되고 유대하는 가운데 새로운

생성으로 나아가며, 이때의 생성은 환원 불가능하다. 모든 것은 상호 연관된 가운데 생성하며, 변화하고 있는 것이다.

엘리아데에 의하면, 인간이란 거꾸로 선 초목으로서 그 뿌리는 하늘을 향하고 있고, 그 가지는 지상을 향하고 있다. 또한 '거꾸로 선 나무'는 우주론적인 의미를 가지며, 거목의 형태를 표상한다.[47] 엘리아데의 이러한 사유와 관련시킬 때, 위 시에서 '거꾸로 선 나무'는 "염불 외고 가는 한 스님 모습"과 상통한다.

"염불 외고 가는 한 스님 모습"은 사사무애법계를 실천하는 구도자의 이미지로 해석된다. 구도자란 모든 존재를 포함할 수밖에 없어 존재의 실현 자체가 전체에 영향을 미치는 동적 존재로서 사사무애의 상징으로 해석이 가능하다. 위 시에서 '나무'는 구도자의 이미지로서 '새, 꽃, 물고기'를 융합하며 '사사무애'한 가운데 스스로를 실현한다. '나무'는 나무의 주관에 의해 앞에 세워지기를 기다리는 고립적인 대상이 아니라, 대지와 하늘과 다른 동식물 간의 복합적인 상호 관여물로서 복잡성 속에서 사상을 이끄는 매개체인 것이다.

위 시의 '새, 꽃, 물고기'들 역시 상호 간 '사사무애'하며, "나무"와 '이사무애'한다. 모든 존재가 서로 연결되고 포섭되는 가운데 계속 변화하는 것이다. 이는 지구생태계 내에서 삶을 영위하는 개체적 존재들끼리의 사사무애와 지구생태계와 개체 간의 사사무애에 관한 비유로 볼 수 있다. 심층생태주의에서 추구하는 생태계는 이와 같이 상호 조응하고 감응하는 사사무애事事無碍의 원리에 의해 생성 변화하는 세계인 것이다.

다음 시에서는 모든 개체가 상즉상입相卽相入하는 '사사무애'의 복잡성이 도출된다.

---

47) 엘리아데, 이은봉 역, 「풍요와 재생」, 『종교형태론』, 356~363면.

갈아놓은 논고랑에 고인 물을 본다.
마음이 행복해진다
나뭇가지가 꾸부정하게 비치고
햇살이 번지고
날아가는 새 그림자가 잠기고
나의 얼굴이 들어 있다.
늘 홀로이던 내가
그들과 함께 있다.
누가 높지도 낮지도 않다.
모두가 아름답다
그 안에 나는 거꾸로 서 있다.
거꾸로 서 있는 모습이
본래의 내 모습인 것처럼
아프지 않다.
산도 곁에 거꾸로 누워 있다.
늘 떨며 우왕좌왕하던 내가
저 세상에 건너가 서 있거나 한 듯
무심하고 아주 선명하다.
—「논두렁에 서서」 전문(『나의 나무가 너의 나무에게』)

「논두렁에 서서」에서 "고인 물"의 물 또한 사사무애事事無碍한 가운데 발현하는 존재의 복잡성을 표상한다. 물은 뭇 생명의 원천이며, 생명현상을 이끄는 매개체이자, 생명의 집적물이다. 또한 '나뭇가지'는 식물, '햇살'은 무기물로서 자연현상, '새'는 동물의 상징적 의미를 갖는다. 이러한 사실을 전제할 때, '고인 물'에 "나뭇가지가 꾸부정하게 비치고" "햇살"과 "새 그림자"와 "나의 얼굴"이 비쳐 "모두가 아름답다"는 인식은 인간과 동물, 식물과 무기물, 우주 현상까지 생태계 전체가 사사무애한 가운데 실현되는 각 개체의 존재 양상을 의미한다. 더욱 중요한 것은 각 존재들이 상호 연관된 가운데 계속 변화하는 운동으로서의 사상事象이다. 위 시의 장면은 그러한 사상들이 서로 거듭하며 막힘없이 변화하는 가운데 운동하고 있다는 생태계의 비유인 것이다.

한편, '늘 홀로이던 내가/그들과 함께 있다'는 표현은 지금까지 유기론적 복잡성의 중요성을 인식하지 못한 인간의 반성적 사고와 실천을 의미한다. 인간 중심의 단선적이고 획일적인 사유에 대해 비판하는 것이다. 이것은 단순히 존재의 양태만을 의미하지 않는다. 인간이 자연에 대해 잘못된 인식을 하면서 "그들"의 존재 가치를 의식하지 못한 채 소외시켜 왔다는 사실까지 반영하는 것이다.

사사무애事事無碍는 이와 같이 어떠한 대상이나 현상이 현현할 때도 우주와 은하계, 은하계와 지구, 자연과 인간, 인간과 인간, 자신과 타자가 자기 안에 목적을 내재시키는 가운데 상호 연관하여 존재함을 의미한다. 그러한 존재는 실체성이 아니고 사상事像이므로 복잡성의 체계 속에서 생성, 진화한다. 우주의 모든 존재들은 다른 사상과의 연관에 의해서 변화하는 가운데 존재를 발현하는 것이다. 이러한 사유는 스피노자와 화이트헤드 이후의 심층생태주의자들에게 지속적인 영향을 미치게 된다. 사사무애한 가운데 생성되는 자연이기에 인간중심적 사유로 획일화하거나 배제할 수 없는 것이다.

다음 시「장엄한 배경—山詩 · 28」에서는 한 존재에 발현되는 사사무애事事無碍의 양상이 형상화되어 있다.

풀잎은 장엄하다

그 뒤에 일몰이 섰다

누군가 죽고

산맥이 엎드리고

밤이 돌아와 곁에
짐승처럼 눕다
—「장엄한 배경—山詩 · 28」 전문(『산시(山詩)』)

위 시 「장엄한 배경—山詩 · 28」에서는 한 존재에 발현되는 유기론적 복잡성의 사유가 발견된다. 시의 첫 행, '풀잎은 장엄하다'는 "풀잎"을 "장엄"이라는 개념과 연결시킨다는 사실과 관련하여, 사사무애'로 성립되는 유기론적 복잡성을 환기한다. 모든 개체가 상호 포섭하는 가운데 서로에게 작용하며, 자신의 정체성을 얻게 된다는 의미를 추출해낼 수 있는 것이다. 화엄을 통해 성립되는 유기론적 복잡성은 인간을 넘어 생물과 무생물까지도 포함하는 상생의 세계를 추구한다. 그러하기에 장엄莊嚴할 수밖에 없는 것이다.

위 시에서 '풀잎'은 세상 만물 중에서 하나의 작은 존재일 뿐이다. 그런 눈으로 볼 때, 그 풀잎이 눈에 뜨이지도 않기 때문에 큰 의미가 부여되지 않는다. 그러나 위 시의 화자는 작은 풀잎 뒤에서 일어나는 자연현상, 즉 '일몰'이나 엎드리고 있는 '산맥', 때가 되어 돌아와 그 곁에 짐승처럼 눕는 '밤'까지 인식한다. 풀잎 하나 속에 생태계 전체의 정보가 담겨 있고, 전체 생태계 속에는 풀잎이 속해 있다는 것이다. 이는 아무리 작은 생명현상도 상호 간 복잡성의 체계 속에서 각자의 생명현상이 발현됨을 의미한다. 사상事象들이 서로 거듭하여 끝없이 연관되기에 상호 장엄할 수밖에 없는 것이다.

뿐만 아니라, 위 시에서는 형식적인 측면에서도 유기론적 복잡성의 의미를 엿볼 수 있다. 위 시에서 여백으로서의 복잡성이 의미화되고 있는 것이다. 비어 있는 공간은 텅 빈 상태가 아니라 에너지로 가득 차 있는 것이라 보는 데이비드 보음의 이론을[48] 표제 "장엄한 배경"과 관련시켜볼 때, 이 역시 사사무애의 중첩으로 해석이 가능하다. 공허나 침묵은 없음이 아니라 비어있으면서 꽉 차 있는 것, 즉 우주의 중심을 의미하는 것이다.[49] 이러한 상태는 지구생태계 본연의 상태이며, 생명발현 자체를 의미한다.

이와 같이, 생물과 무생물, 현상의 하나 하나에 전체가 반영되어 존재를 발현한다는 사실은 지구생태계 내 모든 존재의 화엄적 양태, 즉 '사사무애'를 의미한다. 이렇게 상호 반영하고 침투하는 복잡성의 체계 속에서 각자의 생명발현이 가능할 때, 전체 지구생태계 역시 온전하게 생명발현 하는 것이다.

다음 시 「시골길」에서는 화엄의 형태 속에서 조화로운 지구생태계의 생명발현이 형상화된다.

> 시골 길에
> 비 온 뒤 물이 고이고
> 물 속에
> 산이 들고
>
> 산 속에 꽃이
> 붉게 피고
> 꽃 속 절간에
> 동자승이
> 숨어서 웃고
>
> —「시골길」 전문(『산시(山詩)』)

---

48) 데이비드 보음, 전일동 역, 「싸인 우주, 펴진 우주와 의식」, 앞의 책, 261면.
49) 유재천, 앞의 논문, 328면.

앞에서 보았듯이, 사사무애事事無碍는 사상과 사상이 서로 유대하며, 상호 연관하는 가운데 변화하고 생성함을 말한다. 낱낱의 생명체계들은 자기가 속하고 있는 생명공동체에서 시작하여 점점 범위가 넓어지는 더 큰 체계를 거쳐서 결국은 복잡성의 생명체계 속에서 스스로를 드러내게 된다. 그러하기에 모든 개체는 인위적으로 재단하거나 훼손할 수 없는 체계를 지닌다.

위 시에서 "비 온 뒤"는 지구생태계의 자기조정력으로 유기론적 상태가 복원된 후의 생태계로 해석이 가능하다. 비 온 뒤 "시골길"은 사사무애로서의 자연생태계가 현현된 복잡성의 세계이다. "물"에 "산이 들"어 '이사무애'하고, 그 "산 속에 꽃이/붉게 피고" "꽃 속 절간"에 "동자승"이 웃는 풍경, 즉 유기적 관계가 구현된 사사무애로서의 지구생태계를 의미한다. 여기서 동자승은 어린 아이로서 원초적 인간을 표상하며, 동자승이 숨어서 웃는 "시골길" 역시 신화적 의미, 즉 유기론적 복잡성이 구현된 '사사무애'의 세계로 해석이 가능하다.

주지하다시피, 사사무애事事無碍의 사유에 의하면 지구생태계의 개별 사물들은 겉으로 볼 때, 서로 연관 없는 개체처럼 보이지만 단독으로 발생되지 않고 서로 연결하고 유대하며, 분리할 수 없는 복잡성의 체계 속에 있다. 위 시에서 지구생태계 내 각 개체의 삶은 각각의 요소가 각각의 요소를 서로 반영하는 '사사무애'와 본질과 형상이 서로 뚫고 들어가 조응을 이루는 '이사무애'가 실현된 양상을 보이는 것이다.

다음 시「山茶」에서 이러한 사유는 구체적이고도 형이상학적인 양상을 보인다.

　　　찻잔에 산을 띄워
　　　달여 마신다.

솔방울 바람 산돼지
달빛 도라지꽃 향기도
재탕으로 마신다.
우주가
내 뱃속에
나비 되어 난다.

─「山茶」 전문(『절정의 노래』)

서로 반사하는 동시에 서로 속하며 유기적인 관계에 의해 생긴 존재자는 실체성을 가지지 않으며 사상事象으로만 존재한다. 사상事象과 사상은 서로 연결하여 유대하며, 분리되지 않는다. 모든 사상事象은 다른 사상과의 연관에 의해서만 동적으로 계속 변화하는 운동 그 자체인 것이다. 이러한 점은 화이트헤드의 "활동적 실질은 서로를 포섭하고 포함하면서 사물을 실현한다"와 통한다.

이렇게 해서 이루어지는 연기緣起적 관계는 결국 서로를 비워주는 가운데 상호 의존을 인정하고 서로를 존중할 수밖에 없게 된다. 상호 연관성에 따라 일어나는 현상은 연기와 상생의 관계로 설명이 가능하다. 어떠한 원인이 있으므로 결과가 생기고, 이것이 있어 저것이 있을 뿐 아니라 그러한 연관관계는 동적으로 계속 변화하는 운동 그 자체이므로 지구생태계의 개체에 불과한 인간의 방식으로 좌지우지할 수 없다는 것이다.

이러한 사유로 접근할 때, 위 시에서 "산"이 떠 있는 "찻잔"은 화자에게 '사사무애'의 관계가 된다. "차"와 "찻잔"은 형상과 본질로써 '이사무애'하며, 화자는 "차"를 '이사무애'한다. 또한 "차"에는 "산"의 속성이 함축되어 있다. 산의 의미는 "산"에 깃든 "솔방울 바람/산돼지/달빛 도라지꽃 향기"까지 상호 간 사상으로써 사사무애의 작용 그 자체이다. 화자가 마신 차는 결국 "우주" 전체이며, 우주는 "내 뱃속"에 '사사무애'로 관계되며, 화자인 "나"까지 포함한다. 새로운 전체를 형성해나가는 복잡성 속에서 개별적 상황들도 생성하고 변화해가는 것이다.

화엄적 관계성의 사유로 접근할 때, 모든 존재들은 스스로 '이사무애'하며, 전체 생태계는 개별 생명체, 개체에 '사사무애'하는 사상事象으로 작용한다. 그러한 조건 때문에 모든 개체는 독자적 가치를 변별하여 따질 수 없게 된다. 뿐만 아니라 모든 존재는 사사무애事事無碍한 현상 속에서 스스로를 현현하는 가운데, 지구생태계를 표상한다. 식물과 동물, 인간, 무기물, 우주현상까지도 개체로서, 전체와 어울려 생명현상을 발현할 때 지구생태계는 조화롭고, 항상성을 지니는 것이다.

2) 진공묘유(眞空妙有)의 풍요성

진공묘유眞空妙有는 생겨나지도 소멸하지도 않는 절대로서, 비어 있는 듯 하나 무한히 생성하고 있음을 의미한다. 그것은 상대적 틀에 의한 차별을 넘어서 오직 분별없는 하나의 경지를 통해서만 파악될 수 있다.50) 진공眞空과 묘유妙有를 구분해 따지면 진공은 텅 빈 무無의 상태이고, 묘유는 사사무애事事無碍와 같다. 그러나 진공과 묘유는 상즉하여 불가분리다. 따라서 진공묘유는 사사무애가 심화된 상태로서, 비어 있으나 꽉 찬 상태를 의미하게 된다. 이러한 특성으로 인해, 진공묘유는 가이아, 카오스와 등가관계에 놓인다. 완벽한 동굴 속에서 씨앗처럼 '한 세계의 원소적 비밀'을 빨아들이며 생장하는 무의식51)과 같은 맥락으로도 파악된다.

이러한 점으로 볼 때, 진공묘유는 지구생태계의 혼돈을 의미하며, 공空

---

50) 노권용, 「진공묘유와 공·원·정의 종교적 의의」, 『원불교학』 7집, 한국원불교학회, 2001, 80~82면.
51) 가스통 바슐라르, 「뿌리」, 『대지 그리고 휴식의 몽상』, 문학동네, 2002, 325면.

이자 무無의 의미를 지니지만 생명성으로서의 의미를 창출한다. 진공묘유는 그리스 신화에서 이야기하는 시원의 혼돈과도 상응한다. 그리스 신화에 의하면 애초에 혼돈이었던 대지는 온 땅을 덮을 수 있는 존재, 천공(우라노스)을 낳았다. 그 후, 하늘과 땅이 최초에 성혼함으로써, 그들이 낳은 신들도 결혼하고, 인간들은 시원始原의 때에 행해진 모든 행위를 모방함으로써 결혼하고 계속적인 생명 탄생이 이어지게 된다. 이러한 신화를 바탕으로 할 때, 지구생태계는 혼돈, 그 자체로 완전한 생명력, 양육의 조건을 다양하게 갖추고 있는 자궁의 담지체인 것이다.[52]

그러나 근대의 경험 이후, 지구생태계는 인간중심적 사유를 기반으로 가시적, 기계적, 분석적인 판단으로 재규정되면서 인간을 위한 도구, 자원으로 전락하였다. 이러한 점에 대해 문제를 제기하는 심층생태주의자들은 자연과 인간 간에 유기성을 회복하기 위해서는 복잡성으로서의 지구생태계에 대한 자각이 우선되어야 한다고 주장한다.

이런 논의를 전제할 때, 이성선의 지구생태계에 대한 인식이 자궁이라는 점은 주목된다. 이성선의 지구생태계에 대한 기본적 인식은 생성과 양육으로서의 생명발현을 하기에 완전한 자궁으로 보는 것이다. 다시 말해, 자궁은 결정되지 않은 시원의 과정이자 무한한 가능성으로서 생성과 양육의 처소이다. 따라서 자궁으로서의 생태계는 모성과 등가 관계에 놓이며, 신물리학에서 가이아로 설득력을 확보한다. 이성선은 지구생태계의 이러한 특성에 주목했다. 그의 사유가 담긴 다음 인용문을 보기로 한다.

우주 전체는 나의 영양분이다. 내가 깨어 있을 때 어머니 뱃속에 있는 아이처럼 이 우주는 하나의 큰 자궁이 되어 나를 둘러싸고 영양분을

---

52) 엘리아데, 이은봉 역, 「대지 · 여성, 풍요」, 『종교형태론』, 322~323면.

공급해주고 있다. 깨어 보라. 일어나 보라. 이 우주가 큰 어머니의 뱃속
이 아니냐. 보라. 저 하늘의 반짝이는 별들이, 태양이, 구름이, 빛나는
공기가 모두 가까이 멀리 그대 주위에 떠서 그대를 키우고 돕는 영양분
이 아니냐. 내가 모르고 있는 사이에도 저들은 우리에게 와서 우리를
성장시켜 주었음을 깨어서 보라.

─『나의 나무가 너의 나무에게』 저서에서53)

위 글에서 보듯 시인은 자연인 인간을 볼 때, 우주, 즉 지구생태계인 어
머니의 "뱃속"으로부터 와서 지구생태계인 어머니의 돌봄과 배려, 양육
으로 성장, 소멸, 재생한다고 인식한다. 지구생태계와 인간의 관계를 어
머니와 자녀의 사이와 같은 유기적 관계로 인식하는 것이다. 복잡성으로
서 완전한 지구생태계는 "내가 모르고 있는" 시간에도 "우리를 성장"시
킨다. 그의 이러한 사유는 다음 시「자궁 안에서」에서 구체적으로 형상
화된다.

아침에 문득 깨어나 바라보니
이 세상은 갑자기
하나의 신비로운 자궁 안이네.
이상하여라, 우주 전체가
나를 둘러싸고 떠 있는 큰 자궁이네.
숲의 둥지에서
막 깨어난 새 새끼처럼
놀라운 눈으로 나는 고개를 쳐들고
세상을 내다보며 갸우뚱이네.
하늘에는 아름답게 떠 있는 양수
지상엔 반짝이는 이파리

---

53) 이성선, 『나의 나무가 너의 나무에게』, 5象사, 1985, 129면.

온갖 형상을 만지는 공기의 부드러운 눈빛

이 모두가 나를 향해

풀비늘 반짝이며 밀려오네.

나무에 걸린 구름과 햇살

밤에 빛나는 성진의 무리들이

내 핏줄을 타고 내려와

숨결을 이루네.

이 자궁 속에서 깨어난 나는

새로운 가슴으로 날개를 펴네.

아, 심장을 울리는 북소리

날개를 울리는 하늘 북소리.

　　　　　　－「자궁 안에서」 전문(『나의 나무가 너의 나무에게』)

이 시에서 지구생태계는 모성으로서의 자궁이며, 자궁의 속성은 화엄의 진공묘유眞空妙有와 상응한다. 진공眞空의 의미는 무無이자 본체로 이해할 수 있다. 묘유妙有는 현상적인 의미로서 유有의 면을 나타내지만 무無의 면과 떨어져 있지 않음으로 묘유라 한다. 자궁으로서의 지구생태계는 일체 차별이 없는 진공의 면으로 볼 수 있고 일체의 차별이 완연한 묘유의 면으로 볼 수 있다는 것이다.[54] 그리하여 영겁을 통해 숨었다 나타났다 하는 생명현상의 자재한 양상을 자궁의 속성인 복잡성, 진공묘유로 본 것이다.

위 시에서 시인은 지구생태계를 가리켜 완전한 생태계라는 의미에서 자궁으로 은유한다. 모든 생명체는 아무 것도 없는 듯이 보이는 자궁, 지구생태계 안에서 발아할 뿐 아니라 생명활동을 할 수 있는 생명체로 탄생한다. 탄생 이후에도 모든 생명체는 지구생태계와 유기적으로 연결된 가운데 성장하는 유기체이다. 지구생태계는 생성과 양육의 모든 것을 갖

---

54) 한종만, 「원불교의 회통사상」, 『불교와 유교의 현실관』, 원광대학교출판국, 1981, 432면.

추고 있는 자궁인 것이다.

화자는 "아침에 문득 깨어나" "우주 전체"가 "하나의 신비로운 자궁"이라는 인식에 사로잡힌다. 화자는 자신을 "향해" "반짝이"는 "이파리"와 "공기의 부드러운 눈빛", 즉 자연현상을 가이아인 지구생태계로부터 전해지는 생명줄, 양육의 특성으로 파악한다. "나무에 걸린 구름과 햇살", "밤에 빛나는 성진의 무리들"도 화자의 "핏줄을 타고"와 "숨결을 이"루는 생명수에 다름 아니다. 가시적으로 파악되지 않으나, 현존하며 생명발현하는 공기와 구름과 햇살, 성진이 화자에게는 진공묘유眞空妙有로서의 지구생태계이며, 인간의 성장에 미치는 모성으로 인식된다. 자궁으로서의 지구생태계 속에 존재하는 화자는 지구생태계의 모성적 특성인 사상事象을 통해 생성되며, "심장을 울리는 북소리"를 듣게 된다. 위시의 화자는 지구생태계와 상호 작용하는 가운데 스스로의 생명현상이 발현됨을 인식하는 것이다.

다음 시 「물길」에서는 물의 보이지 않는 속성이 각 개체적 생명체의 순환을 유기적으로 관련시키는 가운데 전체 생태계 내 존재끼리의 다양한 관계를 주도하고 있음이 그려지고 있다.

> 어떤 힘이 물을 바다로 이끈다.
> 보이지 않는 어떤 손짓이
> 풀잎 안의 수액을 방울방울 밀어 올린다.
> 사람의 길은 지상에 있지만
> 물의 길은 하늘에 있다.
> 물에는 별과 나무와 구름과 사람의 그림자
> 우리 모두는 물길에 실려 그런 속삭임으로
> 흐른다. 흐르며
> 은밀히 서로를 숨쉬고 눈짓하고 지절거린다.

풀잎 안의 물방울처럼
우리 얼굴을 허공으로 떠올린다.
달 뜨는 밤처럼
우리 혼은 허공에 실려 있다.
들꽃들은 기억의 눈동자로 들판에 앉아 기다리고
꽃 사이를 거니는 신성한 이가
지금 이곳에 우리와 함께 산다.
이 들판은 우리 아버지의 귀가 묻혀
아버지의 눈동자가 묻혀
아버지의 아버지의 뼈가 묻혀
소나무 위
비껴 떠 하프를 치는 구름을 듣는다.

—「물길」 전문(『벌레 시인』)

"모든 생명은 물에서 태어난다"고 말했던 희랍 철학자 탈레스뿐 아니라, 베다를 비롯한 많은 문헌에서 물은 원초적인 모성을 상징하며 모든 가능성의 원천이다.[55] 물은 살아 있고 움직이며, 영감을 주고 치료하고 예언한다.[56] 그러므로 물은 한계가 없는 가능성 그 자체로서 복잡성을 의미하며, 힘, 생명, 영속성을 현시하는 젖으로 인식된다.[57] 이러한 물의 특성에 대한 고찰은 심층생태주의의 유기론적 복잡성을 이해하는 첫걸음이 된다. 왜 지구생태계가 생명의 양육과 모태의 근원인지 증명하는 근거가 되기 때문이다.

위 시 「물길」에서 물은 진공眞空으로서 아무 것도 없는 듯이 보이나 물질의 생성이란 차원을 넘어 생명체의 탄생과 신진대사, 생명체끼리의 유

---

55) 이승훈, 『문학상징사전』, 고려원, 1996, 175면.
56) 엘리아데, 이은봉 역, 「풍요와 재생」, 『종교형태론』, 271~273면.
57) 바슐라르, 이가림 역, 『물과 꿈』, 문예출판사, 1980, 226~227면.

기적 관계를 이끄는 "묘유"로서의 물질이다. 이와 같이, 가능성으로서의 생성, 생명성이라는 물의 특성을 전제할 때, 지구생태계가 대부분 물로 이루어져 있다는 사실은 진공묘유眞空妙有로서 복잡성이라는 의미를 창출한다. 물은 가시적으로 드러내지 않는 가운데, 생명의 기원일 뿐 아니라, 물을 흡수하고 발산하는 순환의 모든 과정에 관여하며 물을 순환시키지 못할 때, 모든 생명체는 사멸하게 되기 때문이다. 물은 그 자체로서 진공묘유의 특성을 함의하는 것이다.

물은 각 생명체들을 연결하여 전체 생태계의 생명현상을 이끈다는 의미 외에 서로를 포섭하며, 새로운 단계로 생성해가는 물질이다. 위 시에서 물은 강을 거쳐 "바다로 생명을 이"끌고, "풀잎 안의 수액을 방울방울 밀어 올린다." 동시에 "별과 나무와 구름과 사람의 그림자"가 물에 비치고, 그 "물길에 실려" "서로를 숨 쉬고 눈짓하고 지절"거리니 물은 복잡성의 특징을 내포한 진공으로서 다양한 생성의 의미를 갖는다. 실제로 이 세상에 존재하는 모든 생명체는 유기적 관계를 매개하는 물의 역할로 자신의 생명을 유지하는 가운데 전체 생태계의 생명현상이 발현된다.

낮에는 "들꽃들"이 "기억의 눈동자로 들판에 앉아 기다리고" "꽃 사이를 거니는 신성한 이가/지금 이곳에 우리와 함께" 살고 있다는 구절에서도 진공묘유의 특성을 엿볼 수 있다. 비가시적이나, "신성한 이가/지금" 이곳에 실재하는 것이다. 또한 "기억의 눈동자"란 없는 듯 보이나 존재하는 생명성으로 문맥화된다. 들에 핀 "들꽃"도 발아부터 물이 관여할 뿐 아니라, 계속적인 물의 흡수와 발산으로 성장하며 운동한다.

물의 생명과 관련한 복잡성은 모든 개체의 과거와 현재와 미래, 보이지 않는 것까지도 담보하는 특성으로 나타난다. 물을 머금은 "이 들판"에 "우리 아버지의 귀가 묻혀/아버지의 눈동자가 묻혀/아버지의 아버지의 뼈가 묻혀/소나무 위/비껴 떠 하프를 치는" 구절은 이미 죽어 땅에 묻힌

겹겹의 주검까지도 지상에서 대기로, 대기 중에서 지상으로 돌고 도는 유기론적 복잡성의 체계에 엮여 있음을 의미하는 것이다. 이와 같이, 위 시의 유기론적 복잡성과 관련한 여러 양태의 생명현상을 볼 때, 지구생 태계의 비가시적 영역에서 작용하는 여러 가지 활동이 있음을 알 수 있다.

다음 시「보이지 않는 것이」에서도 진공묘유眞空妙有로서의 복잡성에 관한 사유를 포착할 수 있다.

보이지 않는 손이 구름을
숲 속 새의 길을
들판의 꽃 주위 향기를
너와 나의 사랑을 받든다
그가 나에게 호흡을 주며
너의 눈동자에 섬과 같은 빛으로 있다
보이지 않는 것이 거름이 되어
보이지 않는 것이 씨를 키우고
밤 조각배 받들어 한없는 서면 하늘로 간다
한 줄기 풀잎이 우주를 지탱한다
보이지 않는 것이 보이는 것을 사랑하고
그의 두 손이 새벽빛을 받든다
고요한 숲 속에 숨은 물줄기처럼
하늘로부터 흐르는 그분 울림
나에 대한 님의 사랑
쏟아지는 별밭 아래서 나는 보았다
보이지 않는 곳에서 온
나의 몸은 나의 시다

－「보이지 않는 것이」전문(『향기나는 밤』)

지구생태계는 우주와 함께 성주괴공成住壞空과 춘하추동으로 변화해

가며, 그 안의 만물은 성주이멸成住離滅과 생로병사로 변화되어 가는 가운데 그 조화가 무궁하며, 이것을 신묘한 조화로 본다.58) 지구생태계의 이러한 현상을 신과학으로 말하면 소립자를 의미한다. 소립자, 파동은 셀 수도 없고 어느 한 곳에 고정시킬 수도 없어 있으면서도 없는 듯이 묘한 현상을 보이나, 복잡성으로서의 생성과 변화가 있다. 심층생태주의에서는 지구생태계의 이러한 특성에 주목한 것이다.

위 시에서 화자는 "보이지 않는 것이 보이는 것을 받들고/보이지 않는 것이 나를 돌본다"에서 "보이지 않는" 진공 속에 "나를 돌보는" 생명성의 근거가 있음을 강조한다. "보이지 않는" 것이 "나를 돌"본다는 사실이 진공眞空과 묘유妙有의 해석을 가능하게 하는 것이다. "보이는 것"은 생명현상을 발현하는 묘유妙有로써 구체적 형상물을 의미하며, "보이지 않는 것"은 진공眞空으로서의 '구름, 새, 꽃, 풀잎, 새벽빛' 등 여러 개체가 미치는 생명성으로서의 관여로 해석이 가능하다. 그것들은 복잡성 속에서 화자인 '나'와 함께 생성하고 변화해가는 것이다.

진공묘유의 현상 속에서는 개체의 개별적인 성향이 전체를 대변하기에 각 개체가 뚜렷이 드러나 보이지 않으며, 각 유기체는 복잡성의 와중에서도 통일된 전체의 흐름에 몸을 맡긴 채 각자의 특성을 현현한다. 여기서 그 짜임새와 구조를 결정짓는 것은 서로 필연적으로 연결된 진공묘유의 조화에 달려있다. 따라서 화자와 '구름, 새, 꽃, 풀잎, 새벽빛'은 지구생태계를 구성하는 하나의 그물코로서 진공眞空이자 묘유妙有에 해당한다는 사실이 전제되었음을 알 수 있다.

다시 말해, 이 시의 첫 행에서는 "보이지 않는 손"이 "구름을/숲 속 새의 길을/들판의 꽃 주위 향기를/너와 나의 사랑을 받"들고, 마지막 행까지 "보이지 않는 것"이 "나에게 호흡을 주"고, "거름이 되어" 나의 "씨를

---

58) 김홍철, 『원불교사상논고』, 원광대학교출판부, 1980, 131면.

키"운다. "보이지 않는" 존재들 역시 화자인 나를 낳고 나를 키우는 것이다. 화자는 유기론적 복잡성으로서 진공묘유의 작용을 "하늘"이라 지칭하며, 진공을 의미하는 "하늘로부터 흐르는 그분 울림"을 느끼고, 그것을 "나에 대한 님의 사랑"으로 인식한다. 결국 진공眞空은 비어 있는 듯이 보이나 부단히 상호작용을 하고 있는 생명의 작용이다. 가시적인 문명의 이기에 길들여진 현대인들의 무감각함은 생명현상으로서 지구생태계의 특성인 진공묘유를 깨닫지 못하고 있는 것이다.

이와 같이 지구생태계 내 다양한 존재들은 진공묘유의 상태로서 가시적 존재이든 비가시적 존재이든 생명성을 내장한다. 이성선이 탐색하는 유기론적 복잡성의 또 한 가지 사유는 지구생태계가 진공묘유眞空妙有의 특성으로서 모든 생명체를 생성하고 변화시켜간다는 사실인 것이다.

3. 시공적 초월로서의 순환성

심층생태주의의 유기론적 특성으로 볼 때, 지구생태계의 일체적인 현상은 끊임없이 상호 의존적으로 발생하고 소멸하는 과정이다. 물질세계도 그 성질에 따라서 다른 물질로 계속 변화한다. 시간 안에서 변화하는 것이 아니라 변화하기 때문에 시간관념이 생기는 것이므로 공간 역시 순환성으로 개념화할 수 있다. 변화의 과정이 세계 속에서 우리가 경험하는 바 전부라는 것이다.[59] 이성선의 시에서 나타나는 순환성은 초월적인 특징을 보인다는 점에서 다른 시인들의 시에 나타나는 순환성과 비교된다.

이성선 시에서 순환의식은 통시적 초월과 윤회의 사유, 공시적 초월과

---

59) 김상일, 「사실 존재와 '있음' 그대로」, 『화이트헤드와 동양철학』, 83면.

범아일여梵我一如로 구분할 수 있다. 먼저 그의 시에 나타난 통시적 초월
과 윤회의식을 보기로 한다.

1) 통시적 초월과 윤회의식

　　지구생태계가 하나의 거대한 유기체라고 본다면 그 속에 내재하는 크
고 작은 존재들은 모두 통시적으로 초월한 가운데 윤회할 수밖에 없다.
그것은 자연이나 생물에서 그치지 않는다. 그동안 인간이 무생물이라고
분류해 왔던 대상과 인위적으로 만들어낸 역사나 사회까지도 일체의 유
기체로서 살아간다는 의미이다. 모든 개체는 통시적으로 순환하며 윤회
하는 것이다.

　　그러나 근대의 생산방식에는 그 내부에 생태계의 유기체적 특성을 고
려하지 않는 법칙이 전제되어 있고, 현대인의 소비방식 또한 자연의 순
환성을 고려하지 않는 특성을 보인다. 소비성향은 지구생태계를 대상으
로 자원 고갈과 함께 쓰레기를 배출하는 가운데 생태계 파괴를 가속화하
며, 무기물에서 좀 더 파급력을 보인다. 소비지향적 인간은 무기물에 생
명이 없으며, 따라서 순환과 무관하다고 인식하기 때문에 무기물을 소유
하고 파괴하는 행위에 대해 반성적 인식을 하지 않는다. 지구생태계의
통시적 순환성을 고려하지 않는 것이다.

　　다음 시 「강물 속의 여인숙」에서는 근대적 가치관에 대응하는 입장으
로서 지구생태계의 순환성에 대한 초월적 사유가 펼쳐진다.

　　　　이슬 누더기 덮고 자는 새벽강

　　　　여름날 아침 농부가 그 속에서

어깨에 삽을 메고 나오고

저녁에 달이 빠져
막노동꾼도 개도 망초꽃도
둑길을 따라가고

삿갓 쓴 산과 키 큰 풀들이
내려가 섰다. 거꾸로

늦게 돌아오던 스님도 그녀 품속에 들어가
자다가 떠나는 곳

새벽에 더 깨끗이 눈뜨는 여자
       ㅡ「강물 속의 여인숙」 전문(『내 몸에 우주가 손을 얹었다』)

위 시에서 화자는 강을 유기론적 순환성의 표상물로 인식한다. 강, 즉 물은 대상을 해체하고 정화할 뿐 아니라 새로운 가능성으로 풍요케 하기 위해 창조를 주기적으로 반복한다. 기존의 것을 해체하고 폐기하며, 죄를 씻어버리는 가운데 새로운 생명을 부여하는 것이다.[60] 그러므로 물은 원천과 기원(vons et origo)을 의미할 뿐 아니라, 모든 존재의 생명발현에 관여하는 순환성을 의미한다.[61]

이를 토대로 지구생태계의 유기론적 순환성을 고려할 때, 서로 간의 관계에서 특정 존재의 욕망이 과도하게 충족되어서는 순환성의 부조화가 초래될 것임을 예측할 수 있다. 과학기술과 대량 생산구조가 이끌어가는 자본주의의 생활방식은 인간으로 하여금 갈수록 편리함과 크기에

---

60) 엘리아데, 이은봉 역, 「물과 물의 상징」, 『종교형태론』, 264면.
61) 엘리아데, 이은봉 역, 「풍요와 재생」, 위의 책, 295면.

대한 욕구를 부추기기 때문에 결과적으로 순환성에 부조화를 초래하는 것이다. 여기서 가장 심각하게 대두되는 문제는 인간과 무기물질의 순환 성이다. 인간이 물질의 소비를 통해 욕망을 충족시키는 만큼 자연으로서 의 무기물은 고갈되고, 자연생태계의 균형은 깨어질 수밖에 없기 때문이다.

이를 전제할 때, 생태계에 존재하는 모든 개체적 생명체는 스스로 하 는 행위의 결과가 지구상에 존재하는 다른 생명체의 삶에 대한 미래의 가능성을 파괴하지 않도록 각자 부피를 줄이고 가난한 삶을 실천해야 한 다[62]는 당위가 성립된다. 이러한 발언은 순환성의 측면에서 볼 때, 특히 의미가 있다. 지구생태계 내 모든 개체는 통시적으로 순환할 때, 비로소 생명발현이 가능하기에 순환성으로서의 존재방식이 전제되어야 한다는 것이다.

그러한 관점에서 볼 때, 자연생태계를 상징하는 「강물 속의 여인숙」 에서 "여인숙"이라는 어휘가 가리키는 바는 새로운 생명을 부여하는 가 능성의 모태이자 순환성의 담지체이다. 모든 개체들은 치유의 상징인 '강물'로 회귀했다가 다시 생성하는 존재인 것이다. 실제 침례는 형태 이 전으로 되돌아감, 완전한 재생, 새로운 탄생으로 회귀하는 활동을 상징 한다.[63] 물에 들어감은 존재 이전의 무형태성으로 돌아가는 것을 뜻하는 것이다. 위 시 「강물 속의 여인숙」은 그러한 이상이 실현된 생태계의 비 유로 볼 수 있다.

위 시에서 물의 "누더기"로 표현되는 이슬 역시 증발하여 대기로 올라 갔다가 다시 맺히는 특성을 환기할 필요가 있다. "개, 망초꽃들" 또한 동 물과 식물의 표상이라는 의미를 부여할 수 있으며, "농부"는 자연생태계

---

62) Hans Jonas, *Das Prinzip Verantwortung, Versuch einer Ethik für die technologische Zivilisation* (Frankfurt, 1979), p.36(이진우, 「환경위기의 근원과 생태학적 진보주의」, 『녹색사유와 에코토피아』, 문예출판사, 1998, 218면에서 재인용).
63) 엘리아데, 이은봉 역, 「물과 물의 상징」, 앞의 책, 265면.

의 순환성에 부합하는 삶을 영위하는 존재를 표상한다. 이와 같이, 순환성을 내포한 대상들은 "강물"의 "품속에 들"어 갔다가 다시 나오는 순환의 과정을 통해 생명현상을 발현한다.

여기서 "새벽에 더 깨끗이 눈뜨는 여자"는 순환성의 상징적 의미가 강조된 표현으로 볼 수 있다. 물에 의한 세정식은 세계가 처음 창조되었을 '그때'를 현시점으로 가져오고자 하는 목적으로 행해지기 때문이다.[64] 그러므로 강물의 품속에 들어갔다가 나오는 의식은 인간과 세계의 새로운 탄생을 의미한다. 물과 접촉할 때 그것은 모두 물로의 귀환과 창조라는 우주 순환의 기본적인 계기를 요약하는 것이다.

이와 같이, 지구생태계 자체는 모든 개체가 순환하는 과정이므로 인간은 자연을 대상으로 자연 자체로서의 본질을 훼손해서는 안 되며, 자연 스스로가 본연의 모습을 회복할 수 있도록 자생력을 빼앗지 않는 범위 내에서 활용해야 한다. 그 이유는 지구생태계의 모든 존재가 서로 유기적으로 관련되어 있을 뿐 아니라, 각 존재의 존재 근거 자체가 순환성에 의존해 있기 때문이다.

다음 시 「입산」에서는 사멸死滅의 과정에서 파악되는 통시적 초월과 윤회의식에 대해 살펴볼 수 있다.

> 차가운 땅바닥에 떨어져 누운
> 낙엽의 저 따뜻함.
> 팔 벌려 오히려 넓게
> 세상을 껴안았구나.
> 나무에 매달려 있을 때
> 너는 부분이었다.
> 그러나 떨어져 전체로 돌아가는 길

---

64) 엘리아데, 이은봉 역, 「풍요와 재생」, 위의 책, 296면.

아니 너는 이미 전체가 되었다.
하늘을 이불로 땅을 요로
해와 달이 등불이요 별이 지붕이다.
너에게는 길이 따로 없다.
부서지고 밟히고
흩어져 무로 돌아가는 것
다시 기름이 되는 것.
땅에 발붙이고 사는 이들에
몸의 습기 다 되돌려 주고
맑은 몸으로 입산하는구나.
너는 어제의 너가 아니다.
내 다시 한 하늘로
달 뜨는 방향의 허공으로도
너를 말할 수 없구나.

—「입산」 전문(『벌레 시인』)

위 시 「입산」에서도 통시적 초월과 윤회의식을 살필 수 있다. 시인은 나뭇잎의 사멸을 생명현상의 한 과정으로 받아들인다. "차가운 땅바닥에 떨어져 누운/낙엽의 저 따뜻함./팔 벌려 오히려 넓게/세상을 껴안았구나."는 사멸을 생명현상의 한 과정으로 보는 통시적 초월과 윤회의식에 바탕을 두고 있는 표현이다. "나무에 매달려 있을 때/너는 부분이었다./그러나 떨어져 전체로 돌아가는 길/너는 이미 전체가 되었다." 역시 탄생 이전으로 돌아가는 윤회의식의 의미를 창출한다.

생명체의 사멸 또한 생명현상의 과정으로 받아들이는 이러한 인식을 전체 생태계의 문제로 확대시키면 무기물질의 존재 이유를 좀 더 긍정적인 관점에서 이해할 수 있다. 낙엽을 일러 "흩어져 무로 돌아가는 것/다시 기름이 되는" 것으로 인식한다는 것은 무기물질 또한 한 때 생명체였으며, 무기물질이 됨으로써 전체생태계에 온전히 결합하여 새로운 생성의 계기를 마련할 뿐 아니라, 다른 생명체의 생명활동에 바탕이 된다는 의미를 창출한다.[65] 다시 말해, 자연 속에 있는 모든 유기체적 생명체와 비유기체적 물질은 상호작용을 통해 통시적 초월의 윤회를 거듭하며, 그 과정이 바로 생명현상이라는 것이다.[66]

통시적 초월의식에 바탕을 두고 있는 화자는 특히 인간으로 하여금 자연에 속한 사멸적 존재라는 점을 인정하기를 촉구한다. 지구를 인간이 거주할 수 있는 생태계로 만들기 위해서 우선적으로 요구되는 것은 인간 스스로 사멸적 존재라는 점을 인정하고 수용하는 인식의 전환이라는 것이다. "인간이 지상에 거주하고 또 이 거주를 통해 지구를 지구로서 존재하도록 하는 것"[67]이 인간에게 유일한 가능성이라면, 스스로 사멸적 존재라는 사실부터 인정해야 하기 때문이다.

생명체의 사멸성은 각 개체의 생명현상이 발현되는 가운데 개체 스스로 생로병사라는 숙명을 지니고 다른 사물과 상호 순환할 수밖에 없는 초월적 운명임을 의미한다. 생명체가 개체 단독으로 볼 때, 자족적으로 존재할 수 없고 열려 있는 체계에 의해서만 존재할 수 있기에 그 생명은 순환성 속에서 소멸이라는 죽음을 담보한다는 것이다.

"생명이 없는 돌이나 금속을 확대해서 보았을 때, 그것들은 활성으로 충만돼 있으며 가까이 보면 볼수록 더 생동하는 것으로 보인다"[68]는 학설은 생명이 죽음을 담보한다는 사실과 관련하여, 무기물 모두가 살아 숨쉬는 생명체임을 환기한다. 심층생태주의에서는 이러한 사실을 중시

---

65) 정순진, 「순환의 질서를 위하여」, 『녹색평론』, 1998.7~8월호, 75면.

66) 이진우, 「자연의 자유, 인간의 필연」, 『녹색사유와 에코토피아』, 191면.

67) M. Heidegger, *"Der Ursprung des Kunstwerkes," Holzwege, Gesamtausgabe, Bd. 5*(Frankfurt am Main, 1977), p.195(이진우, 「생태학적 상상력과 자연의 미학」, 『초록생명의 길 II』, 434면에서 재인용).

68) F. 카프라, 김용정 외 역, 「대비」, 『현대물리학과 동양사상』, 256면.

하며, 유기론적 순환성의 사유 안에서 무기물 또한 생물과 다를 바 없다고 본다. 무기물을 생명체로 보는 사유는 특히, 신과학자들의 학설로 인해 점점 설득력을 확보해 가고 있는 추세이다. 한스 요나스를 비롯한 신과학자들은 물질에도 정신이 깃들어 있다는 사실을 밝혀 낸 것이다. 이러한 사유로 접근할 때 생성과 사멸은 구분되어야 할 독자적 현상이 아니라 순환의 양상일 뿐이다.

다음 시 「山上에서」에서는 물질의 순환성이 형상화된다.

> 대청봉 위에서 맑게 솟는
> 물을 마시니
> 티벳 영산 물 한 모금이 줄었다
>
> 설악에 엎드린 내가
> 히말라야 성수를 끌어 마셨구나
>   ─「山上에서」 전문(『내 몸에 우주가 손을 얹었다』)

위 시에서는 물질을 표상하는 물을 대상으로 통시적 초월에 대한 순환성의 의미를 포착할 수 있다. 위 시 「山上에서」의 화자는 "대청봉 위에서 맑게 솟는/물을 마"셨는데, "티벳 영산 물 한 모금이 줄었다"고 인식한다. 화자가 볼 때, 설악산의 샘물은 히말라야의 성수와 그 뿌리가 같으며, 각 부분은 멀리서도 상호 순환하는 세계에 포함되며, 초월적으로 공명한다. 따라서 화자가 "설악에 엎드"려 마시는 샘물 한 방울은 오랜 시간을 순환하여 설악산 계곡에 이른 "히말라야 성수"인 셈이다. 티벳과 설악 사이에 솟는 샘물은 순환성의 한 고리에 걸려 있는 것이다.

이와 관련하여, 세상 모든 개체는 하나로 연결되어 있고 상호 순환하는 영향관계에 놓여 있다는 사실을 포착할 수 있다. 이를 확대하면 지구생태계 내 각 개체에 내장된 모든 물은 오래 전 "티벳 영산"의 물이며 "히말라야"의 "성수"라는 인식에 닿게 된다. 따라서 "티벳 영산"의 물은 오래 전 "설악" "대청봉" 아래 내장된 물이다. 현재 모든 개체적 생명체의 몸 안에 들어가는 한 방울의 물도 "티벳 영산"의 물이며, "설악" "대청봉"의 물인 것이다. 누군가가 설악산 정상에서 솟는 물을 한 모금 마시면 히말라야 어느 기슭의 물이 한 모금 줄었을 것이고, 수돗물을 떠서 차 한 잔을 끓여 마셨다면 바닷물 한 잔이 들어드는 이치가 그것이다. 이를 통해 모든 물은 끊임없이 이어지는 윤회의 표상물임을 알 수 있다. 그러하기에 어느 한 곳이 오염되면 순환성으로서의 생태계 전체가 오염될 수밖에 없는 것이다.

다음 시 「異變」에서는 통시적 초월로써 이루어지는 소리의 순환성에 대해 살필 수 있다.

> 낙산사 주지스님 방에는 파도만 치면 바다 울림으로 문고리가 떨린다. 하늘에 이변이 생겨 사천왕 눈빛이 빛나고 원통보전 주춧돌에 번개가 내릴 때 스님이 잡은 비파 천년 잠든 현이 미친 듯 울며 깨어나, 바다를 부수고 세상을 부수고 하늘을 부수어 등 굽은 스님 절벽귀를 후려 때린다.
>
> 경내 비틀린 고목 가지에 다시 별이 뜨고 삼십삼천 하늘이 추녀 끝으로 깊이 빛나는 밤 독방에 좌선하여 하늘로만 귀를 열어놓고 시간을 쓸어내는 스님 앞에 떨리는 문고리. 이승과 저승의 바다에 붉게 떠오르는 달.
>
> ─「異變」 전문(『나의 나무가 너의 나무에게』)

위 시의 화자는 비파소리의 생성 과정에 주목한다. 원래 소리는 마찰을 통해 생성되므로 소리의 생성 자체가 유기론적 순환의 세계라는 의미를 동반한다. 비파 소리는 영겁의 시간을 거쳐 현현되는 윤회의식의 소산인 것이다. 따라서 위 시의 표제 '異變'이란 세상의 모든 인연들이 비파 소리를 통해 스스로를 발현하는 순간을 의미하게 된다. 그 이변은 "하늘"과 고찰의 주변과 우주현상의 변화를 수용하는 가운데 저승까지도 포함한다.

위 시에서 비파 소리는 "파도만 치면 바다 울림으로 문고리가 떨리"는 순환의 과정에서 "주지스님 방" 앞에까지 이른다. 결국 파도의 힘은 "바다"의 "울림"으로 "문고리"를 떨게 하고, "주지스님 방" 앞 "원통보전 주춧돌에 번개"소리로 출현할 때까지 돌고 돈다. 돌고 돌아 온 파도의 힘은 스님의 손을 거쳐 윤회한 가운데 천년이나 잠들어 있던 비파를 통해 소리로 생성되는 것이다. 그 소리는 천 년의 세월을 지나 우주와 교통하는 가운데 "바다를 부수고 세상을 부수고" 마침내 "스님"의 "절벽귀를 후려 때"리며, 비파소리로 현현된다. 소리에 감응하는 스님조차 통시적 초월의 세계로 포섭된 윤회의 대상인 것이다.

이와 같이, 위 시 「異變」은 비파 소리를 통해 "이승과 저승", "비파"와 "스님"이 관계되는 통시적 초월의 순환성을 보여준다. 이는 지구생태계 내에서 생성되는 모든 소리 또한 유기론적 순환성의 법칙 안에서 예외가 아님을 반증한다. 지구생태계 내에서 발생하는 소리조차 유기론적으로 관련되어 윤회하는 가운데 생성한다는 것이다.

2) 공시적 초월과 범아일여(梵我一如)

생태주의의 개념은 '오이콜로지아Oeakologia'라는 그리스어에서 유래하며, '오이코(Oeako: 집)'는 지구생태계를 의미한다. 여기서 집은 전체 지구생태계를 하나의 공간으로 본다는 사실을 전제한다. 그런 점에서 범아일여梵我一如는 공간을 하나로 보는 생태주의와 상응하며, 전일적 사유라는 측면에서 심층생태주의의 가치와 통한다. 공간으로서의 지구생태계와 개체가 하나임을 강조한다는 점에서 심층생태주의의 유기론과 같은 입장인 것이다.

힌두교는 불교사상에 영향을 미쳤으며, 범아일여梵我一如는 자아 확장을 추구한다는 점에서 화엄사상과 같은 맥락이다. 네스의 '자기실현'이 간디의 영향에서 비롯된 바, 아트만과 브라흐만의 순환은 자아 확장을 의미한다.[69] 이와 같은 개념의 이해에 기초가 되는 신화는 '프라자파티(Prajapati: 생명의 주란 뜻)'에 관한 이야기로부터 비롯된다. 이 신화에 의하면 우주 자체는 프라자파티의 희생 그 자체의 은유이다.[70] 이 신은 수중水中의 황금알에서 태어나는 것을 시작으로 해서 결국은 '프라자파티'라는 조물주가 조각조각 나누어져 오늘날의 삼라만상, 지구생태계로 존재한다는 것이다.

한편, 프라자파티는 자기 자신을 질료로 삼아 '우주'를 창조하였는데, 창조에 의해 스스로의 실체가 텅 비게 되자 죽음이 두려워졌다고 한다. 그러자 신들이 그를 회복시키고 소생시키기 위하여 봉헌물을 가져왔다. 봉헌물을 통해 프라자파티를 되돌리면 전 우주가 초월적 순환을 통해 다시 온전한 하나도로 되돌려진다. 이런 제의는 프라자파티의 복원이라는 의미를 갖는다. 또한 누구든, 그 점을 깨달아 선행을 하든, 단지 깨닫기만 하여도 조각난 신성은 온전하고 완전하게 복원된다고 한다.[71] 이러한 신화를 토대로 범아일여梵我一如 사상이 태동한 것이다.

다시 말해, '프라자파티, 범梵, 브라흐만'은 전일성으로서 하나라는 의

---

69) 와위크 폭스, 정인석 역, 「아네 네스와 디프 이콜로지의 의미」, 앞의 책, 109~163면, 356~357면 참조.
70) F. 카프라, 「동양 신비주의의 길」, 『현대물리학과 동양사상』, 121면.
71) 엘리아데, 심재중 역, 「시간의 갱신」, 『영원회귀의 신화』, 이학사, 2009, 85면.

미이며, '아我'는 '아트만'으로서 개체를 표상한다. 우주의 근본 원리인 '브라흐만'에 이르기 위해서는 인식 주체로서의 자아인 아트만은 그와 합일되어야 한다. 이런 사유를 긍정할 때, 인간은 유기론적 자연관을 갖게 되고, 유기론적 존재로서 온전한 생명발현을 하는 사실을 수긍하게 되는 것이다. 범아일여에 대한 시인의 사유를 보기로 한다.

> 동양정신의 핵은 통합 즉 선(禪)이다. 일상적인 나(我) 혹은 파편화된 개(個)를 불립문자(不立文字), 교외별전(敎外別傳), 직지인심(直指人心), 견성성불(見性成佛)의 백척간두에 내몰아 세워 어느 순간 스스로를 반전시키고 전체인 대통합의 세계에 편입하는 것, 이것이 선이다. 정신주의 세계관은 이것에 접근하여 나를 무화(無化)하기를 갈망하고 그래서 아트만과 브라만의 일치 즉 범아일여를 꿈꾼다. 거리에 넘치고 곳곳에 나뒹구는 '나'를, 여기저기서 싸우고 충돌하며 피 흘리는 '나'를 지우는 방법으로 이것 외에 무엇이 있겠는가[72]

위 인용문에서 보듯, 이성선은 "나[我]를 견성성불見性成佛의 백척간두에 내몰아 세워 어느 순간 스스로를 반전시키고 전체인 대통합의 세계에 편입하는" "범아일여를 꿈"꾼다. 그러한 그의 사유는 그의 시편 곳곳에서 공간 초월의 양상으로 형상화된다. 다음 시 「하루」에서는 자신이 우주 전체가 되는 공시적 초월의 사유가 나타난다.

> 밤중에 실오라기 하나 걸치지 않은
> 내 몸을 거울에 비추어 본다.
> 나는 강물로 흘러 가고 있다.
> 이 강물 속에는
> 내가 먹은 모두가 살아 걸어간다.

---

72) 이성선, 「정신주의의 서정성과 우주적 생명관 확보」, 앞의 책, 40~57면.

감자, 벼이삭, 도라지꽃, 배추, 고등어, 소 한 마리……
전날 먹은 또 그 전날 먹은
모두가 함께 얼굴 비비며 정답게 떠 있다.
이들은 언제까지 나의 강물을 흐를까.
강물이 어느 날 마르면
이들은 모두 물방울 털고 나와서
다시 제 길 찾아 걸어갈 것이다.
각각 제 온 길을 찾아서 갈 것이다.
밤중에 발가벗고 나를 들여다보고 있으면
내 집에 들어와사는
온갖 사람들의 목소리.
언젠가는 나를 떠난 다른 강물을 찾아나설
별만큼 많은 보습들.
그들이 흘러가는
거울 속의 발가벗은 강물은
어디서 와서 어디로 가는 강물인가.

─「하루」 전문(『별이 미치는 지붕』)

위 시에서 화자는 자신의 몸을 대상으로 범아일여梵我一如의 사유를 펼쳐간다. 시인은 자신의 "몸을" '범凡'으로써 "강물"로 비유하며, 그 "강물 속에는" 시인이 하루 동안 "먹은 모두가" 아트만으로서 "살아" 있다. "감자, 벼이삭, 도라지꽃, 배추, 고등어, 소 한 마리……/전날 먹은 또 그 전날 먹은" 그 "모두가 함께 얼굴 비비며 정답게 떠 있다." 화자의 몸 안에서 미생물까지도 '아트만'으로서 생명현상을 발현하는 가운데 '프라자파티'와 '브라흐만'으로서의 순환을 계속한다. 위 시에서 화자의 몸은 유기론적 자연인 지구생태계로 비유되어 있는 것이다.

화자의 사유는 계속된다. 스스로의 몸인 "강물이 어느날 마르면/이들은 모두 물방울 털고 나와서/다시 제 길 찾아 걸어갈 것이"라 예감한다.

스스로 사멸하면 그들은 '프라자파티', '브라흐만'으로 되돌아갔다가 다시 '아트만'으로 생성되고 다시 '프라자파티'로 합일하는 초월적 순환을 계속할 것이라는 것이다. 이와 같이, 범아일여梵我一如는 지구생태계의 모든 개체가 유기적 관계임을 보여주는 공시적 초월의 사유이며, 심층생태주의의 유기론적 사유와 상응한다.

다음 시 「바람의 노래」에서도 공시적 초월과 범아일여梵我一如의 사유를 포착할 수 있다.

수우족처럼은 아니지만
어릴 때 들길을 걸으면서 알았다
내 영혼은 바람이 주셨다는 것을
지금도 걸으면서 느낀다
내 눈동자 속의 눈동자에서는
그 분과 하나다
나는 이것을 그치지 않고
노래하기를 열망한다
새벽 풀잎에 별이 흐를 때
나의 귀는 듣는다
밭고랑 감자가 냇물에게 들려주는 노래
메꽃 속에 늦잠 자는
벌레의 잠꼬대 소리
바람은 이들로 향기롭다
이들은 내게 와서
들판으로부터 나를 키웠다
수우족처럼은 아니지만
나는 알았다
그리고 지금도 안다
아름다운 것은 단순하고 작다

수우족이 그렇게 살고
내가 어릴 때 그렇게 살았던 것처럼
                    ―「바람의 노래」 전문(『내 몸에 우주가 손을 얹었다』)

융에 의하면 아랍인들의 경우, 바람은 숨결과 정신이라는 두 가지 의미를 함의한다.[73] 고도의 활동 단계로 들어갈 때 바람은 태풍이 되며, 이것은 물·불·공기·대지 네 요소가 종합된 것으로 비옥과 소생의 힘을 상징한다. 이를 통해, "바람"은 "물·불·공기·흙"을 포함하는 '브라흐만'의 표상임을 알 수 있다. 바람은 또한 능동적이고 격렬한 상태에 있는 공기로, 이런 공기는 창조적 숨결이며, 발산이라는 점에서 지구생태계의 생명현상을 좌우하는 '브라흐만', '프라자파티'로서의 속성으로 간주된다. 인도의 사상에 의하면 공기는 우주를 '짜고' 호흡은 인간의 생명을 '짜고' 있다. 또한 여러 물질, 현상들은 공기적 힘인 바람에 의해 순환하며 결합한다.[74] 바람은 그 자체로 '브라흐만'으로서의 유기체인 것이다.

위 시 「바람의 노래」에서 시인은 이러한 특성을 강조한다. 위 시에서 화자는 "새벽 풀잎에 별이 흐를 때" "밭고랑 감자가 냇물에게 노래를 들려주고" "메꽃 속에 늦잠 자는/벌레"가 잠꼬대하는 소리를 듣는다. 식물과 무기물, 식물과 벌레가 서로 소통하며 우주를 '짜고' 생명을 '짜고' 있는 소리가 들리는 것이다. 이는 바람이 화자를 비롯한 생명체끼리 서로 순환하게 도움으로로써 생명발현이 가능해진다는 사실을 의미한다. 생태계 내 인간과 동·식물은 무기물인 바람의 힘으로써 순환하는 가운데 각자의 생명발현이 가능한 것이다. 이러한 사유의 일환으로 종종 그는 보기보다 듣기를 강조한다.

---

73) 이승훈, 앞의 책, 187면.
74) 엘리아데, 이은봉 역, 「풍요와 재생」, 『종교형태론』, 258면.

우리 각각은 한 실에 꿰인 구슬 같은 존재지요. 따라서 우리가 나를 노래한다는 것은 너를 노래하는 것입니다. 풀잎 달 나무 바람 벌레를 노래함은 그것 자체를 노래함이 아니라 나를 노래함입니다. 옛사람은 더 잘 알기 위하여 더 조용히 귀를 기울였습니다. 그 속에서 자기가 누구인지 알았습니다. 그리고 자연은 생명체 각각의 총합보다는 크다는 것도 깨달았습니다.[75]

위 인용문에서 보듯, 근대 경험 이후의 "옛사람은" "풀잎 달 나무 바람 벌레"를 "더 잘 알기 위하여" "조용히 귀를 기울"인다. 여기서 본다는 것은 그 시적 주체가 어떻게 바라보는지가 우선된다는 점에 대해 환기할 필요가 있다.[76] 또한 시각은 시각적 대상을 제한하면서 시각의 착오를 발생시킬 가능성을 언제나 가지고 있음이 환기된다. 이를 전제할 때, 촉각·미각·후각 등이 동화적이고 합리적 감각이며, 청각이 전체적·전면적인 감각인 것과 달리 시각은 대립적 감각이며 질적 통일성을 양적 단일성에 환원시키는 약점을 지닌다는 사실을 알 수 있다.[77]

따라서 여기서 듣는다는 사실은 전체적·전면적인 감각으로서 '아트만'에서 '브라흐만'으로의 깨달음을 의미한다. "그 속에서 자기가 누구인지 알"게 되며, "자연은 생명체 각각의 총합보다" 크다는 공시적 초월의식에 도달하게 된다는 것이다. 이는 보고 들음을 같이 한다는 사실의 강조로써 범아일여梵我一如의 초월적 인식에 동반하는 순환의 의미를 생성해 내기도 한다. 이와 관련하여 다음 인용문은 시사하는 바가 크다.

소, 돼지, 양 등이 모두 사람과 같은 생체적 리듬의 체계 안에 연결되

---

75) 이성선, 「생명·우주율·시」, 앞의 책, 5~13면.
76) 구모룡, 「시와 시선」, 『21세기 문학의 동양시학적 모색』, 새미, 2001, 166면.
77) 콜린 데이비스, 김성호 역, 『엠마누엘 레비나스—타자를 향한 욕망』, 다산글방, 2001, 96면 참조.

어 있고, 보름날 둥그런 달이 허공중에 뜨면 인간도 나무도 풀잎도 짐
승도 돌멩이도 바다 속의 게도 함께 흥분하는 것, 이 우주의 수런대는
소리, 이 큰살림을 받들고 거기에 함께 참여하며 그들의 일원으로 하나
가 되는 것, 이것이 정신주의 세계관의 또 하나 지향점이다. 이 정신은
본래 동양사상에서 나온 것으로 자연의 일원으로 합일하여 무한히 열
려 있는 삶을 살아갈 때 우리는 비로소 인간이며 이때 사람이다.[78]
　생태의식을 계발한다는 것은 침묵과 고독을 알게 된다는 것을 뜻하
며, 또한 듣는 방식을 배운다는 것을 뜻한다. 그것은 보다 관대하고 보
다 믿음직하고 보다 전체적인 지각 능력을 배우는 것이며, 그리고 과학
과 기술을 비착취적으로 사용하는 방식을 생각하는 것이다.[79]

위 글에서 보듯 이성선은 "소, 돼지, 양들이 모두 사람과 같은 생체 리
듬의 체계 안에 연결되어" 있기에 듣는 방식을 배워야 한다고 강조한다.
인간의 근본에 내재한 심성과 직관은 자연현상 그 자체이므로, 듣는 방
식을 통해 관계할 때 가장 자연스러운 상태로 소통할 수 있다고 보기 때
문이다. 이는 전일성의 특성을 담지함으로써 범아일여梵我一如의 사유와
상통한다.

전일성을 강조하는 범아일여梵我一如사상의 자연에 대한 이해를 심층
생태주의의 입장에서 볼 때, 유기론적 순환성으로 변용 가능하다. 인간
이 자연을 대할 때 지엽적으로 보기보다는 자연 그 자체를 향해 더욱 열
려 있기를 바라는 공시적 초월의 의미가 담겨 있는 것이다. 인간이 인간
외의 자연을 향해 열려 있을 때 인간 외의 자연과 인간은 상호 간 온전하
게 관계되며, 그러한 가운데 전체 생태계의 생명발현이 순조로워질 것이
기 때문이다.

위 시에서 또한 시각적 방식으로 바라볼 대상들을 듣는 방식으로 인지

---

78) 이성선, 「정신주의의 서정성과 우주적 생명관 확보」, 앞의 책, 40~57면.
79) Bill Devall & Ceorge Session, *op.cit.*, p.8.

한다는 사실을 범아일여의 관점으로 해석할 때, "듣는" 행위의 "아트만"
과 "보는 행위"로서의 "아트만"이 합일함으로써 범아일여에 이르는 공시
적 초월의 의미를 생성하게 된다. 시각적인 방식은 보는 자의 안목, 즉
'아트만'으로서 주체의 권력이 개입됨으로 인해, 파편화되는 데 비해 듣
는 방식은 대상 전체로 열려 있게 됨으로써 '브라흐만'의 지향성을 함의
하는 것이다. 화자는 "이것을 그치지 않고/노래하기를 열망한다"고 발화
한다. 심층생태주의의 관점에서 볼 때 개체적 존재의 진정한 자아실현은
범아일여의 상태로서 자연생태계와 유기적으로 관계될 때 실현될 수 있
다는 것이다.

이와 같이, 위 시에서는 모든 생명체의 생명발현에 반드시 무기물인
바람이 각 '아트만'을 매개해 '프라자파티'로 되돌리는 역할을 함이 강조
되어 있다. 더불어 무기물과 인간의 관계에서 인간의 절제가 필요함이
강조된다. '아트만'인 인간은 '브라흐만'으로서의 사유를 인식하고 그에
도달하기를 추구해야 하며, 이러한 공시적 초월의 사유는 심층생태주의
의 유기론적 생명 이해와 맞닿는다. 이는 비단 바람 뿐 아니라, 공기와 흙
을 포괄하는 무기물 전체로 확대 해석이 가능하다. 그들에게도 영성,[80)]
즉 생명력이 깃들어 있다는 것이다.

> 설악산은 나의 지붕이다.
> 지붕 끝으로 밤이면 별이 뜬다.
> 기왓골 깊이깊이 물소리가 잠긴다.

---

80) "모든 수준의 생물과—식물, 동물, 인간—무기물인 그 환경 사이에서 일어나는 상호작
　용은 인지적 · 정신적인 상호작용이 된다. 따라서 생명과 무기물의 인지도 밀접하게 연
　결된다고 볼 수밖에 없다. 마음은—정신적 과정—생명과 모든 수준의 물질 속에 내재하
　고 있다."
　이우붕, 「새로운 환경관」, 경상대학교 인문과학 연구소, 『인문학과 생태학』, 백의, 2001,
　96면.

동해는 나의 마당이다.
새벽에 일어나 뜨락을 쓴다.
일렁이는 푸른 잔디밭에 올라온

퍼들쩍거리는
생선 한 마리
붉고 싱싱한 햇덩이
나는 빙긋이 웃으며
젓가락으로 집어 숯불에 구워
아침상에 올린다.

ㅡ「나의 집 1」 전문(『별까지 가면 된다』)

위 시에서 화자는 지구생태계 전체를 집으로 인식하는 공시적 초월의
식과 범아일여의 사유를 보여준다. 화자에게 "설악산"은 그의 집 "지붕"
일 뿐 아니라, 그 지붕의 "기왓골 깊이깊이 물소리가 잠긴다" "동해"를
화자의 집 "마당"이라고 인식하기 때문이다. 따라서 식탁에 올라온 "생
선 한 마리"는 "붉고 싱싱한 햇덩이"로 환치된다. 시인, 즉 화자는 "숯불
에 구워/아침상"에 올린 "생선 한 마리"가 "붉고 싱싱한 햇덩이"이며 스
스로 그것을 먹는다는 사실을 인식하는 것이다.

앞서 논의되었던 '프라자파티'의 사유로 볼 때, 설악산도 '프라자파
티'의 조각이며, 지붕도 '프라자파티'의 조각이다. 당연히, "퍼들쩍거리
는/생선 한 마리"는 "붉은 햇덩이"로서 프라자파티이며, "붉은 햇덩이"
로서의 생선을 먹는 화자 역시 프라자파티이다. 이 모두가 프라자파티의
조각으로서 '아트만'인 것이다. 지구생태계의 삼라만상, 프라자파티의 조
각들은 '아트만'으로 순환하는 것이며, 각 개체는 스스로 '브라흐만'
으로 인식될 때, 스스로의 궁극적인 본질을 알게 된다. 그렇다면 '설악
산'과 '지붕', '생선 한 마리'와 '붉은 햇덩이'를 구분하여 인식하는 것

은 범아일여의 생명 원리를 이해하지 못한 사유의 소산으로 간주할 수 있다. 지구생태계는 공시적으로 초월된 유기론적 체계로서 생명활동을 하는 '프라자파티'인 것이다.

결국, 힌두교 신자들의 목적은 자신과 지구생태계 전체가 하나의 전일적 존재라는 데 대한 깨달음이며, '프라자파티', 즉 '브라흐만'으로 되돌아가는 데 있다. 이러한 사유를 심층생태주의의 입장에서 볼 때, 자연으로서의 자기에 대한 이해에 도달하는 것을 의미한다. 인간이 자연 속에서 이루어지는 생명과정의 상호관련성을 내면화할 때, 서열적 가치 체계로 서로를 분리시키는 삶의 형태들이 변화할 수 있다고 보는 것이다. 물론 자연 속에도 서열과 생태적 불평등이 자리하고 있지만, 파편화되거나 종속적인 관계를 초래하지는 않기 때문이다. 이러한 맥락에서 지구생태계 속에 있는 각각의 개체, 아트만을 브라흐만으로 보는 범아일여梵我一如의 사유는 심층생태주의로 이어진다. 위 시에서는 이러한 깨달음이 형상화되어 있는 것이다.

다음 시「흔들림에 닿아」에서는 비어 있음 역시 '프라자파티'임이 형상화되어 있다.

> 가지에 잎 떨어지고 나서
> 빈산이 보인다
> 새가 날아가고 혼자 남은 가지가
> 오랜 여운에 흔들릴 때
> 이 흔들림에 닿은 내 몸에서도
> 잎이 떨어진다
> 무한 면으로 내가 열리고
> 빈곳이 더 크게 나를 껴안는다
> 흔들림과 흔들리지 않음 사이

고요한 산과 나 사이가
갑자기 깊이 빛난다
내가 우주 안에 있다
　　　－「흔들림에 닿아」 전문(『내 몸에 우주가 손을 얹었다』)

위 시에서 화자는 새가 날아가면서 남긴 나뭇가지의 흔들림에 호응하는 생명현상에 주목한다. 위 시의 화자는 첫 구절에서 "가지에 잎"이 "떨어"져야 비로소 "빈산이 보"임을 강조한다. "새가 날아가고 혼자 남은 가지가/오랜 여운에 흔들릴 때/이 흔들림에 닿은/내 몸에서도/잎이 떨어"지는 것이다. 여기서 '비어 있음'은 존재의 없음이라는 의미보다 드러나지 않음으로써 무한한 내용을 수용할 수 있는 공간이라는 '프라자파티'의 의미를 갖는다. 이성선 시에서 말하는 공허는 없음이 아니라 비어 있으면서도 꽉 차 있는 것을 말하기 때문이다.[81]

다시 말해, 위 시에서 산이 '비어 있'기 때문에 화자를 받아들이고 화자 또한 비어 있음으로 빈 산을 받아들인다는 사실은 서로가 서로에게 아무것도 아닌 것으로 보이고, 지구생태계 그대로는 아무것도 아닌 것처럼 보이지만 그것은 '없음'이 아니라 서로의 교응과 순환을 통해 생명력을 생성하는 공시적 초월의 공간을 의미한다. 화자가 숨쉬는 공기나 빈 산을 존재하게 하는 공기는 '프라자파티'의 조각이며, 화자의 인식 역시 프라자파티의 조각인 아트만으로써, '브라흐만'으로서의 지향을 뜻하는 것이다.

이와 같이, 이성선 시에서 형상화된 공시적 초월과 범아일여梵我一如에서는 지구생태계 전체가 아트만과 '브라흐만'의 순환이며, 바람과 공기, 화자가 주거하는 집, 산과 지붕, 섭식, 비어 있음까지도 '아트만'이자 '브

---

81) 유재천, 앞의 논문, 328면.

라흐만'으로 인식된다. 전체 지구생태계의 생명현상은 비가시적인 범주까지 포함되는 가운데 시 · 공간적 초월성의 특징을 보이는 것이다.

정현종 시에 나타난
심층생태주의의 유기론적 양상

정현종 시에 나타난 심층생태주의의 유기론적 양상

정현종은 우리의 삶은 있는 것과 있어야 하는 것 사이의 긴장이며, 있어야 하는 것은 있는 것으로부터 나온다고 발화한다.[1] 있는 것은 있어야 하는 것을 낳는다는 것이다. 이는 그가 지구생태계를 대상으로 있어야 하는 것은 다시 있는 것이 되고, 있는 것은 다시 있어야 하는 것을 낳으며 끊임없이 관계 맺고 생성하고 순환하는 유기체로 인식함을 의미한다. 이와 같이, 유기론적 특징이 유지되는 상태가 그가 추구하는 지구생태계의 이상적인 상태이다. 지구생태계의 유기론적 항상성에 대해 강조하는 그의 산문과 시를 보기로 한다.

시인은 생물권 안에서 인간중심주의나 인간우월주의와 결별하는 첫 번째 사람이어야 하고, 아니 참된 시인이라면 처음부터 생물들과 인간

---

1) "우리의 삶은 있는 것과 있어야 하는 것 사이의 긴장입니다. (…중략…) 꿈은 그러니까 있는 것과 있어야 하는 것 사이에 있는 어떤 공간이며, 시가 꿈의 소산이라고 할 때 그것은 있는 것과 있어야 하는 것을 연결하는 운동이며 접합의 현장입니다."
정현종, 「詩의 자기동일성」, 『거지와 광인』, 나남, 1985, 14~15면.

사이에 아무런 차이를 느끼지 못하는 사람이어야 한다.2)

> 죽어가는 공기/죽어가는 물/죽어가는 흙 생각이야./공기니 물이니
> 흙 따위엔 관심이 없다고?/그 무관심은 오늘날 아주 큰 죄악./사람이 죽
> 든지 말든지/생물이 사라지든지 말든지/지구가 멸망하든지 말든지 (…
> 중략…) 중요한 건 생태계 문제에 심각한 관심을 기울이는 정부의 탄생
> 이야. (…중략…) 생명 살리는 세계 살림/생명 살리는 나라 살림/생명 살
> 리는 집안 살림. (…중략…) 맑은 공기/맑은 물/산 흙 그 큰 품 속에/모
> 든 생명 흥청대는 세상을 위해!3)

위 글에서 가장 두드러지는 주제는 지구생태계에서 인간과 다른 생물
권의 존재 가치가 평등하므로 인간 중심적 사유가 극복되어야 한다는 것
이다. 이러한 사유는 그가 평소 강조하는 서로의 숨결을 통해 순환하지
않으면 개체 각각도 존재할 수 없다는 의식으로써 유기론적 양상에 대한
지향을 의미한다. 이를 전제할 때, 있어야 하는 세계는 모든 개체가 연결
된 가운데 순환하며 생명발현하는 유기체적 생태계이다.4)

이와 관련하여, 두 번째 인용문은 직설적 어법으로 진술되어 시로 보
기 힘든 글이다. 특히, '급한 일'이라는 표제는 정현종 시인의 생태 위기
에 대한 관심을 짐작케 한다. 그는 북한의 핵실험에 대해서도 누구보다
분노하고 그러한 행태에 대해 규탄한다.5) "지구의 화장터, 물의 빈소, 공

---

2) 정현종, 「신은 자라고 있다」, 『날아라 버스야』, 큰나, 2003, 95면.
3) 정현종, 「급한 일」, 『한 꽃송이』, 문학과지성사, 1999, 56~58면.
4) "생명시는 인간중심주의를 비판하고 인간과 자연의 총체를 지향하는 생태학적 세계관에
　입각한 시이다. 그리고 근대문명과 과학기술에 대하여 전적으로 비판적인 태도를 취하
　는 것이다. 이는 '있는 세계'인 물질문명의 현실에 저항하면서 궁극적으로는 인간과 자연
　의 유기체적인 관계를 추구한다."
　고현철, 「생태주의 시의 지형과 과제」, 『초록생명의 길 II』, 209면.
5) "하지 말았어야 할 일을 저질렀으니 묻거니와 정말 바라는가? (…중략…) 이 땅을 지구의
　화장터, 물의 빈소, 공기의 가스실로 만들려는가? 그 어떤 이유도 핵실험은 정당화하지

기의 가스실"에 대한 언급으로 볼 때, 그가 우려하는 것은 안보보다 생태계 위기임을 알 수 있다. 이러한 논의를 전제할 때, 그의 시에 나타나는 노장사상이나 가이아론은 단순한 초월이나 정신주의라기보다 생태계 위기에 대한 대응의 사유임을 알 수 있다.

정현종의 이러한 사유가 주로 가이아론에 바탕하고 있음은 주지하는 바이다. 가이아론은 노장사상과 상응하며, 노장사상은 근대 경험 이후의 사유인 심층생태주의의 변용에서 현실적인 타당성을 확보한다. 특히, 장자는 「제물론」에서 지구생태계를 '무위자연' 그 자체로서 하나[齊物]로 본다. 이는 모든 개체적 존재 자체의 긍정을 의미하며, 개체 간에 차별을 둘 수 없다는 사실과 함께 인위를 가할 필요가 없음을 함의한다. 그러한 입장에 동의할 때, 생태계의 일부가 인위적으로 변경, 파괴되는 생태계의 위기란 바로 유기체의 조화가 와해된 지구생태계 전체를 의미하게 된다. 정현종이 추구하는 세계란 생명발현이 가능한 모든 것을 갖추고 있는 가운데 유기성이 조화된 지구생태계를 말하는 것이다.

따라서 정현종이 경도되었던 가이아 이론은 지구의 물질 대사 시스템을 설명할 때, 생물과 그 주위를 에워싸는 환경의 자발적 역할을 강조한다. 러브록에 의하면, 생물들은 환경의 변화에 반응하고 환경을 원상태로 복구시키며, 또한 환경을 자신의 생존에 적당하도록 조절한다. 러브록은 생물권이 대기권의 산소 농도를 유지시키고, 바닷물의 염분 농도를 조절하며, 지구의 기후를 아늑하게 조성하는 메커니즘을 규명한 것이다.6) 러브록은 『가이아』에서 지구의 이러한 특성을 인지하고 그에 맞는

못한다. 우리는 그 참담함을 이미 알기 때문에—!"
이 시는 정현종의 「무엇을 바라는가 핵실험에 부처」의 일부이며, 손주항의 「'정현종 시인의 분노!'에 박수를 보낸다」에서 발췌되었다.
손주항, 「'정현종 시인의 분노!'에 박수를 보낸다」, 『한국논단』, 한국논단 206, 2006, 174면.
6) 김종욱, 앞의 논문, 58~59면.

가치관으로 전환할 것을 강조한다.

　정현종은 노장사상과 가이아사상에 심취했으며, 이러한 사유를 바탕으로 쓰여진 그의 시편들에서는 인간중심주의에 대한 비판과 반성적 관계성, 노장적 복잡성, 시 · 공간 통합으로서의 순환성으로 유기론적 특성이 나타난다. 먼저 그의 시를 대상으로 인간중심주의에 대한 비판과 반성적 의식이 내장된 관계성에 대해 살펴보기로 한다.

1. 인간중심주의 비판과 반성적 관계성

　러브록이 지구를 고대신화의 여신에 비유해서 '가이아'라고 한 것은 비유 이상의 의미를 갖는다. 그는 지구에서 일어나는 대기의 조성이라든지 기상의 변화 등을 단순히 우연적인 것으로, 또는 물리학적 인자에 의해서 생명의 바깥으로부터 주어진 조건이라고 보지 않는다. 지구를 전체로서 하나의 생명을 갖는 생물처럼 자기가 사는 조건을 만들고 스스로 조절하는 시스템으로 인식하는 것이다.[7]

　정현종은 러브록의 이러한 개념에 경도되어 스스로 「가이아 명상」의 표제를 단 산문을 발표하기도 했다.

> 　가이아 명상은 그러니까 생명권에 관한 명상이기도 하고 생명권이 하는 명상이기도 하며 그 중의 일부인 우리 마음의 움직임이기도 하다. 그러니까 내가 가이아 명상에 잠길 때 세균이나 메뚜기, 풀 같은 것들도 명상에 잠기며, 내가 움직일 때 만물이 더불어 움직인다는 느낌을 생각해도 좋다.[8]

---

7) 다카기 진자부로, 김원식 역, 앞의 책, 162~163면.

러브룩의 '가이아'는 매 순간 지구생태계 전체가 개체적 존재와 유기적으로 순환한다는 '무위자연'의 현재적 변용이기 때문에 생물학적 특성이 강조된다. 그러나 위 인용문에서 보듯 정현종의 '생명권이 하는 명상'은 러브룩의 '가이아'보다 한 걸음 더 진전된 사유임을 알 수 있다. 위의 인용문에서 "내가 가이아 명상에 잠길 때 세균이나 메뚜기, 풀 같은 것도 명상에 잠기며, 내가 움직일 때 만물이 더불어 움직인다"는 발언을 통해 '가이아'의 생물학적 특성을 넘어, 인식적 능력, 감성의 세계까지 포착하여 인정하고 있음을 알 수 있다.

이와 같이, 러브룩이나 정현종이 주목하는 바는 지구생태계 내 생물권과 인간이 서로 유기적으로 어울린 가운데 각자가 생명발현을 한다는 사실이다. 그들이 볼 때, 작금의 생태계 위기는 이러한 사실을 망각한 인간의 사고방식 때문이다. 이러한 사유를 바탕에 두고 형상화된 정현종의 작품을 이해하기 위해서는 우선 지구생태계의 생명현상과 관련하여 유기론적 관계성에 대한 이해가 전제되어야 하는 것이다.

정현종 시에 나타나는 유기론적 관계성은 인간중심주의에 대한 비판과 반성적 사유에 토대하고 있음을 알 수 있다. 이러한 사유는 개체와 개체의 이타적 관계성, 개체와 전체의 조화적 관계성으로 나누어 논의가 가능하다. 먼저 개체와 개체의 이타적 관계성에 대해 보기로 한다.

1) 개체와 개체의 이타적 관계성

개체와 개체의 관계에서, 한 개체가 다른 개체와 관계됨으로 출현한 존재라는 사실을 망각하고 이기적 욕망을 따를 때 그 관계는 무너지게 된다. 이는 지구생태계 내 모든 개체가 생태계의 유기론적 관계성으로부

---

8) 정현종, 「신은 자라고 있다」, 『날아라 버스야』, 103면.

터 벗어나 예외적 존재로 군림할 수 없다는 사실을 함의한다. 지구생태계 내 모든 개체는 개체끼리 상호 관련된 가운데 유기적으로 관계됨으로써 생명발현이 가능하기 때문이다. 생명현상을 발현하기 위해서는 모든 개체가 관계되어야 하며, 이러한 사실을 전제할 때, 모든 존재는 상호 이타적일 수밖에 없다는 결론에 이르게 된다.

유기론적 관계성의 문제와 관련하여 테야르 드 샤르댕의 다음 발언은 주목된다.

> 어떤 존재의 성장을 그 존재의 한 부분만이 주도할 때 균형이 깨지고 모양이 우습게 된다. 특히 중요하지 않은 부분이 주도할 때 더욱 그렇다. 균형 있고 아름다우려면 몸 전체가 동시에 성장해야 하며, 그 성장이 중요한 축을 따라 이루어져야 한다. 반성이 속한 계통에서는 반성이 중요한 축이 되었다. 반성은 남아도는 기생 에너지의 활동이 아니라는 말이다.[9]

샤르댕의 위 인용문에는 치우친 권력, 주도권主導權에 대한 비판적 사유가 암시되어 있다. 특히, 그의 발언은 전일적인 한 존재의 성장을 문제 삼는다는 점이 주목된다. 어떤 존재나 온전히 성장하기 위해서는 "동시"적인 상호 균형이 담보되어야 한다는 의미가 강조되어 있다. 이를 작금의 지구생태계 위기 문제와 관련해볼 때, 한 개체, 즉 인간중심주의로부터 벗어나야 한다는 반성적 사유로 나아가게 된다.

다음 시「헤게모니」에서는 이러한 현상에 대한 반성적 사유가 형상화되어 있다.

> 헤게모니는 꽃이

---

9) 테야르 드 샤르댕, 양명수 역, 「생각의 등장」, 앞의 책, 173면.

잡아야 하는 거 아니에요?
헤게모니는 저 바람과 햇빛이
흐르는 물이
잡아야하는 거 아니에요?
(너무 속상해하지 말아요
내가 지금 말하고 있지 않아요?
우리가 저 초라한 헤게모니 병(病)을 얘기할 때
당신이 헤게모니를 잡지, 그러지 않겠어요?
순간 터진 폭소, 나의 폭소 기억하시죠?)
그런데 잡으면 잡히나요?
잡으면 무슨 먹을 알이 있나요?
헤게모니는 무엇보다도
우리들의 편한 숨결이 잡아야 하는 거 아니에요?
무엇보다도 숨을 좀 편히 쉬어야 하는 거 아니에요?
검은 피, 초라한 영혼들이여
무엇보다도 헤게모니는
저 덧없음이 잡아야 되는 것 아니에요?
우리들의 저 찬란한 덧없음이 잡아야 하는 거 아니에요?
—「헤게모니」 전문(『세상의 나무들』)

위 시에서 화자는 지구생태계 내 개체 서로에 대한 관계성이 인간이라는 개체의 헤게모니에 의해 부조화가 유발되는 상황에 대해 비판한다. 이는 지구생태계 내 개별적 존재에 대한 고유성, 독자성에 대한 존중의 메시지를 담고 있다. 또한 러브록의 가이아에서 강조하는 '자기 조절력'과 노장의 '무위자연'에 대한 구체적 표현으로 해석이 가능하다. 노장의 '무위자연'에서 강조하는 점은 모든 개체나 현상을 그대로 둘 때, 지구생태계의 생명발현은 자연스럽게 이루어진다는 것이다. 이러한 사유는 곧 이타적 관계의 지향으로 이어진다. 각 개체의 독자성을 보장할 수 있는 대안은 개체끼리 존중하는 이타성으로 가능하다고 보기 때문이다.

화자는 자연을 그대로 두지 못하는 인간의 인위적 개발에 대한 비판적 사유를 "저 바람과 햇빛이/흐르는 물이/잡아야 하는 거 아니"냐라는 발언을 통해 역설적으로 드러낸다. 자연과 인간 사이에 일어나는 권력의 불균형이 인간중심적 사유로 나타난다고 보기 때문이다. 화자는 차라리 "저 덧없음이 잡아야 되는 것 아니"냐고 항변한다. "덧없음"은 문맥을 통해 파악할 때, 앞에서 묘사된 "꽃"과 "바람"과 "햇빛", "흐르는 물"로서 자연을 의미한다. "덧없음"이야말로 "찬란"하다는 그의 발언에는 인간중심적 헤게모니에 대한 비판과 함께 자연에 대한 이타적 관계를 지향하는 사유가 반영되어 있는 것이다.

화자는 "꽃"과 "바람"과 "햇빛", "흐르는 물" 또한 욕망하는 주체로 보며, 그들이 지닌 생명의 욕망에 귀 기울일 것을 강조한다. 이러한 사유는 모든 개체나 현상이 지닌 가치에 주목함으로써, 노장의 '무위자연'과 상응한다. 자본주의에 길들여진 인간에게 지금까지와 다른 감수성으로 전환하기를 권유하는 것이다. 인간 외의 모든 존재에 대한 욕망을 인정하고 그것들이 더 이상 수단이나 도구가 아니라는 점을 깨달을 때, 심층생태주의의 유기론적 생태계가 구현될 수 있다고 보기 때문이다.

이러한 사유는 기법의 측면에서도 나타난다. 여섯 번이나 반복되며 등장하는 "아니에요?"와 그 외의 설의법은 항의를 내포한 역동성을 통해 자기조절력을 환기함으로써 인간중심주의에 대한 비판적 효과를 창출한다. 이러한 운율은 정현종 시의 여러 곳에 등장하며 화음을 형성한다. 반복적인 화음은 고유한 소리 영토를 구성하며, 자본주의적 방식과는 다른 리듬으로 대안의 방식을 구성한다는 사실이 환기된다.[10] 위 시에서 반복된 "아니에요?"는 반복하는 자체로서 생명의 그물망을 연상시키며, 그럼

---

10) 펠릭스 가타리, 윤수종 역, 『기계적 무의식』, 179면.

으로써 자본주의와 인간중심주의에 대한 대안으로서의 의미를 갖는 것이다.

  이러한 사유는 다음 시 「자[尺]」에서도 반복된다. 모든 존재가 평등한 관계일 때 온전한 생명발현이 가능하다고 본다면, 시 「자[尺]」에서 각 개체의 독자성을 보장해야 한다는 사실은 이타적 관계에 대한 추동을 의미하는 것이다.

> 새는 날아다니는 자[尺]요
> 나무는 서 있는 자이며
> 물고기는 헤엄치는 자이다
> 세상 만물 중에 실로
> 자 아닌 게 어디 어디 있으랴
> 벌레는 기어다니는 자요
> 짐승들은 털난 자이며
> 물은 흐르는 자이다
> 스스로 자인 줄 모르니
> 참 좋은 자요
> 스스론 잴 줄을 모르니
> 더없는 자이다
> 人工은 자가 될 수 없다
> (모두들 인공을 자로 쓰며
> 깜냥에 잰다는 것이다)
> 자연만이 자이다
> 사람이여, 그대가 만일 자연이거든
> 사람의 일들을 재라
> —「자[尺]」 전문(『사랑할 시간이 많지 않다』)

  장자는 『지락(至樂)』에서 "자기를 기르는 방식으로 새를 기르는 것(以

己養養爲)"과 "새를 기르는 방식으로 새를 기르는 것(以爲養養爲)"을 구분하면서, 사물을 대할 때 그 고유한 성향에 따를 것을 강조한다.11) 새를 인간의 기호에 맞추어 조롱에 넣어 기르면 나는 것이 본질인 새 자체의 고유성을 해칠 수 있듯, 인간의 기준으로 인식하면 부적합성으로 인해 각 개체의 고유성이 훼손되어 전체 생태계의 생명발현에 문제가 발생한다는 것이다. 이는 인간으로 하여금 각 개체에 대한 이타적 관계성을 추동하는 전제가 된다.

노자 또한 자연의 본성에 물 흐르듯 몸을 맡기는 것이 인간의 본분임을 강조한다. 노자가 볼 때 자연이란 '저절로 그러함(自然而然)'이며, 인위란 계산적 혹은 의도적인 행위를 뜻한다.12) 이는 모든 개체가 제각기 고유성을 제대로 발현할 때, 전체 지구생태계의 생명현상 또한 온전히 발현됨을 의미한다. 계절의 순환과, 그에 따라 날아가고 날아오고, 깨어나고 동면하는 등 자연스러운 생명현상이 이루어진다는 것이다. 따라서 인간의 인간중심적이고 독단적인 판단은 인간의 자연성을 파괴할 뿐 아니라 자연의 자연성까지 파괴하게 된다는 의미를 담지한다. 노자나 장자가 말하는 무위란 인위를 부정하고 자연에 따름이며, 자연에 따름이란 다양한 개체의 고유한 특성, 생명본성의 존중에 대한 이타적 관계성을 의미하는 것이다.

위 시 「자[尺]」에서 "새는 날아다니고", "나무는 서 있고", "물고기는 헤엄치고", "벌레는 기어다니"고, "짐승들은 털이 나고", "물"은 모든 곳에 흐른다. 이들의 행위나 작용이 인간의 입장에서 보면 인간을 위한 쓰임으로 보이지만 자연의 입장에서 보면 그 모두는 스스로의 생명현상, 즉 자연적인 생명발현의 과정 속에서 변화, 생성, 소멸하며 순환할 뿐이

---

11) 장자, 최효선 역, 앞의 책, 208~209면.
12) 노자, 김경수 역, 「제2장」, 앞의 책, 43면.

다. 새가 하늘 높이 날고, 물고기가 물 속 깊은 곳을 헤엄쳐 노닐고, 짐승들이 산야를 달리는 것은 각 개체의 자유로운 생명발현을 의미하며, 자연에 대한 이타적 관계를 지향하는 시인의 의식이 반영된 생태계를 의미하는 것이다.

한편, 위 시에서 "자"는 열세 번이나 등장하는 가운데 고유한 음색을 생성한다. 모든 연과 연의 네트워크를 만들며, 공명하는 화음을 만들어 냄으로써 소리로서 유기론적 양상의 의미를 창출한다. 끊임없이 "자[尺]요-자이며-자이다-자[尺]요-자이며-자이다"로 이어지는 연결 접속은 생명에너지를 전달하는 생명의 네트워크로서의 효과를를 창출하는 것이다. 이러한 과정 속에서 그것은 규칙적거나 순차적이지 않고 생명의 폭발적 카오스를 증대하고, 기존의 관계망을 변화시키기 때문에, 생태계의 창조적 진화를 상징한다. 이는 자연스러운 생명 박동의 의미를 생성한다는 점에서 가타리가 말하는 시작도 끝도 중심도 없는 리좀Rhizome적 지도와 흡사하다.13)

다음 시 「창조-베내치아 시편 2」에서도 이와 같은 주제를 찾을 수 있다.

조물주는 만물을 창조할 때
바로 그것들이 되어 그렇게 했다.
새를 창조할 때는
새와 함께 날고
개를 만들 때는
개와 함께 뛰었으며
물고기를 창조할 때는
물고기와 함께 헤엄쳤다

---

13) 리좀적 인식은 다양하게 조합된 의식적 경계공간 안에서 탈영역화하고 재영역화하면서 네트워크를 확대시키게 된다. 펠릭스 가타리, 윤수종 역, 『가타리가 실천하는 욕망과 혁명』, 문화과학사, 2004, 343면 참조.

틴토레토의 「동물 창조」에서 보듯이.
(모든 창조의 최상의 길)
　　　－「창조－베내치아 시편 2」 전문(『광휘의 속삭임』)

위 시에서 화자는 조물주가 "새를 창조할 때"는 "새가 되"고 "개를 창조할 때"는 개가 되었으며, "물고기를 창조할 때"는 "물고기가 되"었다고 발화한다. 창조주가 생명을 창조할 때 모든 생명을 꼭 같은 가치로 창조했다는 의미의 형상화인 것이다. 이러한 창조의 원리를 존중한다면 어떤 개체도 다른 개체보다 더한 가치를 부여할 수 없게 된다. 이는 쫓기는 비둘기 한 마리를 구하기 위해 자기 살을 베어주다 결국 온몸을 주게 되는 보살의 비유로 알려져 있다. 어떤 개체도 다른 개체보다 그 가치가 더 하든지 덜 할 수 없다는 의미의 비유인 것이다. 그렇다면 모든 개체의 가치는 상호 연기적으로 순환하는 존재로서 무차별적 절대성을 지니며, 상호 이타적일 수밖에 없다.

위 시는 자연을 대상으로 인간중심적 입장에서 개발하고 훼손하는 데 대한 비판의 암시와 함께 하나의 자연일 뿐인 인간의 본분을 다시금 환기시킨다. 작금의 생태계 위기는 자연으로부터 벗어난 인간이 이기적으로 관계를 형성하고 자연을 재단하여 개발한 결과 생명의 순환성을 상실한 데서 비롯되었다는 것이다. 따라서 이타적 관계를 지향할 때, 새는 새답게, 나무는 나무답게, 벌레는 벌레로서 개체의 개체성이 확보될 수 있게 된다. 자연생태계 전체의 신진대사, 즉 자기복제력과 복원력의 활성화, 항상성으로 귀결된다는 것이다.

다음 시 「꽃들의 부력으로」에서는 식물과 동물 간에 형성되는 공진화로서 이타적 관계성의 사유가 발견된다.

진달래, 벗꽃 핀 하늘에
새가 선회하며 난다.
꽃 때문인 듯 저 비상(飛翔)은,
꽃들의 부력(浮力)으로 떠서
벗어날 길이 없는 듯,
미풍이나 거기 들어 있는 온기도
꽃에서 시작되는 것이었다!
─「꽃들의 부력으로」 전문(『견딜 수 없네』)

위 시에 등장하는 주요 화소는 "새"와 "꽃"이다. 위 시에서 "새"와 "꽃"을 대표하는 특성은 새의 "비상"과 꽃의 "부력"이다. "새"의 "비상"과 꽃의 부력으로 서로는 자석이 내장된 나침반처럼 선회하며 관계한다고 보는 것이다. 화자는 "벗꽃 핀 하늘"에 "새가 선회하며" 날 수 있는 이유를 "꽃" 때문이라고 본다. 꽃은 "새"의 비상으로 피어날 수 있다는 사실에서 새와 꽃 간에 형성된 이타적 관계성의 상징적 의미가 도출된다.

화자가 볼 때, "꽃"에서 비롯되는 순환성은 새가 떠서 날고 있는 힘, 부력浮力을 형성하는 "미풍이나 거기 들어 있는 온기"에 견인되어 있다. 꽃이 피는 원인 또한 새가 "꽃" 주위를 선회하며 일으킨 "미풍"의 "온기"에 비롯한다는 것이다. 부력에서 '부浮'의 성질, 미풍에서 미微적 특성은 스스로의 생명현상뿐 아니라, 상대방의 생명현상을 북돋우고 견인하는 배려로서의 의미를 창출하며, 생물학에서 말하는 '공진화'의 개념과 상응한다.

공진화에서 종들은 다른 종들이 제공하는 상태적 영역에서 산다. 서로 독이 되거나 득이 될 수 있는 분자들을 교환하는 가운데, 생물들은 공진화의 춤 속에서 어울리며 공생자나 경쟁자, 천적이나 숙주와 기생자로 각자의 변신을 계속한다.[14] 예를 들어, 꽃들은 그들을 수분受粉시키며 꽃의 꿀을 먹고 사는 새나 곤충들과 공진화하는 가운데 강한 내적 관계를 가지는 것이다. 지구생태계 내 모든 존재들은 가진 것을 교환하며 생명현상을 발현한다.

이러한 논의를 전제할 때, 위 시에서 "새"는 동물의 표상, "꽃"은 식물의 상징성으로 공진화하기 위한 내적 관계로 확대해석의 구조화가 가능하다. 이를 전제할 때, 지구생태계 내 식물과 동물은 상호 간 이타적 관계로서 에너지의 교환이 매개되지 않는다면 생명현상이 불가능하다는 의미가 도출된다. 사실, 동물은 식물의 산소를, 식물은 동물이 내쉬는 이산화탄소를 들이쉬지 않고 꽃을 피울 수 없고, 하늘을 날 수 없다. 위 시는 유기적이면서도 이타적인 관계성의 세계를 알레고리화하고 있는 것이다.

다음 시 「장수하늘소의 인사」에서는 인간이 자연을 대상으로 실천하는 이타적 관계의 양상이 포착된다.

> 지리산 추성 계곡에서 새벽에
> 뭐가 숨 가쁘게 부스럭거려 일어나보았더니
> 누가 갑충류 한 마리를 비닐 주머니에 넣어 봉해놓았다.
> 나는 그걸 들고 나가 산비탈길 위에 풀어놓았다.
> 장수하늘소였다
> 그런데 그놈은 나를 향해서 기어왔다
> 내가 옆으로 비켜 섰더니
> 그놈은 다시 내 면으로 방향을 돌려
> 꾸벅꾸벅 절을 하듯이 기어왔다.
> 나는 또 비켜 섰다
> 장수하늘소는 다시 나를 향해 왔다.

---

14) 스튜어트 카우프만, 국형태 역, 「무대 위의 한 시간」, 368~369면.

이번에는 선 채로 다리를 벌렸더니 비로소
그 밑으로 기어서 제 갈 길을 갔다.
(만물이 제자리에 있으면
마음도 더없는 제자리)나는 새벽 산길을 올라갔다.
—「장수하늘소의 인사」 전문(『한 꽃송이』)

위 시「장수하늘소의 인사」에서는 인간과 곤충 간에 생성되는 개체끼리의 관계성에 대한 비유가 재현되어 있다. 위 시의 공간적 배경은 자연 가운데 계곡이다. 화자인 '나'는 계곡에서 누군가 "비닐 주머니"에 넣어 놓은 '장수하늘소' 한 마리를 발견하고 "비닐 주머니"를 풀어 놓아준다. 이 역시 개체끼리의 생명발현에 대한 해석을 가능하게 한다. 인간이 먼저 이타적으로 자연을 대할 때, 자연인 "그놈은" 가지 않고 "나를 향해 기어"와 "꾸벅 꾸벅 절을" 하기도 하다가 "제 갈 길을 가"기도 하는 것이다. "만물이 제자리에 있으면/마음도 더없는 제자리"라는 표현은 개체끼리의 이타적 감성이 발현되는 지구생태계 전체의 생명현상을 의미하는 비유인 것이다.

다시 말해, 노장사상에서 제시하는 무위자연의 관점에서 볼 때, 여기서 "누가 갑충류 한 마리를 비닐 주머니에 넣어 봉해 놓"았다는 사실은 자연을 도구적 대상으로 보고 개발하는 데 대한 비판적 사유로 읽을 수 있다. 이를 전제할 때, "나는 그걸 들고 나가 산 비탈길 위에 풀어 놓았다"는 장면은 그에 대한 극복의 비유이자 무위자연으로서 이타적 관계성의 지향을 의미한다. "만물이 제자리에 있으면 마음도 더 없는 제자리"는 스스로 조절하는 가이아적 사유, 노장사상의 무위자연이 변용된 심층생태주의의 유기론적 관계성을 뜻하는 것이다.

이와 같이, 지구생태계 내 각 개체 간에 형성되는 관계성의 발현에서 주된 전제는 상호 간에 발현되는 이타적 감성이다. 이타적 감성으로 상호 관계할 때, 각 개체의 생명현상이 온전하게 발현될 뿐 아니라, 각 개체의 생명발현 또한 온전해진다는 것이다.

2) 개체와 전체의 조화적 관계성

심층생태주의의 유기론적 관점에서 볼 때, 개체의 발현은 독자적 현존이나 존재끼리의 대비 이전에 유기적 결합 상태, 전체로서의 조화가 전제되어야 한다.[15] 개체들의 호응이 가능한 것은 전체가 주어져 있기 때문이며 전체가 주어지는 것은 개체들의 호응이 있기 때문이다. 따라서 지구생태계에 대한 이해는 관계에 대한 이해를 뜻한다. 그 이해는 시스템적 사고의 특성으로서 부분에서 전체로, 대상에서 관계로, 내용에서 패턴으로 가는 인식의 전환을 요구한다.[16] 관계성의 과정은 호응적 위상에서 보완적 위상을 거쳐 도달해 가는 시간적, 인과적 이행이 아니다. 단번에 이루어지기 때문에 생태계 내 각 개체는 인간의 마음대로 처리할 수 있는 대상이 아니라, 유기적으로 결합된 전체로서 보아야 하는 것이다.

이와 관련하여 테야르 드 샤르댕의 다음 발언은 환기하는 바가 크다.

> 우리 마음이 '우주'를 향해 '전체'를 향해 움직이는 게 사실이다. 자연 앞에서 또는 아름다운 것이나 음악이나 아련한 과거의 기억 앞에서 무슨 큰 존재를 느끼고 기대한다. 이것은 단순히 신비주의로 몰아붙일 일이 아니다. 단순한 감정이 아니라 바닥에서 나오는 울림인데 심리학에서 놓치고 있는 까닭은 무엇인가? 순수한 시와 순수한 종교 안에 들어 있는 것은 '전체'를 향한 울림이다. (…중략…) 우주의 압력으로 개체를 전체로 몰아가는 열정이다. 우주 차원의 사랑이다. 우주 사랑. 가

---

15) 김종욱, 위의 논문, 51면에서 재인용.
16) F. Capra, *The Web of Life*, p.298.

능한 심리일 뿐 아니라 결국 완벽하고 충분한 사랑은 그런 방식일 수밖
에 없다.[17]

테야르 드 샤르댕의 논의는 "흩어져 있는 조각"으로서 개체가 "나머지
인" 우주와 "가까워지고 하나가 되려는" 조화적 관계성에 초점을 두고
있다. 지구생태계, 우주의 모든 개체는 전체인 우주와 합일하고자 하는
"열정"의 상태에 있으며 가장 온전한 생명현상은 결국 우주와의 조화적
관계를 완성하는 데 있다는 것이다. 이러한 현상은 "우주의 압력으로 개
체를 전체로 몰아가는 열정"에 바탕한다. 개체가 지향하는 궁극적인 목
적은 전체 지구생태계와 조화되는 데 있다는 것이다.
　다음 시「세상의 나무들」에서는 나무가 전체 생태계와 조화적으로 관
계된 양상이 형상화되어 있다.

　　　세상의 나무들은
　　　무슨 일을 하지?
　　　그걸 바라보기 좋아하는 사람.
　　　허구한 날 봐도 나날이 좋아
　　　가슴이 고만 푸르게 두근거리는

　　　그런 사람 땅에 뿌리내려 마지않게 하고
　　　몸에 온몸에 수액 오르게 하고
　　　하늘로 높은 데로 오르게 하고
　　　둥글고 둥글어 탄력의 샘!

　　　하늘에도 땅에도 우리들 가슴에도
　　　들리지 나무들아 날이면 날마다

---

17) 테야르 드 샤르댕,「집단을 넘어: 큰 사랑」, 앞의 책, 247면.

첫사랑 두근두근 팽창하는 기운을!
　　　　　　　　－「세상의 나무들」 전문(『세상의 나무들』)

　심층생태주의에서 강조하는 바는, 전체와 부분이 상호 의존 관계에 있기 때문에 전체가 붕괴되면 부분도 의미를 갖지 못하게 된다는 사실이다. 지구생태계는 전체와 부분의 관계에 의해 성립하는 것이다. 예를 들어, 나무가 없으면 지구는 순환할 수 없는 불모의 땅에 불과하다. 나무가 흡수하고 발산하는 수분으로 인해 지구생태계 내 전체의 목마름은 해소되고 상호 호흡이 가능한 것이다.

　위 시에서 '나무'는 지구생태계에서 자연의 원초적이고 근원적인 생명성을 품고 있는 대상이다. 유성호는 시인이 우주에 가득차 있는 생명성의 흔적을 나무가 갖고 있는 생명의 원리에 의탁하여 노래하고 있다고 주장한다.[18] 그는 위 시를 통해 신성성의 경지에서 생명의 의미를 찾을 수 있다고 보았다. 나무는 계절들을 낳고 온 숲으로 하여금 싹트게 하고 온 자연에 수액을 공급하고 미풍을 불러오고 태양으로 하여금 한층 더 일찍 돋아나 새로 태어난 잎새들을 금빛으로 물들이게 한다는 것이다.[19]

　위 시에서 화자는 나무를 바라보며, '사람'으로 호칭한다. 자연과 인간은 분리된 존재가 아니라, 유기적인 관계에 있으므로 결국 같은 존재임을 이와 같이 표현한 것이다. 나무는 한 덩이가 된 힘으로 뿌리들을 땅에 밀착하고, 수많은 다양한 가지들은 공기와 빛 속에서 도움을 얻으면서 몸가짐뿐만 아니라 본질적인 자기 행위와 제 체구를 이룰 조건을 성립시키고 높이 솟아오르며 공기적 우주를 안정시키는 데 몰두한다.[20] 조화적

---

18) 유성호, 「정현종론－결핍과 비극성을 '충일'로 노래하는 역설의 언어」, 『현대문학의 연구』, 한국문학연구학회, 1998, 210면.
19) 가스통 바슐라르, 정영란 역, 「공기나무」, 『공기와 꿈』, 396면.
20) 가스통 바슐라르, 정영란 역, 「공기나무」, 위의 책, 364면.

관계성을 완성하고자 하는 것이다.

이러한 사실을 전제할 때, 위 시 「세상의 나무들」에서는 하나의 개체인 나무가 전체 생태계와 에너지를 주고받는 조화적 관계성에 관한 양상을 포착할 수 있다. 위 시에서 나무는 땅에 뿌리를 내리고 있을 뿐 아니라, 줄기와 가지가 하늘로 올라가 잎과 꽃을 피워내는 모습으로 형상화된다. 위 시의 화자가 볼 때 나무는 그 뿌리로 흙을 움켜쥐는 가운데 "몸에 수액 오르게" 하여 대지의 호흡에 참여한다. 산소와 이산화탄소를 만듦으로써 생명현상을 발현하는 것이다. 이를 통해 가능한 추론은 인간과 동물을 비롯한 지구생태계 전체의 생명 현상 또한 첫 번째 단계에 식물과 조화적으로 관계되어야 한다는 사실이다.

위 시에서 '나무' 또한 고립적이고 독자적인 대상으로 존재할 수 없으며, 대지와 하늘과 다른 동식물 간의 조화적인 관여 속에 존재함을 알 수 있다. 따라서 나무를 식물답게 하는 것 또한 그 나무에 현존하는 성질이 아니라, 동물이나 인간, 그리고 다른 무기물로 대변되는 전체가 주어져 있고, 그것들의 호응임을 알 수 있다.

한편, 노장사상에서는 지구생태계의 생명발현을 위하여 인간에게 천지의 순리에 따르기를 권유한다. 이러한 실천의 일환으로 과다히 소유하는 것보다 덜 소유하기를 권하고 지나치게 나아가기보다 덜 된 채로 남겨 두기를 권유한다. 씨앗과 기타 잉여분이 존재함으로써 지구생태계 전체에 위기가 초래되지 않는다고 보기 때문이다. 조화적 관점으로 볼 때, 나무의 현존이 가능한 것은 "우리"와 "생물"로 대변되는 전체의 호응이 있기 때문이며, '씨앗'의 생성 역시 나무 전체와 관계됨으로 가능하며, 물과, 흙, 공기, 흙으로 대변되는 전체가 있기 때문인 것이다.

다음 시 「까치야 고맙다」에서는 전체 생태계와 동물 간에 형성되는 조화적 관계성의 양상이 형상화되어 있다. 전체 생태계의 조화를 위해

절제가 전제되어야 한다는 사실을 동물인 "까치"를 등장시켜 보여주는
것이다.

까치야 고맙다.
누가 너를 두고 한 식구가 아니라고 한다면
그 사람이야말로 우리의 종족이 아니다
고맙다 까치야.
우리네 집 근처에서 한결같이
오 한결같이 살아주어서
정말 고맙다

무엇보다도 말이다
창밖으로 네가
이 나무에서 저 나무로 날아다니는 걸
보지 못한다면 우리가 어떻게
가벼워지겠느냐
집 근처에서 네가 날아다니지 않으면
우리 동네들은 또 언제 꽃피어나겠느냐
나의 眼福이여.

네가 먹이를 물고 날아가
나무 위에서 먹을 때
우리는 또 찬탄한다
아주 조금 먹고도 살 수 있음을.
나의 眼福이여.

까치야 고맙다.

―「까치야 고맙다」 전문(『세상의 나무들』)

위 시 「까치야 고맙다」에서는 "까치"의 생을 통하여 전체 생명체의 삶에 대해 미래의 가능성을 파괴하지 않는 동물의 생존방식과 더불어 인간의 과도한 소비욕망에 대한 비판적 인식이 감지된다. 화자는 까치의 생을 통해 동물의 가벼운 생존방식을 인식함과 동시에 그 '가벼움'에 대한 가치를 강조한다. 생태적 금욕주의는 생태계에 대한 감수성을 증대시켜 인간이 전체 지구생태계에 속해 있다는 사실을 깨닫게 만드는 것이다.

까치를 비롯한 생태계 내 동물들은 기초적인 생명현상에 필요한 만큼의 섭취와 배설의 과정을 통해 생성하고 소멸한다. 그러나 인간만이 과도하게 소비함으로써 전체 생태계의 관계성을 훼손하고, 결국 다른 개체들의 미래마저 저당한다. 이러한 현상과 관련하여 유기물보다는 무기체가, 동물보다는 식물이, 식물보다는 무기물이 전체 생태계의 안정에 더 기여한다는 발언은 주목할 만하다.[21] 지구생태계의 안정성은 관계성을 의미하며, 절제는 전체와의 조화로운 관계를 위하여 반드시 필요한 덕목이기 때문이다. 따라서 위 시에서 까치를 "한 식구가 아니라고" 말하는 이가 있다면 그 사람이야말로 "우리의 종족", 생태계의 구성원이 아니라는 표현은 생태계에 위기를 유발하는 인간에게 절제를 권유하는 역설적 표현인 것이다.

다음 시 「맑은 물」에서는 물이 전체 생태계와 관여하는 양상이 초점화되어 있다.

맑은 물이여
우리가 아침 저녁
마시는 물을 위하여
곡식과 채소

---

21) 정효구, 「우주공동체와 문학」, 신덕룡 편, 『초록생명의 길』, 104면.

과일들의 즙을 위하여

맑은 물이여

구름의 운명을 위하여

비와 눈

풀잎과 이슬

곤충들의 갈증을 위하여

우리의 전설

모든 시냇물을 위하여

도도한 피

강물

우리와 함께 헤엄치는

물고기들

그 번쩍이는 발랄한 도취를 위하여

구름의 고향 바다를 위하여

그들을 바라보는

우리의 눈을 위하여

맑은 물이여

우리의 영혼이 샘솟기 위하여

산 것들의 힘이 샘솟기 위하여

지구의 눈동자

맑은 물이여

거기 비치는 해와 달

그리고 나무들을 위하여

새들의 노래를 위하여

―「맑은 물」 전문(『세상의 나무들』)

물은 생명의 기원일 뿐 아니라 물을 흡수하고 발산하는 생명발현의 모든 과정을 통해 전체 생태계의 생명현상에 관여한다. 물은 순환성으로써 생명발현을 유도하는 엔트로피의 운반자이기 때문이다. 따라서 물은 물질의 생성이란 차원을 넘어 모든 생명체의 탄생과 신진대사, 생명체끼리의 대사에 관여함으로써 전체와의 조화적 관계성을 표지하는 물질이다. 동물의 발한發汗이나 식물 잎의 발산 등을 통해서도 대기와 기화한다.

위 시에서 시인은 물의 그러한 특성을 묘사한다. 화자는 "맑은 물"이 인간인 "우리"를 위하여, "과일의 즙"과 "구름의 운명"을, "풀잎과 이슬/곤충들의 갈증을" 해소하기 위해 관여한다는 사실을 강조한다.[22] 뿐만 아니라, "맑은 물"은 "비와 눈", "풀잎과 이슬", "피", "물고기들", "우리의 눈", "산 것들의 힘이 샘솟기 위하여", "해와 달"이 비치기 위해서도 작용함을 밝혀 기술한다. 묵시적으로 말하면 물은 한 인간의 체내를 혈액이 순환하듯 우주의 체내에서 순환하며 관여한다.[23]

한편, 위 시 "맑은 물"의 해석과 관련하여 무기물을 대상으로 한 이분법적 가치판단의 오류에 관한 주제를 포착할 수 있다. 위 시에서 "맑은 물"은 무기물로서 전체 생태계의 생명활동에 원동력이 된다. 무기물이 전체 생태계의 생명체에 생명성으로 순환하는 것이다. 이는 무기물, 즉 "생명이 없는 돌"이나 금속을 확대해서 보았을 때, 그것들은 활성으로 충만돼 있으며 가까이 보면 볼수록 더 생동하는 것으로 보인다"[24]는 학설에서 현실적 의의를 확보한다. 식물이나 동물 등 지구생태계 내 개체적 생명체의 생명현상은 물을 비롯한 무기물이 없는 상태의 생명현상이 불가능하며, 무기물 또한 그 자체로 관련되는 생명체라는 것이다. 이러한 사실을 전제할 때, 모든 개체적 존재는 상호 조화적일 수밖에 없게 된다.

또한 위 시의 1행 "물이여"부터 끝까지 15번에 걸쳐 반복되는 "위하여"는 동일한 발음의 반복으로 운율을 형성한다. 소리 자체의 패턴을 따

---

22) 김동명, 「정현종의 후기시에 내재된 동양사상의 심층생태주의적 양상 연구」, 『동북아문화연구』 31집, 동북아시아문화학회, 2012, 117면.
23) N. 프라이, 임철규 역, 「신화의 이론」, 『원형비평』, 한길사, 2000, 289면.
24) F. 카프라, 김용정·이성범 역, 「역동적인 우주」, 『현대물리학과 동양사상』, 256면.

름으로써 의미하고자 하는 바의 목적을 다양한 방법으로 활성화시킬 수 있다는 사실을 전제한다면,[25] 위의 반복된 "위하여"는 생명현상의 특징 인 박동으로서의 기능과 시 전체를 묶고 있는 유기성의 특징으로 해석이 가능하다. 위 시의 이러한 기법에서도 유기론적 양상을 도출해낼 수 있 는 것이다.

다음 시 「이 바람결」에서는 바람이 한 개체로서 전체 생태계의 순환 에 관여하는 양상이 형상화되어 있다.

<blockquote>

이 바람 속에는
모든 게 다 들어 있다
부드럽고
따뜻하고
모처럼 맑은 이
바람 속에는—

어디서 눈이 트고 있다
이 바람결,
포르르 포르르
이 바람결,
허공의 살이네
이 바람결,
멀리멀리 퍼지는 이 몸.
모든 살아 있는 것들에 물들어
자세히 붐비는 이 몸
이 바람결!

—「이 바람결」 부분(『갈증이며 샘물인』)

</blockquote>

---

25) 필립 휠라이트, 김태옥 역, 「긴장언어」, 『은유와 실재』, 한국문화사, 2000, 61면.

시인은 물뿐 아니라 '바람'이 전체 지구생태계에 관여하는 관계성을 간과하지 않는다. 위 시의 화자는 "바람 속에는 모든 게 다 들어 있다"는 유기론적 특성 자체를 인식한다. 이와 관련하여 장자의 「제물론」에서 '땅덩어리가 뿜어 올리는 숨을 바람이라고 한다'[26]는 구절은 주목된다. '바람'은 지구생태계의 숨결인 것이다. 그 바람은 모든 살아 있는 것들에 스며들어, 전체 생태계의 관계를 매개한다. 전체 생명체는 생명의 "눈이 트"는 과정에 "모든 게 다 들어 있"어 유기적인 "허공의 살", 바람결과 호흡하는 것이다.

화자는 "이 바람결"에 "이 몸" 또한 유기적으로 "멀리멀리 퍼지"고 있음을 인식한다. 화자가 인식할 때, "이 몸"이 내쉬는 날숨은 바람에 실려 지구생태계 내 모든 개체적 생명체, 무기물에까지 멀리멀리 날아가 호흡을 생성한다. 그 모든 호흡을 실은 바람을 개체인 화자 역시 들숨을 통해 들이쉬며 스스로 관계한다. 지구생태계 전체 생명체는 바람을 통해 '들숨'을 쉬고 '날숨'을 쉬는 가운데 대기의 호흡에 참여하며 유기론적 생명 현상을 발현하는 것이다.

이러한 과정을 통해 바람은 "부드럽고/따뜻하"게 전체의 생명현상에 관여하고, "허공"과 지상의 모든 대상들을 품어 안는 조화적 관계성으로 표현된다. 따라서 "이 바람 속에는/모든 게 다 들어 있다"는 표현은 "모든" 것 속에 날아가 호흡으로 순환시키는 바람의 특성과 가치를 함의한다. "멀리멀리 퍼지는 이 몸"이 "모든 살아 있는 것들에 물들어/자세히 붐비는" 현상 역시 바람의 관계성 속에 포함되어 있기 때문이다. 다시 말해, 위 시에서 바람의 특성이 바람결로서의 생명성을 갖는 것은 "자세히 붐비는 이 몸"으로 표상된 전체가 바람과 호응하기 때문이다.

---

26) 夫大塊噫氣, 其名爲風.
　　장자, 최효선 역, 「내편－제물론」, 앞의 책, 34면.

다음 시 「한 숟가락 흙 속에」에서는 흙이 전체 생태계의 관계에 관여하는 양상이 형상화되어 있다.

> 한 숟가락 흙 속에
> 미생물이 1억5천만 마리래!
> 왜 아니겠는가, 흙 한술,
> 삼천대천세계가 거기인 것을!
>
> 알겠네 내가 더러 개미도 밟으며 흙길을 갈 때
> 발바닥에 기막히게 오는 그 탄력이 실은
> 수십억 마리 미생물이 밀어올리는
> 바로 그 힘이었다는 걸!
>
> ―「한 숟가락 흙 속에」 전문(『한 꽃송이』)

'흙'은 신화에서 혼돈과 모태, 시원을 의미하며, 전체로써 유기론적 성질을 띠고 있다. 민간에서 흙은 환자에게 약이 되고, 선비에게는 행운을 가져다주며,[27] 농경사회에서는 문화적·종교적 정체성이 모두 대지, 즉 흙으로부터 나오기 때문에, 단순한 생산 요소가 아닌 영혼으로 여겨진다. 이러한 특성으로 인해 흙은 대다수 개체들의 생태적 자궁이라는 의미로 귀결한다. 흙은 생계유지의 원천인 동시에 사멸한 존재들의 고향으로서 관계성의 근원인 것이다. 이렇듯 흙은 인간을 비롯한 자연의 모든 생명을 생성하기 위한 기본 조건이 된다. 모든 생명현상은 흙의 과정을 통해 발현되며, 이는 흙으로 하여금 만물의 영성이 결합된 물질로서의 신성성을 갖게 한다.

이와 같이, 흙은 물과 함께 탄생의 모태로서 씨앗과 뿌리 같은 생성의

---

27) 한국문화상징사전 편찬위원회, 앞의 책, 643면.

근원을 싹틔우는 역할을 할 뿐 아니라 다양한 생명체의 처소, 융합물 그 자체이기에 근본적으로 관계성을 함의한 유기체적 물질이다. 생명체를 통시적으로 볼 때 모든 생명체는 결국 흙에서 나서 흙의 성분, 흙에서 자란 식물, 그 식물을 섭취한 동물, 그 동물을 섭취하여 대사하는 인간이나 동물, 그들 또한 소멸하여 미생물이 되어 흙으로 돌아가는 과정을 겪는다. 생명체인 자연은 이와 같이 생명현상의 과정 속에서 상호 관계되며 그들 간에 일어나는 영양공급의 역할로 보더라도 서로 관련되는 유기체적 특성의 담지체인 것이다.

위 시에서 화자는 '한 숟가락 흙 속에 미생물이 1억5천만 마리나 산다'는 사실을 새삼스럽게 인식한다. 흙의 생명력을 자각한 시인은 그 세계를 좀 더 구체적으로 탐색한다. "흙 한술,/삼천대천세계", 이는 세상에 존재하는 모든 개체적 존재는 지구생태계 전체를 반영하고 있다는 사실을 의미한다. 무한 종류의 미생물로 이루어진 흙에서 이들 미생물이 전체 미생물과 끊임없이 상호작용한다고 볼 때, 흙을 미생물의 단순한 집합으로 볼 수 없으며, 중요한 것은 전체 미생물과 미생물 간의 유기체적 관계성인 것이다.

또한 화자는 흙길을 밟을 때, 발바닥에 전해 오는 탄력이 바로 그 생물들이 밀어 올리는 힘이라는 인식에까지 이른다. "더러 개미도 밟으며 흙길을 갈 때/발바닥에 기막히게 오는 그 탄력이 실은/수십억 마리 미생물이 밀어올리는" "힘" 때문이며, 전체로서의 땅이 살아 있음을 이와 같이 표현한 것이다. 흙길을 걸으면서 느껴지는 탄력감이 미생물의 호흡, 숨결에서 비롯됨을 인지하는 시인의 상상력은 개체와 전체 생태계가 조화적으로 관계됨을 깨달은 자의 사유인 것이다.

이와 같이, 개체와 전체의 조화적 관계성은 생태계 내 다양한 존재들이 모두 조화적으로 관계되어야 한다는 사실을 강조한다. 모든 개체적 생명체는 전체가 관계된 가운데 스스로의 생명현상이 가능하기에 전체와의 조화가 우선되는 것이다. 따라서, 모든 개체는 자신의 삶이 생태계 내 다른 존재들에게 미칠 영향을 고려해야 한다는 당위가 성립된다. 각 개체가 부피를 줄이는 소박한 삶의 영위야말로 전체 생태계의 순환을 활성화하고 회복시키는 근간이 되는 것이다.

2. 노장적 복잡성

주지하다시피, 복잡성(complexity)이란 수많은 구성요소들이 서로 관계하는 상호작용을 통해 개별 구성 요소의 특성과는 다른 질서가 나타나는 현상을 말한다. 그동안 기계론과 분해 위주로 치닫던 환원론 등의 전통적인 단순성 패러다임은 전일적인 복잡성의 패러다임으로 전환되었다. 생명은 무한한 변용능력을 생성해야 자신을 재생하고 보존할 수 있다는 사실을 깨달았기 때문이다. 정현종 시에서 복잡성의 특성은 노자의 곡신谷神과 현빈玄牝, 자기유사성으로서 장자의 만물제동萬物諸同에 기대어 있다. 이러한 사유는 가이아론에 바탕을 두고 있으며, 가이아론은 노장사상과 상응한다.

노자의 곡신谷神은 복잡성으로서의 변용능력을 함의한 개념이다. 그는 자연 자체를 만물을 탄생시키는 근원으로 보며, 생성과 관련된 수동성에 주목한다. 노자가 곡신谷神을 통해 주장하는 여성성은 일반적인 여성성, 혹은 여성 생식기의 의미가 아니라 천지 만물이 모두 거기에서 나오는 변용가능성으로서의 수동성을 의미한다. 유기론적 복잡성이란 변용과 생성의 특성을 말하는 것이다. 다음 글에서 그와 같은 주제를 찾을 수 있다.

　　수컷을 알고서 암컷을 지키면 천하의 계곡물이 되고, 천하의 계곡물
　이 되면 영원한 덕이 떠나가지 않아 '갓난아이'의 상태로 돌아간다. 흰
　것을 알고서 검은 것을 지키면 천하의 법도가 되고, 천하의 법도가 되
　면 영원한 덕이 어긋나지 않아 '무극(無極)'에로 돌아간다. 부귀영화를
　알고서 욕됨을 지키면 천하의 계곡이 되고, 천하의 계곡이 되면 영원한
　덕이 넉넉해져 '순박함'으로 돌아간다.28)

　　위 인용문에서 노자는 "수컷을 알고서 암컷을 지키면 천하의 계곡물
이 되고, 천하의 계곡물이 되면 영원한 덕이 떠나가지 않아 '갓난아이'의
상태로 돌아간다"고 설파한다. 생명현상은 변화무쌍한 수동성의 체계 안
에서 가능하기 때문에 "흰 것"만으로 생성할 수 없으며 "검은 것"만으로
도 생성할 수 없다. 지구생태계 내 생명현상은 단독으로 발현되지 못하
며, 무수히 얽힌 복잡성 속의 변용능력으로 가능함을 단적으로 표현한
것이다. 여기서 "갓난 아이"는 실제 갓난 아이의 의미가 아니라 생명의
탄생에 대한 비유로 보아야 할 것이다.

　　이는 신물리학에서 주장하는 '가이아'의 메타포와도 같은 맥락이다.
"암컷의 문이 천지 만물의 근원이며, 끊임없이 생산하여도 지치는 일이
없다"에서 '곡신'은 만물의 근원이며 창조적인 자연의 이미지를 함축한
다.29) 이는 "천하 만물은 유에서 생기며, 유는 무에서 생긴다"30)와 "도는
하나를 낳고, 하나는 둘을 낳고, 둘은 셋을 낳고, 셋은 만물을 낳는다"31)

---

28) 知基雄, 守基雌, 爲天下谿, 爲天下谿, 常德不離, 復歸於嬰兒. 知其百, 守基黑, 爲天下式, 爲
　　天下式, 常德不忒, 復歸於無極. 知其榮, 守基辱, 爲天下谷 爲天下谷, 常德乃足, 復歸於樸.
　　노자, 김경수 역, 앞의 책, 371면.
29) 이혜원, 「곡신(谷神)의 시대, 여성의 시 쓰기」, 『생명의 거미줄』, 104면.
30) 天下萬物生于有, 有生于無.
　　노자, 김경수 역, 위의 책, 503면.
31) 道生一, 一生二, 二生三, 三生萬物.
　　노자, 김경수 역, 위의 책, 533면.

와 같은 의미선상에 놓인다.

장자의 만물제동萬物諸同은 자기유사성(self-similarity)으로서 심층생태
주의의 유기론적 복잡성과 상응한다. 만물이 얽힌 가운데 생성이 가능하
다면 구분이 무의미하며, 얽힘은 복잡성과 동일함의 의미를 낳는다. 장
자는 이러한 사상으로 "천지는 나와 함께 태어났고, 만물은 나와 함께 하
나이다"라는 유명한 명제를 탄생시켰다. 이는 지구생태계, 자연, 생명은
서로 복합하게 얽힌 가운데 변화무쌍하게 생성하므로, 구분이 무의미하
다는 사실을 함의한다. 만물은 무수히 복잡한 체계를 이루는 가운데 하
나라는 것이다.

먼저 정현종 시에 내재된 유기론적 복잡성의 특징 가운데 곡신谷神과
현빈玄牝의 생성을 보기로 한다.

1) 곡신(谷神)과 현빈(玄牝)의 생성

주지하다시피, 노자는 지구생태계의 생명성을 곡신과 현빈으로 표현
한다.[32] 곡신谷神은 골짜기의 오목한 곳으로 땅에 묵고 있는 신령이란 뜻
으로 해석한다. 그 까닭은 생산성과 길러줌의 상징성을 갖기 때문이다.
즉, 곡谷은 여성의 자궁을 비유한 것이며, 신神은 여성의 자궁 속에서 생
명을 배태하는 신비스런 작용을 비유한 것이다.[33] 주지하다시피, 노자의
곡신은 여성 생식기가 아닌 남성성 안에 깃든 여성성으로서 만물을 산출

---

32) 계곡의 신령스러움은 죽지 않으니, 이것을 '검은 암컷'이라고 말한다. 검은 암컷의 문,
   이것을 '천지의 뿌리'라고 말한다. 근근이 이어져 내려와 있는 듯 없는 듯하지만, 그것
   을 사용함에 다함이 없다.
   谷神不死, 是謂玄牝, 玄牝之門, 是謂天地根, 綿綿若存, 用之不動.
   노자, 김경수 역, 위의 책, 89면.
33) 노자, 김경수 역, 위의 책, 92면.

하는 변용능력을 함의하기 때문에 복잡성이라는 의미와 상응한다.

　곡신은 현빈玄牝을 뜻하기도 한다. 현玄은 계곡의 외양적인 모습을 형용한 것이다. 깊은 계곡을 멀리서 바라보면 컴컴하여 검게 보이기에 '현玄'이라고 표현한다. 빈牝은 '암컷'으로서 기르다[畜]의 의미를 가지고 있다는 점에서 신神과 같다. 검은 암컷은 컴컴하여 보이지 않으나, 종일토록 쓰더라도 고갈됨이 없는 성질로서, 생산과 양육을 의미하는 것이다. 다음 시「잘 떴다 알몸이여─1998년 새해에」에서는 송년으로부터 비롯되는 신년을 어둠과 태양으로 비유한 복잡성의 의미가 형상화된다.

①
(…중략…)
운명이여, 그리하여 우리는 썩었다
우리는 한없이 나빠졌으며
여지없이 천해지고
거칠어졌으며
혼미를 極하고
그리고 망했다.

②
허나 다른 운명이 또한
알몸을 드러냈느니.
확실한 붕괴는 새 시작의 바탕
확실한 절망은 새 힘의 모태
가난의 눈짓으로 마음엔새살이니
(…중략…)

③
그럴싸, 아직 뜨지 않은 태양

수없이 많은 태양 또한
우리의 운명이니
아직 눈 있는 사람
아직 마음 있는 사람은 보리
겨울비 내려 음산하고 추운 날
며칠 그러다 문득 개어
씻은 듯한 날빛 속에 햇빛 찬란해
나뭇가지에 맺힌 무수한 물방울
　　　－「잘 떴다 알몸이여－1998년 새해에」 부분(『갈증이며 샘물인』)

　　세계는 혼돈에 찬 양상을 주기적으로 되풀이하며 정화하는데, 이 과정에서 세계의 추하고 왜곡된 양상들은 무화되며, 인간 역시 세계의 무화에 상징적으로 참여함으로써 재창조된다.[34] 지구생태계의 생명 현상은 '카오스에의 회귀'를 반드시 포함하는 것이다. 여기서 중요한 사실은 인간이 바라는 시간의 전면적 재생에 대한 희망인데, 신화에 의하면 어떤 생명현상이든 절대적인 시초로서 시작한다. 그러므로 어떤 과거나 '역사'도 '카오스'에의 전격적 귀환에 의하여 결정적으로 폐기된다.[35]

　　위 시「잘 떴다 알몸이여－1998년 새해에」에서는 이러한 사유가 발견된다. 지구생태계의 새로운 생명발현은 어떤 경우에나 과거에 대한 주기적 재생에 대한 원망이나 희망을 의미한다. 따라서 위 시에는 지난 해의 혼미, 예를 들어 죄악, 질병 등의 축출이 근본적으로 신화적인 원초의 시간을 복원함으로써 가능해짐을 암시한다.[36] 새로운 질서는 붕괴되어야 할 질서의 바탕 위에서 가능한 것이다. 그러므로 혼미나 그에 대한 붕괴 역시 생성의 과정이라는 의미로 이어진다.

---

34) 엘리아데, 이은봉 역, 「성스러운 공간과 시간」, 『종교형태론』, 499~515면 참조.
35) 엘리아데, 이은봉 역, 「성스러운 공간과 시간」, 위의 책, 517~518면 참조.
36) 엘리아데, 심재중 역, 「시간의 갱신」, 『영원회귀의 신화』, 64면.

이를 전제할 때, 위 시에서 "썩"고 "천해지고/거칠어"진 "혼미"는 카오스이자, 새 생명을 탄생시키는 변용의 특성으로 볼 수 있다. 화자는 2연에서 "확실한 붕괴"가 "새 시작의 바탕"이며 확실한 절망은 "새 힘의 모태"라고 인식한다. 여기서 "붕괴"와 "절망"은 생성의 두 가지 원리인 부패와 발효의 상관관계[37]로서 곡신으로 해석된다. "썩"고 "천"하고 "거"친 혼미는 새 생명을 탄생시키는 과정으로서의 의미를 획득하는 것이다.

그러하기에 3연에서는 "아직 뜨지 않은 태양"이 "우리의 운명"이며, "겨울비 내려 음산하고 추운 날"이 "문득 개어" "씻은 듯한 날빛 속에 햇빛 찬란해"질 것이며 결국 "무수한 물방울"로 맺힐 것을 예감하는 것이다. 이는 새로 시작될 생명과 질서를 내포한 곡신의 의미를 획득하며, 복잡성의 특징을 함의한다. 결국 "알몸"으로 떠오르는 "새해"는 "혼미", "붕괴"인 곡신으로부터 비롯되는 것이다.

이러한 사유는 「○」에서도 마찬가지로 나타난다. 여기서 '○'은 동굴과, 어둠, 모태와 등가 관계로 생성의 의미를 갖는다.

거기서 와서 거기로 가는
○은 처음이며 끝
○은 인생의 초상
○은 다 있고 하나도 없는 모습
꽉차고 텅빈 모습
○은 무엇일까
○은 가볍다
空氣의 숨결
굴리며 놀고
뒤집어쓰면 후광

---

37) 바슐라르, 문주식 역, 『불의 정신분석 외』, 삼성출판사, 1976, 226면.

○은 크고 밝다
○은 생명의 거울
○은 사랑
○ㄴ, 모든 곡식의 살
모든 열매의 살
이슬과 눈물의 精靈
천체의 정령
금반지 은반지의 정령
풀잎과 나무의 정령
물과 피의 정령
방울들
모든 구멍의 정령
죽음의 정령
○의 정령

—「○」 전문(『사랑할 시간이 많지 않다』)

주지하다시피, 현빈玄牝은 "지속적인 생명력을 가진 여성의 생식기"로 비견되는 생명성을 말한다. 이는 무한한 생성의 실현인 텅 빈 잉태의 장으로서 현묘한 여성성의 본원을 의미한다. 따라서 노자가 말하는 '암컷 되기'는 수동성으로서 생성의 의미를 창출하며, 새로운 생명을 창조하는 생명현상[38]으로서의 의미를 갖는다. 그와 관련할 때, 곡신谷神은 "무한대의 공능과 동시에 무한대의 수용력을 함의하고 있는 것으로써 현빈으로부터 생기한"[39] 것으로 파악된다.

한편, 위 시에서 '○'을 버림, 비움의 의미로 파악하여 인간이 자신의 이기적인 욕망을 버리고 비어 있을 때에야 비로소 가치 있는 것으로 자신을 채울 수 있다고 보기도 한다.[40] 분열된 세계를 하나로 통합하여 채

---

38) 장시기,『노자와 들뢰즈의 노마돌로지』, 당대, 2005, 126면.
39) 김형효,『사유하는 도덕경』, 소나무, 2004, 106면.

울 수 있기 위해서는 먼저 스스로를 비워야 한다는 것이다. 또 다른 연구에서는 "○은 처음이며 끝"이라는 구절에 주목하여 순환론적인 의미를 함의한 원으로 해석하기도 한다.41)

그러나 곡신과 현빈의 사유로 접근할 때, 위 시의 '○'은 구멍의 표징으로서 여성의 생식기와 같은 맥락에서 생명현상을 상징한다. 다시 말해, 비어 있는 '○'의 상태는 아무 것도 없는 듯이 보이지만, 사실은 가득하고 충만하여, 끊임없이 생성하고 발현하는 생명의 모태로 파악된다. '○'은 유有인 동시에 무無이고, 만滿이며 공空이라는 것이다.42)

이는 생명현상의 완전함을 상징하는 양성구유의 신화와도 상응한다. 최초의 인간에게 나타난 양성구유는 완전성과 전체성의 표현으로 볼 수 있으며, 이브의 탄생으로부터, 여러 형식의 학문에서 보존되어 있고 발전되어왔다. 노자에서도, 원래 '기氣'는 융합하여 하나의 알, 즉 태일太一을 형성하지만, 후에 그 태일은 하늘과 땅으로 나누어진다.43) 그와 반대 입장인 근대적 관점에서 지구생태계는 개발되어야 할 무無나 공空으로 파악되지만, 시인이 보기에는 끊임없이 생성하는 유有이고 만滿이라는 것이다.

위 시에서 화자는 "○을 처음이며 끝"으로서 "꽉차고 텅빈 모습"이며, "생명의 거울"이자 "사랑"으로 본다. "모든 곡식의 살"이자 "모든 열매의 살"로 인식하기도 한다. 또한 "풀잎과 나무의 정령"이자 "물과 피의 정령"이며 "죽음의 정령"으로 묘사한다. 이는 생명 탄생의 근원이자 양육의 담지체인 여성성으로서 곡신과 현빈을 의미한다. 생명의 시작과 끝은 복잡성의 체계 안에서 이어지는 생성으로 가능하다는 것이다.

---

40) 장정렬, 「자연과 인간의 총체성 회복과 전망 제시」, 앞의 책, 182면.
41) 정효구, 「'○'의 사상과 인공자연으로서의 시」, 『우주공동체와 문학의 길』, 99면.
42) 강세미, 「정현종 시 연구」, 한국교원대 대학원 석사학위논문, 2004, 38면.
43) 엘리아데, 「성스러운 공간과 시간」, 『종교형태론』, 536면.

여기서 '정령'이 여덟 번 반복되는 횟수 또한 기법으로서의 의미를 갖는다. 여덟 번 반복되는 "정령"은 귀신이라는 의미와 상응하는 가운데, 영구적이라는 의미로 연결된다. 숫자 '팔八'은 영구적이라는 의미를 갖는 것이다. '정령'의 받침이 '이웅'으로 끝난다는 점 또한 둥근 이미지라는 맥락의 결합으로 자궁이라는 의미를 창출한다. 끊임없이 생성되는 곡신불사谷神不死의 의미와 자궁은 등가관계에 놓이는 것이다.

이와 같이, 위 시에서 "○"은 구멍으로서 자궁이며, 지구생태계를 은유한다. '○'은 텅 비어 있지만 어둠의 질료들이 상호 작용하는 우주적 동굴이다.44) "이슬과 눈물", "죽음"의 정령은 "생명의 거울"이자 "모든 열매의 살"이었고, "물과 피의 정령", "풀잎과 나무의 정령"이었던 것이다. 이와 같이, 생명의 생성과 소멸의 의미를 담지하는 구멍은 풍요롭고도 심오한 지구생태계를 의미한다.

다음 시 「싹트는 빛에 싸여―어둠을 기리는 노래」에서는 "빛"과 "어둠"의 일치와 관련한 생명 탄생에 대해 살필 수 있다.

①
홍천 수하리 응봉산 두 봉우리 사이로
상현 달이 떠오른다.
산 속에서
맑은 공기 속에서
칠흑 어둠 속에서
떠오르는 달을
내 두 눈은 본다.
본다는 건 이런 것이다!
더 놀라운 거.

---

44) 가스통 바슐라르, 정영란 역, 「동굴」, 『대지 그리고 휴식의 몽상』, 문학동네, 2002, 228면.

달은 온몸이 눈이다!

②
달이 잘 익으려면
(즉 제 빛을 내려면)
칠흑 어둠이 필요하다.
어디 천체뿐이겠는가?
곡식도 영혼도 동식물 광물도
잘 자라고 있으려면
(즉 제 빛을 내려면)
어둠이 있어야 한다.
(도시의 전기 불빛에 갇혀
밤의 어둠을 잃고
그 어둠에 受胎되어 푹
젖어 있지 못하는 인간의 불행은 크다)
칠흑 어둠은 만물의 모태,
그 속에서 곡식은 살찌고
영혼은 싹트는 빛에 싸이며
동식물, 광물들
그 알 수 없는 깊이 속에서
일제히 꿈을 꾼다
잃어버린 모태여
산골의 칠흑 어둠이여.
   −「싹트는 빛에 싸여−어둠을 기리는 노래」 전문(『견딜 수 없네』)

노자는 유有와 무無가 본래 같은 것이지만 생성계로 나오게 되면서부
터 서로 "달리" 하니, 어둠으로부터의 순환을 통해 빛이 새로운 존재로서
생성된다고 본다.[45) 그에 의하면 태초의 도는 무형 · 무명의 혼돈을 의미

---

45) 노자, 김경수 역, 앞의 책, 28면.

하며, 칠흑의 어둠과 같다.'46) 어둡고 아무 것도 없는 듯이 보이는 그 속
에는 무한한 변이태, 생명성을 간직하고 있으니, 남성성 속의 여성성으
로서 곡신으로 해석이 가능하다. 이를 전제할 때, 현, 즉 "어둠"은 무無인
동시에 심원함이며 무한함으로써 생명 탄생의 근원을 의미한다.

　문학적 이미지의 논의에서도 어둠은 집이며 복부, 동굴, 알, 씨앗의 이
미지들과 등가 관계에 놓인다.47) 동일한 이미지를 향해 필연적으로 수렴
해 드는 것이다. 무의식적으로 접근하노라면, 이 이미지들은 차츰 개체
성을 상실하고 완벽한 동굴[穴]로서의 가치를 창출하게 된다. 씨앗, 복부
와 등가 관계에 놓이는 가운데 생명 탄생의 근원이라는 의미를 갖는 것
이다.

　이와 같이, 위 시의 화자는 우주현상의 과정인 어둠에 주목한다. 어둠
을 생명 탄생의 "모태"로 인식하는 것이다. 화자는 우주현상 가운데 개체
로 파악되는 "달이 잘 익으려면" "칠흑 어둠이 필요하다"고 역설한다. 신
화에 의하면 카오스로부터 빛이 출현한다. 빛을 질서라고 전제할 때, 빛
은 질서로서 무질서인 어둠으로부터 출현한 것이다.

　따라서 생명의 생성지인 '칠흑 어둠', 즉 생식의 의미를 내포한 현玄이
함께 할 때 개체인 달은 밝게 빛나며 자신의 존재를 발현한다. 또한 "천

---

46) 노자는 무(無)와 유(有)를 동체로 보았으며, 이 양자를 포괄하는 근원을 '현(玄)'이라고 보
　았다. 『설문(說文)』에서 현(玄)은 심원함이다. 현은 검은 색에 붉은 빛깔을 띤다. 단옥재
　의 주에서 다섯 번째 물들인 명주에서 미세하게나마 검은 색을 띤다. 또 물들이면 더욱
　검게 되는데 붉은 빛깔이 은은하게 드러난다. 일곱 번째 물들이면 붉은 색은 전혀 찾아
　볼 수 없게 된다. 이처럼 현은 몇 번이고 물들이고 물들여 아주 새까맣게 되기 일보 직전
　의 색으로서, 약간 붉은 색을 띤 검은 색이다. 노자가 만물의 근원을 '현'이라고 한 것은
　『설문』에서 심원(深遠)함으로 풀이한 사실을 수용한 결과이며 이런 사실에 바탕을 두
　고 있다. 이처럼 현은 어둠이며 무이지만 이와 동시에 심원함이며 무한함의 의미로 변
　용된다.
　노자, 김경수 역, 위의 책, 29면.
47) 가스통 바슐라르, 정영란 역, 「동굴」, 『대지 그리고 휴식의 몽상』, 229면.

체 뿐" 아니라 각 개체인 "곡식도" "동식물 광물도/잘 자라고 있으려면"
기존 질서이자 심원함, 무한함으로써 "만물"의 "모태"인 어둠에 "젖"어
야 한다. 이는 생태계의 생성과 진화가 복잡성의 체계 속에 있다는 의미
를 창출한다. 어둠은 복잡성의 체계를 상징하는 것이다.

다음 시「아침 햇빛 2」에서도 이러한 사유를 발견해낼 수 있다.

> 아침 햇빛이여
> 아직 밝지 않은 날들이 수없이 많고나
> 싱싱한 태초―새날이여.
> 내 속에 들어 있는 아이들을
> 아직 태어나지 않은 수없는 아이들을
> 여지없이 떠오르게 하는구나 오늘 아침
> 벙글거리며
> 젖냄새를 풍기며.
>
> ―「아침 햇빛 2」 전문(『갈증이며 샘물인』)

복잡성으로서의 지구생태계는 혼돈과 질서가 균형을 이루며 안정성
과 유동성이 뒤섞인 상태에 있게 된다. 극단적인 질서 상태에 고정되어
있지 않고, 극단적인 무질서 상태에 있지도 않다. 카오스의 가장자리에
서 지구생태계는 유연한 적응력을 지니며 유동적인 변화를 보인다. 카오
스의 가장자리야말로 새로운 질서가 창발하는 장소이자, 진화하는 지점
인 것이다. 우주의 자기형성, 생명의 탄생과 진화는 질서와 무질서 사이
에서 균형을 취하며 자기자신을 형성해 간다.

이러한 복잡성의 체계가 전체 생태계의 원리라면, 위 시「아침 햇빛 2」
에서 "아직 밝지 않은 날들"은 생명 탄생의 경계로서 '혼돈의 가장자리'
이며, 곡신谷神으로서의 복잡성을 상징한다. "새날"은 혼돈의 가장자리

에서 생겨나는 것이다.[48] 위 시의 화자는 혼돈의 가장자리에서 "아직 밝
지 않은 날", "아직 태어나지 않은 수없는 아이들"을 인지한다. 이 장면은
질서와 무질서로 얽힌 복잡성의 가운데에서 생성하고 성장하고 소멸하
는 생명현상을 의미하는 것이다.

이와 같이, 위 시 「아침 햇빛 2」는 칠흑의 어둠인 곡신으로부터 생성
되는 "태초−새날"에 관한 비유이다. 태초, 즉 보이지 않는 복잡성으로서
의 어둠에는 "아직 태어나지 않은 수없는 아이들"이 "벙글거리며 젖냄새
를 풍기며" "새날"을 맞기를 기다리고 있다는 것이다. 이러한 구절에서
강조하고자 하는 바는 아무 것도 없는 듯 보이나, 생명성 그 자체인 지구
생태계의 곡신谷神성이다. 지구생태계의 유기론적 복잡성과 관련한 생명
성을 의미하는 것이다.

다음 시 「공기로 지은 집」에서는 곡신의 풍요성에 관한 사유를 엿볼
수 있다.

<blockquote>

양평 어떤 골짜기에
김화영이 집을 지었다고 해서
가 보았더니
집은 보이지 않고
맑은 공기만 가득하다.
공기로 집을 지은 모양이다.
앉아 있거나 누워 있거나
드나들거나
공기−바닥이요 공기−문
이며 공기−벽이다.
집 짓느라고 고생을 많이 했을수록
싸움질을 많이 했을수록

</blockquote>

---

48) 스튜어트 카우프만, 국형태 역, 「혼돈의 가장자리」, 앞의 책, 53면.

집은 더욱더
공기이다.
곡신(谷神)이 너부러져 있고
골짜기의 허파로 숨을 쉰다.
　　　　　　　－「공기로 지은 집」 전문(『광휘의 속삭임』)

위 시「공기로 지은 집」역시 곡신谷神과 현빈玄牝의 사유로 해석이 가능하다. 위 시에서 화자는 시인 자신을 의미하며, 노자의 곡신을 염두에 둔 구절로 파악된다. 시인은 그의 친구 "김화영이 집을 지었다고 해서/가보았더니" "골짜기에" "집은 보이지 않고/맑은 공기만 가득하다"고 발화한다. 문명과 인위의 흔적이 없으므로, "공기" 맑은 산속은 자연의 생명 현상이 끊임없이 발현되고 있었던 것이다.

시인은 형체와 외관이 없으므로 오히려 "앉아 있거나 누워 있거나/드나들거나/공기"가 "바닥"이고 "공기"가 "문"이며, "공기"가 "벽"이며, 그럼으로써 생명력 왕성한 상태라고 인식한다. 시인은 "집 짓느라고 고생을 많이 했을수록/싸움질을 많이 했을수록/집은 더욱더/공기"라고 발화한다. 이 구절에서 생태계 위기를 극복하기 위해서 어떻게 해야 하는지 그의 가치관이 극명하게 드러난다. 가시적으로 아무것도 없는 듯이 보이나, 인위가 줄어들고, 지구생태계, 자연의 범위가 커짐으로써, 생명성으로서의 "곡신谷神"이 "너부러"진다는 것이다. 시인의 눈에 "골짜기"는 "허파로 숨을 쉬"는 복잡성으로서의 질서이자 생명성 그 자체이다.

이는 심층생태주의의 유기론적 사유로 지구생태계를 볼 때, 늪이나 삼림 등이 가시적으로 드러나지 않지만, 더 크고 본질적인 생명력임을 의미한다. 실제 인위적인 설치를 줄일수록 산소를 방출하고 허파 기능을 하는 늪이나 숲을 환기할 수 있다. 없는 듯이 보이나 끊임없이 생성하고 소멸하는 대상과 현상의 생명성을 강조하는 것이다.

이와 같이, 정현종 시에 등장하는 지구생태계 내 식물이나 동물, 무기물까지 모든 개체적 존재는 고립적인 대상이 아니라 곡신으로서 전체 생태계가 생성해내는 생명체이다. 결국 각 존재를 존재답게 하는 것은 그 존재에 지속적으로 내재하는 근본 성질이 아니라, 곡신으로서의 복잡성에서 발현되는 생성을 의미한다. 지구생태계는 각 개체의 단순한 집합이 아니라, 모든 개체적 존재가 전체로서 복잡화한 가운데 순간 순간 생성되는 생명체인 것이다.

2) 자기유사성(self-similarity)으로서의 합일의식

자기유사성(self-similarity)이란 전체와 부분, 부분과 부분이 대칭을 이루는 프랙탈(multi-fractal) 현상을 의미한다. 생물의 각 세포는 전체에 관한 유전 정보를 담고 있으며, 전체와 부분, 부분과 부분은 자기유사성을 지니는 것이다. 이를 화이트헤드는 합생合生이라는 개념으로 제시한다. 다수의 사물들이 복합적 통일성을 획득하는 과정인 동시에, 주체가 다수의 객체들을 통일시켜 일자로서의 자기 자신을 구성해 가는 과정을 지칭하는 합생은 장자의 만물제동萬物諸同과 상응한다.

지구생태계의 일자성(一者性, oneness), 그리고 지구생태계 내 각 요소의 일자성은 개체로의 창조적 전진에 있어 세상이 끝날 때까지 되풀이된다. 그러므로 각 개체들은 저마다 세계 전체를 자신 속에 포함하고 있으며, 사물들의 자기 동일성 및 그들 상호 간의 다양성을 예중한다.[49] 이는 생명현상과 관련하여 모든 개체와 지구생태계 전체 간에 일어나는 자기유사성으로서의 합일의식을 전제한다.

다음 시 「나무 껍질을 기리는 노래」에서는 "나무껍질"에 자연의 형상

---

49) 화이트헤드, 오영환 역, 「파악의 이론」, 『과정과 실재』, 454~455면 참조.

과 세월이 새겨진 자기유사성으로서의 양상이 형상화된다.

서 있는 나무의
나무 껍질들아
너희를 보면 나는
만져보고 싶어
손바닥으로 너희를
만지곤 한다
그것만으로도 나는
너희와 체온이 통하고
숨이 통해
내 몸에도 문득
수액이 오른다
견디고 견딘
너희 껍질들이 감싸고 있는 건
무엇인가
나이와 세월,
(무엇이 돌을 던져 나이는 波狀으로 번지는지)
살과 피,
바람과 햇빛,
숨결,
새들의 꿈, 짐승의 隱身과 욕망,
곤충들—
더듬이와 눈, 그리고
외로움,
시냇물 소리,
꽃들의 비밀,
그 따뜻함,
깊은 밤 또한

너희 껍질에 싸여 있다
천둥도 별빛도
돌도 불꽃도

─「나무 껍질을 기리는 노래」 전문(『한 꽃송이』)

위 시에서 화자는 나무 껍질에 손을 대고 만지며, "껍질을 타고" 화자의 몸 안에도 "문득/수액이 오"르는 생명발현의 현상을 감지한다. 이어 화자는 "껍질들이 감싸고 있는" 나무가 그 "나이와 세월" 속에 깃든 "바람과 햇빛,/새들의 꿈 짐승의 隱心과 욕망/곤충들─" 그리고 "외로움,/시냇물 소리,/꽃들의 비밀,/그 따뜻함"과 "별빛"과 "돌"과 "불꽃"까지도 자기유사성으로 합일하는 가운데, 생성하고 성장한다는 인식으로 나아간다.

화자에게 나무 껍질은 자연생태계 자체일 뿐 아니라, 모든 것들이 지니는 생명현상의 모델로 인식된다. 긴 세월 생태계 내에서 공기와 호흡하며, 흙에 스민 수분과 영양분, 동물들과 탄소동화작용을 거듭하며, 생성하고 변화해 온 자기유사성의 실체인 것이다. 이는 나무의 껍질이 나무의 껍질일 뿐만 아니라 우리의 껍질(피부)이기도 함을 의미한다.[50] 위 시의 화자는 손바닥으로 나무껍질을 만지는 순간 화자 또한 그들과 더불어 지구생태계와 만물제동萬物諸同하는 가운데 자기유사성의 또 다른 존재로 새로이 생성되고 있음을 깨닫는 것이다.

다음 시 「그 두꺼비」에서는 자기유사성으로서 프랙탈의 사유가 드러남을 확인할 수 있다.

여름날 축령산 잣나무숲
이끼 낀 바위 위에 웅크리고 있던

---

50) 정현종, 「나무 예찬」, 『날아라 버스야』, 125면.

참 오랜만에 본 갈색 두꺼비
내가 엎드려 들여다봐도
태평인지 숨은 건지 끄떡도 하지 않던
한 出山—자연만큼 깊고 두툼한 등허리.
그 흑갈색 등허리에 어려 있던
숲그늘, 흙냄새, 계곡 물소리.
갖은 곤충들과 풀잎과 하늘.
그 등허리 깊은 색깔 속에 선명하던
또 저 무한 천체들……

그 두꺼비 등에 올라 나는
오늘 기운을 좀 차리이느니

—「그 두꺼비」 전문(『세상의 나무들』)

자기유사성의 현상인 프랙탈 개념에 의하면 지구생태계는 혼란한 것처럼 보일지라도 유사한 패턴으로 운동하며 유사한 요소들이 산재한다. 이러한 현상과 관련하여 과학의 영역에서 만물제동과 상응하는 프랙탈은 유기체적 존재인 동물과 식물들이 왜 그 자신의 독특성과 유사성을 가지는지 설명해 준다. 특히, 동물 신체의 복잡성은 그 신체의 틈새인 경계 부위에 물리적 경험의 변화하는 여건이 복합체를 이루도록 잘 질서지어져 있음을 보여준다. 사실상, 동물 신체에서 살아 있는 사회는 자연의 법칙이 하나의 시기를 구성하는 여러 사회와 더불어 발전한다는 학설을 예시한다.51)

위 시에서 화자는 "여름날 축령산 잣나무숲/이끼 낀 바위 위에 웅크"린 "갈색 두꺼비"를 보게 된다. 두꺼비는 "자연만큼 깊고 두툼한 등허리"를 가진 생명체이자 역동적인 활력을 불러일으키는 자연의 형상을 하고

---

51) 화이트헤드, 오영환 역, 「논의와 적용」, 『과정과 실재』, 237면.

있다. 앞서 논의한 "나무껍질"에서와 같이 "두꺼비"의 등허리에도 "숲그늘, 흙냄새, 계곡 물소리"와 "갖은 곤충들과 풀잎과 하늘", 그리고 "천체"까지 어리어 있다. '두꺼비 허리'에 자연현상이 축적됨에 따라 일정한 유형의 같은 모습이 무늬를 형성한 것이다. 이와 같이, 자기유사성으로서 프랙탈 개념은 유기체적 존재인 동물과 식물, 그 밖의 개체들이 왜 그 자신의 독특성과 유사성을 가지는지 설명해준다.

이와 관련하여 볼 때, 생명체의 보다 근본적인 특징인 '창발현상에 의한 개체 고유성은 주위와의 열려있음으로 가능하다는 사실을 알 수 있다. 모든 개체는 경계를 나타내는 형태를 지니고 자율적인 고유성을 지니는 동시에 열려 있는 것이다. 그러한 가운데 의존되어 있어, 전체이면서 부분이고 부분이면서 전체성을 지닌다. 그러므로 개체와 전체는 닮을 수밖에 없다. 두꺼비 등에는 "숲그늘, 흙냄새, 계곡 물소리/갖은 곤충들과 풀잎과 하늘", 그리고 "무한 천체"까지 어리어 있게 된다.

화자는 "그 두꺼비 등에 올라 나는/기운을 좀 차리이느니"라고 동화된다. 화자가 지구생태계 전체의 기운이 내장된 두꺼비 등에 오른다는 표현은 화자가 '두꺼비 등'에 초점을 두는 순간, 두꺼비가 지구생태계 전체와 복잡하게 얽힌 가운데 생성하고 있다는 생각에 사로잡힘을 의미한다. 자신 역시 자연으로서 두꺼비와 함께 동시에 얽혀 생성하고 있음을 자각하는 것이다. 이와 같이 위 시의 '두꺼비'로 표상되는 생태계 내 모든 생명체, 개체는 생태계 내에서 생태계 전체와 공기로 들이쉬고 내쉬는 가운데 교호한다. 그러한 과정을 통해 서로 닮게 되며, 이러한 현상은 지구생태계의 복잡성을 반증하는 것이다.

이와 같이, 복잡성으로 볼 때, 전체와 부분의 사이에 질서 형성의 상호작용이 생긴다는 사실을 알 수 있다. 부분과 부분의 상호작용에서 전체가 형성되며, 동시에 그 전체가 다시 부분들에 반영되어 전체와 부분이 상호 침투하는 반복에 의해 질서가 형성된다. 여기에서 부분은 독립한 것이 아니라 어디까지나 전체 안의 부분으로서 전체를 읽어 들이면서 스스로를 변화시켜 나간다. 지구생태계에 존재하는 모든 개체는 만물과 하나 되어 있기에 스스로의 생명현상이 가능하며, 그러하기에 각 개체와 지구생태계는 자기유사성으로서 합일하는 복잡성의 체계인 것이다.

다음 시 「벌에 쏘이고」에서도 이러한 사유를 엿볼 수 있다.

> 생전 처음 사과를 땄다.
> 사다리 위에서
> 너무 신이 나서.
>
> 가지 꼭대기 제일 잘 익은 놈이
> 여지없이 내 손을 잡아당겼다.
> 손이 사과를 잡는 순간, 아
> 손가락에 통증이 왔다.
> 벌에 쏘인 것이다.
> (잘 익어 갈라진 틈에 벌이 들어앉아 있었던 것이다)
> 손가락은 시간이 갈수록 더
> 쑤셨다.
> (이 사건에서 교훈만을 얻는 건 너무 진부하다)
> 쑤시는 손가락을 나는
> 주체할 길 없으면서도, 한편
> 가을 사과나무처럼 마음이 넘쳤다.
> 아픔도 만물과 내통하는 길,
> 미량의 毒을 타고 나는
> 자연의 저 광활함 속에
> 그 깊음 속에 몸을 섞었으니!
>
> ─「벌에 쏘이고」 전문(『한 꽃송이』)

자기유사성(self-similarity)의 관점에서 볼 때, 각 부분은 서로를 반영하며, 상호작용을 통해 변동하는 전일적인 구조를 갖는다. 따라서 부분의 변화만으로도 전체가 바뀔 수 있다. 위 시의 「벌에 쏘이고」에서는 부분이 전체와의 상호 관계 속에서 전체의 변화를 유도하는 복잡성의 양상이 형상화되어 있다. 화자는 "생전 처음" 사과농장에 가서 "사다리"를 타고 올라가 "가지 꼭대기 제일 잘 익은" 사과를 딴다. 사과가 "내 손을 잡아당"김을 인식하고 "사과"를 "잡는 순간" 사과 속에서 나온 "벌"에 "손가락"을 쏘인다. 벌은 익은 사과의 갈라진 틈 속에서 사과의 즙을 빨고 있었던 것이다. 화자는 쏘인 손가락이 쑤시고 부었지만 그 아픔보다 "미량의 독을 타고" 자연의 "광활함 속에" "몸을 섞"음으로써 스스로가 자연이 되고 자연이 자신이라는 인식에 닿게 된다. 여기서 "미량의 毒"은 자기유사성으로 유인하는 특성으로서의 의미를 낳는 것이다.

위 시의 화자는 벌에 쏘임으로 해서 전체 지구생태계의 기운을 받아들였다는 복잡성의 인식에 초점을 두고 있다. 벌의 침에 집적된 사과의 즙은 독자적인 사과로서의 즙이 아니라 자연의 햇살과 비와 바람과 공기와 물을 빨아올리며 자란 우주현상의 집적물로 인식되고 있는 것이다. 화자는 그러하기에 '벌'에 손가락이 쏘이는 아픔을 겪지만, 이 아픔을 "만물과 내통"함의 과정으로 받아들이는 가운데 변화하는 생성을 자각한다.

인간은 자연의 일부이지만 과학적 이해가 발달함에 따라 이러한 관계가 분리되고 비인간화되어 모든 관계가 소원해졌음은 주지하는 바이다. 위 시에서 화자는 벌에 쏘이는 가운데서도 자신이 자연과 하나가 되었다는 사실을 인식하는[52] 심층생태주의자를 표상하는 것이다. 화자와 벌과 사과는 현상적으로 볼 때, 따로 떨어져 있는 것 같지만 사실은 얽힌 가운데 스스로 변화 생성해가므로, 유기론적 복잡성이라는 의미가 창출된다.

---

52) 장정렬, 「자연과 인간의 회복과 전망 제시」, 앞의 책, 119면.

다음 인용문에서도 복잡성으로서 만물제동하는 자기유사성으로서의 사유를 엿볼 수 있다.

> 子遊가 말했다. "地籟는 곧 여러 구멍에서 나온 소리가 바로 이에 해당하고 人籟는 북죽 같은 악기에서 나온 소리가 바로 이에 해당하는 줄 알겠습니다. 감히 天籟는 무엇인지 묻겠습니다." 子綦가 이렇게 대답했다. "무릇 불어대는 소리가 일만 가지로 같지 않지만 그 소리는 그 자신의 구멍으로부터 나오는 것인데 모두가 다 그 스스로 취하는 것이라고 하니, 그렇다면 그 구멍으로 하여금 힘찬 소리를 내게 하는 것은 그 누구인가."[53]

예문에서 보듯 장자는 천天을 인人과 지地를 따로 인식하지 않는다. 가령, 땅덩어리가 뿜어 올리는 숨을 "소리"라고 본다면, 인간의 호흡 역시, "그 자신의 구멍"과 연관된 자연의 생명현상에 불과하다. 장자는 하늘 역시 사람과 땅을 초월하는 것으로 보지 않는다. 장자는 이러한 자연의 특징을 강조하며, 인간과 만물은 일체라고 주장한다. 그러므로 사람은 하늘의 입장에 설 때, 비로소 일체를 긍정하게 되며, 지구생태계의 유기체적 존재로 인식되는 것이다. 이러한 현상은 자기유사성으로서의 합일의식을 유도한다.

다음 시 「빨간 담쟁이덩굴」에서는 이와 같은 사유를 발견할 수 있다.

> 어느새 담쟁이덩굴이 붉게 물들었다!
> 살 만하지 않은가. 내 심장은
> 빨간 담쟁이덩굴과 함께 두근거리니!

---

53) "子遊曰, 地籟則衆竅是已. 人籟則比竹是已. 敢問天籟. 子綦曰, 夫吹萬不同, 而使其自己也, 咸其自取. 怒者其誰邪."
장자, 최효선 역, 「제물론」, 앞의 책, 36~37면.

석류, 사과 그리고 모든 불꽃들의
빨간 정령들이 몰려와
저렇게 물을 들이고,
세상의 모든 심장의 정령들이
한꺼번에 스며들어
시간의 정령, 변화의 정령,
바람의 정령들과 함께 잎을 흔들며
저렇게 물을 들여놓았으니,
살 만하지 않은가, 빨간 담쟁이덩굴이여,
세상의 심장이여,
오 나의 심장이여.

─「빨간 담쟁이덩굴」 전문(『광휘의 속삭임』)

위 시에서 화자는 가을에 초목이 붉게 단풍드는 현상을 두고 만물이 일체가 되고 있다고 인식한다. 지구생태계 내 식물 전체에 찬 공기와 짧아지는 햇살 등의 "빨간 정령"들이 "한꺼번에 스며"든다고 생각하기 때문이다. 화자는 "담쟁이덩굴"에 단풍 드니 "석류, 사과", "모든 불꽃들"도 붉게 물들고 자신의 "심장"도 붉게 물든다고 인식한다. 자연현상의 변화로 인해, 모든 것에 생명현상으로서의 "두근거리"는 현상이 일어난다고 보는 것이다. 이들은 "담쟁이덩굴"로 "석류"로 "사과"로 "불꽃"으로 천태만상이지만 서로 연관되어 있기에 하나로 통하는 "제물"이다. 세상 만물의 생명이 관통하여 자기유사성으로서 합일함을 의미하는 것이다.

이러한 사유는 '장주 이야기'에서 장주가 꿈에 나비가 되는 양상으로 비유된다. 장자는 꿈속에서 나비가 되어 자기가 장주인 것을 알지 못한다. 얼마 있다가 화들짝하고 꿈에서 깨어보니 장주가 되어 있더라는 것이다. 장주와 나비는 구별이 있으되, 구별이 없으니 이것을 물物의 변화變化라고 한다.54)

'물의 변화' 즉 '물화物化'는 "만물이 변화하여 하나가 된다"는 뜻이다. 그러므로 『장자』에서 '물화'의 '화化'는 '만물의 유전 변화'를 의미한다. 이를 확대 해석할 때, 모든 물체는 소멸하여 생성하고 다시 소멸하는 가운데 변화하는 존재이므로 동등하게 인식된다. 가시적으로 장주와 나비는 별개의 존재임에 틀림없다. 그럼에도 불구하고 그 구별이 애매하여 무엇이 생시이고 무엇이 꿈인지 분명치 않으나 그 원인을 따져보면 '물화'로 인한 자기유사성 때문이라는 것이다.

이를 통해 알 수 있는 사실은 자연의 일체 만물은 창조된 것이 아니라 창조되는 과정에 놓여 있으며, 서로 포섭하기에 어느 하나 자연 아닌 것이 없다는 것이다. 위 시 「빨간 담쟁이덩굴」에서 모든 과일과 화자의 심장과 세상은 모두, 전체로서의 자연을 자신 안에 내포하고 있으므로 자연현상인 "시간의 정령", "바람의 정령", "변화의 정령"에 따라 빨갛게 변화한다. 모든 개체는 자연의 입장에서 볼 때, 무차별적인 절대성을 지니는 동시에 자기유사성을 지닌 존재인 것이다.

이상으로, 노장적 복잡성에서는 곡신과 현빈의 생성, 자기유사성(self-similarity)으로서의 합일의식이 형상화되었음을 알 수 있다. 곡신과 현빈의 생성에서는 혼돈으로부터 창조되는 새 질서, 수동성으로부터 출현하는 생성, 무와 어둠으로부터 출현하는 생성에 관한 주제가 형상화되었다. 자기유사성(self-similarity)으로서의 합일의식에서는 공진화하는 자기 닮음, 지구생태계와 동화된 물화로서의 복잡성이 형상화되었다. 지구생태계 내 모든 개체의 생명발현은 복잡성이라는 특징으로서 자기 조직화하는 유기론적 양상을 띠고 있다는 것이다. 이와 같은 사실을 통해 알 수

---

54) "昔者蔣周夢爲胡蝶. 栩栩然胡蝶也. 自喩適志與, 不知周也. 俄然覺, 則蘧蘧然周也. 不知周之夢爲胡蝶與, 胡蝶之夢爲周與. 周與胡蝶, 則必有分矣. 批之謂物化."
장자, 최효선 역, 「제물론」, 앞의 책, 75면.

있는 것은 전체 속에 부분이 있고, 부분 속에 전체가 있어서 그들이 서로 영향을 주고받는 중에 지구생태계가 생성 변화한다는 것이다.

3. 시·공간 통합으로서의 순환성

심층생태주의 시에서 모든 유기체는 오직 그것이 시간 속에서 순환하는 한에 있어서 존재한다. 그것은 하나의 대상이 아니라, 하나의 과정이며, 정지하지 않는 연속적 사건의 흐름이요 변화이다. 그 점에서 유기체는 절대로 순간에 정착하지 않음을 알 수 있다. 따라서 시간의 세 단계인 과거, 현재, 미래는 구분할 수 없는 하나의 전체를 형성한다.[55] 뿐만 아니라 심층생태주의에서 시간은 순환적 시간관에 바탕을 두고 있다. 직선적 시간관에서 완성은 바로 종말을 뜻하기 때문이다.[56] 순환적 시간관은 시·공간통합으로 이어진다.

노장사상에서는 시·공간 통합과 관련하여, 개체끼리, 또는 개체와 개체 간, 전체 생태계가 '무위'와 '자연'이라는 절대의 지평에서 사유할 것을 권유한다. 천지의 주인은 인간이 아니며, 수많은 동물과 식물, 그리고 바람과 물이 섞여 움직이는 광대한 자연의 순환성을 강조한다. 개체와 전체는 상호 관련되고 상호 침투하면서 생겨나고 서로 의지하다가 사라지는 자연의 완전함 속에서 끊임없이 순환한다고 보는 것이다.

따라서 노장사상에서는 "모든 것을 그것이 자연스럽게 하는 바대로 허용해 주라, 그러면 그 본성은 충족될 것이"[57]라고 말한다. 무위자연이

---

55) 에른스트 카시러, 최명관 역, 『인간이란 무엇인가?』, 전망사, 1979, 74면.
56) 프랭크 커머드, 조초희 역, 『종말의식과 인간적 시간』, 문학과 지성사, 1993, 17~45면.
57) 장자, 최효선 역, 「외편－변무」, 앞의 책, 138면.

란 스스로의 진정한 본성에 합치되는 행위를 뜻한다. 그것은 마치 우리를 둘러싸고 있는 모든 사물 속에 변화의 법칙이 내재하듯이 각 개체의 본질 속에 내재해 있는 순환성에 대한 긍정을 의미한다. 모든 개체는 ‘사물의 본성에 거스르지 않으면’ 순환성이 조화를 이루게 된다는 것이다.

특히, 장자는 「추수편」에서 “세월의 흐름은 막을 수가 없고 시간의 흐름은 멈추게 할 수가 없다. 모든 것은 비었다가 가득 차고 가득 했다가는 비어 버리며, 끝났다가는 다시 시작된다. 만물에 부여된 운명은 늘 변화하게 마련이므로 처음과 끝은 순환해서 한 곳에 고정되는 법이 없다”[58]고 말한다. 이는 지구생태계 내 어떤 존재도 순환하지 않는 것이 없음을 의미한다. 그는 또 이렇게 말한다. “그것들의 처음과 끝은 마치 고리처럼 연결되어 있어서 끝을 알 수 없다.”

이와 같이, 지구생태계에 존재하는 모든 것들은 본질적으로 서로 연관되어 있으며 어떤 필연성에 따라서 연결되어 있어 시간과 공간을 통합하는 가운데 유기적으로 순환한다. 이 순환은 새로운 창조성으로 발현되기도 하고 손상된 것을 복원하는 힘으로도 작용하는 변화의 과정을 의미한다. 노장의 무위자연은 일찍이 이러한 원리를 간파했으며, 이후 신물리학으로 뒷받침되고 심층생태주의에서 재해석되었다. 자연생태계는 유기적인 상호 작용과 상호 의존성 속에 구성되고 존재한다는 것이다.

정현종 시에서 형상화된 시·공간 통합으로서의 순환성은 공간적 통합과 존재의 사슬에 대한 인식이 형상화되었으며, 시간적 회귀와 영원의식이 펼쳐져 있다. 공간적 통합과 존재의 사슬을 먼저 논의하기로 한다.

---

58) 장자, 최효선 역, 「외편-추수」, 위의 책, 188~189면.

1) 공간적 통합과 존재의 사슬(great chain of being)

심층생태주의에서는 지구를 인간의 '처소' 또는 가정(home)으로 인식하고 이를 이해하는 데 초점을 둔다. 이와 관련하여 이-푸투안yi-Fu Tua의 공간 개념은 주목된다. 이-푸투안yi-Fu Tua은 공간에 초점을 두고 인간과 자연의 관계를 체계화하고, 그것에 가치를 부여한다.59) 심층생태주의에서 인간을 위해 지구생태계라는 장소를 이해하는 것이 목적이라고 볼 때, 이-푸투안이 지향하는 공간에 대한 이해는 이와 맥락을 같이 한다.

인간을 포함한 생물체와 이를 둘러싼 무생물 등 자연을 구성하는 요소들은 모두 거대한 존재의 사슬(great chain of being)로 연결된 공간이며, 연결 고리의 한 부분만 파괴되어도 전체 공간이 위협받는다. 따라서 공간은 통합되어 존재의 사슬로 포섭되고, 개체적 자아 또한 존재의 사슬 안에서 공간과 동일시된다.60)

이와 관련하여, 장자의 발언은 주목된다. 그는 「지북유(知北遊)」에서 가득 차고 텅 비는 상태, 처음과 끝의 구별, 쌓이고 흩어지는 현상, 이런 것들은 모두 자연계의 현상을 의미한다고 말한다.61) 그에 의하면 만물은 특수한 상황에 따라 생겨나고 소멸하지만, 영원히 지구생태계에 존재하는 것이다. 온갖 사물은 자연을 떠날 수 없고 자연은 존재 일반에 두루 존

---

59) 이-푸투안, 구동회 외 역, 『공간과 장소』, 대윤, 15~22면 참조.
60) 데비비드 페퍼, 이명우 외 역, 앞의 책, 87~108면 참조.
61) 현상계에서의 가득 차거나 텅 비고 쇠약해지거나 감소되는 모습에 대해 말한다면 한면에서 가득 차고 텅 비는 일이 있어도 만물이 하나라는 입장에서는 정말로 가득 차거나 텅 비지 않으며 또 한면에서 쇠약해지고 감소되는 현상이 있어도 정말로 쇠약해지거나 감소되지 않소. 처음이나 끝의 구별도 무한한 순환이라는 입장에서 본다면 처음과 끝이 아니며 쌓이고 흩어지는 현상도 도의 입장에서는 상대적이어서 정말 쌓이고 흩어지는 것이 아니란 말이오.
　謂盈虛衰殺, 彼爲盈虛非盈虛, 彼爲衰殺非衰殺, 彼爲本末非本末, 彼爲積散非積散也.
　陳鼓應, 최진석 역 , 『莊周新論』, 소나무, 2001, 328면.

재함으로써 공간 통합이라는 의미로 이어진다.

모든 존재를 하나의 통합된 사슬로 보면 다른 존재와의 사이에 명확한 경계가 없다. 통합적으로 볼 때 개체생명의 존재방식은 단절적 체계가 아니라, 모든 개체 생명들과 소통하고 열려있는 연속적 사슬로서의 매개체를 의미한다. 이러한 관점에서 볼 때, 인간, 동물, 식물, 무기물 등 모든 존재는 상호 간 경계가 없으며, 그들의 생성과 소멸, 신진대사 또한 경계가 없는 순환성의 담지체이다.

다음 시「이슬」에서는 지구생태계라는 공간에서 이루어지는 공간 통합의 순환성을 살필 수 있다.

> 강물을 보세요 우리들의 피를
> 바람을 보세요 우리의 숨결을
> 흙을 보세요 우리들의 살을.
> 구름을 보세요 우리의 철학을
> 나무를 보세요 우리들의 시를
> 새들을 보세요 우리들의 꿈을.
>
> 아, 곤충들을 보세요 우리의 외로움을
> 지평선을 보세요 우리의 그리움을
> 꽃들의 삼매를 우리의 기쁨을.
>
> 어디로 가시나요 누구의 몸 속으로
> 가슴도 두근두근 누구의 숨 속으로
> 열리네 저길, 저 길의 무한─
>
> 나무는 구름을 낳고 구름은
> 강물을 낳고 강물은 새들을 낳고
> 새들은 바람을 바람은

나무를 낳고……
열리네 서늘하고 푸른 그 길
취하네 어지럽네 그 길의 휘몰이
그 숨길 그 물길 한 줄기 혈관……

그 길 크나큰 거미줄
거기 열매 열은 한 방울 이슬―
(眞空이 妙有로 가네)
태양을 삼킨 이슬 萬有의
바람이 굴려 만든 이슬 만유의
번개를 구워먹은 이슬 만유의
한 방울 모인 만유의 즙―
천둥과 잠을 자 천둥을 밴
이슬, 해왕성 명왕성의 거울
이슬, 벌레들의 내장을 지나 새들의
목소리에 굴러 마침내
풀잎에 맺힌 이슬……

―「이슬」 전문(『세상의 나무들』)

위 시에서 화자는 "강물"이 "우리들의 피를", "바람"은 "우리의 숨결을", "흙"은 우리들의 "살"이 됨을 노래한다. 뿐만 아니라, 지구생태계의 '나무, 구름, 강물, 새, 바람, 허공' 등 모든 식물과 동물, 자연현상들은 다른 생명을 잉태하는 존재이자 다른 생명에 포태되는 유기체적 존재로 그려진다. "나무는 구름을 낳고 구름은/강물을 낳고 강물은 새들을 낳고/새들은 바람을 낳고 바람은/나무를 낳"는 유기체로서 고립적으로 존재하는 것이 아니라 상호 의존적으로 순환한다는 것이다.62)

---

62) 장회익은 생명의 정의를 제시하면서 생명의 단위는 전체를 포괄하는 하나의 완결적 단
   위와 각 단계의 개체들을 나타내는 조건부적인 단위로 구분하여 설정할 필요가 있음을

이와 같이, 생태계 내 모든 존재는 서로의 태가 되어 서로를 낳고 품으며 시작이 되고 끝이 됨으로써 생명 경로로서의 순환적 그물망인 '거미줄'이 만들어진다. 그 '거미줄'을 잇는 매개체는 이슬로서 지구생태계의 혈관을 상징한다. '이슬'은 지구생태계의 물질 간에, 대상과 현상 사이에 일어나는 신진대사를 이끌어가는 것이다. 여기서 신진대사는 유기체를 연속시키는 물질의 통합과 순환을 의미한다.

또한, 이슬은 "진공眞空이 묘유妙有로 가"는 통로로서의 의미를 창출하며, '진공'은 물질이 전혀 존재하지 않는 공간을, '묘유'는 무無도 아니고 유有도 아닌 중간자로서의 의미를 생성한다.63) "소멸의 과정으로서만"이라는 의미를 갖는 것이다. 이러한 전제로서 추론할 때 "진공이 묘유로" 간다는 것은 무無에서 유有로 변화하는 생명발현의 과정을 의미한다. 이슬은 무無에서 시작하여 태양과 바람, 번개와 천둥 같은 우주 만물의 변화에 참여하는 동시에 이들로 변모해 간다. 이는 "태양을 삼킨 이슬 만유의/바람이 굴러 만든 이슬 만유의/번개를 구워먹은 이슬 만유의/한 방울 모인 만유의 즙"으로 표현된다. '태양'과 '바람'과 '번개' 같은 자연물들이 이슬에 응축되고 통합되는 순환성의 형상화인 것이다.

이슬은 또한 "천둥과 잠을 자 천둥을" 배고 "해왕성 명왕성의 거울"로 변환된다. 좀 더 나아가 이슬은 천둥의 짝이자 모태가 되고 혹성들을 비추기도 한다. 마침내 이슬은 "벌레들의 내장을 지나 새들의/목소리에 굴러 마침내/풀잎에 맺힌"다. 이슬은 우주 현상의 생성을 비롯하여 곤충과

역설하고 전자를 온생명, 후자를 낱생명 또는 개체생명이라고 명명한다.
장회익, 앞의 책, 209면 참조.

63) 나가르쥬나는 '현상 세계의 제법(諸法)을 자성이 없이 조건적으로 생기(生起)한다'고 보아 세계는 '비유(非有)−비무(非無)'의 상태 즉 '공'이라고 보고 있다. 나가르쥬나는 이런 상태를 '가명(假名)'이라고 부른다. '가명'이란 자성을 결여한 공한 법(法)들이 그런대로 이름을 가지고 존재하는 묘유(妙有)의 상태를 의미한다.
길희성, 『인도철학사』, 민음사, 1995, 143면.

날짐승과 식물에 이르기까지 모든 존재들을 품고 낳는 "만유의 즙"으로
서, 그들과 교류하고 소통하며 통합하는 물질이다. 이슬은 발생하는 순
간 통합되며 변화하는 유기체로서 순환성의 표상인 것이다. 이러한 사유
는 '이슬'에서 그치지 않는다.

다음 시 「풀을 들여다 보는 일이여」에서는 관찰자와 피관찰자인 대상
의 합일로써 공간적 통합이라는 의미가 창출된다.

어렸을 때처럼
토끼풀을 들여다본다
네잎 클로버를
찾아보려고
우주란 무엇인가
풀을 들여다보는 일이여
열반이란 무엇인가
풀을 들여다보는 일이여
구원이란 무엇인가
풀을 들여다보는 일이여

풀을 들여다보는 일이여
눈길 맑은 데 열리는 충일이여
　　　－「풀을 들여다보는 일이여」 전문(『사랑할 시간이 많지 않다』)

정현종에게 있어서 바라보는 일은 그것 자체로서 완전한 순환성을 의
미한다. 관찰자가 대상에 완전히 몰입할 수 있다면 그 사물은 관찰자에
게 거의 모든 것을 알려 줄지도 모른다는 것이다. 그는 이러한 논의와 관
련하여 바라보는 행위에 대해 "절대적 봄(absolute seeing)"라는 명상용어
를 도입한다.64) 이런 관점에서 볼 때, 사물이 거의 모든 것을 알려 줄는지

모른다는 가정은 사물의 모든 비밀이 개방되어 관찰자와 사물이 서로 순환하고 통합되는 상황을 의미하게 된다.

이러한 사유는 불확정성의 원리에서도 포착된다. 불확정성 원리의 주창자 하이젠베르크는 "자연과학은 자연을 단순히 기술하고 설명하는 것이 아니다. 그것은 자연과 우리 자신 사이에 일어나는 상호 작용의 일부"65)라고 말한다. 이와 관련하여 우선, 관찰자는 신체를 가진 인간이므로 신체의 유기론적 특성에 대해 상기할 필요가 있다. "살아 있는 신체는 정신과 물질의 가장 밀접한 유기적 결합의 증명에 대한 지식을 우리에게 제공해 준다.66) 이 말은 관찰되는 대상과 관찰자의 유기체성에 관한 사유 이전에 숙고되어야 할 사항이다. 대상을 바라보는 관찰자의 신체는 정신과 물질이 순환하는 유기체적 물질이라는 것이다.

불확정성의 원리에서 대상 그 자체의 속성에 관해서 객관적으로 말할 수 없다는 이유는 우선, 관찰자가 유기체적 물질이며, 그와 관련하여 대상과 관찰자의 상호 작용이라는 맥락이 부가되기 때문이다. 관찰자와 대상은 상호 작용하며, 관찰자의 시선이나 사유 또한 매 순간 변화한다. 상대성이론으로 볼 때, 상대적이고 개인적일 수밖에 없다는 말은 상호 대상의 유기체적 변화를 전제한다는 의미를 담고 있다. 이러한 점을 전제할 때, 위 시의 관찰자가 바라보고, 대상이 관찰되는 현상은 유기론적 순환성 그 자체를 의미하게 된다. 들여다보는 관찰자와 그 대상이 순환성으로 이해될 때, 이는 상호 간 공간 통합이라는 의미의 장으로 나아가게 된다. 그 모두는 하나의 공간 안에서 삼투하기 때문이다.

위 시 「풀을 들여다보는 일이여」에서 화자는 "어렸을 때처럼" "네잎

---

64) 정현종, 『생명의 황홀』, 세계사, 1989, 65면.
65) F. 카프라, 김용정 외 역, 「만물의 통일성」, 『현대물리학과 동양사상』, 187면.
66) 이진우, 「생명윤리와 생태학적 존재론」, 앞의 책, 31면.

클로버를/찾아보려고" "풀을 들여다" 보며, "우주란 무엇인가" 묻고 있다. "풀"을 우주의 표상으로 인식하고 풀을 들여다보는 일이 우주이며 열반이며 구원이라고 해석하기도 한다.[67] 이러한 해석은 자연인 화자와 자연인 풀이 서로 유기적으로 소통함을 의미한다. 그러한 순환성으로 인해 화자는 "눈길 맑은" "충일이" "열리는" 데에 이르게 된다. 이는 화자와 "풀"이 같은 존재의 사슬로 이어져 있음을 의미한다. 결국 화자가 '풀을 들여다보는 시적 행위'는 '신체의 연장물로서의 세계'와 통합되는 순환성을 의미하는 것이다.

존 휠러John Wheeler는 관찰자가 이러한 방식으로 개입하게 되는 것을 양자론의 가장 중요한 특성으로 여기고, '관찰자'라는 말을 '참여자'로 대치시킬 것을 제안한다. '관찰자'와 '대상'의 구분을 없애자는 것이며, 이는 같은 존재의 사슬이기 때문에 모두가 순환성의 담지체임을 의미한다. 휠러는 그에 대해 다음과 같이 말한다.

> 양자론은 20센티미터의 판유리 조각을 사이에 두고 관찰자와 안전하게 분리되어 있는 '저 바깥에 놓여 있는' 세계라고 하는 개념을 깨뜨렸는데, 양자론에 관해서 이보다 더 중요한 것은 없다. (⋯중략⋯) 이상과 같은 것을 기술하기 위해서는 '관찰자'라는 낡은 말을 지워 없애 버리고 그 자리에 '참여자'라는 새로운 말을 집어 넣어야 한다. 좀 이상한 의미지만, 우주는 참여하는 우주다.[68]

위 인용문에서 '관찰 대신에 참여'라는 말은 관찰되는 대상과 관찰하는 인간의 통합으로서 좀 더 증폭된 순환성의 의미가 환기된다. '관찰'은

---

67) 장정렬, 「자연과 인간의 총체성 회복과 전망 제시」, 앞의 책, 214~215면.

68) A. Wheeler, in J. Mehra (ed.), *The physicist's Conception of Nature*(D. Reidel, Dordrecht, Holland, 1973), p.244(카프라, 김용정 외 역, 「만물의 통일성」, 『현대물리학과 동양사상』, 188~189면에서 재인용).

관찰하는 시선의 주체와 관찰을 당하는 대상으로 주체와 객체라는 관계로 설정되지만, '참여'의 의미는 동등한 관계이자 연관성이 주어져 있음을 전제한다. 관찰자와 관찰되는 대상이 분리될 수는 없으나 여전히 구별은 될 수 있는 원자 물리학의 경우를 신물리학자들은 만족하지 않았다. 그들의 이해는 깊은 명상 속에서 관찰자와 관찰되는 대상의 구별이 완전히 무너지고 주체와 객체가 통일되고 차별이 없는 존재의 사슬로 이어지는 단계에까지 도달한다. 앞선 논의에서 보았듯, 관찰자와 관찰 대상은 통합되며,[69] 순환성으로 이어지는 것이다.

따라서 위 시에서 화자가 풀을 들여다보는 행위는 참여의 의미를 획득한다. 대생기(大生機, vital impetus)로서 잠시도 창조와 화육을 쉬지 않으며, 어느 곳이든 유행되고 관통되지 않은 데가 없는[70] 생명현상을 의미하는 것이다. 정현종 시에서 형상화된 공간 통합의 생명발현은 모든 개체적 존재가 전체 지구생태계와 합일하는 가운데 대사하고 생식하고 끊임없이 순환하는 과정 그 자체를 의미한다. 전체와 개체가 유기적인 관계로서 합일의 순간일 때 생명체와 무기물, 상황은 상호 작용하여 촘촘한 그물망의 체계를 형성하게 되는 것이다.

다음 시 「빛─꽃망울」에서는 지구생태계에서 한 생명이 경계 없는 하나로서 통합되는 생명현상의 발현이 형상화된다.

　　　당신을 통과하여
　　　나는 참되다, 내 사랑.
　　　당신을 통과하면
　　　모든 게 살아나고
　　　춤추고

---

69) 카프라, 김용정 외 역, 『현대물리학과 동양사상』, 190면.
70) 방동미, 정인재 역, 『중국인의 인생철학』, 탐구당, 1983, 164~183면.

환하고
웃는다.
터질 듯한 빛─
당신, 더없는 광원(光源)이
빛을 증식한다!
(다시 말하여)
모든 공간은 꽃핀다!

당신을 통해서
모든 게 새로 태어난다, 내 사랑.
새롭지 않은 게 있느냐
여명의 자궁이여.
그 빛 속에서는
꿈도 심장도 모두 꽃망울
팽창하는 우주이니
당신을 통과하여
나는 참되다, 내 사랑.

─「빛─꽃망울」 전문(『견딜 수 없네』)

위 시에서 화자는 생명현상을 지속해나가는 개체이며, 스스로 "꽃망울"이라고 지칭한다. 화자가 발화하는 대상, "당신"은 우주현상, 지구생태계로 상정되어 있다. 화자가 인식할 때, 모든 개체는 지구생태계와 통합되어 매 순간 새로 태어나며, 이는 새로이 발현되는 매 순간의 생명발현을 의미한다. 지구생태계 내 모든 개체의 생명발현은 "당신"이 "사랑"한 결과이며, '사랑'의 주체는 "터질듯한 빛─"을 내장한 "여명의 자궁"이요, "팽창하는 우주"이며, "당신"인 지구생태계 그 자체이다. 한 개체가 지구생태계에 통합되어 매 순간 새로이 생성되는 생명현상의 원리를 한스 요나스는 다음과 같이 말한다.

미래를 위한 기회들은 이제 바야흐로 이 체계가 변화할 때 새로이 주어질 수도 있는 것들이다. 생성되는 것은 앞으로 생성될 것을 위한 법칙이 된다. 무법칙성에서 법칙성으로, 말하자면 법칙적인 속성을 최소치로 내포하고 있던 상태에서 점진적으로 법칙적인 속성을 최대치로 내포하고 있는 상태로 이행해 간다. 각각의 새로운 선택이 이루어지는 과정 자체가 이미 선택적 기회를 되풀이하기 때문에, 한편으로는 결합의 조건들이 점점 더 까다롭게 전체에 의해서 정의되고, 다른 한편으로는 때때로 출현하는 기회들 그리고 선택에 내맡겨진 재료들은 점점 더 특유해진다.[71]

위 인용문에서 한스 요나스는 "생성되는 것은 앞으로 생성될 것을 위한 법칙이 된다"고 발언한다. 이미 생성된 것은 생성되는 것의 법칙이 되는 것이다. 이와 같이, 지구생태계 내에서 일어나는 매 순간의 환경은 그대로 고착되어 있지 않으며, 새로운 생성을 통합한다. 생명현상은 창조의 과정이며, 창조의 작업 하나하나는 우주 전체를 활용하는 개체적 노력인 것이다. 따라서 새로운 현실태는 저마다 새로운 조건을 추가하는 새로운 일원이며, 새로운 조건은 모두 추가된 달성의 풍요함 속으로 흡수된다.[72]

위 시 「빛―꽃망울」에서 '꽃망울' 역시 다시 순환성을 유도하는 구성물로 통합됨을 알 수 있다. 꽃망울이 피어나기까지 지구생태계인 '당신'의 숨결을 들이쉬고 내쉬어야 할 뿐 아니라, 꽃망울 스스로의 변화 또한 지구생태계인 '당신'의 '숨결'이요 구성물인 것이다. 이는 "꽃"이라는 개체의 생명현상이 지구생태계인 "당신"과 통합됨을 의미한다. 뿐만 아니라, 결국 당신인 지구생태계 역시 우주와 통합되어 "앞으로 생성될 것을

---

71) 한스 요나스, 한정선 역, 「조화, 평형 그리고 생성」, 앞의 책, 143면.
72) 화이트헤드, 오영환 역, 「파악의 이론」, 『과정과 실재』, 444~445면.

위한 법칙"임을 의미한다.

이를 통해 현실적 존재가 어떻게 생성되고 있는가 하는 것이 그 현실적 존재가 어떤 것인가를 결정하며, 현실적 존재의 "있음"은 그 "생성"에 의해 구성됨을 알 수 있다.[73] 지구생태계 내 모든 개체와 현상은 지구생태계 속에서 봉우리지고 피어나야 할 "꽃망울"이며, 이 "꽃망울"이 맺히고 피어나기 위해서 "팽창하는 우주"이며 "여명의 자궁"인 당신의 숨결과 통합되어야 한다는 것이다. 다시 말해, 모든 개체적 생명체는 생명현상의 발현 즉, "꽃망울"로 피어나기 위해서 지구생태계 내 모든 대상과 현상을 내장한 "사랑", 공기를 들이쉬고 내쉬는 상태임을 알 수 있다.

다음 시「갈 데 없이……」에서도 화자가 자연 속에 녹아들어가 자연과 완전히 동화된 상태가 형상화된다.

사람이 바다로 가서
바닷바람이 되어 불고 있다든지,
아주 추운데로 가서
눈으로 내리고 있다든지,
사람이 따뜻한 데로 가서
햇빛으로 비치고 있다든지,
해지는 면으로 가서
황혼에 녹아 붉은 빛을 내고 있다든지
그 모양이 다 갈데없이 아름답습니다
―「갈데없이……」 전문(『광휘의 속삭임』)

심층생태주의에서 추구하는 유기론적 전망은 인간과 자연이 서로 놓아버리지 않고 사는 세계에 대한 복원을 추구한다. 그것은 인간과 자연

---

73) 화이트헤드, 「범주의 도식」, 『과정과 실재』, 81면.

사이에 상호 교감이 이루어지는 세계를 의미한다. 인간이 자연이 되고자 하는 소망의 시적 표현은 실제로 그렇게 될 수 있는 가능성의 표현인 것이다.74) 그러한 점을 전제할 때, 위 시 「갈데없이……」는 인간과 자연이 통합된 순환성을 의미한다.

위 시는 사람이 자연이 되고 있는 유기적 풍경의 형상화로서 인간과 자연이 상호 교감하고 있는 상태를 상징한다. 위 시에서 화자는 사람이 자연이 될 때 그 모습이 "갈데없이" 아름답다고 발화한다. 화자는 이를 사람이 바다로 가서 "바닷바람이 되어 불고 있다든지", 추운 데로 가서, "눈으로 내리고 있다든지", 따뜻한 데로 가서 "햇빛으로 비치고 있다든지", 해 지는 쪽으로 가서 "황혼에 녹아 붉은 빛을 내고 있을 때"라고 표현한다. 사람이 바람으로, 눈으로, 햇빛으로, 황혼의 붉은 빛으로 동화된다는 말은 자연과 인간의 구분이 없어지는 통합을 의미하며, 결국 순환성으로 해석되는 것이다.

이러한 모습이 아름답다는 발언에는 인간이 원래 자연이며, 스스로 자연됨을 인식할 때, 자연으로서의 상태, 시원의 생명력이 회복된다는 의식이 담겨 있다. 위 시에서의 풍경은 사람과 자연이 존재의 사슬로 통합됨으로써 생명현상이 발현되는 공간 통합을 뜻하는 것이다. 이와 같이 모든 존재들은 고정된 실체가 아니라 다른 개체와의 유기론적 순환성에 따라 매 순간 공간적 통합을 통해 생명의 고리로 이어지는 과정을 의미한다. 따라서 지구생태계는 인간, 동물, 식물, 무기물을 상호 귀속시키는 가운데 각자가 순환하며 체류하는 생명현상의 장임을 알 수 있다.

---

74) 장정렬, 「자연과 인간의 총체성 회복과 전망 제시」, 앞의 책, 225면.

2) 시간적 회귀와 영원의식

모든 현상과 감성은 시간을 통해 존재하고 현현하므로, 필연적으로 시
간에 관계한다.[75] 따라서 모든 대상에게 주어진 현재는 단지 과거와 미
래가 구획되는 추상적인 '점'으로서가 아니라 살아 있는 시간을 의미한
다. 현실적 존재는 시간을 통해, 그 자신의 환경적 세계에 의해서 한정됨
과 동시에 스스로를 한정한다. 다시 말해, 과거를 기억 속에 간직하고 미
래를 예견하면서, 한정되는 즉시 다시 한정적으로 '새로움'을 창조해 가
는 것이다.[76]

시간에 대한 이러한 사유는 니체의 영원회귀에서 회귀의식으로 설명
된다. 그에 의하면 현재적 존재는 생성과 소멸을 반복한다. 생성하고 경
과하기는 하나 생성을 시작한 일도 경과를 끝낸 적도 없이 변화할 뿐이
다. 영원한 변화 속에서 만물이 영원히 되돌아오고 우리 자신도 더불어
되돌아온다는 것이다.[77]

노자의 시간관 역시 영원회귀적이다. 그러므로 "그것을 맞이하려고
하여도 그 머리를 볼 수가 없으며, 그것을 뒤따르려고 하여도 그 뒤를 볼
수가 없다."[78] 여기서, 머리는 시작을 의미하고 꼬리는 끝을 뜻한다. 노
자는 순환론적인 시간관에 토대를 두고 있기 때문에 시작은 끝이며, 끝
은 또한 시작이다. 그렇기 때문에 미래의 종말을 예측하는 것 또한 불가
능하다. 영원회귀로서의 순환성을 의미하는 것이다.

다음 시 「때와 공간의 숨결이여」에서는 매 순간 모든 개체가 생명발

---

75) W. O. 되링, 김용정 역, 『칸트철학 이해의 길』, 새밭, 1979. 55면.
76) 화이트헤드, 오영환 역, 「옮긴이 해제」, 『과정과 실재』, 742~743면.
77) 프리드리히 니체, 정동호 역, 앞의 책, 368면.
78) 迎之不見其首, 隨之不見其後.
　　노자, 김경수 역, 「제14장」, 앞의 책, 177면.

현하는 가운데 이루어지는 순환성이 형상화된다.

집과 일터
이 집과 저 집
이 방과 저 방,
더 큰 공간에 품겨 있는
품에 안겨 있는 알처럼
꿈꾸며 반짝이는 그 공간들을
나는 사랑한다
(…중략…)
항상 새로 태어나고 있다.
어리고 연하고 해맑은
그 강간들의 태내에 나는 있고
나와 공간들은
서로가 서로를 낳는다.
(…중략…)
들어갈 때와 나갈 때
그 모든 때는 태초와 같다
햇살 속의 먼지와도 같이
반짝이는 그 때의 숨결을
나는 온몸으로 숨쉬며
드나든다, 오호라
시간 속에 秘藏되어 있는 태초를
나는 숨쉬며
드나든다.
모든 때의 알 또한
꿈꾸며 반짝이며
깃을 내밀기 시작한다.
시간이란 그리하여

싹이라는 말과 같다.
시간의 태가 배고 있는 모든
내일의 꽃의 향기를
(…중략…)
서로 품에 안겨
서로 배를 낳는
꿈꾸며 반짝이느니.
　　　　　　　－「때와 공간의 숨결이여」 부분(『갈증이며 샘물인』)

위 시의 표제를 환기할 때, 위 시의 화자가 시간과 공간의 순환성에 주목하고 있음을 알 수 있다. 화자는 "집과 일터,/이 집과 저집,/이 방과 저방" 등에서 시간과 공간의 순환성을 포착한다. 공간들은 서로 태胎가 되어 싹을 틔우기도 하는 가운데 서로를 품으며 공간을 형성하므로 화자에게 공간과 공간은 "서로가 서로를 낳"으며 "항상 태어날 준비가 되어 있"는 가운데 "항상 새로 태어"나는 생명체로 간주된다. 그 결과 위 시에서 공간은 정태적이고 고착적인 물리적 축조물이기를 그치고 끊임없이 갱신되고 창조됨으로써 시간적 회귀와 영원의식을 내포한다.79)

특히, 위 시에서 화자가 말하는 모든 순간의 태초, "들어갈 때와 나갈 때"는 시간과 관련한 순환성의 비유이다. "들어"가고 "나갈" 때마다 "반짝이는 그때", "태초"의 "숨결"을 "온몸으로" 느끼는 화자는 순환성을 인지하는 매개물이다. 위 시의 화자인 나는 "시간 속에 비장되어 있는 태초"를 "숨쉬며" 순환하는 것이다. 매 순간이 태초인 것은 고정된 듯이 보이나 끊임없이 변화하고 있는 순간을 화자가 인지한다는 의미로 해석이 가능하다.

특히, "시간"은 순환의 "싹"으로 인식된다. "서로 품에 안겨" "서로 배

---

79) 박정희, 앞의 논문, 169면.

를 낳는", "내일의 '꽃' 향기" 속에 숨 쉬는 매 순간의 순환성을 담지하고 있는 것이다. 지구생태계 내에 존재하는 모든 개체는 시간의 순환 속에서 다른 존재들의 숨결과 매 순간 태초로써 호흡하고 소통하며 미래에 걸쳐 순환한다.

다음 인용문에서 시인의 이러한 사유를 엿볼 수 있다.

> 쌀을 생각한다. 혹은 보리.
> 이 보리의 꿈은 썩는 일이다. 다시 말해서 이 생보리의 꿈은 죽는 것이다. 죽어서, 즉 썩어서 술이 되는 일이다. 엉뚱한 생각을 해 본다. 보리의 무덤은 술이고 술의 무덤은 사람 뱃속이고 사람의 무덤은 시간이고 시간의 무덤은 영원이고……이것이 죽음에 이르고 그리하여 영원에 이르는 길인데, 보리는 썩어서 술이 되지 않고는 시간의 한계를 넘어서 살아갈 수 없다.[80]

위 글에서 시인은 보리의 생에 대해 순환의 상상력을 발휘한다. 일반적으로 인간은 일직선적인 시간관을 갖고 있기 때문에 시간의 한계를 넘어서 살아갈 수 없다고 단정한다. 그러나 정현종은 위 글에서 시간을 통한 유기적인 순환의 경로에 대해 사유한다. 이러한 가치 체계로 볼 때, "생보리의 꿈은 죽는 것이다"라는 발언은 시간적 회귀와 영원의식을 환기한다. 삶의 목적은 죽음이지만 순환론적 관점에서 볼 때 생성에 대한 준비과정으로서, 회귀와 영원의식이라는 의미를 창출한다.

정현종은 위의 글에서 보리가 "썩어서 술이 되고" 술은 사람의 생명으로 변화함에 대해 인식한다. 사람 또한 "죽음"에 이르고, 그 "죽음"은 결국 영원에 이르는 길이 된다. 이는 모든 관계에 통용된다. 보리가 죽으면 술이 되고 술이 죽으면 사람 뱃속에 들어가고 사람이 죽으면 흙이 되고

---

80) 정현종, 「꿈꾸는 者의 內面日記」, 『거지와 狂人』, 민음사, 225~226면.

흙에서 다시 보리가 자라는 영원회귀의 순환성을 의미하는 것이다. 그의
시에서 나타나는 유기론적 순환성은 시간적 회귀와 영원의식의 양상으
로 표현된다.

> 은하수 너머 머나멀리, 여기서 천이백만 광
> 년 떨어진 데서 초신성이 지금 폭발중인데, 폭
> 발하면서 모든 별들과 은하군의 에너지 방출
> 량의 반에 해당하는 에너지를 방출하고 있다.
> 지구 은하계 너머, 나선형 M–81 은하계에
> 서 발견된 특히 빛나는 이 초신성 1993J의 크
> 기는 지구가 속해 있는 태양계만한데, 폭발하
> 는 별은 죽어가면서도 삶을 계속하고 있다.
> 그건 다른 별들을 만드는 물질을 분출할 뿐만
> 아니라 생명 바로 그것의 구성 요소들을 방출
> 하기 때문이다.
> 우리 뼛속의 칼슘과 핏속의 철분은, 태양이
> 생겨나기 전에, 우리 은하계에서 폭발한 이
> 별들 속에 들어 있었던 것이다.
>
> — 로스엔젤레스타임스,
> 1993년 7월 18일자 기사

> 너 반짝이냐
> 나도 반짝인다, 우리
> 칼슘과 철분의 형제여,
>
> 멀다는 건 착각
> 떨어져 있다는 건 착각
> 이 한 몸이 三世며 우주
> 죽어도 죽지 않는 통일 영물(靈物)—

일찍이 별 하나 나 하나
별 둘 나 둘 아니냐
그렇다면!
그 전설이 사실 아니냐
우리가 전설 아니냐
칼슘의 전설
철분의 전설―

밤하늘에 반짝이는 내 뼈여
밤하늘에 반짝이는 내 피여.
―「밤하늘에 반짝이는 내 피여」 전문(『세상의 나무들』)

물질은 생명을 향해서 순환하는 가운데 생명으로의 이행이 일어나며, 가장 낮은 단계의 조직 속에서도 정신적인 것을 형성한다. 정신은 또한 아무리 높은 단계에 이르러도 역시 물질의 한 부분으로 남는다.[81] 이 말은 물질과 정신의 순환론을 살피기에 앞서 숙고되어야 할 사항이다. 물질과 정신은 유기체라는 것이다. 각 생명체가 우주의 근본적 존재를 구성하는 생명성 자체와 일치할 가능성 속에서 자신의 무한성을 실현한다는[82] 사유는 인간과 물질, 인간과 천체를 유기체로 본다는 의미이다. 이는 지구생태계의 모든 현상을 시간적 회귀와 영원의식으로 볼 수 있는 근거가 되며, 그런 맥락에서 「밤하늘에 반짝이는 내 피여」는 주목된다.

묵시적인 상징에서는 하늘의 발광체―태양, 달, 그리고 별―전부가 우주의 체내에 또한 인간의 체내로 순환한다.[83] 화자는 시간적 의식을 통

---

81) Hans Jonas, *philosophische Untersuchungen und metaphysische Vermutungen*(Frankfurt : Suhrkamp, 1994), p.248(이진우, 앞의 책, 31면에서 재인용).
82) 앙리 베르그송, 송영진 역, 『베르그송의 생명과 정신의 형이상학』, 서광사, 2001, 141면.
83) N. 프라이, 임철규 역, 「원형비평」, 『비평의 해부』, 한길사, 2000, 289면.

해 볼 때, 존재론적으로, 자신이 저 우주의 별로부터 시작되었다는 영원의식을 바탕으로 하는 것이다. 화자는 신문에 실린 기사를 통해 인간이 우주에 빛나는 '별'과 같은 원소로 이루어진 존재임을 깨달았기 때문이다. 자연과 인간의 동일화를 시도하는 심층생태주의의 상상력이 우주현상과 관련한 인간의 순환성에서 상징적 의미와 함께 논리적인 타당성을 확보한 셈이다. 별과 같은 원소로 이루어진 인간의 '몸'은 그야말로 우주 그 자체, 자연의 실체이기도 한 것이다. 이는 인간과 무기물, 인간과 천체를 바탕으로 한 시간적 회귀와 영원의식에 대한 반증이다.

심층생태주의가 인간의 자연성 회복을 추구하는 반면, 기계적 사유는 인간만은 생태적 관계망으로부터 벗어난 예외적 자연이라는 인식에 근거를 둔다. 위의 시 「밤하늘에 반짝이는 내 피여」는 인간의 존재 근거를 밤하늘의 천체 속에서 찾음으로써 기계적 사유로부터 인간을 제 자리에 데려와 자연에 회귀시키는 시간의 의미를 갖는 것이다. 특히 별과 구름 같은 천체, 우주현상 속에서 그 근거를 찾음으로써 시간적 회귀와 영원의식이라는 의미를 창출하게 된다.

다음 인용문은 생성과 소멸 사이에 존재하는 중간적 과정의 순환성에 대한 이해를 돕는다.

> 생성과 소멸 사이에 그리고 존재와 비존재 사이에 어떤 중간적인 것이 있다는 사실이다. (…중략…) 중간적인 것은 중간을 유지하고, 자신의 존재에 의존하여 몰락을 저지한다. 그러나 중간적인 것이 그런 식으로 자신의 반복적인 기능을 하는 도중에도 또한 몰락을 초래할 수밖에 없는 까닭은 몰락을 통해서만 자기를 보존하는 수단을 획득할 수 있고, 그래서 <중간 Mitte>은 과정이 진척되는 흐름을 타고 내려가면서 자신을 새로운 모습으로 드러낼 수 있기 때문이다.[84]

---

84) 한스 요나스, 한정선 역, 앞의 책, 152면.

위 인용문에서 한스 요나스는 한 존재의 "생성과 소멸 사이에 그리고 존재와 비존재 사이에 어떤 중간적인 것이 있다"는 점을 강조한다. 그러한 상태에서 "중간적인 것은 중간을 유지하고, 자신의 존재에 의존하여 몰락을 저지"한다는 것이다. 그러나 "그런 식으로 자신의 반복적인 기능을 하는 도중에도 몰락을 초래할 수밖에 없는 까닭은" 순환함으로써 "자신의 새로운 모습"으로 생성될 수 있기 때문이다. 모든 존재는 스스로 죽음으로써 다시 태어날 수 있으므로, 죽음은 생성을 전제로 한 순환의 과정인 것이다.

위 인용문과 한 인간의 삶을 관련시켜볼 때, 한 인간의 유전물은 그가 속하고 있던 공동체 전체의 긴 역사 속에서 계속 침전되어 생물학적·사회적·문화적·정신적 기타 등등의 공동체적 유전 인자 속에 불멸적으로 전수됨을 알 수 있다. 다음 세대에게 전달되는 생물학적 차원에서의 유전정보 전달은 물론 사회·문화적·정신적 유전물의 총체 속에도 남게 된다. 더 넓게는 그가 남긴 물질이 공기 속에 남아 다시 다른 개체의 모습으로 생성된다든지 다른 무엇의 일부가 되어 남는다. 이에 동의할 때, 지구생태계 내 모든 개체는 사멸의 상태조차 생성의 과정임을 알 수 있다.

다음 시 「亡者의 시간―가을날 김현 무덤에 가서」는 이러한 인식이 형상화되어 있다. 이는 시간적 관점에서 볼 때, 영원회귀의 사상을 담고 있다.

> 살은 없고 사람 모습의 공기
> 살은 없고 사람 모습의 햇빛
> 가을빛에 타 하얗게 사윈 재……
>
> 앞서거니뒤서거니 죽는 날까지 우리를
> 망자의 시간 속에 있게 하는 것.

그게 우리 마음에 불어오는 네 좋은 선물이구나.
숨어서 솟아나는 샘물과 같이
衆香國 근처의 공기 같은 걸 퍼트리고 있구나.
       –「亡者의 시간–가을날 김현 무덤에 가서」부분(『한 꽃송이』)

위 시 「亡者의 시간–가을날 김현 무덤에 가서」에서 화자는 고인이 된 옛친구 김현의 무덤에 가서 공기 속에 "사람 모습"을 감지한다. 화자가 인식하기에 그 사람 모습의 공기는 "가을빛에 하얗게 사윈 재……"와 같은 양상으로 머물고 있다. 우리는 "앞서거니뒤서거니 죽는 날까지" 또한 "망자의 시간 속에 있"기도 한 것이다. "망자"가 살아남은 자의 "근처"에 머물며 "공기 같은" 걸 "퍼트리고 있"듯이 "우리" 역시 "망자"의 곁에 있기도 하다는 인식은 시간적 회귀와 영원의식으로 해석이 가능하다.

다시 말해, 한 인간이 죽으면, 그는 잠으로 빠져들고, 통상적인 진리에서의 그는 죽지만, 그의 유전물은 어떤 형태로든 계속 전체 지구생태계 속에 "불멸적으로" 전수된다.85) 따라서 불멸한다는 의미는 통상적인 의미에서의 영혼이 사후에도 불멸한다는 의미가 아니라, 지구생태계 전체에 내재하고 있는 신성의 자기실현 과정에 잔여된 혼이 참여한다는 사실을 의미한다.

이와 관련하여, 인간이 지상에 거주한다는 것은 죽을 수밖에 없는 그리고 죽을 줄 아는 사멸의 존재로서 거주한다는 것을 뜻한다.86) 이는 영원의식을 함의한 표현이다. 죽음은 죽음으로 끝나지 않고, 죽음으로써 스스로의 공간인 지구생태계를 재생시키는 생명현상의 근거가 될 것이기 때문이다.

다음 시 「불멸」에서는 과거와 현재, 미래가 공존하고 교차하는 시간

---

85) 한정선, 「후기 후설에서의 단자우주의 충동적 삶」, 앞의 책, 109면.
86) M. Heidegger, *"bauen Wohnen Denken," Vorträge und Aufsätze*(pfullingen: Neske, 1954), p.183(이진우, 「생태학적 상상력과 자연의 미학」, 『초록생명의 길 II』, 419면에서 재인용).

의 순환성이 형상화된다.

> 만물이 항상
> 자기를 반쯤 드러내고 있듯이
> 나는 반쯤 드러내며 살고 있다
> 언제까지나——
> 장차 내가 죽었을 때에도
> 그런 나를 반쯤 드러낸 모습일 터이니
> 그건 실로 죽은 게 아닐 것이다
>
> 나는 불멸이다.
> —「불멸」 부분(『갈증이며 샘물인』)

위 시에서도 생성과 소멸의 과정으로서 순환의 사유가 드러난다. "만물이 항상/자기를 반쯤 드러"냄으로써 "불멸"한다는 것은 시간적 회귀와 영원의식에 대한 화자의 인식을 의미한다. 화자가 볼 때 세상 만물은 모두 영원히 순환하고 있는 것이다. "반쯤"이라는 어휘는 순환하고 있는 과정 자체를 의미한다. 완전히 고정되어 있지 않으므로 안이거나 밖이거나, 생성이거나 죽음이거나 과정, 즉 순환하는 가운데 있으므로 반만 드러나는 것이다. 화자는 자신도 "반쯤 드러내며 살고 싶다/언제까지나"라고 발언한다. 뒤이어 "죽었을 때에도" "그건 실로 죽은 게 아"니며, 반은 살아 있는 셈이다.

이러한 사유는 한스 요나스의 『생명현상의 원리』에서 다음과 같이 언급된 바 있다.

> 세계의 시간적인 발생, 즉 그것의 현재적 있음이 끊임없이 그것의 과거에 의해서 삼켜져 버리는 세계의 시간적인 발생 속에서 하나의 영

원한 현재가 자라난다. 영원한 현재의 모습(얼굴 Antlitz)은 서서히 자신을 드러내고 있다. 그런 형태로 불멸적으로 지속되는 시간의 경험들 속에 자리잡고 있는 신적인 승리와 패배, 기쁨과 고통에 의해서 마치 영원한 현재의 모습의 특징들이 기록되거나 하는 듯이 말이다. 끊임없이 사멸하는 행위자가 아니라, 행위자의 행위들 자체가 생성되는 신성(神性)에 편입되어 들어가며, 아직 한 번도 완성된 적이 없는 신성의 모상을 차츰차츰 형성해 간다.[87]

위 인용문에 따르면, "현재적 있음"은 "끊임없이 그것의 과거에 의해서 삼켜"지고 그 "발생 속에서 하나의 영원한 현재가 자라"나며, "그런 형태로 불멸"한다. 이를 통해 포착되는 위 시 「불멸」의 순환성은 어떤 존재라도 지구생태계 안에서 사라지지 않고 영원히 회귀하고 있음을 의미한다. 모든 개체나 현상은 그 가운데에서 영원회귀하는 "불멸"의 존재요 현상이다. 따라서 화자는 여기서 "장차 내가 죽을 때에도" 그 죽음이라는 드러남이 존재의 "반쯤"을 표상할 것이므로 완전히 "죽은" 상태가 아닐 것이라고 예감한다. 주검으로 다른 생명체들의 생성과 양육의 조건이 되는 가운데 반쯤은 살아 있는 상태일 것이며, 모든 존재의 생명현상이 그렇다고 본다면 화자인 "나" 역시 "불멸"의 존재로써 영원히 회귀하며 존재하는 것이다.

이와 같이, 정현종 시에 형상화된 시간적 회귀와 영원의식에서는 생명현상을 발현하는 동·식물뿐만 아니라, 천체와 인간, 생성과 소멸, 생명현상이 없는 무기물까지도 상호 관계된 가운데 영원히 순환한다고 보는 주제가 도출되었다. 지구생태계 내 모든 개체적 존재는 각자의 생명성으로 생겨나지만 변화하는 가운데 순환한다. 지구생태계는 시간과 공간의 순환성을 발현하는 근원이자 통합의 담지체인 것이다.

---

87) 한스 요나스, 한정선 역, 「불멸성과 오늘날의 실존」, 앞의 책, 504면.

심층생태주의 시에 나타난 유기론적 양상의 의의

심층생태주의 시에 나타난
유기론적 양상의 의의

한국 현대시에 나타난 생태계 위기에 대한 의식과 그에 따르는 대안 모색의 양상은 서구에서 견지하고 있는 시각과 동일하게 반영된다. 산업화라는 것이 원래 서구를 중심으로 이루어진 산업의 양상이고, 그 결과로써 파생된 자본주의적 삶의 양식 또한 동서양이 유사하다. 따라서 생태계 위기를 극복하기 위해, 서구에서 정립된 심층생태주의의 사유를 한국 현대시에서 발견하는 것은 당연하다. 이러한 점을 감안하여, 이 책은 한국현대문학사에서 왕성한 흐름을 형성했던 심층생태주의의 유기론적 양상에 관한 시편 가운데 1985년부터 현재까지 발표된 김지하, 이성선, 정현종 시를 연구했다.

심층생태주의는 일반적인 자연친화적 사유와는 구별되는 가운데 근대의 경험에 대한 반성을 함의하며, 생태계 위기에 대한 근본적인 방안을 제시한다. 특히, 심층생태주의의 유기론적 사유는 인간과 지구생태계의 모든 개체가 전일적 관계로서 생명발현을 한다는 데 초점을 둔다. 이러한 특성은 문학에서도 동일한 양상으로 나타난다. 문학에서 심층생태주의의 유기론적 사유는 자연을 가이아로 보는 관점을 통상적으로 수용하여, 가치관의 전환을 추동함으로써 근원적인 방안으로서의 의미를 획득한다.

그런 점에서 세 시인의 시편을 대상으로 심층생태주의의 유기론적 양상으로 논의한 이 글은 그동안 초점이 불확실하여 그 의미와 가치가 희석되었던 심층생태주의 시에 대한 연구의 한계성을 극복했다는 의의를 가진다. 세 시인의 작품에서 나타나는 심층생태주의의 유기론적 양상에 대한 의의는 다음 몇 가지로 요약할 수 있다.

우선, 심층생태주의의 유기론적 양상을 사회적 관점에서 살펴볼 때, 자본주의 사회로의 이행과 함께 야기된 자연의 도구화와 관련하여 인간은 자연현상이 집합된 총체적 존재라는 점을 환기할 수 있다. 이에 동의할 때, 자본주의적 가치관을 지향하는 인간은 유기체적 특징에 위배되는 삶을 영위할 수밖에 없음을 상기할 수 있다. 따라서 자본주의 사회에서 심층생태주의의 가치관으로 전환하지 못하는 인간은 자연 전체의 유기성에 대해 적대적 행위를 일삼는 반생태적 존재로 남게 된다. 인간이 지구생태계 자체라는 점을 인정한다면, 인간의 자본주의적 변화는 지구생태계 전체의 위기를 의미하게 된다. 그런 점에서 세 시인의 시편들은 각 개인을 자연과 자신을 포함한 지구생태계로 되돌려서 인식의 지평을 최대한 확대시키고, 그렇게 함으로써 지구생태계 전체를 지키는 것은 자신을 지키는 일임을 보여준다. 지구생태계 전체를 훼손하는 것은 자신을 훼손하는 것으로 요약되는 심층생태주의의 유기론적 사유를 효과적으로 형상화한 것이다.

둘째, 심층생태주의의 유기론적 양상을 문학사적 관점에서 살펴볼 때, 범주 혼돈의 문제를 따져볼 수 있다. 이 책에서 생태주의로 연구할 때 해당되지 않는 작품이 없다는 범주의 모호성을 극복했다는 것이다. 그동안 생명의 유기적인 현상을 다루지 않는 것은 아니지만, 포괄적 생태주의나 생명사상으로 다룰 때, 범주의 모호성으로 인해 환경생태주의나 사회생태주의, 생태여성주의의 특성과 혼동되는 가운데 심층생태주의의 특성 자체가 무의미해지고 독자적인 가치를 상실한 점이 포착된다. 이러한 관점에서 심층생태주의의 유기론으로 변별하여 논의할 때, 독자적 가치를 확보하며, 유기론의 특성인 '가이아'의 은유는 문학적 상상력으로써 가치를 획득한다.

셋째, 기존의 생태주의 논의는 자연현상을 그대로 보여주는 문제와 관련하여 기법의 긴장도가 떨어진다는 비판을 피해갈 수 없었다. 1970년대의 산업사회, 포스트모더니즘과 관련하여 다양한 기법적 특징이 활용되었다면 생태주의는 자연 그대로의 특성을 묘사함으로써 기법적 약화라는 지적으로 이어진다. 그러한 특징을 심층생태주의의 유기론이라는 프리즘으로 볼 때, 자연 그대로의 특성은 지구생태계의 신화원형적 양상, 생명성의 특징으로 상징적 가치를 확보한다. 이번 논의에서는 그러한 의의를 찾을 수 있는 것이다. 또한 세 시인의 시에 나타나는 자연 묘사의 특징은 자연의 특성으로서 생명의 박동을 반영하는 운율의 미학적 측면을 보여줄 뿐 아니라, 구조에서 보여주는 여백의 미는 무無의 풍요성과 관련한 복잡성으로서의 가치를 확보한다. 이는 생태계 위기에 직면한 시점에 지구생태계의 본질적 가치를 환기하는 문학적 방식으로서 인간과 자연의 유기적 특성을 증명하는 의의라고 볼 수 있다.

넷째, 그들의 시에 나타나는 자연친화적인 특성을 동양사상으로 연구할 때, 초월적 특성으로 인해 비현실적이라고 비판받는 데 대한 대안을 마련할 수 있다. 동양사상으로 바로 접근할 때, 그것은 전근대적인 종교사상 내지 윤리체계이므로 오늘날 근대문명 시작 이후로 그 문명 때문에 야기된 생태계 위기의 문제를 해결하기에는 한계가 있다. 현대인의 삶은 여전히 과학기술에 의존하지 않을 수 없는 실정이기 때문이다. 그러한 문제에 대응하기 위해 자연에 대한 인식의 체계를 현대적 삶의 양식에 맞게 전환할 필요가 있다. 심층생태주의의 유기론적 양상은 근대 경험을 전제한 상태에서 과학적 사유를 동반하여 생명현상에 대한 원리를 제시하기에 현실적 의의를 획득하는 것이다.

다섯째, 그동안 문학이론을 적용할 때 서구사상에 추수되어 동양사상을 폄하한 측면이 심각할 정도였다. 그러한 점에서 이 책은 동양사상이 심층생태주의의 유기론을 성립시키는 근간이었음을 세 시인의 시 연구를 통해 확인했다는 의의를 찾을 수 있다. 김지하 시에서 추출되는 특징이 유·불·선이 통합된 동학과 습합하며, 이성선 시에서 도출되는 심층생태주의의 유기론적 특징은 불교사상에 근간을 두고 있기 때문이다. 정현종 시의 유기론 역시 노장사상에 바탕하며, 동양사상을 수용한 가이아론과 습합한다. 심층생태주의의 유기론에 영향을 미친 다양한 서구생태철학, 신과학 역시 동양사상과 관련되어 있다. 동양사상이 서구의 사상, 심층생태주의의 핵심사상인 유기론에 미친 영향을 구체적인 작품 분석을 통해서 발견해냈다는 의의를 찾을 수 있는 것이다.

여섯째, 세 시인의 시를 시대적 상황과 관련하여 심층생태주의의 유기론적 양상으로 논의한 결과 현실적인 시각에서 논의의 지평을 확대시켰다는 의의를 찾을 수 있다. 1970년대, 1980년대까지 진보와 보수의 첨예한 갈등으로 주로 논의되었던 문학적 관점을 인류 보편의 본질적이고 근원적인 생태문제로 전환시킨 것이다. 1970년대, 1980년대의 시들은 당시 삶의 방식과 관련하여 민중시, 저항시, 노동현장시, 해체시 등 당면한 현실적 문제를 부정과 저항의 의식으로 직접 표현하거나 산업사회의 양식을 모방하는 데 치우쳤다. 반면, 세 시인의 시는 1990년대에 와서 그동안 이념과 정치구호에 의해 가려졌던 생태계 위기의식이 본격적으로 반영되어 보다 본질적이고 근원적인 문제를 다루고 있는 것이다. 이로 인해 우주적인 시적 지평의 관점이 확대되었다는 의의를 찾을 수 있다.

일곱 번째, 심층생태주의의 유기론으로 논의함으로써 생태주의 문학을 논의할 때, 흔히 야기되는 목적성으로 인해 도덕적이고 윤리적인 목소리로 고발하는 형태의 도식성에서 벗어났다는 의의를 보탤 수 있다. 세 시인의 시를 심층생태주의의 유기론으로 논의함으로써 생명현상의 다채로운 비유와 철학적 사유를 재발견했다는 것이다. 세 시인의 시는 이데올로기적인 생태주의의 구도에서 벗어나 심층생태주의의 유기론적 특징으로 풍부한 상상력을 형상화했다는 의의가 덧붙는다.

이러한 의의에도 불구하고 심층생태주의의 본질적인 특성상 초월주의적인 특성으로 인해 자본주의의 현실에 부합하기에는 일정 정도 거리가 생긴다. 실천성과 운동성을 담보하지 못하고 영향력과 파급력이 미약하여 선언적 강령으로 그치게 되는 점이다. 이를 해결하기 위한 한 방법으로 이 논의에서 크게 접목하지 못한 과학적 논의를 확대시켜 현실적인 설득력을 확보할 필요가 있다.

지금까지 논의한 결과, 그들의 시에서 지구생태계 내 각 개체들은 서로의 경계를 넘어서 새로운 질서를 통합하고, 그러한 가운데 평형을 산출하며 생명현상을 발현함을 확인할 수 있다. 이러한 특성은 생태 위기에 대한 오늘날의 담론과 관련하여 고찰할 때 일정한 한계에도 불구하고, 바람직한 생태계를 위해 다차원적으로 사유할 수 있는 전망을 열어준다는 측면에서 가치가 있다. 특히, 생태계 위기와 관련되는 문학적 논의가 상대적으로 약화되어 가는 작금의 상황을 고려할 때, 시기적 상황과 관련한 의미가 크다고 판단한다. 심층생태주의의 유기론을 중심으로 이루어지는 문학적 논의를 통해 생태계 위기를 극복할 수 있는 대안적 가치가 창출된다고 보기 때문이다.

◆ 제7장 ◆

잠정적 결론

잠정적 결론

심층생태주의의 유기론적 특성을 논의하기 위해 1985년부터 현재까지 발표된 김지하, 이성선, 정현종의 시를 두고 연구한 결과 다음과 같이 잠정적인 결론을 얻었다.

논의에 앞서 지구생태계 문제를 주목해볼 때, 오늘날만큼 생태 재난의 피해가 크고 그 위기의 심각성이 큰 때도 없을 것이다. 과학기술의 발달로 인간은 스스로 자연의 주인이라는 의식 속에 자연에 속해 있다는 사실을 망각하고, 인간의 의지에 따라 세계를 만들어간다는 논리에 이르게 된 것이다. 심층생태주의는 이에 대한 반성적 사유로서, 생태 위기의 원인을 근본적으로 제거하지 않는 한 위기의 원인을 근본적으로 제거할 수 없다고 본다. 이와 관련하여, 지구생태계 내 인간을 비롯한 모든 개체가 전일적 존재이며, 유기론적 관계라는 점을 강조한다. 유기론적 특성이야말로 생명현상의 원리를 요약하는 개념이라고 보는 것이다.

세 시인들은 동양사상이 습합된 철학적·과학적 사유를 바탕으로 지구생태계 내 개체적 존재의 생명현상, 인간과 생태계 내 각 개체의 생명현상을 형상화했다. 이 책에서는 그들의 시를 대상으로 심층생태주의의 정립 과정에 습합된 화엄사상, 노장사상, 시천주사상, 스피노자, 간디, 화이트헤드, 슈뢰딩거, 바슐라르, 장회익, 데이비드 봄, 프리고진, 로렌츠, 카프라, 러브록, 에리히 얀치, 카우프만, 게리 주커브, 가타리, 니체, 들뢰즈 등이 제시하는 이론을 적용했다. 그 결과 세 시인의 작품에서 심층생태주의의 유기론적 양상 가운데서도 관계성, 복잡성, 순환성이라는 공통점을 도출했다.

김지하 시인의 경우는 그가 경도되었던 시천주사상을 중심으로 유기론적 특징을 논의했다. 그러한 논의의 과정에서 경물사상과 평등성, 시천주적 복잡성, 후천개벽으로서의 순환성을 도출했다. 경물사상과 평등적 관계성에서는 인간과 생물의 평등, 인간과 무기물의 평등을 밝혀냈다 시천주적侍天主的 복잡성에서는 개체 고유성과 창발적 생성, 각성覺醒으로서의 합일의식을 도출했다. 후천개벽으로서의 순환성에서는 모순적 질서에서 합리적 질서로의 지향, 숨은 질서에서 드러난 질서로의 이행을 추출했다. 이와 같이, 김지하 시에 나타나는 심층생태주의의 유기론적 양상은 인간과 생물, 무기물이 서로 평등한 가운데, 각 개체는 개체 고유성을 지니며 창발적으로 생성한다. 또한, 각 개체는 각성으로서의 합일을 지향하며, 모순적 질서를 극복하여 합리적 질서로 이행한다. 뿐만 아니라, 숨은 질서를 자신에게로 끌어들여 평형을 산출하는 가운데 생명발현하는 양상을 보인다.

이성선 시인의 시편에서는 화엄사상을 중심으로 심층생태주의의 유기론적 양상을 논의했다. 그 결과 생물 중심의 호혜적 관계성, 화엄경적 복잡성, 시공적 초월로서의 순환성을 도출했다. 생물중심의 호혜적 관계성에서는 식물과의 상호 의존 관계를 통한 평화, 동물과의 연대 관계를 통한 조화를 밝혀냈다. 화엄경적 복잡성에서는 사사무애事事無崖의 생성,

진공묘유眞空妙有의 풍요성을 추출했다. 시공적 초월의 순환성에서는 통시적 초월과 윤회의식, 공시적 초월과 범아일여梵我一如를 도출했다. 이와 같이, 이성선 시에서 나타난 심층생태주의의 유기론적 양상은 화엄사상이 습합된 특징으로 귀결되었다. 이성선 시에 나타나는 심층생태주의의 유기론적 양상은 식물과 상호 의존하는 가운데 동물과의 연대 관계를 통해 생명현상이 발현된다. 이러한 발현의 과정은 사사무애한 가운데 생성하고 변화하며, 아무 것도 없는 듯해 보이는 진공眞空 속에서도 무한히 생성되는 풍요성의 특징을 보인다. 그러한 가운데 공시적, 통시적으로 초월하는 순환성을 보이는 것이다.

정현종 시에서는 노장사상과 가이아사상을 중심으로 심층생태주의의 유기론적 양상을 논의했다. 이를 위해 그의 시편에서는 인간중심주의에 대한 비판과 반성적 관계성, 노장적 복잡성, 시·공간 통합으로서의 순환성으로 구조화했다. 그 결과, 인간중심주의의 비판과 반성적 관계성에서는 개체와 개체의 이타적 관계성, 개체와 전체의 조화적 관계성을 논의했다. 노장적 복잡성에서는 곡신谷神과 현빈玄牝의 생성, 자기유사성(self-similarity)으로서의 합일의식을 도출했다. 시·공간 통합으로서의 순환성에서는 공간적 통합과 존재의 사슬, 시간적 회귀와 영원의식을 밝혀냈다. 정현종 시에 나타나는 심층생태주의의 유기론적 양상은 개체와 개체가 상호 이타적으로 관계하며, 개체와 전체의 조화를 통해 생성되는 것이다. 이러한 생성은 지구생태계가 아무 것도 없는 듯이 보이나, 모성성이나 여성성과 등가관계를 이루어 끊임없이 생성하는 특징을 보인다. 그러한 생성은 시·공간의 통합적인 순환을 통해 항상성을 유지한다.

이를 다시 관계성, 복잡성, 순환성의 체계로 검토하면 다음과 같이 요약할 수 있다. 유기론적 관계성에서 김지하의 시는 인간과 생물, 인간과 무기물의 평등적 관계를 강조하는 가운데 인간의 인식 전환에 치중하고 있음을 알 수 있다. 반면 이성선 시는 식물과의 상호 의존 관계를 통한 평화, 동물과의 연대 관계를 통한 조화로 생물중심에 치우쳐 있음을 알 수 있다. 정현종 시는 개체와 개체의 이타적 관계성과 개체와 전체의 조화적 관계성을 추구하며, 인간중심주의를 비판하고 반성한다는 점에서 차이를 보인다.

복잡성을 중심으로 할 때, 김지하 시는 개체 고유성과 창발적 생성, 각성으로서의 합일의식으로 시천주사상에 중심을 두고 있음을 알 수 있다. 이성선 시는 사사무애事事無礙의 생성과 진공묘유眞空妙有의 풍요성으로 화엄사상에 치우쳐 있음을 알 수 있다. 정현종 시에서는 곡신谷神과 현빈玄牝의 생성, 자기유사성(self-similarity)으로서의 합일의식으로 노장사상이 중심 사유로 논의되었음을 알 수 있다. 세 시인은 복잡성의 형상화에서 동양사상의 수용이 두드러지며, 그 사상의 수용은 각 시인의 가치관으로 인해 개별적인 차이를 보인다.

유기론적 순환성으로 볼 때, 김지하 시가 모순적 질서에서 합리적 질서로의 지향, 숨은 질서에서 드러난 질서로의 이행으로 후천개벽의 특징을 지니는 반면, 이성선 시의 순환성은 통시적 초월과 윤회의식, 공시적 초월과 범아일여梵我一如로 초월적 특징을 보인다. 정현종 시의 순환성은 공간적 통합과 존재의 사슬, 시간적 회귀와 영원의식으로 현실 생태계의 시·공간을 반복적으로 순환한다는 특징을 보였다. 각 시인은 순환성에서 후천개벽의 진화, 초월적 지향, 반복적 특징으로 차이를 보이는 것이다.

이와 같이, 이 책에서는 김지하, 이성선, 정현종이 발표한 시편을 생명현상의 근원과 과정의 형상화로 보고, 심층생태주의의 유기론적 양상으로 논의했다. 다수의 작품을 통해 드러나는 주제는 생태계 전체를 유기체적이며 전일적인 관계로 파악하고 그 관계의 대상인 인간과 동물, 식물, 무기물, 현상까지도 모두 개별적인 존재나 상황으로서 그 가치가 동등하며 서로 존중하고 존중받아야 한다는 것이다. 이러한 점으로 볼 때, 세 시인의 시편은 공통적으로 잃어버린 지구생태계의 생명성에 대한 지향과 함께 지구생태계 전체가 관계되어 복잡성을 통한 평형을 산출하며, 순환한다는 사유의 이해에 집중되어 있음을 알 수 있다.

이상의 논의를 통해 확인할 수 있는 것은 세 시인 모두 유기론적 관계성, 유기론적 복잡성, 유기론적 순환성이라는 공통점과 함께 시천주사상, 화엄사상, 노장사상을 추구한다는 점에서 차별성을 보였다. 또한, 김지하는 인간 개개인의 근본적 인식을 변혁해야 한다는 의지로서의 유기론적 양상, 이성선 시인의 작품은 생물중심을 강조하는 유기론적 양상, 정현종은 인간과 사물의 평등성을 표방한 유기론적 양상으로 차별성을 보인다. 그들의 작품에 나타나는 심층생태주의는 유기론적 사유로서 공통점을 지니는 가운데 각각 다른 방식으로 생태계 위기에 대응하며, 다른 방식으로 이해한 생명현상의 원리를 형상화한 것이다.

이러한 양상으로 논의된 이 책의 의의는 일곱 가지로 요약된다. 첫째, 세 시인의 시는 인간중심주의를 벗어나 각 개인으로 하여금 자신인 지구생태계로 되돌려 놓았다는 점이다. 자신을 포함한 지구생태계를 전일적 관계로 인식하는 가치관의 전환으로 되돌아갈 수 있는 길이 열린 것이다. 둘째, 자연친화적 특징을 동양사상으로 연구할 때, 초월적 특징으로 인해 비현실적이라고 비판 받는 데 대한 대안을 마련했다는 점이다. 근대적 경험에 대한 비판의식을 전제로 신과학적 근거가 뒷받침된 심층생태주의의 유기론은 전근대적 사유인 동양사상이 현대의 생활양식에 맞게 변용된 사유이기 때문이다. 셋째, 생태주의의 방법으로 논의할 때, 해당되지 않는 작품이 없다는 범주의 모호성을 극복했다는 점이다. 생태주의 안에서 논의할 때, 특성이 두드러지지 못해 독자적 가치를 확보하지 못한 데 비해, 심층생태주의의 유기론으로 구별하여 논의함으로써 생명현상의 원리에 대한 이해가 생태계 위기에 대한 대응으로서 가치가 있음을 확인한 것이다. 넷째, 기존의 문학적 논의는 대부분 서구사상을 추수하고 있는 데 비해 동양사상이 심층생태주의의 유기론을 성립시키는 근간이었음을 확인했다는 점이다. 다섯째, 1970, 1980년대에 치우쳐 있던 진보와 보수의 갈등 문제에 대한 시선의 초점을 본질적이고 근원적인 문제로 되돌림으로써 시적 지평을 확대시킨 점이다. 현실적 시각에서 좀더 시원적인 사유로 확대된 것이다. 여섯째, 기법의 약화라는 문제점이 지적되는 데 대응한 심층생태주의적 기법의 타당성을 확보했다는 점이다. 기존에 주로 논의되던 리얼리즘이나 모더니즘 시에 비해, 자연현상을 그대로 보여줌으로써 비판 받았지만 자연 묘사의 특징이 원형으로서의 상징적 의의를 가진다는 점을 밝혀냄으로써 기법으로서도 타당성을 확보한 것이다. 일곱 번째, 비판의 목소리로 고발하는 형태의 이념 지향성에서 벗어났다는 의의를 획득한다. 도식적인 생태주의 시의 구도에서 벗어나 근원적인 생명현상의 원리를 통해 풍부한 상상력을 형상화했다는 것이다.

결국, 그들의 작품은 생태 위기에 대한 오늘날의 담론과 관련하여 고찰할 때 일정한 한계에도 불구하고, 바람직한 생태계를 위해 다양한 관점으로 사유할 수 있는 전망을 열어준다는 측면에서 가치가 있다.

덧붙인다면, 이 책에서 본격적으로 다루지 못한 유기론적 특징의 기법적 연구와 과학적 접근이 보완될 때, 심층생태주의 시들의 유기론적 특성이 총체적으로 드러날 수 있으리라고 본다. 그리고 이 책에서 논의되지 못한 시인들의 시편에 내재된 심층생태주의의 유기론적 양상 역시 다양한 각도에서 다루어질 때, 지금까지 축적된 시편들의 유기론적 양상이 다양하게 드러날 수 있을 것이다. 뿐만 아니라, 1990년대 이후 심층생태주의의 유기론적 양상 연구가 어떠한 특징으로 강화되는지 또는 약화되는지에 대한 통시적 연구, 서구 또는 동북아시아 작품과의 비교 연구 또한 남겨진 과제이다.

1. 기본 자료

1) 시집

김지하,『애린 1 · 2』, 실천문학사, 1986.

______,『별밭을 우러르며』, 솔출판사, 1994.

______,『중심의 괴로움』, 솔출판사, 1994.

______,『花開』, 실천문학사, 2002.

______,『유목과 은둔』, 창비, 2004.

______,『새벽강』, 시학, 2006.

이성선,『나의 나무가 너의 나무에게』, 5象사, 1985.

______,『별이 비치는 지붕』, 전예원, 1987.

______,『별까지 가면된다』, 고려원, 1988.

______,『새벽 꽃향기』, 문학사상사, 1989.

______,『향기나는 밤』, 전원, 1991.

______,『절정의 노래』, 창작과비평사, 1991.

______, 『벌레시인』, 고려원, 1994.

______, 『산시(山詩)』, 시와시학사, 1999.

______, 『내 몸에 우주가 손을 얹었다』, 세계사, 2000.

______, 이희중 · 최동호 엮음, 『이성선 전집1』, 서정시학, 2011.

정현종, 『사랑할 시간이 많지 않다』, 세계사, 1989.

______, 『한 꽃송이』, 문학과지성사, 1992.

______, 『세상의 나무들』, 문학과지성사, 1995.

______, 『갈증이며 샘물인』, 문학과지성사, 1999.

______, 『견딜 수 없네』, 문학과지성사, 2003.

______, 『광휘의 속삭임』, 문학과지성사, 2008.

2) 산문집 및 산문

김지하, 『남녘땅 뱃노래』, 두레, 1985.

______, 『타는 목마름에서 생명의 바다로』, 동광출판사, 1991.

______, 『생명』, 실천문학, 1992.

______, 『틈』, 솔출판사, 1995.

______, 『생명과 자치』, 솔출판사, 1996.

______, 「접화군생」, 『인문학과 생태학』, 백의, 2001.

______, 『김지하 전집－철학사상』 제1권, 실천문학사, 2002.

______, 『김지하 전집－사회사상』 제2권, 실천문학사, 2002.

______, 『김지하 전집－미학사상』 제3권, 실천문학사, 2002.

______, 『사이버 시대와 시의 운명』, 북하우스, 2003.

______, 『흰 그늘의 미학을 찾아서』, 실천문학, 2005.

이성선, 「청간정」, 『강원문학』 12집, 1985.

______, 「동양적 자연관 속에」, 『시와시학』, 1994.여름.

______, 「시, 우주, 삶이 하나로 가는 길」, 『시와시학』 15호, 1994.

______, 「정신주의의 서정성과 우주적 생명관 확보」, 『문학사상』, 1996.

______, 「내 문학의 오늘과 내일」, 『시와 시학』, 1996.봄.

______, 「우주와의 대화」, 『녹색평론』, 녹색평론사, 1999.

______, 「생명·우주율·시」, 『시인과 환경』, 토지문화재단, 2000.

______, 「단순한 삶은 크다」, 『시와시학』, 2000.여름.

이성선 외, 여태천·최동호 엮음, 『이성선 전집2』, 서정시학, 2011.

정현종, 『거지와 狂人』, 나남, 1985.

______, 『생명의 황홀』, 세계사, 1989.

______, 『날아라 버스야』, 큰나, 2005.

2. 국내 논저

1) 단행본

고현철, 『현대시의 쟁점과 시각』, 전망, 1998.

______, 『비평의 줏대와 잣대』, 새미, 2001.

______, 『탈식민주의와 생태주의 시학』, 새미, 2005.

구모룡, 『한국문학과 열린 체계의 비평담론』, 열음사, 1992.

______, 『21세기 문학의 동양시학적 모색』, 새미, 2001.

구승회, 『에코필로소피』, 새길출판사, 1995.

______, 『철학의 변형을 향하여』, 철학과현실사, 1998.

______, 『생태철학과 환경윤리』, 동국대학교출판부, 2001.

구자희,『한국 현대 생태담론과 이론 연구』, 새미, 2004.

구중서,『문학과 리얼리즘』, 태학사, 1996.

길희성,『인도철학사』, 민음사, 1995.

김경복,『한국 아나키즘 시와 생태학적 유토피아』, 다운샘, 1999.

______,『생태시와 넋의 언어』, 새미, 2003.

______,『시의 운명과 혼의 형식』, 천년의시작, 2010.

김상일,『화이트헤드와 동양철학』, 서광사, 1993.

______,『수운과 화이트헤드』, 지식산업사, 2002.

김연숙,『레비나스 타자 윤리학』, 인간사랑, 2002.

김옥성,『현대시의 신비주의와 종교적 미학』, 국학자료원, 2007.

______,『한국 현대시와 종교생태학』, 박문사, 2012.

김용민,『생태문학』, 책세상, 2003.

김욱동,『문학 생태학을 위하여』, 민음사, 1998.

______,『시인은 숲을 지킨다』, 범우사, 2001.

______,『생태학적 상상력』, 나무를 심는 사람, 2003.

김종욱,『불교생태철학』, 동국대학교출판부, 2004.

김종철,『녹색평론선집 1』, 녹색평론, 1998.

______,『간디의 물레』, 녹색평론, 1999.

______,『시적 인간과 생태적 인간』, 삼인, 2002.

______,『새들은 과외수업을 받지 않는다』, 샨티, 2003.

______,『땅의 옹호』, 녹색평론사, 2008.

김준오,『詩論』, 삼지원, 1982.

______,『현대시의 환유성과 메타성』, 살림출판사, 1997.

김진석,『초월에서 포월로』, 솔출판사, 1994

김춘성,『해월 최시형과 동학사상』, 예문서원, 1999.

김형효,『사유하는 도덕경』, 소나무, 2004.

김홍철,『원불교사상논고』, 원광대학교출판부, 1980.

남송우,『생명과 정신의 시학』, 도서출판 전망, 1996.

______,『대화적 비평론의 모색』, 세종출판사, 2000.

______,『비평의 자리 만들기』, 산지니, 2007.

______,『이것저것 그리고 군더더기』, 해성, 2008.

______,『생명시학 터닦기』, 부경대학교출판부, 2010.

남진우,『바벨탑의 언어』, 문학과지성사, 1989.

도정일,『시인은 숲으로 가지 못한다』, 민음사, 1994.

문순홍 편저,『생태학의 담론』, 솔출판사, 1999.

박이문,『문명의 미래와 생태학적 상상력』, 당대, 1997.

박희병,『한국의 생태사상』, 돌베개, 1999.

송용구,『현대주의와 생태주의』, 국학자료원, 2002.

______,『녹색의 저항』, 들꽃, 2003.

송희복,『생명문학과 존재의 심연』, 좋은날, 1998.

신덕룡 엮음,『초록생명의 길』, 시와사람사, 1997.

______,『환경위기와 생태학적 상상력』, 실천문학사, 1999.

______,『생명시학의 전제』, 소명출판, 2002.

윤영수, 채승범,『복잡계 개론』, 삼성경제 연구소, 2005.

원위범,『인도 철학사상』, 집문당, 1985.

이남호,『녹색을 위한 문학』, 민음사, 1998.

이숭원,『서정시의 힘과 아름다움』, 새미, 1997.

이승훈,『문학상징사전』, 고려원, 1995.

이진우,『녹색사유와 에코토피아』, 문예출판사, 1998.

이혜원,『생명의 거미줄』, 소명출판, 2007.

장시기,『노자와 들뢰즈의 노마돌로지』, 당대, 2005.

장정렬,『생태주의 시학』, 한국문화사, 2000.

장회익,『삶과 온생명』, 솔출판사, 1998.

정동호 외,『철학, 죽음을 말하다』, 산해, 2004.

정정호,『탈근대 인식론과 생태학적 상상력』, 한신문화사, 1997.

정효구,『우주공동체와 문학의 길』, 시와시학사, 1994.

______,『한국 현대시와 문명의 전환』, 새미, 2002.

한국문화상징사전편찬위원회,『한국문화상징사전』, 동아출판사, 1992.

한국불교환경교육원 엮음,『동양사상과 환경문제』, 모색, 1996.

한면희,『환경윤리−자연의 가치와 인간의 의무』, 철학과현실사, 1997.

한정선,『생명에서 종교로』, 철학과현실사, 2003.

한종만,『불교와 유교의 현실관』, 원광대학교출판국, 1981.

2) 논문 및 평론

강찬모,「김지하 시에 나타난 동학사상 연구」, 청주대학교 박사학위논
　　문, 2006.

고현철,「생태주의 시의 지형과 과제」,『초록생명의 길 II』, 시와사람사,
　　2001.

고형진,「심미적 상상력과 사회적 상상력」,『현대시 사상』, 고려원, 1995.봄.

권두환,「<숫>시인 이성선」, 이성선 시집『빈산이 젖고 있다』해설, 미
　　래사, 1991.

권순영,「김지하 시 연구」, 서강대학교 석사학위논문, 2003.

권혁범,「생명사상의 체계화」,『녹색평론』, 1996.11~12.

김강태,「나무들도 생각이 많아요」,『현대시』, 1998.1.

김경복,「한국 아나키즘 시문학 연구」, 부산대학교 박사학위논문, 1998.

김규진,「정현종 시 연구」, 경원대학교 박사학위논문, 2008.

김기중,「길 없는 길의 시적 변주」,『현대시학』, 1991.12.

김동명,「이성선 시의 심층생태주의적 양상 연구」,『한국문학논총』56집, 세종출판사, 2010.12.

______,「김지하의 후기시에 나타난 심층생태주의의 양상 연구」,『한국문학논총』58집, 세종출판사, 2011.8.

______,「정현종의 후기시에 내재된 동양사상의 심층생태주의적 양상 연구」,『동북아문화연구』31집, 동북아시아문화학회, 2012.6.

김문수,「이성선 시의 관능성과 구도(求道)의 성격」,『어문논집』58, 2008.

김석환,「이성선 시집『내 몸에 우주가 손을 얹었다』연구」,『한국문예비평연구』11호, 2002.

김성곤,「문학생태학을 위하여」,『외국문학』, 1990.겨울.

김영희,「이성선 시에 나타난 관능적 자연 이미지 연구」, 고려대학교 석사학위논문, 2012.

김옥성,「한국현대시의 불교적 시학 연구」, 서울대학교 박사학위논문, 2005.

______,「한국 현대시의 불교생태학적 상상력 연구」,『한국문학이론과 비평』, 한국문학이론과 비평학회, 2009.

김욱동,「현대시와 생태학적 상상력」,『현대시학』, 1997.10.

김은석,「김지하 문학 연구」, 중앙대학교 석사학위논문, 1996.

김인섭,「이성선의 산문시집『꿈꾸는 아이』를 통해 본 시인의 시세계」,『숭실어문』19, 2003.

김인옥,「정현종 시세계 연구」, 명지대학교 박사학위논문, 2005.

김재홍, 「자유에의 길 또는 생명사상」, 『작가세계』, 작가세계사, 1990.
　　가을.

김종철, 「시의 마음과 생명공동체」, 김종철 편, 『녹색평론선집』, 녹색
　　평론사, 1993.

김주연, 「눈이 붉은 작은새, 큰 새가 되어」, 『사랑과 권력』, 문학과지
　　성사, 1995.

김준오, 「순수참여와 다극화시대」, 『한국현대문학사』, 1989.

김춘성, 「동학·천도교 수련과 생명사상 연구」, 한양대학교 박사학위
　　논문, 2009.

김효중, 「정현종의 생태시에 관한 고찰」, 『세계문학비교연구』 23, 2008.
　　여름.

남송우, 「환경시의 현황과 과제」, 『현대시』, 1993.5.

＿＿＿, 「생태문학론 혹은 녹색문학론의 현황과 과제」, 『초록생명의
　　길』, 시와사람사, 2001.

노권용, 「진공묘유와 공·원·정의 종교적 의의」, 『원불교학』 7집,
　　한국원불교학회, 2001.

＿＿＿, 「풀잎·갱생·역사」, 신덕룡 엮음, 『초록생명의 길』, 2001.

도정일, 「시와 생태적 상상력」, 최승호 편, 『21세기 문학의 유기론적
　　대안』, 새미, 2000.

문덕수, 「생태시와 에콜로지 Ⅱ」, 『시문학』, 1997.7.

민경숙, 「김지하의 율려 사상」, 『인문사회과학연구』 4, 용인대 인문사
　　회과학연구소, 2000.

박남희, 「노장적 사유의 두 가지 모습」, 『한국시학연구』 7, 한국시학
　　회, 2002.

박애리, 「김지하 시 연구―생명사상을 중심으로」, 한남대학교 박사학

위논문, 2009.

박영신, 「김지하 생명사상에 있어 인간의 지위」, 『哲學研究』第119輯, 2011.

박이문, 「니체의 철학과 동양철학 : 초인의 동양적 조명」, 『동서문화』 33, 2000.

박인성, 「생명의 세계관」, 『김지하–그의 문학과 사상』, 세계사, 1984.

박정희, 「정현종 시 연구–공기 이미지를 중심으로」, 연세대학교 박사 학위논문, 2009.

박준건, 「김지하의 생명 사상과 율려 사상」, 『신생』, 2003.가을.

_____, 「생태적 세계관, 생명의 철학」, 조규익 외 엮음, 『한국생태문 학연구총서1』, 2011.

박호영, 「깨어있는 영혼과의 만남」, 『심상』, 1986.3.

박혜경, 「빈몸과 바람의 시」, 이광호 편, 『정현종 깊이 읽기』, 문학과 지성사, 1989.

박현수, 「김지하의 동이적 담론과 시의 공간」, 『시와 시학』, 시와시학 사, 2002.여름.

서향숙, 「심층생태주의 철학에 기초한 환경교육에 대한 연구」, 중앙 대학교 박사학위논문, 2012.

손주항, 「'정현종 시인의 분노!'에 박수를 보낸다」, 『한국논단』, 한국 논단 206, 2006.

송기한, 「큰 노래의 아름다움」, 이성선 시집 『벌레 시인』 해설, 고려 원, 1994.

송명규, 「근본생태론과 문화적 생태여성주의 간의 논쟁과 그 평행 선」, 『논문집 』34, 단국대학교, 1999.

_____, 「사회생태학 계열의 생태여성주의자들과 문화적 생태여성주

의자들 사이의 논쟁」, 『한국지역개발학회지』 15, 한국지역개발학
회, 2003.

______, 「사회생태학과 심층생태학의 생태파시즘 논쟁과 그 교훈」, 『한
국지역개발학회지』 18, 한국지역개발학회, 2006.

신덕룡, 「생명시 논의의 흐름과 갈래」, 『시와 사람』, 시와사람사, 1997.봄.

신동춘, 「디프 에콜로지의 이해」, 『시문학』, 시문학사, 1999.8.

신정경, 「게리 스나이더 시의 이상적 공동체」, 부산대학교 석사학위논
문, 1999.

심재룡, 「동양철학의 관점에서 본 환경문제」, 『동양의 지혜와 선』, 세
계사, 1990.

양옥석, 「게리스나이더의 자연시」, 고려대학교 박사학위논문, 2003.

오탁번, 「별과 외로움의 시적 진실」, 『별까지 가면 된다』, 고려원, 1988.

유재천, 「산은 산 너머에서, 나는 나 너머에서 왔다」, 『현대시학』 381,
2002.

유성호, 「정현종론—결핍과 비극성을 '충일'로 노래하는 역설의 언어」,
『현대문학의 연구』, 한국문학연구학회, 1998.

유종호, 「해학의 친화력」, 『한 꽃송이』 해설, 문학과지성사, 1992.

유흔우, 「화엄의 서사무애와 성리학의 천인합일 비교 연구」, 『불교학
보』 49집, 불교문화연구원, 2008.

윤구병, 「김지하의 생명사상」, 『생명, 이 찬란한 총체』, 동광, 1991.

이경수, 「바람의 현상학」, 정현종 시집 『사물의 꿈』, 민음사, 1972.

이경호, 「이성선이 지은 자연의 집」, 『시와 시학』, 시와시학사, 1994.
여름.

이광호, 「투영의 시학」, 『현대시학』, 1990.4.

이동승, 「독일의 생태시—그것의 이해를 위한 서론」, 『외국문학』, 열

음사, 1990.겨울.

이동희, 「한국 성리학의 환경철학적 시사」, 『동양철학』 제13집, 한국
　　동양철학회, 2000.

이병금, 「이성선 시의 선(禪) 사유 연구」, 경희대학교 석사학위논문,
　　2004.

이숭원, 「생태시의 현황과 전망」, 신덕룡 엮음, 『초록생명의 길II』, 2001.

이우붕, 「새로운 환경관」, 경상대학교 인문과학 연구소, 『인문학과 생
　　태학』, 백의, 2001.

이지영, 「이성선 시에 나타난 노장사상의 형상화 양상 연구」, 경남대
　　학교 석사학위논문, 2012.

이진우, 「생태학적 상상력과 자연의 미학」, 『초록생명의 길 II』, 시와
　　사람사, 2001.

이혜원, 「山이 되어버린 사나이」, 『현대시학』, 현대시학사, 1994.12.

이희중, 「이성선 시에서 나비의 의미 연구-『장자』를 참조하여」, 『민
　　족문화연구』 41호, 1992.

임도한, 「한국 현대 생태시 연구」, 고려대학교 박사학위논문, 1998.

＿＿＿, 「인문학과 생태주의」, 『인문과학 연구』19집, 2000.

＿＿＿, 「생태문학론의 전개와 한국 현대 생태시」, 『초록생명의 길』,
　　시와사람사, 2001.

임동확, 「생성의 사유와 '무'의 시학」, 서강대학교 박사학위논문, 2004.

장영란, 「그리스 신화의 우주생성론」, 『인문과학논집』 13, 강남대학교
　　인문과학연구소, 2004.

장영수, 「네 개의 시세계」, 『문예중앙』, 1985.가을.

장영희, 「한국현대생태시와 영성 연구」, 부산대학교 박사학위논문, 2008.

장정렬, 「한국 현대 생태주의 시 연구」, 한남대학교 박사학위논문, 1999.

전도현, 「자연 친화적 상상력과 구도의 정신」, 『시와사람』, 2000.봄.

정과리, 「까닭 모를 은유는 "떨어지면 튀는 공"이다」, 『영원한 시작』, 2005.

정　민, 「이성선 시의 정신 세계」, 충북대학교 석사학위논문, 2003.

정순진, 「순환의 질서를 위하여」, 『녹색평론』, 1998년 7~8월호.

정연정, 「한국시에 나타난 불교생태의식 연구」, 숭실대학교 박사학위 논문, 2011.

정효구, 「우주공동체와 문학」, 『현대시학』, 1993.12.

______, 「자연과 우주와 인간」, 『시와시학』, 1994.여름.

______, 「우주공동체와 문학」, 『초록생명의 길』, 시와사람사, 1997.

______, 「구도의 길, 성자의 길」, 『내 몸에 우주가 손을 얹었다』해설, 세계사, 2000.

조동구, 「정현종의 시 연구」, 『비교한국학』5, 국제비교한국학회, 1999.

조영숙, 「절정의 시학―시집『절정의 노래』를 중심으로」, 『가천길대 논문집』31, 2003.

조용현, 「창조적 진화와 공화」, 『과학철학』7, 한국화학철학회, 2001.

최동호, 「시적 풍요와 우리시대의 나침판」, 『한국문학』, 1985.12.

______, 「정현종 시와 노장적 불교적 사상」, 『작가세계』, 1990. 가을.

______, 「한국 현대 시사」, 유종호 외, 『한국현대문학 50년』, 민음사, 1995.

한면희, 「생태적 가치에 대한 동서양 철학의 인식과 평가」, 『동서철학 연구』50, 2008.

홍기삼, 「불교적 세계관과 정신주의」, 『동악어문논집』33집, 동악어 문학회, 1998.

홍용희, 「김지하 문학연구」, 경희대학교 대학원 박사학위논문, 1998

______, 「신생의 꿈과 언어」, 『시와 사상』 4호, 1995.겨울,

______, 「생명주의와 한국문학」, 『초록생명의 길 II』, 시와사람사, 2001.

홍정선, 「죽임의 세계, 살림의 사상」, 『이것 그리고 저것』, 동광출판
　　사, 1991.

황치복, 「정현종 시 연구」, 고려대학교 석사학위논문, 1996.

3. 외국 논저

가스통 바슐라르, 문주식 역, 『불의 정신분석 외』, 삼성 출판사, 1976.

____________, 이가림 역, 『물과 꿈』, 문예출판사, 1980

____________, 정영란 역, 『공기와 꿈』, 이학사, 2001.

____________, 정영란 역, 『대지 그리고 휴식의 몽상』, 문학동네,
　　2002.

____________, 곽광수 역, 『공간의 시학』, 동문선, 2003.

게어리 주커브, 김영덕 역, 『춤추는 물리』, 범양사, 2007.

고이즈미 요시유키, 이정우 역, 『들뢰즈의 생명철학』, 동녘, 2003.

N. 프라이, 임철규 역, 『비평의 해부』, 한길사, 2000.

________, 임철규 역, 『원형비평』, 한길사, 2000.

노자, 김경수 역, 『노자역주』, 문사철, 2010.

다카기 진자부로, 김원식 역, 『지금 자연을 어떻게 볼 것인가』, 녹색평
　　론, 2006.

데이비드 보음, 전일동 역, 『현대물리학의 철학적 테두리』, 민음사,
　　1991.

데이비드 페퍼, 이명우 역, 『현대환경론』, 한길사, 1989.

라이얼 왓슨, 박문재 역, 「우주의 법칙과 질서」, 『초자연』, 인간사, 1991.

레이첼 카슨, 김은령 역, 『침묵의 봄』, 에코리브르, 2002.

르네 데카르트, 이현복 역, 『방법서설』 5부, 문예출판사, 1997.

마이클 탤보트, 이균형 역, 『홀로그램 우주』, 정신세계사, 2007.

머레이 북친, 문순홍 역, 『사회생태론의 철학』, 솔출판사, 1997.

방동미, 정인재 역, 『중국인의 인생철학』, 탐구당, 1983.

슬라보예 지젝, 김지훈 외 역, 『신체 없는 기관』, 도서출판 b, 2006.

C. G. 융, 한국융연구원 C. G. 융 저작 번역위원회, 『원형과 무의식』, 솔출판사, 2002.

스튜어트 카우프만, 국형태 역, 『혼돈의 가장자리』, 사이언스북스, 2002.

스피노자, 강영계 역, 『에티카』, 서광사, 1990.

아리스토텔레스, 유원기 역, 『영혼에 관하여』, 궁리출판, 2010.

앙리 베르그송, 송영진 역, 『베르그송의 생명과 정신의 형이상학』, 서광사, 2001.

에드워드 로렌츠, 박배식 역, 『카오스의 본질』, 파라북스, 2006.

에르빈 슈뢰딩거, 전대호 역, 『생명이란 무엇인가』, 궁리, 2007.

에른스트 카시러, 최명관 역, 『인간이란 무엇인가?』, 전망사, 1979.

에리히 얀치, 홍동선 역, 『자기 조직하는 우주』, 범양사, 1995.

에리히 프롬, 차경아 역, 『소유냐 존재냐』, 까치, 1996.

엘리아데, 이동하 역, 『성과 속』, 학민사, 1983.

______, 이윤기 역, 『샤마니즘』, 까치, 1992.

______, 이은봉 역, 『종교형태론』, 한길사, 1996.

______, 심재중 역, 『영원회귀의 신화』, 이학사, 2005.

와위크 폭스, 정인석 역, 『트랜스퍼스널 생태학』, 대운출판, 2002.

W. O. 되링, 김용정 역, 『칸트철학 이해의 길』, 새밭, 1979.

이-푸투안, 구동회 외 역,『공간과 장소』, 대윤, 1995.

일리야 프리고진, 신국조 역,『혼돈으로부터의 질서』, 자유아카데미, 2011.

장자, 최효선 역,『莊子』, 고려원, 1994.

James E. Lovelock, 홍욱희 역,『가이아(Gaia)』, 범양사, 1990.

J. R. 데자르뎅, 김명식 역,『환경윤리』, 자작나무, 1999.

陣鼓應, 최진석 역,『莊周新論』, 소나무, 2001.

질 들뢰즈, 김상환 역,『차이와 반복』, 민음사, 2004.

질 들뢰즈 외, 김재인 역,『천개의 고원』, 새물결, 2001.

G. Batesen, 박대식 역,『마음의 생태학』, 책세상, 2000.

카슨 매컬리스, 정현종 역,『슬픈 카페의 노래』, 문예출판사, 1996.

콜린 데이비스, 김성호 역,『엠마누엘 레비나스-타자를 향한 욕망』, 다산글방, 2001.

크리스나무르티, 정현종 역,『아는 것으로부터의 자유』, 정우사, 1996.

키스 안셀 피어슨, 이정우 역,『싹트는 생명』, 산해, 2005.

테야르 드 샤르뎅, 양명수 역,『인간현상』, 한길사, 1997.

Taittiriya Upanisad II:2, 1. 이재숙 역,『우파니샤드 II』, 한길사, 1996.

파블로 네루다, 정현종 역,『네루다 시선』, 민음사, 2007.

펠릭스 가타리, 윤수종 역,『기계적 무의식』, 푸른숲, 2003.

___________, 윤수종 역,『카오스모제』, 동문선, 2003.

___________, 윤수종 역,『가타리가 실천하는 욕망과 혁명』, 푸른숲, 2004.

프랭크 커머드, 조초희 역,『종말의식과 인간적 시간』, 문학과지성사, 1993.

프리드리히 니체, 사순옥 역,『짜라트수트라는 이렇게 말했다』, 홍신

문화사, 1987.

F. 카프라, 김용정 외 역, 『현대물리학과 동양사상』, 범양출판부, 1979.

피에르 프랑수아 모로, 류종렬 역, 『스피노자』, 다른세상, 2008.

필립 휠라이트, 김태옥 역, 『은유와 실재』, 한국문화사, 2000.

하이데거, 신상철 역, 『동일성과 차이』, 민음사, 2001.

한스 요나스, 이진우 역, 『책임의 원칙』, 서광사, 1994.

___________, 한정선 역, 『생명의 원리』, 아카넷, 2001.

___________, 김종국 외 역, 『물질 · 정신 · 창조』, 철학과현실사, 2007.

화이트헤드, 오영환 역, 『과정과 실재』, 민음사, 1991.

___________, 오영환 역, 『열린 사고와 철학』, 고려원, 1992.

『四分律』, 『大正藏』 22.

嚴復, 『老子道德經評點』, 藝文印書館, 1964.

Devall, B, & Sessions, G, *Deep Ecology*(Salt Lake City: Peregrine Smith
Books, 1985).

F. Capra, *The Web of Life*(Anchor Books, a division of Random House,
1996).

Naess, Arne & Rothengerg, David, *Ecology, Community and Lifestyle*(Cambridge
University Press, 1987).

Prigogine, Ilya & Stenger, Isabelle, *Order out of Chaos*(Bantam, New
York, 1984).

심층생태주의의 유기론적 시학

초판 1쇄 인쇄일	2013년 12월 30일
초판 1쇄 발행일	2013년 12월 31일

지은이	김동명
펴낸이	정구형
책임편집	신수빈
편집/디자인	심소영 윤지영 이가람
마케팅	정찬용 권준기
영업관리	김소연 차용원 현승민
컨텐츠 사업팀	진병도 박성훈
인쇄처	월드문화사
펴낸곳	**국학자료원**

등록일 2006 11 02 제2007-12호
서울시 강동구 성내동 447-11 현영빌딩 2층
Tel 442-4623 Fax 442-4625
www.kookhak.co.kr
kookhak2001@hanmail.net

ISBN	978-89-279-0819-7 *93800
가격	25,000원